Les deux saisons du Faubourg
de Mylène Gilbert-Dumas
est le neuf cent quatre-vingt-treizième ouvrage
publié chez
VLB ÉDITEUR.

VLB ÉDITEUR
Groupe Ville-Marie Littérature inc.
Une société de Québecor Média
1010, rue de La Gauchetière Est
Montréal (Québec) H2L 2N5
Tél.: 514 523-1182
Téléc.: 514 282-7530
Courriel: vml@groupevml.com

Vice-président à l'édition: Martin Balthazar

Direction littéraire: Martin Balthazar
Design de la couverture: Rosalie Fabre
Illustration de la couverture: Agathe Bray-Bourret
Photo de l'auteure: Mathieu Rivard

Catalogage avant publication de Bibliothèque et Archives
nationales du Québec et Bibliothèque et Archives Canada
Gilbert-Dumas, Mylène, 1967-
Les deux saisons du Faubourg
ISBN 978-2-89649-474-3
I. Titre.
PS8563.I474D48 2013   C843'.6   C2013-940177-6
PS9563.I474D48 2013

DISTRIBUTEUR:

LES MESSAGERIES ADP*
2315, rue de la Province
Longueuil (Québec) J4G 1G4
Tél.: 450 640-1234
Téléc.: 450 674-6237
*filiale du Groupe Sogides inc.,
filiale de Québecor Média inc.

Pour en savoir davantage sur nos publications,
visitez notre site: editionsvlb.com
Autres sites à visiter: editionshexagone.com • editionstypo.com

Dépôt légal: 1er trimestre 2013
Bibliothèque et Archives nationales du Québec, 2013
Bibliothèque et Archives Canada
© VLB ÉDITEUR, 2013
Tous droits réservés pour tous pays
ISBN 978-2-89649-474-3

VLB éditeur bénéficie du soutien de la Société de développement des entreprises
culturelles du Québec (SODEC) pour son programme d'édition.
Gouvernement du Québec – Programme de crédit d'impôt pour l'édition de livres – Gestion SODEC.
Nous reconnaissons l'aide financière du gouvernement du Canada
par l'entremise du Fonds du livre du Canada pour nos activités d'édition.
Nous remercions le Conseil des arts du Canada de l'aide accordée à notre programme de publication.

LES DEUX SAISONS DU FAUBOURG

DE LA MÊME AUTEURE

Les dames de Beauchêne, t. I, Montréal, VLB éditeur, coll. «Roman», 2002 ; Typo, coll. «Grands romans», 2011.

Mystique, Montréal, La courte échelle, coll. «Mon roman», 2003.

Les dames de Beauchêne, t. II, Montréal, VLB éditeur, coll. «Roman», 2004 ; Typo, coll. «Grands romans», 2011.

Les dames de Beauchêne, t. III, Montréal, VLB éditeur, coll. «Roman», 2005 ; Typo, coll. «Grands romans», 2011.

Rhapsodie bohémienne, Saint-Lambert, Soulières éditeur, coll. «Graffiti», 2005.

1704, Montréal, VLB éditeur, coll. «Roman», 2006 ; Typo, coll. «Grands romans», 2010.

Lili Klondike, t. I, Montréal, VLB éditeur, coll. «Roman», 2008.

Lili Klondike, t. II, Montréal, VLB éditeur, coll. «Roman», 2009.

Lili Klondike, t. III, Montréal, VLB éditeur, coll. «Roman», 2009.

Sur les traces du mystique, Saint-Lambert, Soulières éditeur, coll. «Graffiti», 2010.

L'escapade sans retour de Sophie Parent, Montréal, VLB éditeur, coll. «Roman», 2011.

Yukonnaise, Montréal, VLB éditeur, coll. «Roman», 2012.

Mort suspecte au Yukon, Saint-Lambert, Soulières éditeur, coll. «Graffiti», 2012.

Lili Klondike, partie 1. La fièvre de l'or, Montréal, Typo, coll. «Grands romans», 2012.

Lili Klondike, partie 2. Le prix de la liberté, Montréal, Typo, coll. «Grands romans», 2012.

Mylène Gilbert-Dumas

LES DEUX SAISONS DU FAUBOURG

roman

vlb éditeur
Une société de Québecor Média

On peut communiquer avec l'auteure par courriel à l'adresse suivante :
mylene.gilbertdumas@sympatico.ca

Comme nous ne savons pas quand nous mourrons, nous en venons à penser à la vie comme à un puits sans fond. Et pourtant tout n'arrive qu'un certain nombre de fois, un très petit nombre en réalité. Combien de fois encore te rappelleras-tu un certain après-midi de ton enfance, un après-midi qui fait si profondément partie de toi que tu ne peux même pas concevoir la vie sans lui? Peut-être encore quatre ou cinq fois. Peut-être même pas. Combien de fois encore regarderas-tu se lever la pleine lune, vingt fois peut-être. Et pourtant tout cela semble illimité...

Paul Bowles,
conclusion de la version cinématographique
d'*Un thé au Sahara*

It was bitingly cold up here,
and the wind pulled at his clothes
like an insistent lover.

George R.R. Martin,
A Game of Thrones

L'hiver

1

Longtemps, ma mère a attendu mon père, un marin téméraire, un de ceux qui avaient jeté l'ancre dans le Vieux-Port de Québec pendant l'été des Grands voiliers. Il s'appelait Kyle Reese. Reese comme le chocolat. À seize ans, ma mère était tombée amoureuse de lui, séduite par son accent et par sa façon de la soulever de terre, comme si elle était aussi légère qu'une plume. Il avait été son premier amour et était longtemps resté son seul et unique. Mon père lui avait promis de l'épouser quand il reviendrait à Québec, mais le destin lui avait réservé un sort différent. Au début d'octobre 1984, son navire disparaissait en mer sans laisser de trace. La nouvelle, parvenue à Québec quelques jours plus tard, n'avait pas empêché ma mère d'espérer son retour. Pendant des mois, elle n'avait cessé d'imaginer des retrouvailles au cours desquelles mon père lui aurait raconté être descendu quelques jours avant le naufrage lors d'une escale aux îles Mouk-Mouk. Il lui aurait demandé sa main et aurait pris sa place auprès d'elle et de moi. Nous aurions vécu heureux jusqu'à la fin de nos jours, et ma mère et mon père auraient eu beaucoup d'enfants.

Cette histoire, qui relevait du conte de fées, ma mère me l'a racontée tous les hivers de mon enfance tandis qu'elle m'entraînait dans l'escalier Casse-Cou jusqu'à la rue du Petit-Champlain pour me montrer l'endroit exact où elle avait rencontré l'homme de sa vie. L'été, quand les touristes prenaient d'assaut le Vieux-Québec et que ma mère partait travailler comme la plupart des chefs de famille monoparentale, je suivais ma grand-mère sur le balcon de son appartement, en plein cœur du faubourg Saint-Jean-Baptiste. Loin du bruit, et je dirais presque loin du monde, je l'écoutais raconter à sa façon l'histoire de ma conception, découvrant dans sa version des détails nouveaux, des indices supplémentaires qui faisaient de mon père un homme fascinant. Il avait été beau et fort. Il avait parlé plusieurs langues et avait su nager comme un champion. Il avait visité tous les ports, de Montréal à Vladivostok, affronté les pirates dans la mer de Chine, les contrebandiers dans la Méditerranée, les trafiquants d'esclaves sur les côtes de l'Afrique. Mon esprit d'enfant ne relevait pas les anachronismes ni les incohérences. Le visage écrasé entre deux barreaux du garde-fou, les cheveux caressés par la brise de la Haute-Ville, je regardais sans les voir les chats errants du quartier en rêvant à ce père que je n'avais pas connu. Cette histoire, malgré les versions farfelues qu'on m'en donnait, avait fait de lui un héros, et j'y ai cru jusqu'à ce qu'arrive chez nous un Anglais qui n'en était pas un.

2

La neige tombe, lourde et collante. Ce matin, elle fondait en touchant l'asphalte. Elle s'amoncelle maintenant sur les trottoirs. Du coin de l'œil, Adélaïde perçoit à travers la vitre la danse des flocons et la silhouette furtive des passants qui valsent dans les sillons laissés par les voitures. Il fait tempête, dehors comme dedans.

Si Adélaïde sait que les gens marchent au milieu de la rue, c'est par habitude et non parce qu'elle les regarde vraiment. Ses yeux, d'ailleurs, ne vont et viennent que sur les diplômes encadrés fixés aux murs, sur les toiles d'araignée du plafond, sur la calculatrice laissée allumée, sur le visage de Bonnet Junior et de son adjointe, Carole, tous deux très sérieux de part et d'autre du bureau. Dans leur fuite en avant, jamais les yeux d'Adélaïde ne se tournent vers la fenêtre. Ce serait trop dangereux. Elle pourrait sentir monter en elle une audace nouvelle, trouver le courage de se lever, d'aller chercher son manteau dans le placard, d'enfiler ses bottes et de franchir le seuil de chez Bonnet et fils, comptables agréés, pour la dernière fois de sa vie. Mais il ne faut pas. Adélaïde a trop besoin de cet emploi, de l'argent qu'il lui rapporte. Surtout que c'est l'hiver. Tout coûte plus cher, l'hiver. Et Noël s'en vient.

Le néon clignote et grésille. On le dirait nerveux, lui aussi. Des pièces voisines ne parvient aucun son. Les autres employés se tiennent cois. Ils prient peut-être pour que la foudre les épargne, cette fois.

Debout derrière son pupitre, Bonnet Junior fait son sermon. Il regarde ses notes, regarde son adjointe, regarde Adélaïde. Comme il parle! C'est peut-être un trait culturel… Bonnet est un nom français. Français de France, s'entend. Quand Bonnet s'adresse à ses employés, il exagère son accent français de France pour s'assurer qu'on n'oublie pas ses origines. Et comme il s'agit du fils du patron, personne, jamais, n'ose railler cette habitude.

On n'a jamais vu de syndicat dans cette petite boîte. De toute façon, du temps de Bonnet Senior, personne n'avait eu à se plaindre. On comptait, le sourire aux lèvres, ne s'arrêtant que pour les pauses pendant lesquelles on rigolait entre collègues. Dans ce temps-là, Adélaïde aimait encore les chiffres. Un peu. Un tout petit peu, mais ça suffisait pour qu'elle aime aussi son travail. Alors que maintenant…

Bonnet parle encore, exagérant le pointu de sa bouche en cul-de-poule. Depuis sa promotion, il est pire qu'avant. Déjà qu'il surveillait les employés avec un zèle malsain, il s'amuse désormais à prendre tout un chacun en défaut. Ses gestes et ses paroles trahissent une obsession du contrôle et un amour du pouvoir qui en font un patron détestable. Adélaïde ne lui trouve de qualité que lorsqu'il est absent parce que le bureau fonctionne mieux sans lui. Mais même si tout le monde est de cet avis, personne n'ose jamais en parler. Tout se sait, dans un si petit bureau. Et tout se rend toujours à l'oreille du patron. Adélaïde s'ennuie du temps où Bonnet Senior emmenait ses employés à la brasserie pour dîner le dernier jour avant le congé des fêtes. On le dit malade, maintenant, le vieux. C'est en tout cas la rumeur que fait circuler Junior quand son père s'absente plus de deux jours. Adélaïde soupçonne Bonnet Senior de préférer, surtout en hiver, les terrains de golf du Sud à ce bureau de comptables qu'il a pourtant mis sur pied à la sueur de son front. Qui le lui reprocherait? L'hiver, à Québec, peut être exécrable.

— Tu comprends, Adèle, c'est une question de renta-bilité.

Ça fait quinze minutes que Bonnet répète la même idée. La boucle sans fin ressemble à un lavage de cerveau, surtout qu'il repart toujours sur le même ton et avec les mêmes mots, qu'il place cependant dans un ordre différent. Comme dans *Le bourgeois gentilhomme*, qu'elle a lu au cégep, il espère faire nouveau. *Belle marquise, vos beaux yeux me font mourir d'amour. D'amour, belle marquise, vos beaux yeux me font mourir.* Si la situation n'était aussi dramatique, Adélaïde pourrait en rire.

— On t'a regardée travailler, Adèle, et on voudrait que tu te forces un peu plus.

Après cette dernière phrase, Junior se tait. Enfin! Adélaïde devine cependant qu'elle n'est pas au bout de ses peines. Junior l'observe, un sourire froid sur les lèvres. Il mesure l'effet de ses paroles. Comme son employée ne réagit pas, il pose les deux mains sur le bureau et se penche vers elle.

— Allez, souris donc, Adèle.

Adélaïde esquisse un sourire, mal à l'aise. Elle n'aime pas la sensation qui l'habite, entre le dégoût et la peur. Elle a bien compris que c'est la peur qui excite Bonnet Junior. Elle n'est pas la première et ne sera pas la dernière à subir ces pressions dans son bureau. Pour lui, il s'agit d'une méthode de gestion. Il sait que ses employés craignent de perdre leur emploi s'ils protestent. Adélaïde, comme les autres, se mordra la langue plutôt que de l'affronter.

La tension monte d'un cran quand, satisfait, Junior jette un regard de biais vers son adjointe. C'est à son tour d'entrer en scène.

— À partir de demain, Adèle, j'aimerais que tu traites un dossier de plus par jour.

Tels deux alliés naturels, le patron et l'adjointe se re-laient pour attaquer. Ils passent à l'offensive à tour de rôle, stimulés par la détresse visible sur le visage d'Adélaïde. Les phrases qui tournent en boucle ne sont plus drôles. Quand Bonnet Junior reprend le premier de sa série d'arguments, Adélaïde sent une boule se former dans sa gorge. Pas encore !

Les mains moites, elle ose enfin ouvrir la bouche.

— J'ai compris, mais…

Elle hésite, détourne les yeux, incapable de supporter son regard fixe.

— … pour traiter un dossier de plus par jour, il va falloir que je tourne les coins ronds. Les clients vont bien s'en rendre compte. Il leur manquera de l'information et…

— Les clients ne lisent pas les rapports. Ils nous font confiance, comme nous te faisons confiance. Mais il faut que tu sois plus efficace. Et puis…

Et voilà, c'est reparti ! Les mêmes arguments servis encore et encore. Tout y passe. Les besoins de la maison, le peu de temps dont on dispose, le peu de moyens aussi.

Adélaïde s'agite sur sa chaise. Elle étouffe. Son désarroi n'a d'égal que son envie de fuir. En pénétrant dans ce bureau, elle venait discuter d'une facture dont elle voulait obtenir remboursement. Elle ne s'attendait pas à être prise entre deux feux. On lui laisse à peine le temps de réfléchir. *Plus de travail, pas d'augmentation de salaire*, voilà tout ce que son esprit enregistre.

Elle essuie sur ses cuisses ses mains glacées. Comme cette chaise est inconfortable ! Est-elle trop haute ou trop basse ? À moins que ce ne soit le dossier qui est trop incliné. Ou le tissu qui est trop glissant. Quoi qu'il en soit, Adélaïde gigote. Elle n'en peut plus d'être là, mitraillée de part et d'autre. Comme une adolescente révoltée, elle voudrait se boucher les oreilles pour ne plus les entendre. Mais elle n'a plus seize ans. Alors il faut qu'elle parle.

— Pendant mes études en administration, mon prof de…

Bonnet l'interrompt, impatient.

— Tu travailles pour nous, maintenant, Adèle. Ce que tu as appris ailleurs n'a aucune importance.

— Mais votre père m'a déjà dit de…

— Mon père n'est pas là! Je veux que tu t'en tiennes à ce que Carole et moi t'expliquons ici.

Même si elle est persuadée que les clients vont s'en rendre compte, Adélaïde songe à se soumettre. Après tout, ces deux-là ne la lâcheront pas. De fait, comme un pêcheur expérimenté qui sent le moment précis où sa proie se laisse tenter, Bonnet Junior tire sur sa ligne.

— Tu sais qu'on aime beaucoup travailler avec toi, Adèle.

Adélaïde blêmit.

Coincée sur le siège du fond, dans une pièce fermée, attaquée sur deux fronts et menacée de perdre son gagne-pain, elle cède enfin. Pour avoir la paix. Pour ne plus les entendre répéter. Pour sortir, surtout. Elle ne souhaite plus qu'une chose maintenant : pousser sur les vitres pour ouvrir les battants, enjamber la fenêtre, sortir et disparaître dans le dédale de rues étroites qui cernent le bureau.

* * *

Le vent a forci, concentré entre les murs contigus des rues du Vieux-Québec. Adélaïde fonce à l'aveugle, le corps penché vers l'avant. Après avoir descendu la côte de la Fabrique, elle pique à droite, puis à gauche, et pousse enfin la porte de Chez Temporel. Le café est désert. Ça tombe bien, elle n'a pas envie d'engager la conversation. Débarrassée de sa canadienne, elle se commande un bol de café au lait, luxe qu'elle ne se paie qu'une fois toutes les deux semaines. Elle s'installe ensuite à sa place habituelle, à l'étage, au bord de la fenêtre, et observe la tempête qui fait toujours rage. De l'autre côté de la rue, les toits garnis de lucarnes et jonchés de neige menacent un passant insouciant qui s'obstine à marcher sur le trottoir. Ils se font rares, d'ailleurs, ceux qui bravent ce mauvais temps. Pour un peu, on se croirait dans un monde postapocalyptique, au cœur d'une ville abandonnée par sa population.

Adélaïde a sorti son carnet et sa calculatrice. Sur le chemin du café, elle a piqué une poignée de circulaires dans une boîte aux lettres. Coup de chance, celles de l'épicerie et de la pharmacie se trouvaient dans le lot. Adélaïde dresse une liste de ce qu'il lui faut, découpe les coupons, raccourcit la liste de moitié et jette dans la poubelle trois des coupons découpés. Cette semaine, le total ne doit pas dépasser trente dollars.

Comme elle déteste l'argent! C'est la cause de tous ses problèmes, la source de tous ses malheurs. À son professeur de comptabilité financière qui lui avait lancé un jour que tout était toujours une question d'argent, elle avait opposé l'amour, l'amitié, la famille.

— Emprunte de l'argent à ton amoureux, à ta meilleure amie et à ton frère, et ne les rembourse pas. Tu me diras si vos relations sont toujours harmonieuses au bout d'un an.

Adélaïde avait grimacé. À l'époque, elle n'avait ni amoureux ni meilleure amie et, puisqu'elle est enfant unique, on peut dire que l'image ne s'appliquait pas. Mais le concept, lui, était resté, et la vie avait fini par donner raison à ce clairvoyant professeur. Adélaïde a appris à vivre avec l'argent et à voir la vie, quand il le fallait, à travers le paradigme de l'argent. Il y a celui que les patrons veulent amasser, dans les cinq ou six chiffres, et il y a celui que les employés doivent gagner pour payer le loyer, l'électricité, la nourriture, les vêtements. Ce salaire-là dépasse rarement les trois chiffres. Bien qu'elle se soit adaptée, Adélaïde déteste toujours autant compter l'argent. A-t-on déjà vu plus farfelu de la part d'une commis-comptable? N'empêche, c'est grâce à ses études qu'elle a pris conscience de l'état d'esclavage dans lequel la maintenait l'argent. Depuis, elle n'a eu de cesse d'analyser les règles de fonctionnement de l'argent afin de mieux les transgresser. C'est sa manière à elle de se convaincre qu'elle est libre.

Adélaïde ne possède pas de carte de crédit et n'a jamais fait d'emprunt, histoire de ne pas payer d'intérêts. Elle n'est jamais en retard dans un paiement, quitte à se priver de viande pendant la dernière semaine du mois. Et, cerise sur le *sundae*, elle sait comment rédiger une déclaration de revenus à son avantage.

En mettant un peu d'argent de côté, elle pourrait accumuler des intérêts, ce qui arrondirait ses fins de mois. Or, même en gagnant un salaire à peu près décent – le salaire d'une commis-comptable avec quatre années d'expérience –, Adélaïde s'en sort tout juste. Si elle menait la vie normale d'une femme de vingt-quatre ans, elle n'aurait pas à faire tous ces calculs. Mais elle ne mène pas cette vie-là. Elle a fait des choix, plus tôt dans sa vie. Des choix qu'elle ne regrette pas, mais qui limitent ceux qu'elle peut faire maintenant. Et bien qu'elle déteste son emploi chez Bonnet et fils, elle n'a pas les moyens de démissionner, pas avec ses responsabilités. Son ancien prof avait raison. Tout est toujours une question d'argent.

Le bol vidé, la liste terminée, Adélaïde replie son carnet qu'elle range dans son sac avec son stylo et sa calculatrice. Ce n'est pas tout de se plaindre en buvant du café, à l'abri de la vie Chez Temporel! Elle a des courses à faire avant de rentrer.

Après avoir enfilé son manteau, son chapeau et ses mitaines de laine, elle s'apprête à sortir quand son regard s'attarde une fraction de seconde sur le babillard fixé au mur, entre la porte et la fenêtre adjacente. Là, une annonce en apparence inoffensive pourrait changer le cours de sa vie si

Adélaïde s'arrêtait pour la lire. Mais elle ne s'arrête pas. Pas le temps! Sa mémoire en retient à peine quelques mots. Au moment de remonter son capuchon pour affronter la tempête, il semble que seule demeure dans son esprit l'étrange sensation de bien-être qu'elle a ressentie en parcourant des yeux les lignes écrites à la main.

*   *   *

La nuit tombe sur la rue d'Aiguillon, et l'horizon disparaît derrière un écran de flocons. La neige ne tarit pas. Soufflée par le vent, elle fouette les visages et fond sur les lèvres. Les bourrasques sont plus puissantes encore aux intersections. L'hiver est bel et bien là, même si, officiellement, à la fin de novembre, c'est encore l'automne.

Adélaïde marche en bordure de la rue, un sac de plastique dans chaque main, la tête baissée pour repérer les flaques de gadoue trop profondes. L'eau a déjà traversé ses bottes, mais comme elle se réchauffe lentement, il serait préférable d'éviter un nouvel afflux. Tout de suite après la côte Sainte-Geneviève, un chauffeur d'autobus impatient talonne les piétons, ce qui force Adélaïde à grimper sur le trottoir. Là, à moins de cinq mètres, un jeune homme attend, adossé au mur d'un immeuble de briques rouges. Leurs regards se croisent. Il lui sourit, timide. Adélaïde détourne la tête avant de le dépasser sans le saluer. Elle en est incapable. Dans un quartier où personne ne parle à personne, le moindre «bonjour» est suspect. Et puis l'idée d'établir un contact avec un prostitué la gêne. Non pas qu'elle le juge ou qu'elle en ait peur, elle les a souvent vus à l'œuvre, lui ou les autres. C'est d'ailleurs pour ça qu'elle ne craint rien dans son quartier. Elle sait que les clients sont des hommes. Ça n'a de toute manière rien à voir avec ce qu'elle ressent. Elle est aussi mal à l'aise quand ses yeux se posent sur les femmes qui arpentent la rue Notre-Dame-des-Anges. Adélaïde n'aime tout simplement pas penser au sexe de cette manière. Et ce n'est pas non plus parce qu'elle n'aime pas faire l'amour. Dans ses souvenirs, la chose est même plutôt agréable. Mais ça remonte à si longtemps maintenant qu'elle sent monter en elle une étrange détresse quand elle y pense trop, une sensation qui lui confirme ce qu'elle refuse de voir : il manque encore bien des choses dans sa vie, en plus de l'argent.

Devant chez elle, Adélaïde pose son épicerie sur la première marche, plonge la main dans une poche à la recherche de ses clés. Elle grimace, fouille dans l'autre poche, puis dans son sac à main. Le soulagement qu'elle ressent en en retirant le trousseau n'a d'égal que la hantise qu'elle avait d'avoir perdu ses clés. Refaire le trajet en sens inverse jusqu'au café – peut-être même jusqu'au bureau ! – dans cette neige mouillée n'aurait vraiment rien eu de réjouissant. Surtout que le carré d'Youville est trop achalandé depuis la réouverture du Capitole. Fini le règne des itinérants, des punks, skinheads et autres marginaux. Bienvenue aux voitures qui éclaboussent les piétons, qui bloquent les rues à l'heure de pointe, qui ralentissent à peine au feu rouge et qui klaxonnent quand ça bouge trop lentement à leur goût. C'est ça, le progrès, il paraît.

Au moment où Adélaïde allonge le bras pour enfoncer la clé dans la serrure, elle sent une main se poser sur son épaule. Saisie, elle laisse tomber le trousseau et se retourne, prête à crier.

— Excuse-moi de t'avoir fait peur. Ça fait dix minutes que je te suis. J'ai eu beau t'appeler, tu ne m'entendais pas, on dirait.

Fausse alerte. Ce n'est que Max, le voisin d'en haut. Avec le chapeau et le capuchon, avec la neige qui mouille la chaussée, qui accentue le bruit des pneus et intensifie le grondement des moteurs, Adélaïde ne l'a pas entendu s'approcher. Comme d'habitude, il a l'air content de la voir. Il remonte ses lunettes et lui offre un sourire embarrassé. À cause de cette casquette, qu'il a vissée sur la tête en permanence, Max a l'air d'avoir trente ans. Il en a au moins dix de plus, sinon quinze. Comment est-il resté si jeune? C'est un mystère qu'Adélaïde n'a toujours pas réussi à élucider. Il faut dire que tout, chez lui, contribue à sa vitalité. De sa manière de s'habiller à sa façon de marcher et de rire comme un gamin. Chez quelqu'un d'autre, on croirait à un stratagème ou à une façade. À voir Max, cependant, on comprend d'emblée que son apparence tient de la philosophie et du mode de vie. Dans sa tête, il ne vieillit pas, et cette jeunesse constamment renouvelée lui sort par les pores de la peau.

Il s'est penché, a récupéré les clés et a déjà déverrouillé la porte qu'il tient grande ouverte.

— Laisse les sacs, je vais les monter.

Sans qu'elle ait le temps de s'y opposer, il attrape l'épicerie et, d'un petit signe de la tête, invite Adélaïde à passer devant.

Le couloir est sombre et sent l'humidité. Adélaïde allume le plafonnier.

— Attends-moi trente secondes. J'avertis ma mère et je reviens.

Elle l'abandonne au pied de l'escalier, pousse sur l'unique porte de l'étage, laissée entrebâillée. L'espace dégagé permet d'entrevoir la dentelle et le voilage qui meuble, orne et sépare la cuisine et le salon. En plein milieu de ce décor digne de la caverne d'Ali Baba se trouve Jacinthe Fraser. La quarantaine avancée, ronde, vêtue de noir et couverte de bijoux, elle lit paisiblement et ne sursaute même pas en entendant la voix de sa fille.

— Je suis là, maman.

Jacinthe abandonne sa lecture sans manifester la moindre contrariété.

— Parfait, Adèle. Marjo a fait ses devoirs toute seule comme une grande, alors je lui ai permis de monter regarder son film de chats.

Sur la table de la cuisine, derrière un rideau de mousseline, on aperçoit un interphone de surveillance d'où sortent des rires d'enfant. Comme en écho, la même petite voix parvient également de la cage d'escalier car la porte de l'appartement du premier étage est entrouverte. Avant de tourner les talons, Adélaïde étire le cou et jette un œil indiscret dans le salon.

— Est-ce que Gaston vient coucher ce soir?

Jacinthe secoue la tête.

— Je ne pense pas. Il veut regarder la partie de hockey.

Le sourire ravi qu'esquisse Adélaïde n'échappe pas à Jacinthe, mais celle-ci a pour son dire que chaque femme choisit son homme et que ça ne concerne personne d'autre. Elle fait donc mine d'ignorer le mépris que sa fille affiche envers celui qui partage son lit. Ce silence, plus efficace qu'un reproche, remet Adélaïde à sa place en lui rappelant les limites de leur intimité.

Son sourire s'efface de lui-même.

— Je m'excuse, maman.

Elle fait demi-tour, un peu penaude. Max, avec sa silhouette de gringalet, l'attend adossé au pied des marches. Il a retiré sa casquette, ce qui met en évidence ses lunettes rondes et lui donne un petit look intello malgré ses cheveux longs et son air dégingandé. Parce qu'il sait qu'Adélaïde ne porte pas dans son cœur l'homme qu'a choisi sa mère, il lui adresse un clin d'œil complice.

— As-tu eu une bonne journée?

Adélaïde hausse les épaules.

— Non, et toi?

— Moi non plus.

Malgré ces mauvaises nouvelles, ils rient, l'un derrière l'autre, en montant l'escalier. Une fois sur le palier, Max pousse la porte entrouverte et pose les sacs sur le plancher du salon. Au fond de la pièce, une petite fille regarde la télévision, hypnotisée.

— Ah, ben, Marjo! lui lance-t-il, moqueur. Il me semble que tu n'as pas le droit de regarder tes cassettes si tu n'as pas fait tes devoirs.

— Je les ai faits, mes devoirs.

L'enfant s'est levée et affronte maintenant celui qui ose l'accuser.

— Tu as juste à demander à grand-maman si tu ne me crois pas.

Elle se plante devant lui, les poings sur les hanches, ses grands yeux gris transformés en deux minces fentes qui lancent des éclairs de défi. Ce regard courroucé s'illumine pourtant l'instant d'après.

— Maman!

Comme si elle ne l'avait pas vue depuis des jours, Marjolaine se jette sur sa mère, ses petits bras lui enserrant la taille, sa petite tête se pressant contre son ventre. Adélaïde caresse les tresses ébouriffées.

— Salut, ma puce! Comment a été ta journée?

— Bien!

Marjolaine a étiré ce mot comme s'il s'agissait d'une évidence. Adélaïde s'émeut devant le bonheur tout simple de sa fille et lance un regard amusé en direction de Max qui, lui, hausse les épaules. La vie est tellement facile quand on a sept ans.

* * *

Marjolaine dort depuis une heure au moins. Au rez-de-chaussée, Gaston, qu'on n'attendait pas, est rentré de la brasserie, furieux parce que les Nordiques accusaient trop de retard à son goût. Quelques minutes après son arrivée, on a entendu geindre le lit de Jacinthe. Adélaïde a grimacé en imaginant le corps de cet homme bedonnant et puant l'alcool allongé sur sa mère. Le lit ne grince plus maintenant. Adélaïde n'entend que les notes de la guitare que Max gratte encore malgré l'heure tardive.

La ville paraît étrangement calme et sereine quand on la regarde du haut d'une tourelle, à minuit un soir d'hiver. À cause de l'épaisseur des murs, le rebord de la fenêtre est aussi large qu'un banc de parc. Adélaïde s'y est installée, les jambes repliées. Sur ses genoux repose un carnet à dessin qu'elle maintient en place de sa main gauche. Dans la droite, un crayon s'active pour reproduire les lignes verticales des édifices, les lignes horizontales des fils électriques et des trottoirs, la courbe des épaules de l'homme qui descend la côte de la rue Sainte-Claire en direction de l'ascenseur du Faubourg. Elle trace ensuite la courbe de sa nuque, de sa tête, de ses fesses qu'on devine de côté sous le jean, là où se termine le manteau. Le vent se montre violent, tire sur ses vêtements avec autant d'avidité que le ferait une amoureuse insatiable. Décidément, depuis que son regard a croisé celui du jeune prostitué, Adélaïde n'a qu'une idée en tête : faire l'amour.

Il ne tiendrait qu'à elle, pourtant, de se mettre au lit. Elle n'aurait qu'un mot à dire, et Max abandonnerait sa guitare sur-le-champ. Il l'aime depuis le jour où il a emménagé ses quelques meubles dans le deux et demie du dernier étage. Elle le sait, et il sait qu'elle le sait. Cela explique l'étrange affection qu'il lui porte, de même que la distance qu'elle s'évertue à maintenir entre elle et lui. Elle l'aime bien cependant, elle aussi. Assez pour passer des heures en sa compagnie. Assez pour l'écouter jouer toutes les pièces de son répertoire sans se lasser. Mais pas suffisamment pour lui confier son bonheur et celui de sa fille. Ces bonheurs-là, qu'elle considère comme ses biens les plus précieux, elle ne les confiera à personne. Et puis elle n'a pas toujours envie de Max. Ça dépend des jours et ça dépend d'autre chose aussi. Plutôt que de le blesser en l'attirant dans son lit pour le repousser quelques heures plus tard, Adélaïde s'abstient, quitte à souffrir d'un manque physique que trahit son crayon.

Si c'était le printemps, l'été ou l'automne même, si les rues n'étaient pas enneigées et qu'on pouvait y errer sans craindre de mourir de froid, elle ne dédaignerait pas sortir dans un bar, accoster un inconnu, l'entraîner dans une ruelle et se laisser prendre contre un mur. Elle rit à cette idée, car il s'agit d'un fantasme, un fantasme qu'elle se plaît à mettre en scène sous la forme d'une bande dessinée dans le cahier qui traîne sur la table du salon.

Adélaïde y jette un coup d'œil depuis son promontoire. Les pages sont gonflées, tant elle les a tournées et noircies de plomb. Elle a envie d'y travailler, mais sait qu'il lui faut attendre encore. Patience. Elle n'a pas encore atteint cet état qui lui permet d'oublier la réalité pour plonger dans l'univers qui est le sien, peuplé de cases et de phylactères, de passions et de trahisons. Pour le moment, le passé et le futur existent toujours.

À l'étage, Max joue quelque chose de nouveau. Une pièce langoureuse comme l'appel d'un amant. Une chance qu'il se trouve deux portes closes entre eux parce qu'Adélaïde sent qu'elle pourrait faiblir et se laisser tenter par ce chant de sirène. Certains soirs, son esprit souffre de la solitude. Dans ces moments-là, son corps a tellement faim de la tiédeur d'un autre qu'Adélaïde a l'impression, en se retenant, de mourir un peu en dedans. Il lui faut chaque fois faire un effort surhumain pour résister. Son imagination crée des scénarios fantastiques, mais dans la réalité elle ne passe pas à l'acte. Et elle ne passera jamais à l'acte, quoi qu'en dise son corps les soirs de langueur.

L'inconnu de la rue a disparu maintenant. Il ne reste de lui que cette esquisse croquée sur le vif et teintée d'érotisme. Adélaïde inscrit la date au bas de la feuille. Le dessin ira rejoindre ses semblables dans une boîte de souvenirs étiquetée *Hommes de passage*. Sur une page vierge, elle le redessine de mémoire en quelques traits. On le voit de profil, allongé entre les cuisses d'une femme nue dont le cou, étiré, mène à un visage tendu de plaisir.

Sur le croquis suivant, il gît, inerte sur le sol, le corps comme désarticulé. Son pénis encore gonflé repose contre son ventre. Est-il mort ou endormi ? La décision appartient à celui ou celle qui le regarde.

Dans la tête d'Adélaïde, il n'existe plus désormais que cet homme dessiné et sa main prolongée par le crayon. Elle redevient enfin l'Artiste. Bonnet, le père comme le fils, l'adjointe, le voisin du dessus, sa mère et sa fille, tous ont disparu dans le brouillard qui isole son esprit. Les problèmes d'argent n'existent plus. Et le désir, s'il l'habite toujours, ne sert qu'à canaliser cette énergie qu'elle oriente vers son œuvre. Alors seulement, dans un état à mi-chemin entre la transe et l'extase, elle se lève et prend le cahier où se trouve amorcée, sous la forme de cases et de planches à peine ébauchées, l'histoire d'un personnage plus fort, plus droit, mais aussi plus audacieux qu'elle ne le sera jamais.

* * *

Adélaïde sait bien qu'il y a la guerre, là-bas. En Bosnie-Herzégovine. En Somalie. En Angola. Elle sait bien qu'elle devrait penser à tous ces pauvres gens qui souffrent de la faim, de la peur. À tous ces enfants orphelins, à toutes ces femmes violées.

Mais depuis quelque temps, elle ne pense plus qu'au regard malveillant de Bonnet Junior qui surveille ses moindres gestes. Hier, il lui a reproché le temps qu'elle passe aux toilettes. Avant-hier, c'était la forme des huit qu'elle trace en superposant deux cercles. Il lui a pris la main et a tracé avec elle – pour elle – un 8 en continu, sans lever le crayon. Lundi, il se plaignait du chiffre 7 auquel il manquait, selon lui, une barre horizontale pour bien le différencier du 1. Adélaïde pensait qu'il voulait la taquiner. Elle a ri, avant de constater que la réprimande était sérieuse. Jamais ces détails n'ont dérangé Bonnet Senior. Le vieux n'a toujours eu que des bons mots pour son travail. En quatre ans, jamais il n'a émis la moindre critique. Mais depuis qu'on a remis en question sa capacité de travail, il ne se passe plus un jour sans qu'on la reprenne. Peut-être qu'elle n'aurait pas dû profiter du passage de Bonnet Senior au bureau pour lui glisser un mot sur le sujet. Après lui avoir promis de régler l'affaire, Senior a rendu visite à son fils et s'en est allé comme si de rien n'était. À partir de ce jour-là, Junior l'a prise en grippe et ne lui a plus laissé de répit.

Adélaïde se demande ce qu'il va trouver aujourd'hui. Pour ne pas lui donner l'occasion de la prendre en défaut, elle respecte à la seconde près son temps de pause. Elle écrit ses chiffres exactement comme il l'exige. Elle s'applique, est concentrée, minutieuse, mais sent quand même le souffle de son patron dans son cou quand il passe derrière elle.

Le voilà qui s'approche justement avec, à la main, les documents sur lesquels elle travaillait la veille.

— Il ne faut pas toucher aux cases quand on remplit des formulaires du gouvernement.

— Comment ?

Adélaïde n'arrive pas à en croire ses oreilles.

— Il ne faut pas toucher aux cases. Regarde ! Tes lettres sont trop grosses, elles touchent aux lignes bleues. Il ne faut pas.

— Les lignes bleues ?

— Oui, Adèle. Les lignes bleues. Force-toi dorénavant parce que je n'aime pas le travail négligé. Je veux que tu recommences cette feuille-ci. Tu viendras me la montrer quand tu auras fini. Si je trouve que ça convient, je te donnerai les autres à réécrire. On ne peut pas les envoyer comme ça. On aurait l'air incompétents.

Adélaïde regarde le formulaire, toujours ahurie. Ses chiffres sont aussi bien tracés que d'habitude, ses lettres, aussi bien calligraphiées. Parce qu'elle dessine tous les jours, sa main n'hésite jamais. Son écriture est belle. Elle le sait, on le lui a souvent répété. Réécrire tous les formulaires ? Elle y passera les deux prochains jours au moins !

— Le gouvernement n'a jamais retourné nos documents parce que mes lettres touchaient aux cases.

— C'est une nouvelle consigne.

Adélaïde voudrait demander à voir la consigne écrite, mais cela reviendrait à mettre en doute la parole de son patron. Elle préfère renoncer à le questionner. Junior n'en garde pas moins les dents serrées et les yeux plissés, comme insatisfait malgré la soumission de son employée.

— Si tu ne veux pas travailler correctement, Adèle, tu peux toujours démissionner.

Voilà donc où il veut en venir depuis le début. L'humilier et la harceler pour la forcer à démissionner. Il est vrai qu'un congédiement pur et simple serait mal perçu par Bonnet Senior. Le vieux pourrait avoir des soupçons, poser des questions. Alors qu'un départ volontaire… Il est malin, Junior. Sauf qu'Adélaïde n'a pas les moyens de renoncer aux prestations d'assurance chômage qui lui permettraient de survivre en attendant de se trouver un autre emploi. Partir, ce serait se retrouver sans source de revenus pour un temps indéterminé. Si elle était la seule à en souffrir, elle n'hésiterait même pas. Elle se sait capable d'affronter bien pire. Mais il y a Marjolaine.

Adélaïde encaisse donc, réécrit tous les formulaires comme il le lui a demandé, en priant pour que demain, ou le jour suivant, Bonnet se trouve une autre proie à écraser. Mais le jeudi, quand elle s'arrête comme d'habitude à la réception pour recevoir sa paie, la secrétaire se confond en excuses. Son chèque a été égaré. Adélaïde doit attendre au lendemain pour en voir la couleur. Bonnet Junior le lui remet à son arrivée au travail sans autre explication et sans excuse non plus.

Ce vendredi-là, Adélaïde quitte le bureau avec une boule dans la gorge. Ses mains tremblent pour la première fois de sa vie. Et c'est de rage qu'elles tremblent. De rage contenue.

Malheureusement, le manège de Junior se poursuit toute la semaine suivante. Adélaïde le sent désormais approcher sans même avoir à se retourner. Ce sont toujours des broutilles qu'il lui reproche, car elle ne fait aucune faute professionnelle. Enfin, le matin du deuxième jeudi de décembre, tous les employés sont convoqués dans la salle de conférence. Debout devant eux, endimanché dans un habit neuf et très à la mode, Junior regarde ses employés d'un air victorieux pendant qu'à côté de lui le vieux déclare qu'il est venu au bureau pour la dernière fois.

— Mes chers amis, ce n'est pas sans tristesse que je vous quitte aujourd'hui. J'avais prévu diriger encore quelque temps cette boîte que j'ai fondée il y a trente ans, mais les terrains de golf de la Floride ont eu raison de ma détermination. C'est avec fierté que je passe le flambeau à mon fils. Depuis un an que je l'observe, je dois dire que Junior a largement prouvé ses compétences. Je vous laisse donc en bonnes mains.

Adossée au mur du fond, Adélaïde a l'impression que son corps se vide de son sang. Autour d'elle, des murmures s'élèvent. Personne, absolument personne ne se réjouit, si ce n'est Junior, en avant, qui adresse à ses employés un sourire carnassier.

3

Un soir que ma mère était sortie et que je jouais à la cachette avec notre voisin Max, j'ai trouvé dans la grande chambre où je n'allais jamais, au fond d'un placard encombré, deux housses de plastique. La première contenait une robe de mariée ornée de voiles et de dentelle, qui portait encore dans l'encolure l'étiquette originale et le prix. Cette découverte m'a rassurée parce qu'elle confirmait l'histoire de ma naissance.

Dans la seconde housse se trouvait le long trench gris que ma mère endossait les soirs où, habitée par un démon qui m'effrayait, elle enfilait ses bottes Doc Martens. En quittant notre appartement, ces soirs-là, elle laissait la porte ouverte, avertissait de son départ ma grand-mère, à l'étage du dessous, et disparaissait dans les rues humides du Faubourg. Quand elle rentrait, tard dans la nuit, blême et fatiguée, il m'est arrivé de percevoir dans son regard une étrange lueur. On aurait dit que, pendant ces quelques heures de solitude, elle avait goûté aux fruits que son état de mère monoparentale lui défendait.

4

La nuit règne depuis longtemps sur le carré d'Youville quand Adélaïde y met les pieds. Les trottoirs sont déserts et, lorsque l'autobus dont elle vient de descendre tourne au coin de la rue, Adélaïde se retrouve seule, plongée dans le silence. Les fenêtres des immeubles de bureaux ne laissent filtrer aucune lumière. Leurs locaux sont aussi vides que la rue, les abribus et le stationnement souterrain. Adélaïde cale sa tuque jusqu'aux oreilles, remonte le col de son trench et fouille dans sa poche à la recherche de gomme. Ce geste a quelque chose de masculin, surtout quand elle se met à mâcher. Elle ne sourit pas, mais ça l'amuse. Elle sait qu'elle a l'air d'un garçon avec ses cheveux roulés et remontés sous la tuque, avec ce grand imperméable d'homme et avec ses Doc Martens aux pieds. Ainsi déguisée, elle n'a pas l'air d'une victime. Elle peut aller et venir au centre-ville, tout le monde la laisse tranquille. Que ça lui fait du bien après sa journée d'enfer au bureau !

Son regard erre un moment sur les murs de fortification qui marquent l'entrée du Vieux-Québec. Si elle ne travaillait pas le lendemain, elle irait s'asseoir sur les remparts pour regarder la ville. Mais il est passé minuit, et si elle veut retoucher son dernier dessin avant d'aller dormir, il faudrait qu'elle y aille. Elle tourne donc les talons pour gagner la rue d'Aiguillon.

Le bras qui lui enserre la taille la prend par surprise. Elle n'a pas le temps de crier qu'une main gantée se presse déjà sur sa bouche. Elle est aussitôt soulevée de terre et portée quelques mètres plus loin, dans un coin sombre, entre deux édifices. Elle se débat, donnant coups de pied et coups de poing tant qu'elle le peut. Elle essaie même de mordre la main qui l'empêche de crier, mais sans succès. Le déclic bien connu d'un couteau à cran d'arrêt la force à s'immobiliser. Une lame apparaît devant ses yeux, facile à reconnaître malgré la pénombre. Deux silhouettes se dessinent, juste derrière. Ils sont donc trois.

— Bouge pas, pis ça ne te fera pas mal.

Adélaïde suit des yeux le couteau qui descend jusqu'à terre. Une main lui attrape le pied tandis que l'autre glisse le couteau en remontant le long de sa jambe jusqu'au mollet, coupant le lacet sur toute la hauteur de la botte. Quelques secondes plus tard, la botte est retirée, et l'autre pied subit le même sort. L'instant d'après, Adélaïde est projetée sur le sol. Elle ferme les yeux, se roule en boule et attend, mais il ne se passe plus rien.

Quand elle se redresse, le corps tremblant tant de froid que de peur, elle est seule dans le noir, en pieds de bas dans la neige. Elle étire le cou, sur la défensive, et regarde dans toutes les directions pour s'assurer que ses agresseurs sont bel et bien partis. Convaincue d'être enfin hors de danger, elle se lève et s'avance dans la lumière d'un lampadaire. Le carré d'Youville, toujours aussi désert, a retrouvé sa quiétude. Heureusement qu'un autobus vient d'apparaître au coin de la rue. Adélaïde titube jusqu'à l'arrêt et se rue dans l'autobus dès que la porte s'ouvre. Elle fond en larmes sur le premier siège qu'elle aperçoit.

* * *

— Tu ne peux vraiment pas les décrire?

Quand le policier se penche vers l'avant, son fauteuil craque sinistrement. Il allonge le bras et pousse encore une

33

fois l'album de photos sous les yeux d'Adélaïde. Comme la première fois, elle fait non de la tête.

— Je n'ai pas eu le temps de les voir. Et puis il faisait trop noir.

— As-tu crié pour demander de l'aide?

— J'ai essayé, mais un des gars avait mis sa main sur ma bouche et serrait très fort.

— Tu es certaine que c'est juste sur ta bouche qu'il avait mis sa main?

Déconcertée par la question, Adélaïde reste coite, persuadée d'avoir mal entendu.

— Allez, force-toi un peu. Tu dois bien avoir vu un détail. Un piercing ou un tattoo. Une cicatrice, peut-être?

Elle secoue la tête. Qu'est-ce qui est le pire? Se faire agresser en pleine rue ou recevoir ce genre d'aide de la police?

— Je n'ai rien vu. Ça n'a pas duré longtemps. Une ou deux minutes, je pense. Je ne sais plus. J'ai juste vu le couteau.

— Tu as vu le couteau, mais pas le gars qui le tenait?

Elle hésite à répondre. Elle a l'impression de se retrouver encore une fois dans le bureau de Bonnet Junior.

— Ces voyous auraient pu te battre, te violer et même te tuer, alors essaie donc de te rappeler. Il n'y en a pas un de la gang qui ressemblait à ça?

Il tourne les pages de l'album, et son doigt se pose sur la photo d'un jeune skinhead vêtu de cuir. Adélaïde examine le visage.

— Je ne le sais pas. Je ne les ai pas vus, je vous l'ai dit.

— Penses-tu qu'ils ont été dérangés et que c'est pour ça qu'ils sont partis aussi vite?

— Non. Il n'y avait personne. Ils voulaient juste mes bottes.

— C'est quoi l'idée, aussi, pour une femme, de porter des Doc Martens? Pis de sortir tard de même le soir? Je dirais que tu cherchais le trouble.

— Je rentrais de la Basse-Ville, pis j'étais trop fatiguée pour monter l'escalier.

— Pis l'ascenseur était fermé. Je sais, tu me l'as déjà dit.

— Est-ce que je peux m'en aller, maintenant?

— Ouais. Je vais envoyer quelqu'un te reconduire.

— Ce n'est pas nécessaire.

— Je ne vais pas te laisser retourner au carré d'Youville à pied à cette heure-là.

Après avoir rempli un formulaire et y avoir ajouté l'heure et la date, il tourne le document pour qu'Adélaïde puisse lire ce qui est écrit.

— Tu signes dans le bas, je m'occupe du reste.

Elle obéit, trop contente qu'on la laisse enfin partir.

Dans le couloir, l'homme interpelle deux de ses collègues.

— Ramenez-la chez elle. Elle a terminé sa déposition.

Les agents vident leur café d'un trait et lui font signe de les suivre. Adélaïde leur emboîte le pas, les pieds toujours aussi gelés, malgré les espadrilles usagées qu'on lui a remises pour qu'elle ne prenne pas froid.

Dans la voiture de patrouille qui monte la côte d'Abraham, elle remarque l'absence de poignée à l'intérieur. Un frisson lui parcourt l'échine. Elle est encore une fois à la merci des autres, prisonnière des voyous, de Bonnet Junior comme de ces policiers. Elle voudrait hurler son indignation, mais ne dit pas un mot. Elle veut qu'on la ramène, qu'on la laisse sur le trottoir devant chez elle et qu'on lui fiche la paix.

Les paroles de son patron lui reviennent. Ce matin, quand il la réprimandait pour la couleur de l'encre utilisée sur un formulaire, elle a perdu patience et lui a demandé de la congédier si elle ne faisait pas l'affaire.

— Je ne vais pas te mettre à la porte, Adèle. Ce sera bientôt le temps des impôts et je n'aurai pas trop de bras. On va simplement corriger, toi et moi, ta manière de travailler.

Comme il lui tendait le stylo à utiliser, elle a perçu dans son regard un éclair de plaisir. De la jouissance, même. C'est ce même éclair qu'elle a reconnu un moment plus tôt dans les yeux du policier qui prenait sa déposition. Y avait-il une lueur semblable dans les yeux des voyous qui lui ont volé ses bottes? Elle ne le saura jamais, mais une conclusion s'impose : Adélaïde ne pouvait passer une pire journée.

*   *   *

La voiture s'arrête le long du trottoir devant un homme sans manteau et à l'air ahuri, planté devant une femme en robe de nuit qui lui montre les poings. Elle lui crie des insultes, sans doute, le corps tendu vers l'avant, et ses cris se répercutent en écho sur les murs continus qui bordent la rue. L'homme, penaud, garde la tête baissée. Ni l'un ni l'autre n'a remarqué la présence de l'auto-patrouille. Les deux agents descendent de voiture en échangeant un sourire amusé. Le premier se dirige vers la femme tandis que son collègue ouvre la portière pour Adélaïde.

— Tiens! Tu le feras toi-même, ton lavage!

D'un geste emporté, la femme balance au visage de son compagnon une valise qui s'ouvre en atterrissant dans la neige.

— Pis à partir d'aujourd'hui, ils peuvent bien venir, les voleurs! Ils ne peuvent pas être pires que toi au lit.

— Madame?

La femme se retourne au moment où Adélaïde pose le pied sur le trottoir.

— Maman?

Quand Jacinthe aperçoit sa fille, sa colère fait place à la surprise.

— Adèle? Qu'est-ce que tu fais là? Je te pensais rentrée depuis longtemps!

36

C'est alors seulement qu'elle remarque les policiers.

— Qu'est-ce que vous voulez, vous autres? Ce sont les voisins qui vous ont appelés? Ah, ils ne perdent pas de temps, les voisins! Il suffit qu'une femme mette son chum à la porte pour que *PAF!* la police arrive. Mais quand c'est une femme qui se retrouve à la rue, vous prenez votre temps. On sait bien!

Les joues rouges de honte, Adélaïde s'approche de sa mère.

— Qu'est-ce qui se passe, maman? Tu as mis Gaston dehors?

— Gaston pis son ménage pis son lavage pis le reste avec!

— Calmez-vous, madame, ou bien on va être obligés de vous embarquer.

— C'est ça, embarquez-moi donc! J'ai rien que ça à faire, moi. De toute façon, écouter un homme ou en écouter un autre, ça revient au même.

Des lumières s'allument aux fenêtres des maisons voisines. Conscient des regards qui se posent sur eux, le premier policier se montre plus ferme.

— Je vous avertis, madame, si vous ne baissez pas le ton, vous allez vous retrouver au poste.

Adélaïde intervient, paniquée à l'idée que sa mère soit arrêtée.

— Viens donc, maman. On va aller parler de ça calmement dans la maison.

— Voyons, Adèle, tu vois bien que je suis calme. Maintenant que lui...

Elle fait un geste en direction de Gaston qui s'éloigne en traînant sa valise.

— ... que lui est parti, je vais reprendre possession de ma vie pis de mon temps. As-tu envie d'une tasse de thé, Adèle? Je prendrais bien une tasse de thé. Gaston, lui, déteste le thé pis l'odeur du thé. Mais Gaston, il n'est plus là, maintenant, pour me dire ce que je peux faire pis ce que je ne peux pas faire dans *mon* appartement.

La voix du policier s'élève dans son dos.

— Avez-vous bu, madame ?

— Pas encore, puisque je viens de vous dire que je m'en vais boire du thé, répond Jacinthe sans relever la provocation.

Parce qu'elle sent grandir l'impatience du policier, Adélaïde prend sa mère par les épaules et l'entraîne vers la porte.

— Viens me raconter ça, maman.

Ses muscles se tendent quand le policier s'adresse encore à Jacinthe.

— C'est une bonne idée, le thé, madame. Si vous suivez votre fille à l'intérieur, on ne vous donnera pas de contravention même si vous avez troublé l'ordre public.

Cette fois, Jacinthe est piquée au vif. Elle se dégage de la poigne de sa fille et fait volte-face. Ses yeux lancent des éclairs de défi tandis qu'elle s'avance vers l'agent. Ce dernier jette un œil en direction de son confrère. Il hésite, et Jacinthe prend cette hésitation pour un signe de faiblesse. Toute à sa colère contre les hommes, elle repart de plus belle.

— Troubler l'ordre public, vous dites ?

Comme un adolescent fougueux et bagarreur, elle bombe le torse, fière d'avoir réussi à déstabiliser un policier.

— Tu sauras, mon p'tit gars, que l'ordre public, ce sont toujours les femmes qui le troublent. Parce que ce sont elles, aussi, qui le maintiennent. Gaston, là-bas, il va se retrouver une belle p'tite bonne femme pour lui faire son ménage pis son lavage. Pis la tarte, elle va l'endurer comme moi pendant un bout, jusqu'à ce qu'elle réalise que ça ne vaut pas le coût de se taper tout cet ouvrage en échange d'une baise une fois par mois. Il y a des limites à se prostituer.

Deux minutes plus tard, la voiture de police s'éloigne avec, sur la banquette arrière, une Jacinthe Fraser plus furibonde que jamais.

* * *

L'eau chaude l'apaise et la revigore. Dans la baignoire, Adélaïde ferme les yeux et essaie de se laisser pénétrer par le silence qui règne dans l'immeuble. Peine perdue. Elle ne peut oublier les regards malicieux que les policiers ont échangés avant d'embarquer sa mère. Quelles plaies, ces deux-là ! Adélaïde aurait dû suivre son instinct et insister pour rentrer à pied. Elle serait arrivée seule, et les choses n'auraient pas dégénéré à ce point. En entendant les cris de sa mère dans la rue, un voisin aurait peut-être appelé la police, mais il aurait fallu attendre plusieurs minutes avant qu'une voiture arrive sur les lieux. Adélaïde aurait eu tout le loisir de faire rentrer sa mère avant qu'elle attire trop l'attention. Il faudra maintenant aller la chercher au poste, demain matin. Ce matin en fait, parce qu'il est déjà trois heures.

Trois heures. Les bars ferment en ce moment. Max ne va pas tarder à rentrer. Comme elle aurait aimé qu'il soit resté à la maison ce soir au lieu d'aller jouer de la musique au Fou-Bar ! S'il avait été chez lui, il serait tout de suite descendu lui donner un coup de main. Les deux femmes n'auraient pas eu l'air aussi seules, debout dans la rue en pleine nuit et en plein hiver. Aux yeux des policiers, elles n'auraient pas eu l'air si démunies une fois Gaston parti. Ils y auraient pensé à deux fois avant de… Et puis peut-être pas. Sa mère était tellement en colère qu'Adélaïde n'est pas certaine qu'elle aurait réussi à la calmer, avec ou sans Max.

On frappe à la porte de la salle de bain. Trois petits coups si légers qu'Adélaïde se demande un moment si elle a rêvé.

— Entre, ma puce !

La porte s'ouvre, et Marjolaine apparaît, en pyjama, la tignasse ébouriffée. Sur son visage, on peut lire un air victorieux inquiétant.

— Qu'est-ce qu'il y a, Marjo? Ce sont les bruits dans la rue qui t'ont réveillée?

— Ben, non, voyons! Je ne dormais même pas!

Adélaïde fronce les sourcils.

— Comment ça se fait que tu n'étais pas dans ton lit? Elle n'est pas venue te coucher, grand-maman?

— Oui. Mais quand elle est repartie, je suis redescendue pour boire un verre de lait, pis c'est là que je l'ai entendue.

— Comment ça, tu l'as entendue? Tu es allée dans l'escalier?

— Non, j'ai écouté sur le plancher.

Adélaïde remue la tête, l'air sévère.

— Tu sais que je ne veux pas que tu fasses ça. C'est impoli.

— De toute façon, grand-maman et Gaston parlaient tellement fort que je les aurais entendus même en haut dans mon lit.

Curieuse malgré elle, Adélaïde fait signe à sa fille de s'approcher. Marjolaine abaisse le couvercle de la toilette et se hisse dessus.

— Qu'est-ce qu'elle disait, grand-maman?

Marjolaine gigote sur son siège, balance les pieds dans le vide et esquisse un sourire complice.

— Tu veux que je fasse comme dans un film?

Adélaïde hoche la tête, consciente d'encourager ainsi un comportement qui ne devrait pas l'être.

«Au point où on en est...» se dit-elle, en faisant signe à sa fille.

Marjolaine entame son récit, visiblement ravie.

— Je n'ai pas entendu comment la chicane a commencé. Mais à un moment donné, grand-maman a dit: «Veux-tu bien me dire ce que ça m'apporte, à moi, d'avoir un homme dans ma vie?» Pis là, Gaston a répondu: «Ben, euh, je paie le loyer.»

La voix de Marjolaine devient tout à coup plus aiguë.

— *On le paie moitié-moitié, le loyer.*

Puis sa voix devient grave.

— *Ben, je paie l'épicerie.*

— *On la paie moitié-moitié, l'épicerie.*

— *Ben, on couche ensemble.*

— *Es-tu en train de me dire que je fais le ménage, la cuisine pis ton lavage juste pour coucher avec toi une fois par mois?*

— *C'est plus souvent que ça.*

— *Non, ce n'est pas plus souvent que ça!*

— Marjolaine!

— *C'est vrai! C'est ça qu'ils ont dit!*

Scandalisée à l'idée que sa fille ait été témoin d'une telle querelle, Adélaïde se demande comment la rassurer. Elle se ravise en constatant que sa fille n'est absolument pas bouleversée. Elle semble même plutôt contente d'avoir piqué la curiosité de sa mère et se penche vers elle avec un sourire espiègle.

— Veux-tu savoir le reste?

Adélaïde soupire et lui fait signe de poursuivre.

— Où est-ce que j'étais rendue…? Ah, oui! Gaston, il a dit qu'il pouvait la protéger s'il arrivait un problème.

La voix de l'enfant redevient aiguë.

— *S'il arrive quoi?*

— *Mettons que quelqu'un entre pour te cambrioler.*

— *Et qu'est-ce que tu ferais?*

— *Je serais là pour te défendre.*

— *Alors je fais tout ça pour être certaine d'avoir un homme à côté de moi quand un voleur va défoncer ma porte?*

— Pis là, grand-maman a demandé à Gaston ce que ça lui apportait, à lui, de vivre avec elle. Il a dit que ça lui coûtait moins cher pour le loyer pis l'épicerie à lui aussi. Pis là, grand-maman a dit, en plus, que ça lui donnait quelqu'un pour faire son lavage, son ménage pis la popote. Pis elle a dit aussi que ça lui donnait quelqu'un qui écartait les jambes une fois par mois sans se plaindre qu'il pue le fond de tonne.

— Marjolaine!

— Quoi? Je suis d'accord avec grand-maman. Il pue, Gaston.

— Ben, là, il est parti dormir ailleurs, Gaston. Pis toi, tu vas l'imiter et aller dormir dans ton lit.

Marjolaine glousse, se laisse choir de son promontoire et vient s'appuyer sur le bord de la baignoire.

— Bonne nuit, maman!

Après un baiser fougueux, elle se sauve, toujours en rigolant. Adélaïde l'entend grimper les marches qui mènent à sa chambre. L'instant d'après, les ressorts grincent. Marjolaine est retournée dans son lit.

Demeurée dans son bain, Adélaïde sourit malgré elle. Gaston est parti. Cette horrible journée lui réservait quelque chose d'agréable, après tout.

* * *

Vendredi après-midi. Quand Adélaïde franchit la porte de Chez Temporel, un vent terrible s'engouffre à l'intérieur en même temps qu'elle, arrachant du babillard les petites annonces dont la plupart étaient déjà là deux semaines plus tôt. Sur les tables, les serviettes et les napperons s'agitent comme si une armada de fantômes en avait profité pour entrer, elle aussi.

— Eh! Salut, ma belle!

Debout derrière le comptoir, le propriétaire s'amuse de voir son restaurant prendre vie de cette manière.

— Ce n'est pas un temps à laisser un chien dehors!

Adélaïde approuve, récupère les petits bouts de papier qui volent dans tous les sens et les remet à leur place sur le babillard.

— Ce n'est pas un temps pour laisser quoi que ce soir dehors! Le trottoir de la côte de la Fabrique est glacé. J'ai failli tomber cent fois juste pour m'en venir ici.

— Va t'asseoir, je te monte ton café.

Adélaïde est sur le point de lui demander s'il n'a pas quelque chose de plus fort, mais se ravise. Elle s'arrêtera au Fou-Bar avant de rentrer.

À l'étage, elle retire son manteau, s'installe à sa place, sort les circulaires volées, sa calculatrice, son carnet et son crayon. Mais au lieu de commencer sa liste d'épicerie, comme elle le fait le vendredi, elle se plonge dans la contemplation de la rue qu'on voit si bien de là-haut. Il fait déjà sombre dehors. Plusieurs lumières ont été allumées dans les appartements d'en face. Adélaïde peut suivre les allées et venues des occupants. Ici, un petit garçon regarde la télévision, là, un couple prépare le souper. Un autre s'enlace derrière des rideaux à peine fermés. En bas, sur le trottoir, un homme sort son trousseau de clés et déverrouille une porte derrière laquelle il disparaît. Quelques instants plus tard, une autre lumière s'allume. Malgré le plein jour, Adélaïde suit les déplacements de cet homme dans son appartement. D'abord dans le salon où il suspend son manteau. Puis dans la cuisine où il branche la bouilloire. Puis dans la salle de bain, puis de nouveau dans la cuisine. Il se prépare du thé. Le voilà ensuite qui s'assoit, déplie son journal et se penche au-dessus pour lire. Après, il ne se passe plus rien. Ni dans cet appartement, ni dans les autres où on a fermé les rideaux ou éteint les lumières. Faute de trouver quelque chose de plus intéressant à faire, Adélaïde revient à ses circulaires. Il va lui falloir couper encore dans l'épicerie. Elle n'a plus d'autre choix. Il ne lui reste que deux semaines à travailler chez Bonnet et fils.

Où a-t-elle trouvé le courage de tenir tête à son patron au point de l'envoyer paître comme elle rêvait de le faire depuis des mois? Est-ce le comportement farouche de sa mère qui l'a inspirée? En allant la chercher en taxi au poste de police ce matin, s'attendait-elle à l'imiter quelques heures plus tard? Parce que Bonnet Junior, lui, n'a rien vu venir. Il la réprimandait pour son retard alors qu'elle avait pris la peine d'appeler en se levant pour avertir la secrétaire. Au lieu de se confondre en excuse, Adélaïde a foncé à son poste de travail et, excédée, elle a pondu en dix minutes une lettre de démission qu'elle est allée lui porter immédiatement.

— Voilà! Vous avez fini de vous plaindre de moi. Considérez que vous avez, avec ça, mes deux semaines d'avis.

Adélaïde ne se souvient pas avoir agi avec autant d'assurance de toute sa vie, sauf peut-être quand elle a annoncé à sa mère qu'elle gardait son bébé. Elle n'avait alors que seize ans. Huit ans plus tard, la voilà qui vient de poser un geste tout aussi courageux. Quitter un emploi qu'elle déteste pour... se retrouver devant rien. Est-ce courageux ou stupide? Elle s'est posé la question tout le reste de la journée, les dents serrées, remplissant à son rythme les formulaires comme elle l'avait toujours fait avant la surveillance excessive de son patron. Consciente des regards curieux que lui jetaient ses collègues, elle est sortie dîner à la brasserie. À son retour, elle a trouvé un bout de papier plié sur son bureau. Quelqu'un y avait écrit *Bravo!* sans signer.

Ce mot d'encouragement n'a pas empêché les remords de lui broyer les tripes jusqu'à seize heures. En quittant le bureau, elle a même failli retourner voir Junior pour s'excuser et lui demander d'oublier sa démission. Elle n'en a rien fait, cependant. Elle possède quand même un peu de fierté, même si, maintenant attablée devant une liste d'épicerie qui dépasse de vingt dollars ce qu'elle peut se permettre, elle se dit que c'est davantage l'orgueil qui l'en a empêchée.

Que fera-t-elle quand elle aura écoulé les dernières semaines de salaire ? Si Gaston n'était pas parti, elle aurait pu demander à sa mère de l'aider financièrement. Mais Jacinthe se retrouve désormais seule pour payer le loyer, elle n'aura pas trop d'argent. Dire que même cette unique bonne nouvelle de la semaine n'est pas arrivée sans inconvénient ! Il aurait mieux valu y penser à deux fois avant de souhaiter le départ du bonhomme. Pourquoi faut-il que tous les malheurs s'abattent sur elle en même temps ?

Comme pour justifier sa contrariété, Adélaïde commence à dresser la liste de tout ce qui lui est tombé dessus depuis un mois, puis y renonce. Ça ne sert à rien de ressasser tout ça. Ce qu'il faut, c'est se retrousser les manches et se trouver un autre emploi. De préférence quelque chose qui lui plairait. Une image lui revient alors en tête. Quelques mots griffonnés à la main sur un bout de papier épinglé sur un babillard. Adélaïde bondit de sa chaise, descend l'escalier quatre à quatre et s'arrête devant la porte. Là, à l'endroit où elle l'a elle-même replacée sans s'y attarder quelques minutes plus tôt, se trouve l'offre d'emploi qu'il lui fallait.

* * *

La sonnette retentit, mais aucun bruit ne parvient de l'intérieur. On dirait qu'il n'y a personne. Pour s'en assurer, Adélaïde met l'oreille contre la porte, exactement comme elle a interdit à sa fille de le faire. Elle appuie encore une fois sur la sonnette. De l'autre côté, ça bouge enfin. La porte s'ouvre sur un homme d'une trentaine d'années, l'air encore ensommeillé.

— Excusez-moi, souffle Adélaïde en constatant qu'elle vient de commettre un impair. Je ne voulais pas vous déranger.

Il est juste six heures. Je ne m'attendais pas à vous réveiller. Excusez-moi. Je vais revenir demain.

Elle continue de se confondre en excuses jusqu'à ce que l'homme lève la main pour l'interrompre.

— Ça va, ça va. Je faisais juste une sieste. Qu'est-ce que vous voulez?

Adélaïde sort de sa poche l'annonce piquée sur le babillard.

— Avez-vous trouvé quelqu'un pour faire ce travail?

L'homme allonge le bras, attrape l'annonce et en lit les premières lignes.

— Non, pas encore. Pourquoi? Es-tu intéressée?

Pour toute réponse, Adélaïde lui offre un large sourire.

— As-tu déjà travaillé dans une chocolaterie ou une pâtisserie?

Voilà. On est rendu au moment délicat.

— Je suis commis-comptable, je n'ai donc pas d'expérience en pâtisserie, mais…

— Je ne comprends pas. C'est ça que je cherche, une pâtissière.

— Vous cherchez quelqu'un pour fabriquer des bonshommes en pâte d'amande. Je suis capable de faire ça.

L'homme l'étudie un moment. Adélaïde n'a pas pris le temps de rentrer chez elle. Elle porte donc son pantalon de bureau et sa canadienne. Ses cheveux sont roulés sous sa tuque et son visage n'est en rien enjolivé par le maquillage. Il la voit donc telle qu'elle est, une femme de vingt-quatre ans, jolie, mais sans plus, pas très grande, ni trop mince ni trop grosse. Une femme ordinaire, quoi!

— Qu'est-ce qui te fait dire que tu seras capable de travailler la pâte d'amande?

— Je joue avec de la pâte à modeler depuis que je suis petite et je suis capable de reproduire n'importe quel bonhomme qu'on voit à la télé. J'ai même déjà fait Astérix et Obélix.

L'homme gratte la barbe de deux jours qui lui couvre les joues. Son air pensif fait douter Adélaïde, qui ne sait, tout à coup, ce qu'il faudrait ajouter pour le convaincre.

— Comment est-ce que tu as fait pour me trouver ? Je veux dire, je n'ai pas mis mon adresse sur cette annonce. Il n'y a même pas mon nom.

— J'ai téléphoné à votre chocolaterie, mais vous étiez déjà parti. J'ai demandé votre nom à vos employés et j'ai cherché votre adresse dans l'annuaire. Il y avait juste deux Stéphane Cognac. Comme l'autre vit à Beauport, j'ai pris une chance avec vous. Limoilou, c'est pas loin de chez moi et pas loin de votre chocolaterie.

L'homme l'étudie encore un moment et hoche enfin la tête.

— D'accord. Présente-toi à l'atelier lundi matin. On va faire un essai.

Adélaïde se mord la lèvre. Encore un pépin.

— Je travaille lundi matin. En fait, j'ai encore deux semaines à faire au bureau avant de me retrouver au chômage.

— Mmm…

Stéphane Cognac fait non de la tête.

— Je suis désolé, mais je ne peux pas attendre deux semaines avant d'embaucher quelqu'un. On est déjà dans le jus. Le temps des fêtes, c'est notre grosse saison.

Devant la mine dépitée d'Adélaïde, il s'éloigne et revient presque aussitôt un bout de papier dans une main, un crayon dans l'autre.

— Laisse-moi donc tes coordonnées. Si le poste n'est toujours pas comblé après les fêtes, je te ferai signe.

Quand elle monte dans l'autobus qui la mène vers la Haute-Ville, Adélaïde est plus découragée que jamais. Deux semaines de salaire et après, c'est fini. Il lui faut absolument trouver un moyen de réduire les dépenses.

Dix minutes plus tard, cependant, au moment où elle pose le pied sur le trottoir de la rue d'Aiguillon, son esprit mathématique a déjà trouvé une solution.

5

Ma grand-mère teignait en noir ses longs cheveux, portait des foulards colorés qu'elle s'enroulait autour du cou et qui, parfois, lui ceignaient le front à la manière des gitanes. Elle travaillait comme bibliothécaire dans l'ancienne église St. Matthew depuis tellement d'années qu'aucun employé ni abonné n'avait jamais connu la bibliothèque sans sa voix tonitruante. Ma grand-mère avait pourtant vu le jour en Gaspésie, avait épousé dans sa jeunesse un homme de son village, qu'elle avait quittés – l'homme et le village – au début de la vingtaine, son bébé sous le bras, pour venir faire sa vie à Québec. Je sais que son frère est venu la rejoindre quelques années plus tard, mais il n'est pas resté longtemps.

Ma grand-mère avait d'abord loué l'appartement du premier étage qu'elle avait mis à sa main à grands coups de mousseline et de bibelots. Puis, quand j'ai eu trois ans, elle a déménagé ses affaires au rez-de-chaussée, nous laissant à ma mère et moi l'appartement à deux chambres.

Nous vivions toutes les trois dans un périmètre de quatre kilomètres carrés comprenant le faubourg Saint-Jean-Baptiste, le Vieux-Québec et le quartier Saint-Roch. Ma mère pouvait en dessiner de mémoire chaque rue, chaque immeuble à logements, chaque église et même le Parlement. Mais rien de ce qu'elle dessinait ne se trouvait au-delà du décor ancien et familier que je sillonnais avec elle.

Si ma grand-mère se rendait de temps en temps dans un café de la rue Cartier, je n'ai pour ma part franchi le boulevard Saint-Cyrille – aujourd'hui René-Lévesque – qu'à mon entrée au secondaire. Cet environnement restreint ne limitait pourtant pas notre vision du monde. Ma mère rêvait du Festival d'Angoulême, ma grand-mère, de visiter les Tsiganes d'Europe, et moi, je voulais voir la campagne comme on la présentait dans les films, avec des granges, des animaux et des champs à perte de vue. Et la mer aussi.

En décembre 1992, ma grand-mère habitait le même immeuble depuis vingt-trois ans, et ma mère n'avait encore jamais vécu ailleurs. Quant à moi, j'étais convaincue que je suivrais leurs traces. Puis O'Malley est entré dans nos vies.

6

— Ici, c'est un chien avec une niche. Et là, c'est un chat qui se promène sur la clôture en arrière. Tu vois, ici, c'est la clôture.

Adélaïde observe avec tristesse le dessin de sa fille. On n'y reconnaît rien. Strictement rien. Des lignes hésitantes, discontinues, tordues. Pour y voir une niche, une clôture, un chien et un chat, il faut vraiment avoir beaucoup d'imagination.

Marjolaine a perçu la déception de sa mère. Elle reprend sa feuille et l'écrase entre ses doigts d'un geste rageur. Adélaïde se ressaisit.

— Ben, non, ma puce! Jette-le pas! Il est beau, ton dessin.

Le couvercle de la poubelle produit un bruit terrible en se refermant.

— Non, il n'est pas beau. Pis tu ne l'aimes pas. Pis… je ne ferai plus jamais de dess…

Ce dernier mot meurt sur les lèvres de Marjolaine tandis qu'elle s'élance dans l'escalier en pleurant. Adélaïde l'entend se jeter sur son lit et soupire. Comme elle s'en veut! Ce n'est pas de sa faute si on peut lire sur son visage comme dans un livre ouvert. De temps en temps, cependant, elle aimerait bien être capable de dissimulation.

Mortifiée, elle se lève et s'apprête à rejoindre sa fille quand on frappe à la porte. Si tôt? Elle ramasse les crayons abandonnés sur le plancher et les dépose sur la table. Puis, après un coup d'œil autour d'elle pour s'assurer que l'appartement est en ordre, elle va ouvrir.

Derrière la porte se trouve un couple. Adélaïde en demeure bouche bée.

— On vient pour voir la chambre.

— C'est que… l'appartement est bien trop petit pour quatre personnes.

— Ne vous en faites pas. Ce n'est pas pour nous deux.

— Fiou! Je pensais qu'on s'était mal compris. Entrez!

Adélaïde leur serre la main à tour de rôle.

— Ce n'est pas très grand, comme vous pouvez le voir. La cuisine d'un bord, le salon de l'autre. Et voici la chambre à louer.

La porte s'ouvre sur une pièce dépouillée de tout objet personnel et qui sent bon le détergent à odeur de pin. Sur le lit, les couvertures tombent parfaitement droites. Adélaïde y a même mis des draps neufs. La commode et le placard ont été vidés et leur contenu, rangé ailleurs.

— Il y a une autre chambre à l'étage. Je la partage avec ma fille.

Adélaïde se dirige vers l'escalier.

— Marjo! Viens dire bonjour à la visite.

L'enfant dévale bruyamment les marches et apparaît, les yeux rougis. En l'apercevant, l'homme dit quelques mots en anglais à sa compagne.

— Il veut savoir quel âge elle a.

— J'ai sept ans.

L'homme sourit, dit autre chose et la femme traduit de nouveau ses propos.

— Il demande pourquoi tu pleurais.

— Parce que je ne sais pas dessiner.

Marjolaine n'a plus sa mine renfrognée. Elle fronce même les sourcils. Ce jeu d'interprète l'intrigue.

— Pourquoi il ne me parle pas à moi, le monsieur ?

C'est sa mère qui répond.

— Parce qu'il parle anglais, ma puce.

— Ah, *you speak English !*

Les trois adultes tournent vers l'enfant un regard ahuri.

— Ben quoi ? Je ne sais peut-être pas dessiner, mais je vais à l'école.

— *Do you speak English ?* demande l'homme avec un sourire tellement large qu'on dirait qu'elle vient de lui faire un cadeau.

— Non. Ben, juste des petits mots.

Elle plie les doigts devant ses yeux et ne laisse qu'un centimètre entre le pouce et l'index.

— Des petits mots comme ça.

L'homme s'esclaffe.

Debout derrière sa fille, Adélaïde secoue la tête, déconcertée. Cette enfant est pleine de surprises.

— Je connais *winter*. Pis *summer*. Pis les jours de la semaine.

Un sourire de connivence sur les lèvres, l'homme la met au défi.

— *Monday…*

— *Monday, Tuesday, Wednesday, Thursday, Saturday, Sunday.*

— *Thursday, Friday, Saturday, Sunday.*

— Oui ! C'est vrai, j'ai sauté *Friday*.

Tous éclatent de rire devant tant d'enthousiasme. Puis l'homme dit quelque chose à l'intention de sa compagne qui, à son tour, se tourne vers Adélaïde.

— Il veut savoir s'il peut emménager jeudi.

— Pardon ?

— Il ne travaille pas jeudi après-midi et veut savoir s'il peut en profiter pour s'installer.

— C'est que…

Elle se tait quand l'homme pose sur elle un regard interrogateur. Il ne dit rien, mais demeure attentif et attend sa réponse. Adélaïde note alors sa petite stature, son front largement dégarni, ses lunettes épaisses. Elle remarque aussi la moue sceptique qui remplace le sourire agréable qui égayait son visage une minute plus tôt.

— Je pensais que c'était pour vous.

Elle parle à la femme pour éviter de le regarder, lui.

— Je ne comprends pas. Cette chambre est à louer ou pas?

— Elle est à louer, mais je veux une femme pour partager mon appartement.

— Pourquoi?

En planifiant la chose, Adélaïde n'avait pas prévu devoir s'expliquer. Surtout pas devant un homme. Elle ne peut tout de même pas lui dire en pleine face qu'elle se méfie des hommes et qu'elle ne veut pas que l'un d'entre eux tourne autour de sa fille. Il faudrait fournir des explications qu'elle n'a pas l'intention de donner, surtout pas devant Marjolaine.

— Je m'excuse de vous avoir fait perdre votre temps, mais c'est hors de question.

L'homme n'a pas besoin de traduction. De toute façon, juste à voir l'air contrarié d'Adélaïde, même un Chinois aurait compris qu'elle le refuse comme colocataire. Il s'adresse de nouveau à sa compagne, mais c'est Adélaïde qu'il fixe avec intensité.

— Il demande si c'est parce qu'il est anglophone. Parce que, vous savez, si c'est le cas, ça s'appelle de la discrimination et il existe des lois contre.

— L'anglais n'a rien à voir là-dedans, coupe Adélaïde, et je ne suis pas obligée de vous donner mes raisons. Quoique je me demande bien comment on se comprendrait, lui et moi, puisque je ne parle pas un mot d'anglais et lui pas un mot de français.

— Il comprend le français, mais ne le parle pas bien. C'est pour ça que je l'accompagne.

La voix de Marjolaine ajoute tout à coup à la tension qui, déjà, s'en venait intenable.

— Dis oui, maman! Ça serait le fun d'avoir quelqu'un comme ça dans notre maison.

— Arrête, Marjo! C'est une affaire de grands. Je ne louerai pas ma chambre à un homme, à celui-là pas plus qu'à un autre.

— Mais je le veux, lui, maman. Il est drôle. Dis oui! Dis oui!

— Ça suffit, Marjo. Monte dans ta chambre, on réglera ça tantôt.

Puis, se tournant vers le couple, elle ajoute :

— Je pense qu'on a fini.

La femme l'observe encore un moment avant de dire quelques mots à l'homme, qui hoche la tête.

— *Goodbye*, lance-t-il à Marjolaine juste avant qu'elle ne disparaisse dans l'escalier.

Il suit sa compagne jusqu'à la porte, mais juste avant de sortir, il attrape un des crayons sur la table, trouve un bout de papier dans sa poche, y griffonne son nom et un numéro de téléphone. Après avoir plié le papier en deux, il le dépose dans la main d'Adélaïde.

— *My phone number at work. In case you change your mind.*

La voix de la femme s'élève du couloir.

— C'est son numéro au trav…

— Pas besoin de traduction, tonne Adélaïde. J'ai compris. Mais je ne changerai pas d'idée.

La porte refermée, elle se laisse choir sur un fauteuil. Dire qu'elle est soulagée serait un euphémisme, mais elle est en colère aussi. Il n'est pas question qu'elle laisse un homme s'installer dans son appartement. Elle regarde le bout de papier où l'homme a inscrit son nom avec le numéro de téléphone. Sean McKenzie. C'est bien un nom d'Anglais, ça!

* * *

— Ses lettres ne sont pas très belles, non plus. Marjo trouve ça difficile d'écrire entre les lignes. Elle dépasse aussi beaucoup dans ses coloriages. Et ses dessins…

— Oui, je sais.

— Ce sera difficile pour vous d'entendre ça, mais… Ça ne va vraiment pas bien.

— Et son comportement?

Adélaïde s'accroche au maigre espoir qu'elle a d'entendre quelque chose de positif. Elle en a besoin. C'est une question d'équilibre. Le monde ne peut pas aller si mal. Pas tous les jours. Depuis un bout de temps, pourtant, on dirait que le sort s'acharne sur elle. Il y a d'abord eu le harcèlement de Bonnet Junior, puis le départ du Bonnet Senior, puis le vol de ses bottes au carré d'Youville, puis cet horrible passage au poste de police, puis l'arrestation de sa mère, puis sa démission, puis cet Anglais qui voulait louer une chambre qui ne semble intéresser personne. L'annonce est dans le journal depuis plus d'une semaine. Aucun autre appel. Il faudra pourtant qu'elle trouve une colocataire parce que la fin du mois approche. Elle termine mercredi au bureau. Deux jours après, ce sera Noël. Et après… Après, mieux vaut ne pas y penser.

Pourquoi a-t-elle l'impression de se frapper la tête contre un mur? Elle voudrait au moins une bonne nouvelle qui ne soit pas accompagnée d'un nouveau problème, comme l'a été le départ de Gaston. Jacinthe regrette tellement de l'avoir mis à la porte qu'elle en fait pitié. Elle pleure le soir, on l'entend jusqu'à l'étage à travers le plancher. Sa mère souffre, et Adélaïde s'en veut de s'être réjouie de cette rupture. Elle n'avait pas imaginé le chagrin de sa mère. Elle n'avait pensé qu'à son propre soulagement.

— Je n'ai pas un mot à dire sur le comportement de votre fille. Marjo est une enfant adorable. Son pupitre est en ordre, elle est polie et gentille avec les autres. Non, vraiment, je n'ai rien à dire de négatif côté comportement. Il faudrait juste qu'elle s'applique davantage dans ses travaux.

Ce n'est la faute de personne si les larmes montent aux yeux d'Adélaïde. Elle a reçu cette dernière phrase comme un coup de poignard au cœur. Elle aurait aimé que le commentaire s'arrête au positif. L'enseignante ne peut savoir qu'elle l'accable en ajoutant, après quelques mots de réconfort, ce qu'elle pense être la cause des faiblesses de Marjolaine.

Ce soir-là, au retour de sa rencontre à l'école, Adélaïde s'empare à contrecœur du téléphone. Elle compose un numéro inscrit sur un bout de papier, mais raccroche aussitôt. Qu'est-ce qui lui prend? Elle ne va tout de même pas louer sa chambre à un homme? À un inconnu par-dessus le marché? À cette idée, des images lui reviennent, brutales et douloureuses. Une main dans son cou, une autre sur sa cuisse. L'ennemi n'est pas toujours un étranger, elle le sait trop bien. Elle reprend le combiné et compose de nouveau le numéro.

— Bienvenue à l'école secondaire Saint-Patrick. *Welcome to St. Patrick High School…*

Comment a-t-elle pu l'oublier? Sean McKenzie lui a laissé son numéro au travail. Elle raccroche sans laisser de message, presque soulagée. Elle n'a pas encore trouvé ce qu'elle lui dira. Elle imagine qu'en français, il ne comprendra pas tout. Elle griffonne donc quelques mots sur une feuille. *Room OK for you*. Ça veut dire ce que ça veut dire. Du moins l'espère-t-elle. Il lui vient tout à coup une idée. Elle fouille dans une armoire et attrape l'annuaire. Assise en tailleur sur le plancher, elle tourne les pages jusqu'à ce qu'elle trouve l'adresse de l'école. L'annuaire lui tombe alors des mains.

L'école secondaire Saint-Patrick se trouve à moins de dix minutes de marche de chez elle, à un endroit où elle ne met jamais les pieds. Chez les riches, dans le quartier Montcalm.

* * *

Comment expliquer que Bonnet Junior la laisse tranquille maintenant? A-t-il été impressionné par son courage au point de la craindre? Adélaïde s'interroge en traversant le boulevard Saint-Cyrille. Elle y pense encore en contournant le Grand Théâtre. Son patron n'a plus besoin de la harceler maintenant qu'elle s'en va. Peut-être même regrette-t-il les gestes qui ont mené à cette démission quelques mois à peine avant la période des impôts? Tant pis pour lui! Ce relâchement dans la surveillance donne juste assez d'assurance à Adélaïde pour qu'elle se permette une incartade. C'est d'ailleurs ce qu'elle a fait un peu plus tôt en appelant la secrétaire pour l'informer qu'elle serait en retard.

— J'ai un détour urgent à faire avant d'aller travailler. Je serai au bureau autour de 9 h 30.

Elle a raccroché, fière de son coup, sans lui laisser le temps de répliquer ou de poser des questions.

Il neige encore ce matin. Une neige qui tourbillonne au rythme des bourrasques. Adélaïde a relevé son capuchon, remonté son foulard, enfoui les mains dans ses poches, et se dirige d'un bon pas vers l'école Saint-Patrick. Elle n'est pas seule. Des dizaines d'élèves marchent dans la même direction. Et dans la rue, trois autobus scolaires déversent leur flot de passagers, des adolescents peu vêtus pour la saison, comme il se doit. Adélaïde trouve la porte principale et se rend directement au secrétariat.

— Je voudrais parler à *Sine* McKenzie, s'il vous plaît.

Elle a prononcé le nom de l'homme comme elle le lit avec le peu d'anglais qui lui reste du secondaire. Si *clean* se dit *cline*, *Sean* doit se prononcer *Sine*. La secrétaire hausse un sourcil, puis la reprend :

— Vous voulez dire Sean McKenzie.

Hésitante, Adélaïde lui tend le bout de papier. La secrétaire lit et répète :

— Il s'appelle Sean.

Elle prononce le nom, puis l'écrit autrement au verso du papier.

— Ça se prononce *Shawn*.

En voyant la confusion sur le visage d'Adélaïde, la secrétaire ajoute :

— Comme Sean Connery.

— Le vieux James Bond ?

— Oui.

— Ma mère l'a toujours appelé *Sine* Connery.

— Votre mère se trompait. On dit *Shawn* même si ça s'écrit S-e-a-n.

— Ah, bon. J'aimerais parler à *Châne* McKenzie s'il vous plaît.

Elle a trop exagéré la prononciation. Elle se trouve ridicule, mais au lieu de rire, la secrétaire approuve.

— Attendez-moi. Je vais vérifier au salon du personnel s'il est arrivé.

Adélaïde la remercie et va s'adosser contre le mur opposé afin de répéter la phrase qu'elle aura à dire en anglais. Elle observe d'un œil distrait les élèves qui vont et viennent. L'odeur des planchers fraîchement lavés lui rappelle l'époque de sa propre adolescence. Évidemment, c'était avant qu'elle s'en aille pour accoucher, au milieu de sa cinquième année du secondaire. Après, c'est l'école des adultes qu'elle a fréquentée avant d'aller au cégep. Dans son temps, les jeunes avaient les cheveux plus longs, mais n'auraient jamais osé porter des jeans troués. Personne non plus ne transportait de sac d'école passé le primaire alors que là... Tous les élèves, du plus petit au plus grand, ont sur le dos un sac qui semble bien lourd. Adélaïde est impressionnée malgré elle. Comme les choses ont changé en huit ans!

— *Hello!*

Elle sursaute en reconnaissant la voix qui s'élève à côté d'elle. Sean McKenzie se tient à bonne distance, son manteau sur le dos, les bottes couvertes de neige. Derrière ses épaisses lunettes, ses yeux trahissent sa surprise, mais aussi une certaine curiosité. Il retire sa mitaine et lui serre la main.

— *My room OK for you*, lui dit-elle en esquissant un sourire avenant. Si tu la veux toujours, évidemment.

À voir l'empressement avec lequel il lui rend son sourire, Adélaïde se dit que sa décision doit tomber pile pour lui aussi.

— Avant de te donner les clés, j'aimerais que tu me paies au moins un mois de loyer.

Elle a parlé lentement et articulé chaque syllabe pour qu'il comprenne. Afin de s'en assurer, elle frotte ensemble le pouce et l'index, comme si elle vérifiait l'épaisseur des billets.

— *Right!*

Sean lui fait signe de le suivre, et elle lui emboîte le pas dans le couloir puis dans un escalier, puis dans un autre couloir. Tandis qu'il marche un peu devant, elle détaille sa silhouette frêle, sa démarche assurée. Il garde tout ce temps les mains enfoncées dans les poches de son manteau. Il s'arrête enfin devant un local où des enseignants discutent en buvant du café. Il la laisse passer devant, enlève son manteau et ses bottes avant de se diriger vers une table où une femme est penchée au-dessus d'un cahier, un stylo rouge à la main. Adélaïde reconnaît celle qui accompagnait Sean lors de la visite de l'appartement. Elle lui lance un *Bonjour* poli quand l'autre lève la tête dans sa direction.

— Sean me dit que vous venez lui offrir la chambre. Qu'est-ce qui vous a fait changer d'avis?

Elle a abandonné son cahier et s'est approchée.

Adélaïde perçoit chez elle une telle antipathie qu'elle ne trouve pas les mots pour répondre. Heureusement, Sean fait diversion en revenant avec un chèque pour le mois de janvier et un billet de cinquante dollars.

— *Is it okay?*

Adélaïde ne peut retenir le sourire qui accompagne son soupir de soulagement. Comment sait-il qu'elle a besoin d'argent à ce point ? Avant de glisser le chèque dans son portefeuille, elle remarque que Sean n'a écrit que son prénom sur la ligne du bénéficiaire. Évidemment, il ne connaît pas son nom de famille puisqu'elle ne l'avait pas inscrit sur l'annonce de la chambre à louer. Adélaïde se dit qu'elle ne doit surtout pas oublier de compléter le chèque avant de le déposer. D'un geste ferme, elle lui tend un trousseau de trois clés.

— Celle-là, dit-elle en désignant la clé barrée de liquide correcteur, c'est pour la grande porte d'en avant. Vous comprenez, en avant ?

Il fait oui de la tête.

— *Front door.*

Adélaïde approuve.

— La plus petite, c'est pour en arrière, mais on ne passe jamais par là. Vous pouvez emménager quand vous voulez.

— *Is tomorrow night okay with you?*

Adélaïde approuve de nouveau. *Tomorrow*, c'est un des mots qu'elle connaît.

Il est maintenant l'heure de partir, mais après avoir jeté un œil dans le couloir, Adélaïde hausse les épaules.

— Bon. Je m'en irais bien, mais je ne me rappelle plus du chemin.

La femme antipathique lève les yeux au ciel.

— C'est pas compliqué, mais je vais quand même aller vous reconduire.

Elle s'apprête à entraîner Adélaïde dans le couloir, lorsque Sean la retient d'une main sur l'épaule.

— *Allow me.*

Il la dépasse et rejoint Adélaïde qu'il dirige vers la gauche. Pendant un moment, ils marchent côte à côte sans rien dire. Puis ils s'engagent dans l'escalier, toujours sans un mot. Adélaïde décide qu'il lui revient de briser la glace.

— Tu enseignes quoi ?

— *Maths.*

Elle le regarde, surprise, puis lui lance sur un ton railleur :

— Les maths, hein ? J'espère que tu es meilleur que moi dans tes finances personnelles.

Sean éclate de rire, et ce rire a quelque chose d'émouvant.

Quand ils atteignent la porte principale, elle lui serre la main.

— D'habitude, j'arrive à la maison vers quatre heures et demie.

— *Me too.*

— Bon, ben, à demain !

Après un autre moment de gêne, ils se séparent, et la porte se referme entre eux deux. C'est l'heure d'aller travailler, pour elle comme pour lui.

Il neige à plein ciel, et les trottoirs sont déjà encombrés et glissants, ce qui devrait rendre la marche difficile. Adélaïde a pourtant l'impression de flotter au-dessus des remblais, des trous et de la gadoue. Ça ne fait peut-être pas son affaire de louer sa chambre à Sean McKenzie, mais l'argent qu'il vient de lui donner va leur permettre, à Marjolaine et à elle, de passer un temps des fêtes moins triste que prévu.

* * *

À 19 h 30 ce soir-là, tandis que Marjolaine barbote dans son bain, le téléphone sonne. Adélaïde décroche en se jurant que si l'interlocuteur est une femme qui se cherche une chambre en ville, elle se met à hurler.

— Salut, c'est Stéphane Cognac. As-tu trouvé une autre job?

Adélaïde se dit qu'il faudra faire une croix sur le calendrier. Le vent de malchance qui soufflait sur sa vie semble enfin vouloir tourner.

— Non.

— J'ai repensé à notre conversation. Parce qu'on ne fournit pas avec la production, une de mes employés travaille demain soir. Si la job t'intéresse toujours, je te jumelle avec elle, histoire de faire un essai.

— Demain? Wow! Ce serait parfait. Mais…

Adélaïde a peur tout à coup d'en demander trop puis se ravise. Elle a besoin d'argent.

— … mais, si vous m'embauchez, je ne veux pas travailler le soir. Je ne peux pas. J'élève ma fille toute seule et…

L'autre l'interrompt.

— Si la job te convient pis que je te trouve bonne, tu travailleras autant d'heures que tu voudras quand tu voudras. Je manque tout le temps de personnel pour les pâtes d'amande. Sauf que…

C'est à son tour d'hésiter. Adélaïde réalise que, pour la première fois depuis longtemps, elle a le gros bout du bâton. C'est lui, le patron, qui est mal à l'aise.

— Tu sais que je n'offre pas un salaire comparable à celui d'une comptable.

— Je suis commis-comptable. Pis ça ne fait rien. Pour le moment, je veux dire.

Elle ment à moitié. Elle vivrait mieux avec un salaire plus élevé, mais pour le moment, en effet, cet emploi fera l'affaire parce qu'il comble un autre besoin: celui d'aimer ce qu'on fait dans la vie.

— Qu'est-ce que tu en penses ?

La voix d'Adélaïde est trop douce, trop faible, comme celle d'une enfant qui cherche du réconfort. Elle se demande si elle a pris la bonne décision. Est-elle sur le point de laisser entrer un loup dans la bergerie ?

Sa mère quitte des yeux sa tasse de thé et pose une main sur celle de sa fille.

— Ce que j'en pense n'a aucune importance.

Adélaïde la supplie du regard.

— J'aimerais savoir ce que tu vois.

Surprise, Jacinthe éclate de rire, et son rire emplit l'appartement. Quand elle se tait, on entend, par la porte laissée comme toujours entrouverte, le bruit des pneus sur l'asphalte mouillé.

— Depuis quand ça t'intéresse, ce que je vois ?

De toutes les personnes qui connaissent les dons de voyance de sa mère, Adélaïde est sans doute la plus sceptique. Enfant, c'est vrai, elle y croyait. Adolescente, elle a voulu y croire. Puis la vie lui a mis sous les yeux un millier de contradictions.

Sa mère a tout de la diseuse de bonne aventure qu'on voit dans les films, avec ses foulards, ses bijoux, son antre jonché de tapis, ses meubles couverts de dentelle, ses murs peints en rouge foncé et en ocre. Les tablettes de ses bibliothèques regorgent d'objets divers, de verrerie, de poupées gigognes, de Saintes Vierges aussi, qu'elle affectionne particulièrement. Jacinthe n'a pas élevé sa fille dans la religion catholique, mais elle n'en vénère pas moins la mère du Christ, qu'elle considère comme la déesse de la fécondité.

Ce soir, sur la table du salon, elle a allumé six bougies qui diffusent dans la pièce une lueur chaude. Sur les meubles, les dorures des bibelots et les paillettes des coussins étincellent.

Autrefois, ces artifices impressionnaient Adélaïde. Il faut dire que sa mère ne s'est pas trompée souvent. Il a suffi d'une fois pourtant...

Des souvenirs remontent dans l'esprit d'Adélaïde et, pendant un instant, elle ne pense plus à ses problèmes. Elle se rappelle un jeune homme beau comme un dieu, cuisinier sur un paquebot amarré dans le port de Québec. Leurs routes s'étaient croisées devant une boutique de la rue du Petit-Champlain. Karl, qu'il s'appelait. Il avait vu le monde entier et en parlait bien. Elle l'avait attendu au pied de la passerelle tandis qu'il était monté à bord chercher la clé de l'appartement d'un ami. Elle l'avait ensuite suivi comme une femme suit son amant, le regard enflammé, malgré ses seize ans. Quand, un mois plus tard, ils s'étaient revus, elle lui avait annoncé qu'elle attendait un enfant. Il avait alors promis de l'épouser dès sa prochaine escale à Québec. Jacinthe avait payé la robe de mariée de sa fille et acheté des faire-part à remplir à la main.

— Ce jeune homme-là n'est pas entré pour rien dans ta vie. C'est un grand amour qu'il te faut chérir, parce qu'ils sont rares ces amours-là.

Les jours ont passé. Puis les semaines. Puis les mois. Comme Karl n'appelait pas, il a fallu admettre qu'il n'appellerait plus. Adélaïde ne savait rien de lui. Il ne lui avait donné que son prénom et elle ne pouvait le joindre autrement qu'en retrouvant le bateau. Il en aurait fallu davantage à Jacinthe pour douter.

— Si ce jeune homme sort aussi vite de ta vie, c'est pour une raison.

Elle a laissé sa fille choisir son destin, et Adélaïde a gardé le bébé. Pendant toute sa grossesse, Jacinthe l'a défendue devant les voisines, les amis et les autres méchantes langues qui traitaient la jeune fille de dévergondée, qui supposaient qu'Adélaïde avait couché avec tous les garçons du quartier. Comme une lionne dont on attaque les petits, Jacinthe répétait avec aplomb que si sa fille avait couché avec autant de garçons qu'on le prétendait, elle aurait pris la pilule ou serait tombée enceinte bien avant. C'est parce que c'était la première fois qu'elle s'était fait piéger.

Sur l'acte de naissance, il avait fallu écrire à l'ancienne : *père inconnu.* Ça valait mieux qu'un simple prénom.

Au fil des mois, Jacinthe a raconté à sa fille ce qu'elle entrevoyait pour l'avenir de l'enfant. Elle lui a décrit de grandes joies, de grands succès, une belle vie. Quand Marjolaine est née, Jacinthe a prétendu sentir que cette petite fille-là possédait un grand talent et qu'il était du devoir de la mère de le nourrir pour qu'il fleurisse.

Que ce soit pendant les nuits blanches, à l'école des adultes où ses résultats étaient moins bons qu'avant ou même au cégep, jamais Adélaïde n'a mis en doute la parole de sa mère. Puis il y a eu le manque d'argent, les difficultés à l'école, la tristesse de voir que sa fille n'avait pas hérité de sa facilité à dessiner. Finalement, il avait fallu admettre que Marjolaine ne possédait qu'un seul talent, celui d'écornifler. Il s'agissait certes d'une petite fille sensible, d'une grande gentillesse, capable de sacrifice pour aider sa mère, mais elle était limitée dès qu'il s'agissait de l'école.

Une fois arrivée à cette conclusion, Adélaïde a tout remis en question. La vision du monde transmise par sa mère, ses propres apprentissages scolaires, l'univers tel qu'elle l'avait conçu jusque-là. À la fin de cette analyse qui avait duré quelques années, elle était arrivée à la conclusion que tout était toujours une question d'argent, comme l'avait dit son prof de cégep.

Mais ce soir, assise dans la cuisine chez sa mère, elle refuse d'entrevoir son avenir de façon trop rationnelle. Elle a envie du réconfort qu'apporte la magie. Ce sont les pro-blèmes financiers qui l'ont conduite à ravaler son orgueil, à affronter le vieux démon qui gronde toujours dans ses entrailles. Elle a peur. Elle veut que sa mère la rassure, qu'elle lui promette qu'il n'arrivera rien à Marjolaine.

— On se fiche autant de ce que je pense que de ce que je vois. Dans la vie, il n'y a aucune garantie, jamais. Suis ton instinct, Adèle. C'est ton meilleur guide.

La voix d'Adélaïde se fait amère.

— Je te signale que c'est mon instinct qui m'a fait tomber dans les bras d'un gars qui a disparu dans la brume quand il a su que j'attendais un bébé.

— Pis regarde le résultat!

Jacinthe lui montre la photo de Marjolaine encadrée sur le mur. L'enfant rayonne de bonheur, son petit visage baigné de lumière.

Adélaïde sent les larmes lui piquer les yeux. Sa mère a tellement raison! Cette enfant est le plus beau cadeau que la vie lui ait fait.

— Tu n'es pas seule, dit Jacinthe en déposant devant sa fille un jeu de tarot. Prends-en juste une.

Avec la même réticence qu'elle éprouve chaque fois qu'elle doit affronter les prétendus pouvoirs de sa mère, Adélaïde coupe le paquet en deux et choisit la dernière carte de la première pile. La Reine de bâton.

— Si le soleil brille dans ton cœur, tu sauras affronter tes peurs et trouver ton chemin.

Adélaïde analyse le sens que sa mère vient de donner à la carte et en reste ahurie.

— C'est stupide, comme réponse! Ça ne veut rien dire.

Devant la mine déconfite de sa fille, Jacinthe récupère la Reine de bâton et la glisse au milieu des autres cartes avant de ranger le paquet au fond d'un tiroir.

— Peu importe ce que j'aurais pu dire, jamais la réponse n'aurait fait ton affaire.

Adélaïde doit lui donner raison. Mais quand même! Elle aurait aimé un mot d'encouragement.

— Comment ça se fait qu'avec les autres, ça marche, mais qu'avec moi, tu dis des niaiseries?

— C'est juste des cartes, Adèle. Faut pas trop leur en demander.

Quand, cinq minutes plus tard, Adélaïde grimpe l'escalier qui mène à l'étage, elle se répète, railleuse, les mots de sa mère. *C'est juste des cartes, Adèle!*

Dire qu'il y en a qui ne jurent que par ça! Pour sa part, il est hors de question qu'elle y accorde une pensée de plus.

* * *

Les ténèbres ont un air menaçant entre minuit et deux heures du matin.

Debout au faîte du plus vieux gratte-ciel de Québec, la femme-corbeau pose sur les rues désertes un œil attentif. Ses ailes repliées forment autour d'elle un fourreau noir et soyeux. Nul ne la remarque au-dessus des corniches, aussi droite qu'une cheminée surgissant du toit de cuivre. Sous ses pieds, l'édifice Price se découpe à l'ancienne, avec ses blocs et ses cubes deux fois plus larges à la base qu'au sommet. Son jeu de frises et de lumières rappelle Gotham, de nuit, certains jours d'orage. À première vue, donc, on dirait que la femme-corbeau sort d'un *comic* de Batman. Mais elle est plus que ça.

Des cheveux noirs, coupés très court. Une peau si blanche qu'elle en craint le soleil. Des bras minces dans un manteau étroit, des jambes longues chaussées de bottes qui montent jusqu'aux genoux. Elle attend, aux aguets, que sa proie quitte le bar où elle s'est réfugiée.

Penchée sur son cahier, le chignon défait, les traits tirés, Adélaïde trace les murs hauts, rectangulaires et percés de fenêtres. La rangée du bas est munie de balcons, les autres en sont dépourvues. Les pierres grises paraissent lugubres, dessinées au crayon, même avec les projecteurs qui dirigent vers le haut leurs rayons blancs.

Dans une autre case, on sent la femme-corbeau prête à bondir. Une tension dans le cou, dans les muscles des mollets, dans l'angle des genoux. Deux minces fentes laissent deviner un regard acéré. La moue, si neutre qu'on n'y imagine même pas un sourire, reflète le calme qui l'habite. La confiance, aussi.

Adélaïde allonge le bras, prend sa tasse, y trempe les lèvres et grimace. La tisane est froide. Elle n'y a pas touché depuis une heure au moins, penchée sur son cahier, concentrée sur les images qui l'obsèdent depuis le matin. Sur l'histoire aussi, qui se transforme de jour en jour, aussi insaisissable qu'un savon mouillé.

Dans l'immeuble, on n'entend pas un bruit. À l'étage, Marjolaine dort depuis longtemps, et Max n'est pas encore rentré. Au rez-de-chaussée, Jacinthe a éteint la télé quand Gaston a frappé à sa porte. Il ne venait pas pour de bon. Il voulait juste passer la nuit. Elle a dit oui. Adélaïde a écouté leurs ébats, exaspérée, pendant toute l'heure qui a suivi. C'est qu'il a de l'énergie, Gaston! Qui le croirait à voir son ventre bedonnant, sa démarche d'homme fatigué par des années de travail en usine?

Adélaïde a quand même fini par se réjouir. Sa mère sera de bonne humeur demain. Les abonnés de la bibliothèque en bénéficieront. Marjolaine aussi, qui doit souper chez sa grand-mère. Et Gaston, qui n'a plus l'âge de reproduire de telles performances au quotidien, restera chez sa fille. Tout le monde sera content.

La femme-corbeau s'élance soudain dans le vide. On la voit planer un long moment au-dessus de la rue, survoler les voitures, le parc de l'Hôtel de Ville. Au premier battement d'ailes, elle dépasse l'entrée du stationnement. Au second, elle remonte un peu, juste assez haut pour que l'homme qui vient de quitter le bar ne s'aperçoive pas de sa présence. On le devine petit, maigrelet même, sous un imperméable élimé. Il a les tempes dégarnies, une chevelure ondulée, mais mouillée. Des lunettes épaisses presque rondes lui donnent un air de Woody Allen, en plus jeune. La femme-corbeau fond sur lui, les bras tendus. Au bout de ses doigts, on dirait des griffes.

Adélaïde lève son crayon, bouleversée, et détaille avec une émotion soudaine l'homme dessiné dans l'avant-dernière case. Certes, les détails sont imprécis. Il s'agit d'une caricature et non d'un portrait. Mais même avec un trait approximatif, c'est le regard de Sean McKenzie qu'elle a dessiné. Elle reprend son crayon, se laisse guider par son instinct, par l'enthousiasme de sa transe. Dans cette nouvelle case, elle modifie l'expression du visage, accentue le contour noir des lunettes, l'épaisseur des sourcils.

Un bruit de clés la tire de son état méditatif. Dans le corridor, quelqu'un monte depuis le rez-de-chaussée. Un homme, à en juger par le poids qui fait craquer les marches. Adélaïde déglutit, les yeux rivés sur la porte. Sean McKenzie aurait-il décidé d'emménager cette nuit? Voyons donc! Personne n'arriverait comme ça chez des gens qu'il connaît à peine. Les pas s'immobilisent devant la porte. Adélaïde retient son souffle, attend un tintement de clés qui ne vient pas. Les pas s'éloignent au bout d'un instant qui semble avoir duré une éternité. L'homme longe le couloir et s'engage dans l'escalier qui mène au dernier étage. Adélaïde pousse un soupir de soulagement si bruyant qu'elle est convaincue que Max l'aurait entendu s'il n'avait, au même moment, enfoncé sa clé dans la serrure de son appartement.

Les yeux d'Adélaïde se posent sur l'horloge – trois heures –, puis reviennent au dessin. Elle secoue la tête. Ce n'est pas Sean McKenzie qu'elle voulait livrer en pâture à la femme-corbeau, mais Bonnet Junior. Il faudra maintenant effacer les traits d'un homme pour les remplacer par ceux d'un autre. Ou bien repartir à zéro.

7

Grandir dans le Faubourg a conditionné ma façon de voir le monde. Nos rues bordées d'immeubles offraient rarement un horizon plus vaste qu'un aperçu du haut d'une côte. Sauf si on avait la chance de descendre jusqu'à la falaise, évidemment. De là, c'était toute la Basse-Ville qui s'étendait à nos pieds. Mais, ses rues n'étant pas sûres, ma mère m'interdisait même d'approcher de l'ascenseur.

Je m'en tenais donc à mon quartier où se trouvaient deux parcs. Le premier, qui offrait un tourniquet, une cage à écureuil, des balançoires et un carré de sable, longeait la rue Berthelot. Il était situé juste un peu trop loin pour que ma mère me permette de m'y rendre toute seule. Le second, que je qualifierais aujourd'hui d'espace vert, et non de parc, hébergeait le seul arbre des environs. Il avait été aménagé rue Richelieu, à moins de cent mètres de chez nous, à vol d'oiseau. Mais, à cause des maisons, collées les unes contre les autres, il me fallait bien dix minutes pour m'y rendre, et puisqu'il n'y avait rien à y faire, à part s'asseoir sur le banc, je le fréquentais rarement.

Mes seuls contacts avec la végétation consistaient à manger des légumes et à arroser la plante que Max faisait pousser sous la fenêtre de la tourelle. Constitué de béton, de brique et d'asphalte, mon environnement ne m'offrait aucun autre repère d'ordre biologique. C'est pourquoi j'avais développé ma propre conception du temps. Malgré ce qu'on nous enseignait à l'école, j'étais persuadée qu'il n'existait que deux saisons. Il y avait l'hiver, quand la neige entravait nos sorties, exigeait deux paires de bottes et de mitaines et au moins deux manteaux. Et il y avait l'été, c'est-à-dire le reste de l'année.

Je me souviens que c'était l'hiver quand O'Malley est arrivé chez nous. Quand il est parti, c'était l'été.

8

Il vente fort sur le Faubourg, et il fait froid, surtout à cause de l'humidité qui traverse les vêtements et laisse les passants transis. Debout sur le trottoir, à quelques pas de la cour de l'école, Marjolaine affiche un air buté.

— Je ne veux pas, bon!

Adélaïde pousse un soupir impatient. La crise de sa fille lui gâche le plaisir qu'elle a ressenti en se levant ce matin.

— Arrête, Marjo. Tu n'es plus drôle.

— Mais je veux le voir arriver!

Le, c'est Sean McKenzie qui doit emménager à seize heures trente. Contrairement à ce qu'elle a prévu avec lui la veille, il n'y aura personne à la maison pour l'accueillir vu qu'Adélaïde a accepté de travailler à la chocolaterie Cognac de seize heures trente à vingt et une heures. Elle lui a quand même laissé une note sur la table. *Back à 9 heures.* Il peut entrer puisqu'il a la clé. Et puisqu'elle lui a déjà dit quelle chambre était à louer, il n'aura besoin de personne pour s'installer. Mais quand même… Adélaïde aurait préféré être là quand il pénétrerait dans son appartement. Elle trouve que leur relation, déjà mal partie, ne va pas en s'améliorant.

Comme si la situation n'était pas assez compliquée, sa fille s'obstine maintenant et refuse de franchir le portail. On la croirait enracinée au béton tant son petit corps a l'air solidement ancré.

— Je veux qu'il se sente bien quand il va entrer chez nous. Je veux qu'il reste longtemps longtemps.

— Il restera le temps qu'il lui faut. Quant à toi, tu lui diras bonjour dans la cage d'escalier si tu veux, mais tu ne le suis pas à l'étage. Tu restes chez grand-maman jusqu'à ce que j'arrive. Quand j'arriverai…

Cette perspective ne réjouit Marjo qu'un moment.

— Pis si tu arrives trop tard?

Décidément, cette enfant a l'esprit vif. Pourquoi est-ce que ça paraît si peu dans ses notes?

— Si je ne suis pas encore là quand c'est l'heure d'aller te coucher, tu feras dodo chez grand-maman. Je te monterai dans ton lit en arrivant.

— Mais je ne le verrai pas si je dors!

— Tu le verras demain pis les jours d'après. Comme il va rester chez nous, on risque même de se tanner de lui assez vite.

— Moi, je ne me tannerai jamais de lui. Il est trop drôle.

— Tu dis ça, mais tu ne le connais pas.

Marjolaine prend un air exaspéré qu'Adélaïde trouverait attendrissant si le sujet n'était aussi sérieux.

— Ben, oui, voyons, je le connais! Il est venu chez nous l'autre jour. Il parle anglais. Pis il a des grosses lunettes comme dans les comics à la télé. Pis il n'a pas beaucoup de cheveux. Pis il a une belle voix de chanteur.

— Pourquoi tu dis qu'il a une voix de chanteur?

— Parce que je le sais.

La cloche retentit dans la cour, mettant fin à une discussion qui durait depuis trop longtemps au goût d'Adélaïde.

— Bon, vas-y, ta maîtresse t'attend! Pour ce soir, je te fais confiance, Marjo. Tu restes chez grand-maman.

Marjolaine s'éloigne en bougonnant. Sa démarche trahit sa contrariété, mais, comme tout le reste, ça lui passera. Adélaïde regarde sa montre et sourit malgré elle. Elle sera en retard pour son dernier jour de travail chez Bonnet et fils, comptables agréés. Comme c'est dommage!

* * *

Jamais un jour ne lui a paru aussi long, sauf peut-être celui de la naissance de Marjolaine. Même si l'accouchement n'a duré que quatre heures, Adélaïde avait l'impression que la délivrance ne viendrait jamais. Elle se sent exactement comme ça aujourd'hui. Personne ne parle au bureau. Ou plutôt, personne ne s'adresse à elle. Adélaïde s'imagine que tous parlent dans son dos. Bonnet Junior leur a probablement raconté des salades. Mentir pour avoir le beau rôle, voilà comment il est monté jusqu'au poste de dirigeant. Maintenant, il regarde ses employés de haut, sûr de son pouvoir, jouissant de l'autorité qu'il exerce sur chacun. Et les moutons noirs, on les harcèle jusqu'à ce qu'ils s'en aillent d'eux-mêmes. Pas question de leur faire la faveur de prestations d'assurance chômage.

De temps en temps, Adélaïde quitte des yeux ses formulaires pour suivre les déplacements de son patron. Il fait des blagues, a l'air confiant, convaincu qu'avec ses tours de passe-passe, il a mis le monde à ses pieds. Le pire, c'est qu'il a réussi, en effet, à prendre le contrôle de la situation. Il a écrasé ceux qui se trouvaient sur sa route, il a gravi les échelons dix fois plus vite que n'importe qui. Il est *The boss. The big boss*, maintenant que le vieux est parti.

Adélaïde est bien contente de partir, elle aussi. Pas pour les mêmes raisons que le vieux, mais quand même. Tout l'argent du monde ne vaut pas qu'on endure un tyran.

C'est avec un malin plaisir qu'elle rassemble ses affaires à quinze heures trente et se plante devant la réceptionniste.

— On est le 22 décembre. Bonnet me devait une journée de congé. Je la prends demain. Tu m'enverras mon chèque de paye par la poste parce que, moi, j'ai fini. Pis n'oublie pas mon quatre pour cent.

Elle enfile son manteau. Pour sortir, elle voudrait ouvrir les battants et enjamber la fenêtre, comme elle a souvent rêvé de le faire, mais elle choisit la porte. Et quand elle se laisse envelopper par l'air froid du Vieux-Québec, elle comprend à quel point elle est libre désormais. Puisqu'elle a trouvé le courage de s'en aller, on ne la reverra plus jamais dans ce bureau, elle le jure.

Grâce à la neige qui tombe à gros flocons, Adélaïde disparaît en quelques minutes dans le dédale de rues étroites.

* * *

Où qu'on pose le regard, on tombe sur des emballages brillants, des chocolats, des bonbons colorés, des rubans, des guirlandes, des sapins et des boules de Noël. Et l'odeur! Un doux parfum de chocolat et de sucre qui met l'eau à la bouche. Adélaïde reste debout devant l'entrée, hésitante, éberluée par la scène surréaliste qu'elle découvre. On se croirait dans un rêve. Pas le sien, mais celui d'un enfant qui a le bec sucré.

Stéphane Cognac lui a donné des instructions pour trouver sa chocolaterie, mais Adélaïde n'a pas pris la peine de les noter. Elle savait où était l'atelier-boutique même si elle n'y a jamais mis les pieds. Elle a longé les commerces décorés du mail Saint-Roch au milieu des clients qui s'activaient, pressés par le temps.

Au centre, pas très loin de l'église Saint-Roch, un père Noël accueillait les enfants. On les prenait même en photo, ces petits à la mine débraillée, aux vêtements démodés, usés, reçus de la parenté ou achetés d'occasion au comptoir familial. Adélaïde les a regardés. Quelques secondes à peine. Puis une idée lui est soudain venue pour sa bande dessinée. Elle a sorti son carnet et croqué sur le vif l'air émerveillé d'une petite fille, le visage tendu d'un bambin plus farouche, le sourire faussement rassurant du vieillard à la barbe qui leur tendait un cadeau.

D'autres images ont jailli tout à coup, surgies du passé. Une fausse barbe, des mains qui se glissaient sous son chandail ou qui tâtaient ses cuisses, un sourire pourtant familier, qui aurait dû être rassurant. Ah, qu'elle déteste le père Noël! Jamais elle n'a amené sa fille au centre commercial pour la faire prendre en photo en compagnie du gros bonhomme rouge. Jamais même elle ne lui a fait croire qu'un tel personnage existait pour de vrai, avec son traîneau, ses rennes et ses cadeaux qui ne lui rappellent que de mauvais souvenirs.

Voilà maintenant qu'elle a l'impression d'avoir suivi le père Noël chez lui, dans son atelier du pôle Nord. Tout dans cette boutique de bonbons concorde pour donner l'impression qu'on entre au paradis. La lumière, les brillants, le chocolat appétissant. Adélaïde devrait elle aussi être sous le charme, au lieu de sentir des frissons lui parcourir l'échine.

— Adèle?

C'est une employée qui l'interpelle avec familiarité.

— Je m'appelle Karine. C'est moi qui dois te montrer comment on fabrique nos pâtes d'amande. Viens, on va aller accrocher ton manteau. As-tu déjà travaillé dans une chocolaterie?

Adélaïde la suit et répond à ses questions. Quand elles franchissent la porte de l'atelier, l'odeur du chocolat les enveloppe. On entend les rires des pâtissiers qui s'activent, preuve qu'une franche camaraderie règne en ces lieux. Dans l'esprit d'Adélaïde, une seule conclusion s'impose: il ne lui a servi à rien de se faire tirer les cartes par sa mère. Elle sait qu'elle a pris la meilleure décision de sa vie. Les conséquences ne peuvent donc pas être néfastes.

* * *

Marjolaine marmonne quelque chose d'inaudible au moment où Adélaïde la soulève dans ses bras. Par habitude, l'enfant se blottit contre le torse de sa mère et pose la tête au creux de son cou.

— Mmmm… Tu sens bon, maman.

Marjolaine a beau parler, elle ne se réveille pas pour autant. Elle se remet même à ronfler doucement.

— C'est vrai que tu sens bon, murmure Jacinthe.

— Ça doit être la pâte d'amande. J'ai fait des bonshommes toute la soirée.

— Tu sens le chocolat, je dirais.

— On fabrique surtout du chocolat chez Cognac, alors ça sent beaucoup.

Jacinthe attrape un plaid de laine qu'elle glisse sur les épaules de sa fille en déposant au passage un baiser sur la joue de Marjolaine. Puis, dans un froissement de soie, elle les devance au salon et leur ouvre la porte.

— Brrr! Il fait donc bien froid. N'oublie pas d'ajouter des couvertes.

— Promis, bonne nuit!

Les marches craquent, mais ce bruit ne trouble pas le sommeil de l'enfant. C'est tout juste si les petits bras s'agrippent davantage. Un sourire béat sur le visage, Adélaïde caresse la tête de sa fille. Il y a de ces moments de bonheur qui valent tous les malheurs du monde réunis. Sentir Marjolaine se blottir contre elle avec autant d'abandon fait partie de ceux-là.

À l'étage, elle tend la main, tourne la poignée, et la porte s'ouvre dans le grincement habituel. De l'autre côté, assis sur le sofa, Sean McKenzie lève les yeux, mi-surpris, mi-soulagé. Il bondit, laissant tomber sur le plancher le coton ouaté rouge qui lui couvrait les épaules.

— *Let me help you*, dit-il en s'approchant pour prendre l'enfant.

Adélaïde a d'abord un mouvement de recul, mouvement qui ne passe pas inaperçu puisque Sean recule à son tour, troublé. Consciente qu'il lui faut faire un effort et montrer un minimum d'ouverture, Adélaïde se ressaisit, sourit et détache les bras qui s'agrippent toujours à elle.

— Merci.

Aussitôt dans les bras de Sean, Marjolaine reprend sa position de bébé primate. Le temps de retirer ses bottes et son manteau, Adélaïde prend les devants et s'engage dans l'autre escalier.

Ça lui a fait un choc de voir un homme dans son appartement quand la porte s'est ouverte. La sensation s'accentue maintenant qu'elle le sent derrière elle. Elle devra lui parler tout à l'heure, l'écouter aussi. Elle devra mesurer ses gestes pour qu'il ne la sente pas trop méfiante. Elle ne voudrait pas qu'il pense – mais il est peut-être déjà trop tard – qu'elle le voit comme un ennemi.

L'étroit escalier monte entre deux murs. Adélaïde effleure l'interrupteur, mais l'éteint aussitôt, agressée par l'intensité de la lumière. Tout en haut, la pièce s'ouvre sur la chambre qui ne comporte aucune porte. Sans les deux fenêtres qui laissent entrer la lumière de la rue, on étoufferait. Un rapide coup d'œil permet de distinguer un lit à deux places aux draps froissés, une commode jonchée de poupées, un coffre à jouets et un placard dont la porte, restée ouverte, laisse entrevoir des vêtements de femmes et d'autres, de fillette. De l'autre côté du mur, celui de l'appartement adjacent, leur parviennent des voix en sourdine. Max ne joue pas de guitare, ce soir. Il écoute la télé.

Gênée que Sean soit témoin du désordre qui règne dans sa chambre, Adélaïde s'empresse de tirer les draps, de replier la couverture et de replacer les oreillers à la tête du lit. Elle s'écarte enfin pour lui permettre de déposer l'enfant.

— Merci, lui dit-elle au moment où il s'éloigne vers l'escalier.

Elle écoute les pas qui descendent et soupire. Elles sont toujours tellement pressées le matin! Qui, dans ces conditions, prendrait le temps de faire son lit?

Dans ce clair-obscur, Adélaïde déshabille sa fille, lui met un pyjama avant de remonter sur elle le drap et la couverture de laine. À ce moment, elle repense aux paroles de sa mère et au froid qu'on annonce pour la nuit. Elle attrape une vieille catalogne qu'elle déplie soigneusement sur toute la largeur du lit. Puis, après avoir effleuré de ses lèvres le front de sa fille, elle ferme les rideaux et redescend.

Elle trouve Sean dans la même position qu'à son arrivée, sur le sofa. Il a remis sur ses épaules le coton ouaté rouge et, parce que le vêtement contraste avec le chandail blanc qu'il porte en dessous, de loin on dirait une cape. Les pieds posés sur la table du salon, il lit et ne remarque pas tout de suite sa présence. Ce n'est que lorsqu'elle traverse la cuisine pour faire chauffer de l'eau qu'il lève la tête.

— *How was your day?* murmure-t-il en s'approchant pour se hisser sur le tabouret qui trône au bout du comptoir.

Adélaïde tourne vers lui un regard interrogateur. Il se reprend.

— Comment être votre journée?

Cette question fait naître un sourire sur le visage d'Adélaïde, et elle n'est même pas surprise de reconnaître dans sa propre voix une intonation semblable à celle qu'elle entend d'habitude dans la bouche de sa fille.

— Bien.

Comme Marjolaine, elle a étiré la syllabe. Et comme Marjolaine, la réponse est sincère. Elle a adoré sa journée. Non seulement elle ne mettra plus jamais les pieds chez Bonnet et fils, mais ce nouvel emploi à la chocolaterie lui plaît vraiment.

— Et vous? Elle était comment, votre journée?

Sean l'a écouté attentivement et prend un moment pour répondre. Adélaïde se rend compte qu'il analyse ce qu'elle vient de lui dire. Elle s'apprête à répéter, mais il répond avec assurance.

— Ma journée être bien aussi.

Il rit, conscient de sa maladresse. À ce moment, le sifflement de la bouilloire se fait entendre. Adélaïde ouvre une armoire d'où elle sort une boîte en carton et une tasse. Se ravisant, elle se tourne vers lui.

— Je me fais de la tisane, en voulez-vous?

Devant son air perplexe, elle lui tend la boîte. Il hoche la tête, retire un sachet et, sans même lire ce qui est inscrit dessus, le déchire pour déposer la poche dans sa tasse d'eau chaude. Un silence chargé de malaise s'immisce entre eux. Sean remue sa cuillère un moment et, pour faire diversion, il attrape le sac de papier brun qui gisait sur la table.

— Trois croissants. Pour le matin.

Adélaïde reconnaît les sacs de la pâtisserie Cimon. Quel luxe!

— Merci. Ça va être bon.

Il sourit, avant de la suivre au salon. Sur la table, là où il avait posé les pieds, Adélaïde aperçoit le livre toujours ouvert, mais posé à plat. À en juger par la couverture, il s'agit de science-fiction. Un titre qu'elle ne connaît pas d'un auteur qu'elle ne connaît pas non plus. Elle s'installe de l'autre côté de la table et, enfin détendue, elle trempe les lèvres dans sa tasse en se disant que, finalement, ça ne sera peut-être pas aussi terrible qu'elle l'imaginait d'avoir un colocataire. Certes, il faudra parler plus lentement. Parler mieux, peut-être aussi, pour permettre à Sean de saisir ce qu'elle lui dit.

À cette idée, elle comprend pourquoi il tenait tant à louer une chambre plutôt qu'un appartement. Personne ne survit bien longtemps à Québec s'il ne parle pas français. À moins d'être un touriste, évidemment, mais les touristes, par définition, ça ne reste pas longtemps. Adélaïde juge que Sean vit à Québec depuis quelques mois environ. Assez pour avoir eu le temps de se trouver un emploi et comprendre un peu la langue.

Elle le dévisage tandis qu'il retire ses lunettes, les essuie avec un coin de son chandail avant de les remettre sur son nez. Il n'est pas si laid, non plus, une fois qu'on a surmonté l'horreur d'avoir un homme dans l'appartement. Ses gestes sont lents, empreints de calme et d'assurance. Elle n'a perçu chez lui aucune impatience. Ni quand il attendait pendant qu'elle refaisait le lit, ni quand il n'a pas compris le sens de ses paroles tout à l'heure, devant le comptoir. Il semble que, pour lui, attendre et réfléchir sont des choses qui vont de soi.

Ils se regardent toujours en silence. Lui, encore mal à l'aise dans ces lieux peu familiers. Elle, quand même encore troublée à l'idée d'avoir un homme sous son toit.

Dans la rue, un autobus passe en grondant et fait trembler l'immeuble. Plus loin, une voiture klaxonne. Un lampadaire s'éteint. En haut, Max tire la chasse d'eau. Et en bas, quelqu'un frappe à la porte. La voix de Gaston parvient jusqu'au palier, déformé par les murs et la distance. Gaston? Gaston! Adélaïde craint soudain le pire... et le pire se produit quelques minutes plus tard. Le lit de Jacinthe se met à grincer.

Entre Sean et elle se produit alors ce que ni l'un ni l'autre n'attendait. Les tièdes sourires qu'ils échangeaient en buvant leurs tisanes en silence se transforment soudain en éclats de rire.

Que manquait-il à ce moment de malaise? Il manquait ça, l'allusion au sexe. Et rien d'autre.

* * *

Il s'est écoulé une heure. Une heure étrange, pendant laquelle Sean a lu en buvant sa tisane tandis qu'Adélaïde essayait de regarder la télé. Le volume est si bas qu'il faut tendre l'oreille, mais elle a l'habitude. Quand on habite un immeuble en carton, on apprend à vivre discrètement.

Plus tôt en soirée, elle avait bien eu envie de lire, elle aussi. Elle a changé d'idée en s'assoyant dans le divan parce que la fatigue est montée d'un coup. Elle a pensé à aller se coucher, mais en réalisant que Sean aurait été libre et sans surveillance sous son toit, elle a changé d'idée. Elle s'est tout à coup rappelé que demain serait le 23 décembre. Elle ne travaille pas. Marjolaine n'a pas d'école. Sean non plus, probablement. Tout le monde dormira tard, sans doute. Ce sera une journée tranquille où il sera possible de faire plus ample connaissance. Pour toutes ces raisons, mais surtout par lassitude, elle a allumé la télévision.

Sur une des trois chaînes captées par les « oreilles de lapin », on présentait une reprise d'un téléroman. Sur une autre, *Blade Runner*, ce vieux film de science-fiction. La troisième chaîne étant en anglais, Adélaïde n'a même pas regardé ce qui y jouait. Elle a opté pour le film qu'elle connaît par cœur tant elle l'a vu souvent. Il s'achève maintenant, et elle sent l'émotion l'étreindre quand le méchant meurt.

« J'ai vu tant de choses que vous, humains, ne pourriez pas croire. De grands navires en feu surgissant de l'épaule d'Orion. J'ai vu des rayons fabuleux, des rayons C briller dans l'ombre de la porte de Tannhäuser. Tous ces moments se perdront dans l'oubli comme les larmes dans la pluie. Il est temps de mourir. »

Il caresse la colombe qu'il tient dans ses mains. Lorsque enfin il rend son dernier souffle, ses doigts se déplient, et, comme si son âme montait vers les cieux, l'oiseau prend son envol. Parce que la télévision trône entre deux fenêtres, et parce que les rideaux sont grand ouverts, le regard d'Adélaïde se perd au loin. Comme chaque fois qu'elle regarde ce film, elle est troublée à l'idée qu'un jour tout ce qu'elle aura vécu se perdra aussi dans l'oubli, comme les larmes dans la pluie. Oui, certains jours, la mort l'obsède autant que le sexe.

Le vent souffle une neige fine contre la vitre. Adélaïde frissonne. On sent le froid à travers les murs. Il doit bien faire -20 °C. Lors de soirées comme celle-ci, elle est contente de se trouver à l'abri dans son appartement. Cet appartement qui a beaucoup changé depuis l'époque où elle y vivait avec Jacinthe. Une partie du mobilier a été renouvelé pour opposer la sobriété d'Adélaïde à l'exubérance de sa mère. Du tissu sombre qui recouvre le sofa à la carpette qui délimite le coin salon, le noir domine et produit un effet étrange en se découpant sur le bois franc du plancher et sur les boiseries des fenêtres. Le bleu gris des murs semble aussi sombre que la nuit, malgré la lampe posée sur le guéridon. Parce qu'Adélaïde déteste les rayons trop crus, l'abat-jour est long et opaque, et il projette la lumière vers le sol et le plafond. À part cette lampe, aucun objet ne traîne sur les meubles. Le dessus des bibliothèques est propre et lisse. Il en va de même pour la table. Adélaïde n'aime pas les bibelots ni toutes ces choses inutiles où s'accumule la poussière. Par opposition à l'alcôve chaude et surchargée du rez-de-chaussée, son appartement a quelque chose d'urbain et traduit sa volonté de créer un lieu où il fait bon respirer et écouter la rumeur de la ville.

Dans le fauteuil d'en face, Sean tousse discrètement. Adélaïde se tourne vers lui, mais il ne bronche pas, toujours absorbé dans son roman. C'est une bonne chose qu'il arrive à se concentrer, car, pour confortable qu'il soit, cet appartement n'offre nulle part un silence total. Tout y est calme et serein, mais on sent toujours que la vie y grouille, des fois au-dessus, des fois en dessous, parfois même en plein cœur. Et dès qu'on pénètre dans cet édifice, on s'y sent résolument vivant. Comme s'il avait lu dans ses pensées, Max se met à gratter sa guitare. La mélodie, douce et lancinante, aussi agréable que la soirée qui s'achève, étouffe les voix de la télé.

Adélaïde appuie sur un bouton de la télécommande. L'appareil s'éteint, laissant toute la place à la musique et au grondement de l'autobus qui démarre au coin de la rue.

Elle ferme les yeux. Elle a envie de dessiner, mais est consciente que la fatigue l'emportera bientôt. D'ailleurs, elle sent le vertige la gagner. Il serait peut-être temps d'aller dormir, mais Sean, lui, lit toujours. Elle s'éclaircit la voix.

— Demain, je vais libérer une tablette dans le frigidaire.

Elle a parlé pour attirer son attention, parce qu'elle ne veut pas monter se coucher sans lui avoir dit au moins quelques mots supplémentaires. Elle n'est pas sauvage. Renfermée, peut-être, mais pas sauvage.

Sean tourne la tête dans sa direction et pose son livre, l'air perplexe.

— Pour la nourriture, ajoute Adélaïde.

Il hoche la tête.

— *Okay.*

— OK. Bonne nuit !

— Bonne nuit !

Il a répété ses mots avec la même intonation, par mimétisme, avant de lui offrir un timide sourire.

Plus tard, après une douche qui a effacé les parfums de la journée, Adélaïde se met au lit. Elle entend la porte de la chambre d'en dessous qu'on referme délicatement. Blottie contre sa fille, elle s'endort avec la conviction que cette journée marque plus d'un tournant dans sa vie. Pour le meilleur ou pour le pire.

* * *

Elle est tirée du sommeil par l'odeur du café, mais aussi par les rires de Marjolaine. Des éclats de voix montent de l'escalier et lui rappellent tout à coup qu'elles ne sont plus seules dans leur appartement. Elle bondit de son lit et enfile sa robe de chambre. Quand elle passe devant la commode, elle aperçoit son reflet et grimace. Avec ses cheveux en désordre, elle est à faire peur. Elle descend néanmoins sans prendre le temps de se coiffer ni de s'habiller.

Sur la table, on a dressé trois couverts en plus de verser dans des plats de service des fraises, des framboises et des bleuets. Avec les croissants dans le panier, ce déjeuner a dû coûter une fortune. Derrière, sur le comptoir de la cuisine, la cafetière a fini de couler et achève de mettre l'eau à la bouche. Adélaïde fait quelques pas afin de voir ce qui se passe dans son salon. Là, agenouillés de chaque côté de la table, Sean et Marjolaine sont penchés sur une tablette de papier.

— Tic-tac-toe! s'écrit l'enfant, la voix triomphante.

Sean grommelle quelques mots inaudibles, et Adélaïde réalise qu'il fait mine d'être un mauvais perdant. Elle se retient pour ne pas rire quand il arrache la feuille qu'il écrase pour en faire une boule et la jeter à la figure de Marjolaine dans un geste faussement rageur.

— Maman! Viens jouer. Tu vas voir, c'est super le fun. Sean perd tout le temps.

Sean s'est tourné et, en l'apercevant, il lui fait un clin d'œil.

— Bonne nuit?

— Assez, oui. Et vous?

— Assez, oui.

— Pas encore! s'exclame Marjolaine, les poings sur les hanches. On a dit que tu arrêtais de répéter.

Sean se confond en excuses avant de se tourner de nouveau vers Adélaïde.

— Je bien dormir.

Marjolaine sourit, triomphante.

— Ça, c'est mieux. Bon, comme elle est levée, maintenant, est-ce qu'on peut manger?

Dès que Sean hoche la tête, Marjolaine fonce vers les plats de fruits. Elle n'attendait que sa permission. Comment a-t-il réussi à imposer une telle autorité en quelques heures? Cela relève du mystère.

Sean remplit deux tasses de café avant d'en poser une sur le comptoir à l'attention d'Adélaïde. Elle y trempe les lèvres, étrangement ragaillardie.

— C'est un beau déjeuner que vous avez préparé là.

Marjolaine réplique, la bouche pleine de fruits.

— C'est pas moi, c'est lui. Quand je me suis levée, il avait déjà mis la table. Mais je l'ai aidé pour faire le café et préparer les fraises. Pis les croissants aussi.

— Il va falloir qu'on lui dise merci maintenant. Un gros merci.

— Un gros merci! répète Marjolaine et entourant la taille de Sean de ses petits bras.

Adélaïde tressaille de voir sa fille se coller contre un homme, mais ne dit rien. Elle s'empresse cependant de s'asseoir entre les deux et observe Marjolaine qui mord dans un croissant. C'est la première fois de sa vie qu'elle en mange un, et son regard émerveillé dit tout.

C'est vrai qu'ils sont bons, ces croissants. Et les fruits aussi. De son côté, Sean mange comme si de rien n'était. Ce menu n'a sans doute rien d'exceptionnel pour lui. Il doit être habitué à ce genre de luxe. Pourquoi donc, s'il est riche, a-t-il insisté pour louer une chambre dans le Faubourg plutôt qu'un appartement dans le quartier Montcalm? Après tout, puisqu'il en a les moyens... *Pour apprendre le français*, se rappelle Adélaïde. Quelle drôle d'idée, quand même! Et quel drôle de moyen.

— Je partir aujourd'hui.

En entendant ces mots, la mère et la fille suspendent leurs gestes. Sean entreprend de leur expliquer qu'il rentre chez lui, au Cap Breton, pour le congé de Noël. Quatorze heures de route qu'il étalera sur un jour et demi. En partant ce matin, il arrivera à temps pour le réveillon.

— Oh, non! Je ne veux pas que tu partes. Tu viens juste d'arriver.

Sean rit et explique qu'il va revenir au début de janvier.

— C'est trop loin. Je veux que tu reviennes avant. Comme demain.

— Arrête, Marjo. Sean doit passer les fêtes dans sa famille comme nous on passe les fêtes dans notre famille.

— Pourquoi il ne resterait pas dans notre famille cette année?

Avec patience et en utilisant sans doute tout le vocabulaire qu'il connaît, Sean explique qu'il n'a pas remis les pieds chez lui depuis le mois de septembre.

— Wow! Ça fait longtemps. Au mois de septembre, c'était le début de l'école.

— Je vais voir mon mère et ma père.

Il a fait exprès de confondre les genres. Adélaïde le sait parce qu'elle a perçu le clin d'œil qu'il lui adressait en remontant ses lunettes. Comme de raison, ces erreurs provoquent un éclat de rire chez Marjolaine.

— On dit *ma* mère et *mon* père.

— Je vais voir *ma* mère et *mon* père.

— C'est ça. OK, d'abord. Tu peux répéter, mais juste quand tu t'es trompé. Pas tout le temps, c'est trop fatigant.

— *Okay.* J'aimerais parler des *chores.*

Adélaïde et sa fille se regardent, perplexes.

— *Chores*? répète Adélaïde.

— *Yes. Cleaning.* Vaisselle, plancher, *bathroom cleaning.*

— Ah, il veut faire le ménage, maman. Tu vois comment il est fin, Sean.

— Non, Marjo. Il ne veut pas faire le ménage. Ben, pas tout le ménage.

Puis, s'adressant à Sean, elle ajoute:

— *When you come back*, on va parler du ménage. OK ?

— *Okay.*

Adélaïde retient un soudain fou rire. Elle aurait dû compter combien de fois ils ont utilisé ce mot, OK/okay, depuis qu'ils se connaissent. Parce que ça se prononce de manière identique dans les deux langues, *OK* permet des réponses non équivoques. Cela donne malheureusement aussi l'impression de se répéter.

— Tu vas revenir quand, Sean ?

Marjolaine a parlé en croquant dans une grosse fraise. Elle essuie avec sa manche de pyjama le jus qui lui coule sur le menton. Adélaïde la voit faire, mais ne dit rien. Inutile de la réprimander aujourd'hui. Elle lui parlera quand Sean sera parti.

Avec force gestes et mots d'anglais, Sean explique qu'il reviendra avant que l'école reprenne.

— Oh, non ! Mes vacances vont être plates maintenant.

Adélaïde lève les yeux au ciel.

— Franchement, Marjo, tu exagères.

Ignorant le commentaire de la mère, Sean interroge la fille.

— Pourquoi les vacances plates ?

— Parce que je vais passer mon temps à attendre que tu reviennes.

Adélaïde secoue la tête, exaspérée.

— Ben voyons, Marjo ! Tu auras bien d'autres choses à faire que d'attendre Sean.

— Non, je ne vais rien faire d'autre. Ce n'est pas de ma faute si je l'aime.

— Arrête. Tu vas finir par le gêner. Tu sais que c'est mal poli de dire des choses qui gênent les gens.

Marjolaine jette à sa mère un regard de défi. Puis, refusant de poursuivre sur cette voie, elle se tourne vers Sean qui n'a pas perdu un mot de l'échange. À preuve, l'air amusé qu'il affiche lorsque Marjolaine se penche vers lui et demande d'une voix de conspiratrice :

— Vas-tu au moins être revenu pour ma fête ?

Il répond sur le même ton, mais il parle juste assez fort pour être entendu d'Adélaïde.

— Quand ta fête ?

Marjolaine lui répond, une main devant la bouche pour étouffer le son.

— Le 11 avril.

Sean éclate de rire. Son regard croise celui d'Adélaïde.

— *Don't worry.* Je revenir avant.

Sur ce, il se lève et s'en va dans sa chambre. Par la porte, Adélaïde le voit remplir la valise qu'il a juste eu le temps de vider la veille.

9

La seule amie de ma mère s'appelait Stéphanie. Elles s'étaient rencontrées dans la boutique du quartier Saint-Roch où ma mère achetait le coton qui servait à confectionner nos robes d'été à elle et à moi. Les deux femmes n'avaient rien en commun, et je n'ai jamais compris comment elles avaient pu tisser une amitié aussi solide. Dans les périodes difficiles, je les ai toujours vues se porter secours. Et lors d'un bon coup, il n'était pas rare de les voir partager une bouteille de vin en riant.

Stéphanie vendait du tissu trois jours par semaine et consacrait le reste de son temps à la création de vêtements. Elle se disait styliste, avait la moitié du crâne rasée, et les boucles brunes qu'il lui restait tombaient toutes du même côté en tourbillonnant jusqu'à la mâchoire. Elle était grande, costaude, aimait le cuir et le métal. Elle portait un grand nombre de chaînes autour du cou et des poignets, des bagues à plusieurs doigts, et ses oreilles avaient été percées à sept endroits sur le pourtour. Mon enfance a été marquée par les têtes de mort de ses bijoux et de ses T-shirts, mais plus encore par celle qu'elle s'était fait tatouer entre les omoplates le jour de ses seize ans. Quand elle me gardait, ce qui se produisait trop rarement à mon goût, elle me mettait au lit au son de la voix de Sinéad O'Connor et chantait avec elle jusqu'à ce que je m'endorme.

Je me souviens d'un soir d'été particulièrement chaud. Stéphanie était restée avec moi tandis que ma mère accompagnait ma grand-mère à je ne sais plus quel rendez-vous. J'avais laissé ouverte la fenêtre de la tourelle et, portée par la brise, était entrée une odeur que je n'avais jamais sentie avant. J'avais cinq ans, peut-être six. Max venait d'emménager à l'étage. En réponse à mes questions sur la source de cette odeur étrange, Stéphanie m'avait parlé des moufettes. Puis elle avait mis dans le magnétoscope une cassette des Looney Toons où Pépé le Putois faisait la cour à la chatte Pénélope.

Par la suite, j'ai souvent pouffé de rire le soir quand, après le souper, le parfum de Pépé le Putois effaçait soudainement les odeurs de la ville. J'allais m'asseoir sur le balcon pour épier les chats errants qui peuplaient le quartier. Je me suis demandé longtemps lequel d'entre eux avait séduit la moufette à l'accent rigolo.

Il a fallu des années avant que je comprenne à quel point les moufettes étaient rares au centre-ville de Québec. Et si leur odeur caractéristique hantait régulièrement le fond des cours du Faubourg pour planer, comme chez nous, jusqu'aux fenêtres laissées ouvertes, c'était davantage dû à la faune urbaine qu'à la faune tout court.

10

— Il est comment?

Entre les mains de Stéphanie, le rouleau semble léger et facile à manier. La pâte à tarte s'étend pour former un cercle presque parfait. Stéphanie recule et s'étire, courbaturée, ce qui fait bruisser le cuir et la dentelle qu'elle porte sous son tablier. La table est trop basse pour elle. Il lui faudrait travailler sur le comptoir, mais le comptoir de l'appartement d'Adélaïde est trop étroit pour y rouler de la pâte. Et puis quand on travaille à la chaîne, il faut s'adapter. Elle plie l'abaisse en quatre et la met de côté. Adélaïde la prend et la dépose dans un moule qu'elle pousse ensuite vers Marjolaine qui, à genoux sur une chaise, y verse une préparation aux fruits en conserve. L'assiette revient ensuite à Stéphanie qui la recouvre de pâte.

Pendant plus d'une heure, on répète les opérations dans le même ordre, et la conversation se déroule, hachurée, au gré des gestes qu'on suspend et des silences.

— Il est gentil.

— Il est beau aussi.

Adélaïde lève les yeux au ciel en prenant une autre abaisse.

— Ben, non, Marjo. Il n'est pas beau.

Marjolaine hoche la tête, la langue sortie, les doigts crispés sur l'ouvre-boîtes.

— Moi, je le trouve beau. Et drôle aussi.

— Ben, pas moi.

Marjolaine imite le ton exaspéré de sa mère et lève à son tour les yeux au ciel.

— Maman est difficile.

— Ta mère a ses raisons pour être difficile.

Stéphanie s'est adressée à la fille, mais c'est la mère qu'elle regarde. Adélaïde prononce un «merci» à peine audible. Toujours concentrée sur la boîte de conserve qu'elle s'efforce d'ouvrir, Marjolaine continue sur le même ton.

— Maman a toujours des raisons. Mais moi, je l'aime, Sean. Et j'ai hâte qu'il revienne.

— Ben, tu vas avoir hâte longtemps parce qu'il ne revient pas avant deux semaines.

— Je suis capable d'avoir hâte pendant deux semaines.

— Tant mieux pour toi.

Parce qu'elle vient de se rappeler quelque chose d'important, Marjolaine pose son ustensile et s'adresse à Stéphanie, la poitrine gonflée d'orgueil.

— Est-ce que maman t'a dit qu'il nous a acheté des croissants pour déjeuner?

Cette fois, Stéphanie semble vraiment surprise et le regard qu'elle lance à son amie se fait suspicieux.

— Non, elle ne m'a pas dit ça.

— Il a acheté des fraises aussi. Pis des framboises et des bleuets aussi.

— Wow! C'était tout un déjeuner.

— Oui. Et c'était bon.

Pendant un moment, le travail reprend en silence. Il reste plusieurs tartes à préparer, plus les tourtières, les pâtés mexicains, les pâtés au poulet. Avec ce qui restera de la pâte, on confectionnera des pets-de-sœur.

— Pis? Il est comment?

En entendant encore une fois cette question, Adélaïde serre les dents. Va-t-elle enfin la lâcher?

— Gentil, répète-t-elle en poussant Stéphanie du coude pour marquer son agacement.

Marjolaine se répète, elle aussi.

— Gentil et beau.

— OK, Marjo. On a compris que tu le trouves beau.

— Pis toi, tu ne le trouves pas beau?

— Il est petit. Il porte des lunettes épaisses comme des fonds de bouteille, pis il n'a pas beaucoup de cheveux.

— Ben, quand il sourit, il a l'air d'un acteur.

— Tiens donc! Un acteur avec une voix de chanteur, peut-être?

— Exactement.

— Tu regardes trop la télé, Marjo.

Le sourire malicieux qui apparaît sur les lèvres de Stéphanie ne passe pas inaperçu.

— Tu vois? Même Stéphanie pense qu'il est beau.

— Elle ne peut pas savoir de quoi il a l'air, elle ne l'a même pas rencontré.

— Ça ne fait rien. Moi, je sais qu'il est beau.

Ainsi se poursuit ce qu'on pourrait considérer comme un affrontement mère-fille. La curiosité l'emportant soudain sur l'empathie, Stéphanie ose poser une seconde question.

— Qu'est-ce que vous avez fait hier soir?

Adélaïde se gratte la joue, et ses doigts laissent une trace de farine qu'elle essuie maladroitement du revers de la main.

— Rien.

— Ben, voyons! Vous avez sûrement parlé un peu.

— Pas beaucoup.

— De quoi vous avez parlé?

— De ma journée et de la sienne.

— Ah, oui? Il a dit quoi?

— Qu'il avait passé une belle journée.

— Pis après?

— Après quoi? On a bu de la tisane.

— Où?

— Coudonc! Travailles-tu pour la police, astheure?

— Pas encore. Vous avez bu votre tisane dans la cuisine?

— Dans le salon.

— En faisant quoi?

Adélaïde lève la tête. Si les yeux pouvaient tuer, Stéphanie serait morte sur le coup.

— Sean lisait pendant que maman regardait *Blade Runner*.

Aussi stupéfaites l'une que l'autre, les deux femmes se tournent en même temps vers l'enfant. Adélaïde prend alors son ton autoritaire de mère de famille.

— Comment tu sais ça, toi? Tu ne dormais pas?

— Oui, je dormais! Mais je vous entendais pareil.

— Si tu dormais, comment tu sais qu'il lisait. Ça ne fait pas de bruit, lire un livre.

— Il ne pouvait pas regarder le film avec toi parce que ton film était en français. Il était obligé de faire quelque chose d'autre.

— Arrête donc!

— C'est vrai, ça, renchérit Stéphanie.

Adélaïde les toise, l'une après l'autre, et conclut qu'elle n'en viendra jamais à bout. Alors elle capitule.

— OK. On buvait nos tisanes pendant qu'il lisait et que je regardais *Blade Runner*. Ça vous va, comme ça?

— Oui, répondent en chœur les deux autres.

Puis Marjolaine, excitée d'avoir une alliée, glousse en fronçant la pâte à tarte, tandis que les deux femmes continuent leur conversation.

— Vous avez parlé de quoi d'autre?

— De la tablette que je vais libérer dans le frigidaire.

— C'est tout?

— Oui, c'est tout. Il n'est pas très jasant.

Comme si elle n'attendait que ce moment, Marjolaine les interrompt encore une fois.

— Oui, il est très jasant. Il ne l'est juste pas avec toi.

— Bon, ça suffit. Est-ce qu'on peut changer de sujet?

— OK.

— OK.

Pendant quelques minutes, on n'entend plus dans l'appartement que le bruit du rouleau sur l'abaisse, du couteau qui glisse contre l'aluminium, et de la viande qui fait un bruit de succion quand on la verse dans le moule. Puis Stéphanie reprend, mine de rien :

— Il revient quand?

— Je pensais qu'on changeait de sujet.

— Il revient avant ma fête.

— Elle est en avril, ta fête.

— Ça ne fait rien. Il va être arrivé avant.

La minuterie retentit. Adélaïde contourne le comptoir, sort du four les tartes cuites avant d'enfourner les pâtés. L'appartement sent bon les fruits et le sucre. Sur la table, Stéphanie a roulé ce qui restait de pâte à tarte. Elle étale dessus le beurre avec précaution. Au moment où elle prend la cassonade, Marjolaine s'écrie :

— Je veux faire ça. Je suis capable. Maman m'a déjà montré comment. Je vais en mettre partout, promis.

Stéphanie s'écarte, sourire aux lèvres, et ses yeux croisent ceux d'Adélaïde. Il est temps que les deux femmes aient une bonne conversation. Seule à seule, évidemment.

* * *

Veille de Noël entre femmes. Adélaïde, Stéphanie, Marjolaine et Jacinthe autour de la table de Jacinthe, dans un appartement surchargé de décorations. Des guirlandes pendent du plafond et des glaçons brillants pendent des guirlandes.

Sur les fenêtres, de la neige artificielle dessine un jardin de givre. Des cartons colorés et découpés en cercles puis décorés de paillettes font office de boules de Noël.

Au sommet du sapin, dressé dans le salon devant la tourelle, ce n'est pas une étoile qui trône, mais bien un soleil. Parce que ce n'est pas la naissance du Christ qu'on célèbre en ces murs, mais bien le retour de la lumière, celui des jours qui rallongent et laissent présager l'arrivée de l'été, même si l'été n'arrivera que dans six mois.

— C'est le dernier Noël que je passe sans Mario.

Stéphanie a fait cette déclaration en versant du vin dans le verre de ses amies, mais pas dans le sien.

— Comment ça? Sa famille a pris la résolution de t'aimer comme tu es à partir du 1er janvier?

La voix de Jacinthe est railleuse. Elle sait de quoi elle parle quand il s'agit de belle-famille. Elle ne s'entend ni avec la fille de Gaston ni avec son mari. Ils n'aiment pas ses foulards, ses bijoux, ses brillants ni sa langue bien pendue. Ils n'aiment pas non plus qu'elle lise en eux comme dans un livre ouvert et qu'elle soit capable, d'un simple silence, de leur mettre en pleine face leurs mesquineries. Il y a quelques années, ils ont poussé l'audace jusqu'à demander à Gaston de choisir. Gaston avait décidé qu'il passerait la veille de Noël avec sa fille et ses petits-enfants... jusqu'à minuit. Après, il reviendrait dormir chez sa blonde, que les autres soient d'accord ou non.

— Je ne pense pas qu'ils vont changer d'idée à mon sujet, commence Stéphanie...

Dans sa belle-famille, c'est le cuir, le métal, les piercings et les tatouages qu'on n'accepte pas. Sa coupe de cheveux asymétrique non plus. Ni le noir de ses vêtements ni le blanc éclatant de la dentelle qui perce ici et là. Ni son *black metal* venu du nord de l'Europe et qui fait grimacer d'horreur sa belle-mère tandis que son beau-père crie au sacrilège.

— Comme l'année prochaine, on sera trois, il va bien falloir qu'ils se fassent à l'idée.

Adélaïde prend un moment pour assimiler l'information. Son regard s'éclaircit.

— Tu attends un p'tit?

— Un p'tit quoi?

— Un bébé, Marjo.

— Tu vas avoir un bébé, Stef?

En guise de réponse Stéphanie sourit.

— Est-ce qu'il va avoir des tatous de tête de mort, lui aussi?

Jacinthe éclate de son rire extravagant.

— Voyons, Marjo! Tu sais bien que les bébés ne viennent pas au monde avec des tatous.

— Il y en a, des fois.

Adélaïde adresse à sa fille son regard le plus autoritaire.

— Arrête de dire des niaiseries, Marjo.

— Ce n'est pas des niaiseries. Il y en avait un dans le parc à l'été. Je l'ai vu avec grand-maman.

Jacinthe s'apprête à nier la chose quand, tout à coup, un souvenir refait surface.

— Ce n'était pas un tatouage, dit-elle, d'une voix douce. C'était une tache de vin.

— Ben, c'était une tache de vin de tête de mort.

— C'est vrai que, avec beaucoup d'imagination, ça pouvait avoir l'air d'une tête de mort, mais… Disons que ce n'était pas voulu comme ça.

— C'était voulu comment?

Adélaïde intervient.

— Ce n'était pas voulu du tout. Pis avec tes questions, tu nous as fait oublier le principal.

Elle se tourne vers son amie.

— Félicitations, future maman!

— Il est dû pour quand, ce bébé-là?

Évidemment, Jacinthe n'allait pas laisser passer une occasion de dire la bonne aventure.

— Le 2 août.

— Attendez-moi, je vais chercher mes cartes.

À minuit, quand Gaston revient enfin de chez sa fille, Marjolaine dort sur le divan, et sur la table, les cartes de tarot ont remplacé la vaisselle.

* * *

— Pis, il est comment?

Adélaïde secoue la tête et trempe ses lèvres dans son verre de vin.

Il est tard, et elle se sent lasse. Assise par terre de l'autre côté de la table du salon, Stéphanie la regarde avec intensité, sans broncher. Les deux femmes ont quitté l'appartement de Jacinthe dès que Gaston a passé la porte. Marjolaine dort maintenant dans son lit et, pour la première fois de la journée, Adélaïde et Stéphanie peuvent enfin parler.

— Je te l'ai déjà dit. Il est petit, myope et presque chauve.

— Ben voyons, Adèle! Tu me parles de son physique quand je te demande de me parler de lui. Je te connais mieux que ça. Je sais que tu sens les gens. Pas comme ta mère, mais quand même. Et là, ce que tu me dis est superficiel. Ça ne te ressemble pas.

Adélaïde inspire profondément. C'est vrai qu'elle a perçu beaucoup plus chez Sean que ce qu'elle a accepté de dire devant sa fille. Pour rien au monde elle n'aurait voulu encourager l'affection que Marjolaine porte à un étranger. Parce que c'est encore un étranger, quoi qu'elle en dise.

— Il est généreux, sensible et intelligent. Il possède un bon sens de l'humour et est capable de se concentrer dans le bruit.

— Lui as-tu trouvé des défauts?

— Pas encore. Mais ça viendra bien assez vite.

— Tu es pessimiste.

— Je suis réaliste. On a tous des défauts. Il faut juste du temps pour les repérer.

— Du temps, vous allez en avoir tout plein puisqu'il va vivre ici. Comment est-ce que Max prend ça?

— Il prendra ça comme il veut. De toute façon, ça ne le regarde pas.

— Il vit quand même ici.

— Il vit en haut, dans un autre appartement. Pis on n'est pas ensemble. Je sais que tu vas me dire qu'il le voudrait bien, mais moi, je ne le veux pas. Et puis ça ne le regarde pas.

— Vu de même.

Entre les deux femmes passe alors un étrange courant. Une complicité dans la douleur. Tout est toujours tellement compliqué quand il s'agit des relations homme-femme.

— Pis Mario, il prend ça comment, l'arrivée d'un bébé?

— Je ne lui ai pas dit encore. Je le sais juste depuis hier matin. Il travaillait toute la journée, pis après il est monté à Montréal pour passer Noël dans sa famille. Je vais lui annoncer la nouvelle quand il va revenir.

— Tu penses qu'il va réagir comment?

— Il va être content, je le sais. Il m'en parle depuis assez longtemps. C'est moi qui n'en voulais pas.

— Qu'est-ce qui t'a fait changer d'avis?

— Toi et ta fille. Vous êtes belles à voir aller. Si j'ai une fille, je voudrais avoir une relation comme ça avec elle.

Adélaïde sourit, émue.

— Tu sais, ce n'est pas toujours facile.

— Je le sais, mais il n'y a rien de facile dans la vie.

Elles se taisent un moment, et Adélaïde repense aux moments houleux qui ont ponctué son quotidien depuis quelques semaines. Depuis des mois, en fait. Et puis, forcée d'être honnête avec elle-même, elle admet que les difficultés n'ont pas cessé depuis des années.

— Tu sais, Mario, je le connais bien. Quand je vais lui dire que je suis enceinte, il va vouloir qu'on se marie.

— Vous marier ?

Adélaïde a un petit rire amer. Elle repense tout à coup à son propre passé, à cette robe de mariée qu'elle garde dans le placard pour… Pourquoi, au juste ? Elle a dû engraisser depuis. Dommage que Stéphanie soit si costaude, elle aurait pu la lui offrir.

Comme elle se fait cette réflexion, Stéphanie bâille discrètement.

— Je pense que c'est l'heure d'aller te coucher. Prends ma place dans le lit de Marjo, je vais dormir sur le divan.

— Tu es sûre ?

— Certaine. Je veux profiter du silence pour dessiner.

— OK. Mais avant, j'ai quelque chose pour toi.

Stéphanie retourne près de la porte où se trouve sa valise. Elle l'ouvre, y plonge la main et en ressort un sac de plastique provenant d'une épicerie. Le haut a été noué avec un ruban rouge.

— Joyeux Noël ! dit-elle en déposant le sac sur les genoux d'Adélaïde.

— C'est quoi, ça ? On ne se fait jamais de cadeau, toi et moi.

— Je sais, je sais. Mais c'est un cadeau spécial. Ouvre-le !

Adélaïde s'exécute et reconnaît aussitôt ses bottes Doc Martens rouges, celles qu'on lui a volées si brutalement au carré d'Youville il y a quelques semaines.

— Je ne comprends pas, murmure-t-elle, en soulevant une des bottes pour la caresser du bout des doigts. Tu les as trouvées où ?

— Dans un *pawnshop* du quartier Saint-Roch.

— Dans un *pawn*... Tu veux dire que les voleurs les ont vendues?

— Ou laissées en garantie. Quand je les ai vues dans la vitrine, je les ai tout de suite reconnues.

— Tu les as achetées?

— Es-tu malade? Ce sont des bottes volées! Je ne voudrais pas que la propriétaire les reconnaisse et appelle la police.

Adélaïde sourit.

— C'est ça que tu as dit au vendeur?

— À peu près ça, oui. J'ai prétendu que c'était les miennes. Comme tu m'avais dit de quelle manière on te les avait volées, je lui ai raconté la même chose. Il me les a redonnées sans même poser de questions.

Adélaïde caresse ses bottes, toujours incrédule.

— Je ne sais pas quoi dire. Merci. Merci tellement!

— De rien. Maintenant, je m'en vais me coucher. Je ne tiens plus debout. Bonne nuit!

— Bonne nuit!

Avant même que Stéphanie ait fermé les yeux, Adélaïde a enfilé ses bottes. Ce sont bel et bien les siennes. Seuls les lacets ont été changés.

* * *

Minuit et demi. Adélaïde respire lentement et écoute le silence. Jacinthe et Gaston dorment au rez-de-chaussée. Marjolaine et Stéphanie font de même dans la chambre à l'étage. Max n'est pas rentré.

Adélaïde a oublié les bottes, le souper, la cuisine. Elle a oublié sa fille, sa mère, sa meilleure amie. Elle a même oublié le départ de Sean et la musique de Max. Elle n'est plus elle-même depuis une quinzaine de minutes. Ou plutôt elle est tout ce qu'elle ne peut jamais se permettre d'être. Elle incarne la féminité forte, l'artiste, l'âme qui voit le reste du monde tel un fantôme flottant au-dessus de la réalité, contemplant la vie, l'œil vif, l'esprit alerte, dégagé et évanescent. Touché, aussi, par les émotions humaines. Et par les siennes.

Le cahier est ouvert sur la table de la cuisine. Le crayon s'agite. Il trace les lignes d'une ville où sévit un orage automnal, une pluie si forte qu'elle en lave les rues. Il fait nuit, comme toujours. La femme-corbeau apparaît, adossée à un mur, quelque part au milieu d'une ruelle déserte. Elle tient un poignard qu'elle manie avec l'assurance que confère l'habitude. Sans hésitation, elle se l'enfonce en pleine poitrine, y ouvrant d'un seul coup une plaie béante. Elle y plonge sa main libre et, après avoir fouillé un moment, elle en ressort un cœur encore palpitant. Les yeux plissés de rage, elle y plante les dents. Le sang gicle, lui coule sur le menton. Elle continue de manger son cœur et, après la dernière bouchée, elle ferme les yeux, l'âme froide. Le sang qui maculait ses doigts et son visage est aussitôt effacé, avalé par la pluie.

*   *   *

L'appartement de Jacinthe semble si minuscule en ce 31 décembre qu'Adélaïde a du mal à croire que le salon et la cuisine sont aussi grands que chez elle. La table a été allongée au maximum et déborde de plats, d'assiettes et de chaudrons. La nappe la recouvre à peine, et les chaises sont collées les unes aux autres.

Il faut dire que ce réveillon, organisé chaque année par Jacinthe et baptisé le «party des orphelins de party», attire tous les habitués de l'immeuble. On retrouve à un bout Max et son meilleur ami, Marcel. Les deux hommes ont apporté leurs guitares pour égayer la veillée quand le souper sera terminé. Puis ce sont, dans l'ordre, Gaston et Suzette, sa sœur, Stéphanie et Mario. Jacinthe, Marjolaine et Adélaïde occupent le bout de la table le plus proche de la cuisine. Une seule chaise demeure inoccupée, celle réservée pour M. Sylvain, le propriétaire de l'immeuble, qui doit venir faire un tour d'ici une heure.

Sous les branches garnies de boules étincelantes, de rubans entortillés, de lumières qui clignotent et de soldats de bois, une dizaine de cadeaux attendent qu'on les échange. Il s'agit davantage d'un jeu rituel que d'un témoignage d'affection exagéré. Leur valeur maximum étant fixée à 10 dollars, on est loin de la surenchère et des achats faits à crédit qui horripilent Jacinthe au moins autant que les paris sportifs. Personne n'a dû se priver pour la fête, mais tout le monde y a participé. Les femmes ont préparé le repas, les hommes feront la vaisselle. Cette répartition des tâches s'avère équitable quand on sait que ni l'appartement de Jacinthe, ni celui d'Adélaïde, ni même celui de Max, au dernier l'étage, ne dispose d'un lave-vaisselle. On fera la vaisselle à la main, ce qui prendra au moins une heure, sinon deux. Pendant ce temps, les femmes se regrouperont dans le salon. Elles écouteront Jacinthe parler de l'année qui commence à minuit. Puis chacune évoquera ses projets en buvant du vin ou de la bière. Les hommes feront de même, mais derrière le comptoir, un torchon ou un linge à vaisselle à la main.

La voix de Fernand Gignac s'élève des haut-parleurs. L'incontournable *Minuit, chrétiens*. Comme chaque année, Mario a apporté sa cassette de musique de Noël. Pour rire, mais aussi parce que ça fait plaisir à Jacinthe.

Les bouteilles sont ouvertes depuis longtemps, et ça parle fort. Gaston a raconté la dernière partie opposant les Canadiens et les Nordiques. Max et Marcel ont fait le récit de leur dernière soirée au Fou-Bar. Marjolaine a décrit Sean en détail, et tout le monde, sauf Max, a hâte de rencontrer ce nouveau locataire. Après tout, il fait partie de leur vie à tous, maintenant.

Quand on frappe à la porte, des cris de satisfaction s'élèvent autour de la table.

— Enfin!

— Il était temps.

— Envoyez, monsieur Sylvain! Venez vous asseoir, qu'on mange!

Après s'être confondu en excuses pour son retard et avoir salué chacun avec l'attention qui lui est due, M. Sylvain prend enfin sa place. On apporte la dinde, les pâtés sont coupés, la salade est mélangée, les patates écrasées et servies en boule de neige dans les assiettes avec la sauce aux canneberges. Et dans le four, l'odeur des tartes qu'on réchauffe laisse imaginer que le dessert sera aussi copieux et délicieux que le plat principal.

11

Max avait été musicien pour le Cirque du Soleil. Bien qu'il ait été de nature solitaire, il avait gardé de ses tournées en Asie un goût certain pour les foules et les grimaces. Je me souviens qu'il lui arrivait parfois, le soir, par nostalgie sans doute, de sortir son vieux maquillage. «Juste pour rire», disait-il.

La boîte, qu'il gardait sous le futon du salon, portait encore la trace d'un rituel mille fois répété dans les loges de salles surchauffées de pays lointains. Devant le miroir de la salle de bain, il blanchissait son visage, accentuait les ombres de ses yeux et le rouge de ses joues, et noircissait ensuite le bout de son nez. Chacune de ces étapes le rapprochait de l'image animale et féline qu'il tentait de se donner. J'avais vu des photos de lui en costume. Perruque, bretelles et rayures dans tous les sens lui donnaient un air canaille, ingénu et sympathique, qui, ajouté à sa longue silhouette fine, faisait penser à un personnage de bande dessinée burlesque.

Je percevais de la tristesse, cependant, dans ses yeux et dans ses gestes, même lorsqu'il riait aux éclats. Et même quand il attrapait sa guitare pour jouer comme un démon en plein milieu du salon, il ne bernait personne. À quarante-cinq ans, Max avait l'impression d'être passé à côté de sa vie. Je n'étais peut-être qu'une enfant, mais je l'avais déjà compris. Malgré le sourire, les grimaces et les grands éclats de rire.

12

— On aurait dû acheter des fraises.

— On n'a pas les moyens d'acheter des fraises.

— Pis des bleuets? Est-ce qu'on a les moyens d'acheter des bleuets?

— Des pommes, des oranges et des bananes.

— Tu es plate.

— Je le sais. Mais je t'ai acheté un livre des Schtroumpfs.

— C'est vrai. Tu n'es pas plate. Ben, juste des fois.

— Hum!

Adélaïde donne un coup de coude à sa fille avant de lui adresser un sourire bienveillant. L'enfant lui fait un clin d'œil. Elles se sont comprises. Cette année, on vit plus simplement pour de bonnes raisons. Et puis les sacs d'épicerie sont quand même lourds, même s'ils sont chargés de nourriture peu chère et facile à apprêter. Des macaronis et des spaghettis, du riz, des oignons, des carottes, du bœuf haché, du saumon et du thon en conserve. Des tomates aussi, en conserve, évidemment, parce que c'est l'hiver, quand même. De la crème glacée, à servir en dessert. Et du beurre, même si ce n'est pas la mode. Marjolaine n'aime pas le goût de la margarine. Adélaïde non plus.

Il y a aussi une bande dessinée dans l'un des sacs. C'est la mort dans l'âme qu'Adélaïde a appris le décès de Peyo, survenu la veille de Noël. Un autre malheur, comme pour lui gâcher les fêtes. Elle avait eu le goût de crier à l'acharnement, debout devant la télévision. Puis elle s'était calmée, se rappelant que sa vie avait pris un virage plus intéressant depuis quelque temps. Tout n'allait plus si mal. Inutile de se plaindre.

Avec l'aide de Marjolaine, elle a sorti le village des Schtroumpfs de sa boîte au fond du placard. Puis elles ont passé la soirée à manger de la pizza en regardant *La flûte à six schtroumpfs* qu'on diffusait à la télé en l'honneur du défunt.

C'est quand même le cœur lourd qu'Adélaïde s'est penchée sur son cahier ce soir-là. Elle a scruté ses propres dessins pendant un moment. Elle a aussi étudié son coup de crayon, évalué l'originalité de son histoire, de ses personnages. Peyo s'était-il posé autant de questions au moment de créer Johan et Pirlouit?

Le doute la tourmentait encore quand Marjolaine est apparue à côté d'elle et s'est hissée sur ses genoux. À deux, elles ont tourné les pages, lentement, comme si elles découvraient l'œuvre pour la première fois.

— Quand tu vas mourir, maman, est-ce que tout le monde va pouvoir regarder ton histoire à la télé?

Adélaïde a serré sa fille dans ses bras. «Pour ça, il faudrait que tout le monde sache que j'existe», s'était-elle dit avant de la renvoyer au lit.

Les bras chargés, et plus riches d'une bande dessinée, elles remontent maintenant côte à côte la rue Saint-Jean, entre les passants qui s'activent, les quêteux qui tendent la main et les voitures qui tournent au coin des rues sans ralentir. Il neige de gros flocons qui collent dans les cheveux et qui rendent le trottoir glissant. Deux haut-parleurs installés devant l'épicerie J.A. Moisan diffusent de la musique de Noël. Dans les vitrines, les décorations ont été allumées même s'il n'est que quinze heures. Lorsqu'elles s'engagent dans la rue Sainte-Claire, Marjolaine reconnaît l'homme en uniforme bleu marine qui s'arrête à toutes les portes.

— Oh, regarde! On arrive en même temps que le facteur. Youhou! Monsieur le facteur!

L'homme s'immobilise et, les reconnaissant, leur adresse un large sourire.

— Vous passez de belles fêtes, mesdames?

— Très belles. Est-ce qu'on a des lettres aujourd'hui?

— Oui, une pour ta mère, trois pour ta grand-mère et tout ça pour votre voisin d'en haut.

Il leur tend la pile, les salue et poursuit sa tournée.

— On est chanceuses de connaître notre facteur, hein, maman?

— C'est parce que ça fait longtemps qu'on reste ici.

— Ça fait longtemps qu'on reste ici… Ça fait longtemps qu'on reste…

Marjolaine saute d'un pied sur l'autre pendant que sa mère déverrouille la grande porte.

— Tiens. Va porter ça à Max. Il doit être réveillé à l'heure qu'il est. Je passe chez grand-maman et je te retrouve en haut.

— D'accord, mesdames.

— Madame. Il y a juste moi. Quand c'est juste une personne, on dit *madame*.

— Comme la madame du magasin.

— Oui. Allez, monte!

Adélaïde entre chez sa mère. On est lundi. Jacinthe ne revient jamais avant dix-sept heures le lundi. Elle va jusqu'à la cuisine. Même de là, elle entend Marjolaine qui saute d'une marche à l'autre en répétant: «Vous passez de belles fêtes, mesdames?» Elle a modifié sa voix, pris un ton plus grave, et exagère le dernier mot. L'effet est hilarant.

Après avoir déposé le courrier sur la table, Adélaïde referme la porte et s'engage dans l'escalier. Elle trouve sa fille assise au bord du palier, les pieds sur la dernière marche. Sur ses joues, les larmes coulent en abondance.

— Ben voyons, ma puce! Qu'est-ce qu'il y a? Est-ce que?...

Elle s'interrompt en remarquant les collants mouillés. Un grand cerne foncé se découpe entre les cuisses de l'enfant. L'urine coule même un peu sur la marche.

— Qu'est-ce qu'il y a? répète-t-elle en s'assoyant à côté de sa fille pour la serrer dans ses bras. Ne pleure pas. Voyons? Qu'est-ce qui s'est passé?

Marjolaine lève les yeux vers elle, et Adélaïde se rend compte que ce n'est pas de chagrin qu'elle pleure. Son petit corps est secoué de hoquets comme il le serait de sanglots, mais ce sont des larmes de rire

— Ben voyons donc! Qu'est-ce que tu as encore fait?

— Ce n'est pas de ma faute, maman. J'ai trop ri. Pis j'avais trop envie.

— Et qu'est-ce qui t'a fait rire comme ça?

Marjolaine ouvre la bouche pour s'expliquer, mais urine encore, hilare.

— Arrête, ordonne Adélaïde, non sans rire elle-même. Il va falloir laver le plancher maintenant.

L'urine dégouline sur la dernière marche. Marjolaine se ressaisit, et son visage se détend, mais elle doit pincer les lèvres pour éviter de s'esclaffer de nouveau.

— Sais-tu comment il s'appelle, Max? demande-t-elle à sa mère en retenant un hoquet.

— Ben oui! Il s'appelle Max Létourneau.

— Ce n'est pas ça que je veux dire. Je veux savoir si tu sais pourquoi tout le monde l'appelle Max.

— Pour Maxime, je suppose.

Marjolaine éclate d'un rire plus fort, et la flaque s'agrandit encore.

— Max, ça veut dire Maximilien.

Elle rit maintenant comme elle a dû rire en découvrant le nom inscrit sur l'enveloppe qu'elle tient dans ses mains. Adélaïde ne peut s'empêcher de sourire.

— OK. Il s'appelle Maximilien. C'est ça que tu trouves drôle ?

Marjolaine hoche la tête.

— Ma-xi-mi-lien. Ma-xi-mi-lien.

— Bon. Je comprends. Donne-moi le courrier pis va te changer.

Elle met sa fille debout, lui prend les lettres des mains et, après avoir ouvert, la pousse dans leur appartement.

— N'oublie pas de te laver avant de te rhabiller.

À l'étage, elle frappe doucement à la porte de Max. Rien ne bouge à l'intérieur, il doit dormir encore. Elle se penche et glisse les enveloppes une à une sous la porte. Elle s'attarde un moment sur le nom inscrit sur la dernière d'entre elles. Maximilien Létourneau. Marjolaine a raison de rire. Max vient de perdre une partie de son charme.

*　*　*

— Tu t'en vas voir Ma-xi-mi-lien ?

Debout dans la salle de bain, sa brosse à dents dans les mains, le pyjama retroussé, Marjolaine nargue sa mère en exagérant la prononciation du dernier mot.

— Je m'en vais voir Max.

— Ma-xi-mi-lien. Ma-xi...

— Ça va, j'ai compris. Oui. Je m'en vais voir Maximilien, pis toi, tu t'en vas voir ton lit. Allez, hop ! Monte te coucher avant que je te trouve une punition pour avoir ri de mon ami.

— C'est aussi mon ami.

— On n'est pas censé rire de nos amis.

Le visage de Marjolaine s'assombrit. Elle crache dans l'évier, se rince la bouche et vient se planter devant le divan où sa mère termine le menu de la semaine.

— C'est vrai qu'on ne peut pas rire de nos amis ?

— Oui, c'est vrai. On peut rire avec eux, mais pas d'eux.

Marjolaine se mord le bout du doigt, finit par embrasser sa mère et monte se coucher comme elle le lui a ordonné il y a déjà plus d'une demi-heure. Adélaïde l'entend marmonner en haut des marches.

— Faudra que je lui dise que ce n'est pas pour rire de lui. Faudra que je lui dise, sinon il va se fâcher.

Adélaïde sourit, range ses papiers et éteint toutes les lumières, sauf la lampe du salon.

* * *

— Ma jolie, *how do you do*? Mon nom est Jean-Guy Thibault-Leroux.

Assis sur un coin du futon, Max chante et gratte sa guitare, tout doucement, presque amoureusement. Assise en indien sur le plancher, adossée au mur, Adélaïde regarde les mains de Max courir sur l'instrument, écoute la musique et s'émeut, comme toujours, en constatant qu'il n'a pas besoin de regarder où il pose les doigts. Il connaît sa guitare par cœur. Il en joue comme il caresserait le corps d'une femme, à l'instinct.

Ce n'est pas la première fois qu'il lui chante cette pièce. À la fin, comme chaque fois, elle lui rappellera que ce n'est pas la bonne chanson pour draguer une fille. Ça le fera rire, il promettra d'y penser, mais la prochaine fois qu'elle viendra passer la soirée chez lui, il recommencera. Il sait pourtant que cette chanson de Daniel Lanois est triste à mourir. Il en connaît les paroles par cœur puisqu'il les chante. Et il connaît la signification des mots en anglais puisque c'est lui-même qui les lui a traduits la première fois qu'il lui a joué la pièce. C'était ici, exactement dans ce salon. Mais c'était l'été. Le vent du fleuve entrait par les fenêtres ouvertes. Adélaïde sentait la même intensité dans la voix de Max. La même émotion aussi. Une tristesse semblable à celle de l'homme de la chanson, mais qui provenait d'un amour inaccessible plutôt que d'un amour perdu.

— *And my tears, they roll down*, tous les jours... *And I remember the days, and the promises that we made!* Oh! Oh! Louise, ma jolie Louise. Ma jolie Louise.

— Je pense que je ne l'aime pas, cette chanson-là.

Il rit, comme chaque fois.

— Tu as bien le droit, mais je te trouve difficile. C'est une de ses meilleures.

— Ce n'est pas une bonne chanson pour draguer une fille.

— Qui te dit que je te drague?

Il lui adresse un clin d'œil narquois. À quoi joue-t-il ce soir? Il aurait dû lui dire qu'il y penserait.

— Tu pourrais peut-être m'en jouer une autre.

— Je n'ai pas envie d'en jouer une autre.

Il ne rit plus maintenant. Même son sourire s'est effacé. Il la regarde avec sérieux, tendu comme seul peut l'être un homme tout en nerfs.

— Arrête. Tu n'es pas drôle.

— Je n'ai peut-être pas envie d'être drôle.

Pendant un moment, on n'entend que les aiguilles du réveille-matin posé sur la table. Il est minuit passé. Pour meubler le silence, Max gratte les cordes, amorce une nouvelle mélodie, mais ne chante plus. Pendant quelques minutes, sa musique emplit l'appartement et celui du dessous. Jacinthe l'entendrait peut-être même au rez-de-chaussée, mais elle est sortie ce soir. Un spectacle à l'église avec Gaston pour cavalier.

L'immeuble tremble quand un autobus passe au coin de la rue. Une sirène de police, suivie d'une autre sirène – une ambulance? – trouble à peine l'harmonie des notes. Max regarde sans la voir la tourelle devant lui. Quand il se tourne vers Adélaïde, elle comprend qu'ils ont fini de tourner autour du pot.

— Il est comment ?

Elle soupire. Quand on vit les uns empilés sur les autres, on ne s'en sort jamais. Max, au moins, a une bonne raison pour lui poser cette question. Avec lui, elle ne peut ni mentir ni détourner l'attention.

— Il est gentil, généreux et drôle. Et Marjolaine l'adore.

Les mains de Max s'immobilisent, l'une sur le manche, l'autre sur la caisse. Et dans ses yeux passe une douleur si grande qu'Adélaïde sent son cœur se serrer.

— J'ai envie de toi, Adèle.

— Je sais.

— Dis-moi que tu as envie de moi.

— Non.

— Non quoi ? Tu n'as pas envie de moi.

— Non, je ne te le dirai pas.

Parce qu'elle ne peut pas rester dans la même pièce que Max après de tels aveux, Adélaïde se lève et se dirige vers la porte.

— Je peux faire ça, moi aussi, tu sais ?

Elle s'arrête, la main sur la poignée.

— Faire quoi ?

— Prendre soin de vous.

Elle ferme les yeux et se demande si elle ne devrait pas lui dire la vérité. Puis elle se ravise. De toute façon, il ne comprendrait pas.

— Non, tu ne peux pas prendre soin de nous. Personne ne peut faire ça.

Sur ces mots, elle s'en va, consciente que c'était la dernière fois que Max lui chantait *Jolie Louise*.

13

J'ai toujours été convaincue que l'arrivée d'O'Malley dans notre vie avait été l'œuvre de la Providence. C'est à bout de ressources que ma mère s'était résolue à louer une chambre de notre appartement. L'annonce avait paru pendant sept jours, et nous n'avions eu aucun autre visiteur ni aucun autre coup de fil. Nous avions besoin d'argent, certes, mais surtout nous avions besoin d'une décharge électrique pour reprendre contact avec le reste du monde. O'Malley, à cause de ses origines, de sa langue et de sa culture, si différentes des nôtres, a fait entrer le monde dans notre appartement. À partir de ce moment-là, tout a changé. Notre façon de manger, de parler, de vivre. Notre manière de voir la vie aussi. Quand on a grandi au bord de la mer, on conçoit l'horizon comme un objectif à dépasser.

Petite, je croyais que les épaisses lunettes d'O'Malley lui permettaient de voir l'invisible. Un jour, je lui ai demandé s'il pouvait aussi voir l'avenir, comme ma grand-mère ; il m'a répondu qu'il était perspicace et avait beaucoup de chance, rien de plus. Ma grand-mère n'était pas de cet avis.

Au début, Jacinthe s'était méfiée de ce regard déformé par les verres. Un regard doux, mais perçant, qui s'attardait longuement et avec intensité. Un regard qui semblait, de plus, lire dans les pensées. Afin d'anticiper ce qui nous attendait tous, elle ne manquait pas une occasion de lui tirer les cartes. Les cartes de tarot, qui jadis ne quittaient leur boîte qu'une fois par mois, traînaient désormais sur la table de la cuisine, au milieu des bougies, des Saintes Vierges et autres colifichets auxquels se mêlait habituellement la vaisselle. Le jeu, ouvert en permanence, mettait toujours la même carte en évidence, celle du Magicien. Je la regardais, intriguée, chaque fois que je mettais les pieds au rez-de-chaussée.

Vêtu de blanc et de rouge, une main pointant le ciel avec un bâton, l'autre montrant le sol, le Magicien dégageait, dans mes yeux d'enfant, une force à la fois inquiétante et rassurante. Devant lui, sur une table, gisaient l'épée de l'intelligence et de la communication, le bâton de la passion et de l'ambition, le calice de l'amour et des émotions et le pentacle du travail, du corps et des biens. Au-dessus de sa tête flottait le 8 couché symbolisant l'infini en mathématiques. Tous ces éléments, mais surtout le symbole mathématique, avaient persuadé ma grand-mère que c'était *la* carte qu'il fallait associer à O'Malley. Après tout, n'était-il pas prof de math ?

Selon le tarot, le Magicien était souvent un charlatan, ce qui expliquait la méfiance que lui témoignait ma grand-mère. Mais il y avait un hic : le Magicien était également reconnu pour servir de médiateur, éveiller les émotions, soulever les passions, présenter une solution à un problème apparemment insoluble et annoncer ou amorcer un changement.

Le tarot ne se trompait pas. Dès l'arrivée d'O'Malley, les choses ont commencé à changer. Et ma mère a eu beau s'y opposer, les choses ont continué à changer. Chez elle, comme chez nous tous.

14

— Sean McKenzie.

— Non ! Je veux dire tout ton nom au complet. Tu sais, comme Max, en haut, qui s'appelle Maximilien Létourneau. Sean, c'est pour quel nom ?

Il est arrivé il y a quelques heures à peine, épuisé par deux jours de route. Il a frappé trois petits coups et, quand Adélaïde a ouvert la porte, il lui a déposé dans les bras une pizza et une grosse frite pour célébrer la nouvelle année.

C'est avec appétit qu'ils ont mangé tous les trois sur la table du salon en écoutant Ciné-cadeau. Et maintenant que le film est terminé, Marjolaine étire le temps avant d'aller au lit. Sean n'est pas dupe. Avant de répondre à sa question, ce qui retarderait l'heure du coucher, il jette un coup d'œil en direction d'Adélaïde qui répond d'un hochement de tête approbateur.

— Je m'appelle Joseph Ewan Patrick Sean McKenzie.

En entendant cette suite de prénoms qu'elle juge impro-nonçables, Marjolaine éclate de rire, à genoux sur le plancher du salon. Puis elle répète :

— Joseph…

— Joseph Ewan.

— Joseph Ewan. Ça veut dire quoi, Ewan ?

— Ça veut dire quoi, Marjolaine ?

— C'est une plante qu'on mange.

Elle fait semblant de cueillir une fleur pour la manger. Sean réfléchit et conclut :

— Ewan rien dire.

— OK. Joseph Ewan.

— Patrick.

— Joseph Ewan Patrick

— Sean McKenzie.

— Joseph Ewan Patrick Sean McKenzie. C'est facile!

— Je l'écrire pour ton mémoire.

— On dit *la* mémoire. Pour *ma* mémoire. Maman, explique-lui! Je suis tannée de répéter.

Penchée sur la table, Adélaïde hausse les épaules sans rien dire et continue de dresser la liste des tâches domestiques nécessaires à l'entretien de l'appartement. Sean apparaît soudain à côté d'elle. Elle tourne la tête vers lui, surprise et perplexe.

— *Excuse me.*

Avec des gestes mesurés, il attrape la tablette de papier sur laquelle elle écrivait, arrache une feuille au milieu et lui redonne le reste avant de retourner s'asseoir en indien dans le salon. Marjolaine le regarde, fascinée, tandis qu'il trace les lettres de son nom.

— Wow! Tu écris bien. Maman aimerait ça que j'écrive comme ça.

— *You have to practice*, Lassie.

— Eille! Je ne suis pas un chien.

Sentant qu'il l'a insultée, Sean hausse les sourcils, puis les fronce. Il cherche ce qu'il a dit de travers. Son visage s'éclaire soudain.

— Lassie, pas juste pour le chien. Pour les belles filles aussi. Je t'appelle Lassie maintenant.

Marjolaine glousse. De la cuisine, Adélaïde se rend compte que sa fille rayonne d'une joie nouvelle, ce qui ne la rassure en rien. L'enfant s'est retournée et fouille maintenant dans ses cassettes. Lorsqu'elle trouve celle qu'elle cherchait, elle la fait glisser dans le magnétoscope.

— Écoute! C'est super bon!

Un doigt sur un bouton de l'appareil, elle fait dérouler le ruban en avance rapide jusqu'à ce qu'apparaisse un pont de pierres.

— Ah! s'exclame Sean. *The Aristocats.*

— Oui. *Les aristochats.* Écoute!

Juste en dessous du pont, en bordure d'un ruisseau, un chat blanc dort roulé en boule à côté d'un couffin. Un coq chante. Des oiseaux piaillent. Une voix s'élève, hors champ. Surgit ensuite un matou aux poils roux heureux de son état. Marjolaine chante avec lui.

— Oui, c'est moi le beau Walter Giuseppe Désiré Thomas O'Malley. O'Malley, le chat de gouttière.

Elle danse et rit et, lorsqu'elle finit par s'effondrer à côté de Sean, elle s'écrie:

— C'est pareil comme toi, ça! C'est comme ça que je vais t'appeler maintenant. Moi, je suis Lassie, et toi, tu es O'Malley.

Sean prend un air faussement offusqué.

— Je pas être une *alley cat.*

— Je ne suis pas un chien.

Devant un tel argument, Sean se rend.

— *Okay. I'm O'Malley, the alley cat.*

— Et je suis Lassie, le chien. Wouf! Wouf!

De la table, Adélaïde lève les yeux au ciel.

— Bon, ça va, les animaux. Venez qu'on se partage le ménage.

Sean obéit, mais Marjolaine, butée, demeure assise sur les genoux au milieu du salon.

— Ah, non! Maman, tu es encore plate! On s'amusait, là. Ce n'est pas le fun de parler de ménage.

— Ce n'est peut-être pas le fun, mais c'est nécessaire.

Sa voix traduit l'autorité, ce qui force Marjolaine à se redresser. Elle les rejoint en grommelant, mais Adélaïde ne prête pas attention à son mécontentement. Elle lui tire une chaise et, quand sa fille est installée, elle entreprend d'expliquer son plan.

— Alors, regardez! J'ai fait trois colonnes. Marjo, toi, tu es responsable des bottes, des mitaines, des tuques et des manteaux et des jouets. Je ne veux rien voir traîner, ni dans l'entrée, ni dans la cuisine, ni dans le salon. On vit à trois dans un très petit appartement, alors c'est important de respecter les autres.

Elle adresse à sa fille un sourire entendu. Ce sont les tâches qu'elle avait déjà auparavant. Marjolaine, qui craignait qu'on lui en ajoute, se montre satisfaite.

— Sean, je propose qu'on alterne. Une semaine, c'est le plancher et l'époussetage, l'autre semaine, la salle de bain et le comptoir de cuisine. Est-ce que ça te convient?

Elle l'a tutoyé par inadvertance et le regrette aussitôt. Elle s'apprête à se reprendre, mais se ravise. Tant qu'à vivre dans le même appartement… Marjolaine a perçu cette soudaine familiarité. De l'avis d'Adélaïde, le sourire ravi qui illumine le visage de sa fille n'a absolument rien de rassurant, encore une fois.

— Qui faire le *cooking*?

Cette question surprend Adélaïde parce qu'elle ne s'attendait pas à ce qu'ils prennent leurs repas en commun. Elle cafouille un moment et est presque soulagée quand Sean reprend:

— Tu aimes le *cooking*?

— Non, mais si on veut manger, faut bien cuisiner.

— *Okay*. Je propose cuisiner.

Marjolaine pousse un cri d'exaspération.

— *De cuisiner*, voyons donc! *Je propose de cuisiner.*

— Je propose de cuisiner.

— Ah, non! Maman, il répète encore!

Adélaïde doit détourner la tête pour ne pas rire devant sa fille. Elle se dit que Sean pourrait aussi penser qu'elle rit de lui. Alors elle regarde ailleurs quelques secondes, histoire de reprendre le contrôle de ses muscles faciaux. Puis elle se retourne vers eux, les lèvres exagérément pincées.

— C'est toi qui voulais qu'il habite avec nous, alors endure.

— Oui, mais c'est fatigant.

— Peut-être, mais c'est comme ça qu'on apprend.

Elle s'adresse à Sean.

— Tu proposes de cuisiner tous les soirs.

— Oui. Tous les soirs.

Adélaïde n'en croit pas ses oreilles. Elle qui déteste la popote a l'impression que Sean est un ange tombé du ciel.

— Et la vaisselle?

— La vaisselle aussi, mais pas le plancher ni la *bathroom* ni *the rest*.

— OK. Mais pour l'épicerie… euh, je veux dire… Je n'ai pas beaucoup d'argent pour l'épicerie.

Sean se gratte le menton. Il n'a pas pris le temps de se raser ce matin. Sa barbe est drue, ce qui lui fonce les joues.

— Combien, d'habitude, *for the groceries*?

Adélaïde regarde sa fille, perplexe. Sean se reprend:

— Je veux dire, pour l'épicerie.

— Normalement 30 dollars. Des fois 50, quand j'ai une meilleure semaine et pas de compte à payer.

— *Okay*. On fera *seventy five dollars… I mean* soixante-quinze, et on paie moitié. *Deal?*

— Euh…

Adélaïde est tellement embarrassée par la générosité de cette offre qu'elle ne sait que répondre. Sa fille lui donne un coup de coude.

— Envoye, maman! Ça va être le fun de manger d'autre chose que du macaroni pis du pâté chinois.

Adélaïde soupire et tend la main en direction de Sean.

— D'accord, mais ça a besoin d'être bon.

— Très bon. Je suis une chef.

— Ah, non! Pas encore! Est-ce que tu fais exprès? Tu es un gars. Il faut que tu dises *un* chef.

— *Okay.* Je suis un chef.

*   *   *

Elle n'avait pas pensé à ça.

Penchée sur son cahier à dessins, le crayon à la main, Adélaïde essaie de remplir une case. Peine perdue, l'inspiration ne vient pas. Elle se rappelle tout à coup avec nostalgie les longues soirées passées assise sur le rebord de la fenêtre à griffonner des lignes de trottoir, des lignes d'édifices, des fils électriques et le corps des passants, des corps d'hommes surtout. Regarder dehors, voir et sentir la ville endormie, respirer le silence. Se savoir seule. Complètement seule. Voilà qui faisait venir sa muse. Mais ce soir…

Ce soir, derrière elle, écrasé sur le sofa du salon, Sean lit. Il ne dit rien. Absolument rien. Mais il l'empêche quand même de créer. Non, elle n'avait pas pensé à ce détail lorsqu'elle a eu l'idée de louer la chambre. Maintenant que c'est chose faite, Adélaïde se demande comment elle pourra mener à terme son projet de bande dessinée si, chaque soir, l'aire commune est occupée.

Plongé dans sa lecture, Sean ne fait pourtant aucun bruit. Il ne parle pas. Ne renifle pas. Ne tousse même pas. Alors pourquoi la dérange-t-il à ce point? Les autobus et les voitures qui passent rue d'Aiguillon sont bien plus bruyants que la respiration d'un homme. Est-ce seulement l'idée qu'il y a une autre personne dans la pièce? Ou bien le fait qu'elle a peur qu'il la trouve ridicule de dessiner? Elle ajouterait presque: de dessiner comme une enfant…

C'est l'adaptation, sans doute. Il lui faudra un moment pour s'habituer à une autre présence dans l'appartement. Comme il faudra un moment à Jacinthe pour se rendre compte que le bruit de ses ébats dépasse désormais les limites de la famille. Adélaïde sourit à cette pensée. Sa mère se fiche bien de ce que pensent les voisins ; elle l'a prouvé plus d'une fois. Elle ne se gênera donc pas plus que d'habitude pour exprimer le plaisir qu'elle ressent quand elle atteint l'orgasme, que ça plaise ou non à Sean.

Le plus difficile sera sans doute de présenter Sean à Max sans que la situation crée un froid. Autant rêver en couleurs ! Max n'a aucune envie d'adresser la parole au nouveau venu. Il l'a clairement dit la dernière fois qu'elle a mis les pieds chez lui.

— Ne pense pas que je vais l'inviter et ne t'avise pas de monter avec lui.

Ses propos ne laissaient pas de place à l'interprétation. Il a ajouté que si elle lui avait parlé de ses problèmes financiers avant de passer à l'acte, il aurait pu intervenir, lui prêter de l'argent, lui en donner même. Il aurait pu sous-louer l'appartement du haut et emménager au premier avec elle et Marjo. Adélaïde lui a soufflé qu'il était trop tard maintenant pour revenir sur cette décision. Elle lui a dit : « J'ai loué la chambre, il a payé. C'est réglé. » Au fond, elle a toujours su qu'elle pouvait demander de l'aide à Max. Elle a toujours su qu'il n'attendait qu'un mot pour se rapprocher d'elle. Il n'aurait jamais profité de la situation – ce n'est pas son genre –, mais Adélaïde se serait sentie redevable à son égard. Elle n'aimait pas l'idée qu'il aurait pu suivre des yeux ses allées et venues dans l'appartement. Elle n'aimait pas imaginer ses réflexions, ses désirs, la tombée de la nuit. Elle n'aimait pas penser qu'un jour, un soir probablement, il lui aurait demandé ouvertement de le suivre dans son lit. Et alors, tout aurait été brisé. Leur amitié, leur affection, la confiance qu'elle a en lui et lui en elle. Il n'y aurait plus eu rien de tout cela. Rien qu'un espoir déçu. La tension serait devenue insoutenable. Elle lui aurait demandé de retourner dans son appartement, à l'étage. Et si celui-ci avait déjà été loué – catastrophe! –, Max aurait dû déménager. Non, elle n'aurait jamais pu chambouler la vie de cet homme parce qu'elle l'aime trop. Pas autant qu'il le voudrait, mais trop quand même pour le mettre à la rue en plein hiver. Trop, aussi, pour provoquer une situation qui l'exclurait définitivement de sa vie.

Certains soirs, comme ce soir, elle se dit qu'elle aurait peut-être dû lui dire la vérité. Pauvre Max, qui continue d'espérer un amour qui ne viendra jamais tout simplement parce qu'elle en est incapable. Ce n'est pas sa faute. Et ce n'est pas de la sienne non plus. Personne n'y peut rien si Max a certaines mimiques qui lui rappellent Gilles. C'est le fruit du hasard, rien de plus. Un hasard qui a quand même tué dans l'œuf l'espoir du voisin du dessus. D'autant que Max habite l'appartement qu'occupait Gilles et que rien n'a changé dans cet appartement. Les murs sont toujours de la même couleur, c'est le même tapis sur le plancher. Quand Adélaïde y met les pieds, elle doit chaque fois faire un effort pour se rappeler qu'il s'est écoulé onze ans depuis le départ de Gilles. Dix, depuis son suicide. Le temps aurait dû la consoler, lui faire oublier à tout le moins. La mort, elle, aurait dû lui servir de vengeance, apaiser sa douleur, sa colère.

Elle se revoit debout au cimetière. Elle ne pleurait pas. À côté d'elle, sa mère était aussi froide qu'une statue de marbre. Sur son visage, pas la moindre larme non plus, mais un mépris si féroce qu'il en donnait la chair de poule aux autres membres de la famille. Il pleuvait. Le vent était aussi glacial que le regard de Jacinthe. Elle serrait dans sa main la main de sa fille. Adélaïde n'avait que treize ans, mais elle haïssait avec autant de force que sa mère.

Comment décrire cette haine à qui n'a pas connu Gilles? Comment expliquer cette colère sans dévoiler le secret? Comment se vider le cœur sans traumatiser Marjolaine? Le monde n'est pas peuplé uniquement de salauds, mais leur nombre fait encore peur, même quand on est devenu adulte. Surtout quand on a mis au monde une fille.

— Est-ce que je peux *use the bathroom*?

Adélaïde sursaute. Sean se tient au milieu de la pièce et attend une réponse. Il veut sans doute aller dormir. C'est vrai qu'il est presque minuit et qu'il travaille demain.

— Pas de problème. Je vais dessiner encore un peu.

Il la remercie et s'enferme dans la salle de bain. Une minute ou deux plus tard, la douche chuinte doucement. Adélaïde profite de ce moment de solitude toute relative pour retourner à son dessin. La case est encore presque vide, mais elle sait désormais comment la remplir.

Elle efface tout et, en quelques traits, brosse une salle de bal. Au centre, un homme danse avec une jeune fille qu'on voit de dos. On devine à sa robe noire et courte qu'il s'agit d'une jeune fille-corbeau, à peine pubère. Des notes de musique flottent dans le vide au-dessus de leurs têtes. Le bras puissant de l'homme attire vers lui le corps fragile. Elle dessine une moustache sur son visage émacié. En dessous, un sourire victorieux dévoile des incisives trop droites pour être vraies. Les canines, par contre, semblent moins lisses, mais plus longues que la normale. Le dessin se passe d'explication. C'est Dracula qui entraîne sa proie contre son gré dans une danse macabre.

Penchée au-dessus du cahier, Adélaïde plisse les yeux. Son crayon s'active désormais au rythme d'une valse de Strauss. Dans la case suivante, la jeune fille est de face, le visage tendu, les yeux hagards, la bouche crispée de terreur. À la raideur de ses épaules, on sent qu'elle est déterminée à maintenir son cavalier à distance.

La musique s'arrête soudain. Dracula recule. Il tient toujours la main de la jeune fille et essaie de l'entraîner vers la sortie. Elle résiste, se braque et tire de sa ceinture un poignard à la lame brillante. On reconnaît l'arme avec laquelle elle s'ouvrira plus tard la poitrine pour dévorer son cœur et l'empêcher de battre pour un homme. Ce poignard, elle ne le plante pas dans le dos de Dracula, même si l'occasion est belle. Elle le lui glisse plutôt sous la gorge pour le forcer à s'arrêter et à le relâcher. Il s'exécute, mais dès qu'il lâche sa main, il pivote et s'empare du poignard. Le temps s'arrête. Puis Dracula tourne la lame vers lui et se tranche lui-même la gorge. Fin de l'histoire.

* * *

— Pas de télé, Marjo. Je veux que tu finisses tes devoirs avant.

— Ah, non! Tu es encore plate.

— Quand tes notes seront meilleures, je me montrerai moins plate. Maintenant, c'est l'heure des devoirs.

Marjolaine fait la moue, puis sort la langue dans un effort de concentration qu'elle voudrait extrême. À genoux devant la table du salon, elle recopie les mots que son professeur a tracés dans son petit cahier interligné. Adélaïde la surveille un moment avant de retourner à la cuisine chercher les assiettes. L'espace restreint entre le comptoir-lunch et la cuisinière force Sean à se tasser pour la laisser passer. Ils se frôlent à peine, mais ce contact, leur premier, les met tous les deux mal à l'aise.

— Excuse, murmure Adélaïde lorsque, après avoir pris assiettes et couverts dans l'armoire, elle revient sur ses pas.

— *No problem.*

— Faudra que je pense à mettre la table avant que tu commences à préparer le souper.

— *No problem.*

Sean s'est aperçu qu'il répétait « *Okay* », et pour éviter de le dire à tout bout de champ, il a choisi une autre expression… qu'il répète aussi souvent que la précédente. Dans le salon, Marjolaine rigole. « *No problem* », le raille-t-elle en exagérant la prononciation du dernier mot.

Pour faire diversion, Adélaïde jette un coup d'œil dans le chaudron.

— Ça sent bon. C'est quelle sorte de sauce ?

— Marinara.

Devant son regard perplexe, il précise :

— *Tomato, onions, garlic, oregano, maple sirup.*

— *Maple* quoi ?

Incapable de se rappeler la traduction, Sean ouvre le frigo et lui tend la boîte de conserve percée de deux trous.

— Ouache ! Tu mets du sirop d'érable dans le spaghetti ?

— *Not* « Ouache » ! Mmmm !

Il attrape une cuillère, la plonge dans la sauce et la tend à Adélaïde. Celle-ci, bien qu'un peu gênée, y trempe les lèvres.

— C'est donc bien bon !

Sean sourit, et Adélaïde remarque que ça lui fait plisser les yeux. Il revient à ses casseroles, d'un geste de pro jette les pâtes dans l'eau bouillante et s'esclaffe devant le regard ahuri d'Adélaïde.

— J'espère que tu n'as pas l'intention de lancer un spaghetti au plafond parce qu'ils sont trop hauts, ici.

Ils rient d'un rire semblable, un peu moins gênés qu'avant. Cet élan de familiarité est interrompu par deux petits coups à la porte.

— J'y vais !

Marjolaine se rue déjà vers la porte.

— Salut, grand-maman ! s'écrie-t-elle avec bonheur.

— Salut, la pitchounette. Est-ce qu'Adèle est bien occupée?

— Maaamaaaan!

Adélaïde s'approche et découvre sa mère sur le seuil, une
chaise pliante à la main.

— Regarde ce que j'ai trouvé sur le bord de la rue.

Jacinthe lui montre la chaise qu'elle déplie devant elle.

— Une belle chaise en bois qui plie encore super
bien! C'est affreux comme les gens jettent les choux gras.
Elle traînait là, pour mettre aux poubelles. Une chaise pliante,
imagine! Une chance que je suis passée, pis que je me suis
rappelé que tu avais juste trois chaises. Je me suis dit qu'avec
ton nouveau locataire, vous allez vite manquer de place
quand vous allez avoir de la visite. Ça fait que... me v'là.
Avec la chaise.

Adélaïde réprime un fou rire. La mise en scène serait
parfaite si Sean avait pu entendre quelque chose depuis la
cuisine. Parce que ce discours sur les vidanges, qui n'est qu'un
prétexte pour se faire inviter à souper, lui était destiné, évidemment. Jamais Jacinthe n'a imaginé un instant que sa fille
la prendrait au sérieux.

— Mais entre donc, maman. Veux-tu souper avec
nous? Sean a fait du spaghetti marina.

— Marinara. Il a dit *marinara*.

— Merci, Marjo. On ne peut rien te cacher. Va donc
ramasser tes cahiers, on va souper. Viens t'asseoir, maman. Je
vais finir de mettre la table.

— Tu peux peut-être me présenter le nouveau...

— Évidemment. Sean, viens ici s'il te plaît.

L'eau coule dans l'évier pendant quelques secondes
avant que Sean apparaisse au bout du comptoir, une serviette
dans les mains. Adélaïde fait les présentations.

— Bienvenue dans notre bloc, Sean.

— Merci. Bienvenue pour le souper.

Malgré la structure boiteuse, Jacinthe lui répond avec un sourire et s'assoit sur la chaise pliante. Un certain malaise s'installe, aussitôt rompu par l'énergie de Marjolaine qui tente de se rendre à la cuisine.

— Je vais aller voir si c'est prêt!

Tentative avortée; Sean l'attrape par le bras avant qu'elle ne contourne le comptoir.

— Cinq minutes, Lassie. *But don't go in the* cuisine. J'ai une surprise.

Comme si elle n'attendait que cette occasion, Jacinthe s'exclame:

— Parlant de surprise… J'en ai une pour toi, Sean.

Elle fouille dans une poche de sa veste et en ressort son jeu de tarot.

— Ce soir, je te tire aux cartes. Pis comme tu es nouveau dans notre bloc, ce sera gratis.

Sean accepte, et dans le regard d'Adélaïde, assise de l'autre côté de la table, on perçoit une tension nouvelle. Elle n'a pas envie de savoir ce que l'avenir leur réserve.

* * *

— Prendrais-tu un café?

— Un chocolat chaud, s'il vous plaît.

Stéphane Cognac acquiesce d'un sourire.

— Je te prépare ça. En attendant, va t'asseoir à la petite table près de la fenêtre. J'arrive dans deux minutes.

Adélaïde obéit. La boutique Cognac est toujours aussi colorée, même après les fêtes. Ici et là, une étiquette indique que les prix ont baissé. Des soldes comme on en voit partout dans le mail après Noël.

— Voilà. Tu me diras s'il est assez sucré.

Adélaïde y goûte et hoche la tête, ravie.

— Il est parfait.

— Bien. Si je t'ai fait venir aujourd'hui, c'est parce que j'ai une proposition à te faire.

Il se tait, attend qu'elle l'interroge, mais comme elle ne dit rien, il poursuit :

— Comme tu le sais peut-être, Peyo est décédé la veille de Noël.

— Je le sais.

— Je voudrais lui rendre hommage en construisant un immense village de Schtroumpfs. Tout serait en pâte d'amande. Les bonshommes, évidemment, mais aussi les maisons, les arbres, les jardins, Gargamel et Azraël. Je voudrais te confier cette tâche-là. Je laisserais la production hebdomadaire à Karine. Toi, tu travaillerais à temps plein là-dessus. Est-ce que ça t'intéresse ?

Adélaïde scrute le visage de son patron et se demande s'il se moque d'elle. Elle laisse son regard errer dans la boutique, s'attarde sur les figurines en pâtes d'amande qui trônent sur une étagère. Elle se rappelle le soir de sa formation dans l'atelier. Karine lui avait montré tout ce qu'elle savait sur l'utilisation de la pâte d'amande. Comment la travailler, la couper, la rouler, la percer de deux trous pour les yeux, remplir ces trous de glace royale blanche. Adélaïde s'était rendu compte que la figurine ne prenait vie qu'au moment où l'on dessinait les pupilles avec de la pâte à glacer couleur chocolat. Il lui avait fallu une heure pour apprendre correctement la technique. Pendant la dernière partie de leur quart de travail, Karine et elle avaient façonné des Mickey Mouse. Parce qu'Adélaïde avait reproduit trait pour trait le personnage du dessin animé qu'elle connaissait par cœur, Karine était intervenue :

— Il ne faut pas faire de copie. À cause du droit d'auteur. Il faut produire une sorte de caricature du bonhomme. Comme ça…

De ses doigts, elle avait modifié le Mickey Mouse d'Adélaïde pour qu'il ne ressemble pas trop à l'original.

— C'est important, avait-elle insisté. À cause des poursuites.

Adélaïde avait acquiescé et s'était appliquée, pendant la dernière heure, à fabriquer de fausses copies. Mais voilà que Stéphane Cognac lui demande d'en faire des vraies.

— Je suis capable de copier parfaitement les Schtroumpfs, lance-t-elle, mais Karine m'a parlé des droits d'auteur…

— Ce sera un hommage à Peyo. Il n'y aura donc pas de problème de ce côté-là.

— Dans ce cas, c'est oui.

— Parfait. Tu commences demain matin à neuf heures.

— Je peux commencer tout de suite si vous voulez. Je n'ai rien d'autre à faire aujourd'hui.

Stéphane Cognac lui sourit. Adélaïde se dit que le jour où elle a quitté le bureau de Bonnet et fils était vraiment le plus beau jour de sa vie.

* * *

Quand l'autobus s'arrête à l'angle des rues Sainte-Claire et d'Aiguillon, il est presque seize heure trente. Adélaïde revient chez elle le cœur léger. C'était une bonne journée. Une de ces journées qui permettent de croire qu'on n'est pas seul, que quelque chose, quelque part, veille sur nous. Parce que tout tombe tellement bien! Comment décrire la sensation d'euphorie qui l'a habitée toute la journée tandis qu'elle fabriquait des Schtroumpfs? Comment décrire ce moment de pur bonheur quand elle a terminé une copie parfaite du Grand Schtroumpf? Il avait même le regard, à mi-chemin entre la bienveillance et l'autorité. Elle l'a trouvé tellement beau!

Elle en a pour une semaine à fabriquer des figurines, peut-être un peu plus. Elles doivent toutes se distinguer les unes des autres, mais aussi se ressembler. On devra ressentir un certain vertige en regardant le village quand il sera terminé. On devra sentir la diversité et l'unité. Chaque Schtroumpf sera unique, mais Adélaïde veut qu'on perçoive le lien qui les unit les uns aux autres, un lien invisible, mais tangible. Ce sera magique!

Quand elle ouvre la porte, le courant d'air souffle vers l'intérieur son parfum de chocolat et d'amandes. Avant de monter chez elle, elle s'arrête comme d'habitude chez sa mère.

— Mon doux que je suis contente de te voir!

L'air préoccupé de Jacinthe l'inquiète tout de suite.

— L'école a appelé. Marjo est en retenue. Elle s'est battue.

— Marjo s'est battue?

Adélaïde n'arrive pas à imaginer sa fille levant les poings. Mais plus rien ne la surprend maintenant chez cette enfant. Il aura cependant fallu une provocation de taille. Une raillerie qui l'aura blessée, une insulte peut-être.

Un bruit sourd et soudain interrompt sa réflexion.

— Ça vient de chez nous, ça?

— Oui. Sean est rentré de bonne heure après-midi et il n'a pas arrêté de faire du vacarme. Je ne sais pas ce qu'il trame, mais ça lui prend du temps. Penses-tu qu'il change les meubles de place?

— J'espère bien que non.

Adélaïde s'élance dans l'escalier. La minute d'après, elle pousse la porte de son appartement. Rien n'a bougé, tous les meubles sont à leur place habituelle. Le bruit vient de la cuisine. Elle contourne la table et s'arrête net en apercevant le comptoir rempli de victuailles. Dans la cuisine, Sean s'active dans les armoires.

— Ma foi du Bon Dieu! Mais qu'est-ce que tu fais là?

Sean sursaute, et sa tête heurte une tablette.

— *Gosh! You scared the hell out of me!*

— Quoi?

— *What?*

— Qu'est-ce que tu fais dans mes armoires?

Devant son air confus, elle s'approche et désigne la tablette complètement vide.

— Là, dans mes armoires. Qu'est-ce que tu fais? Tu as tout vidé. Pourquoi?

Le regard de Sean s'éclaircit.

— *Don't worry.* Je replacer après.

Quand il comprend que ses propos ne rassurent en rien Adélaïde, il précise:

— Je vouloir savoir les provisions. *Before I go to the grocery store, you know.*

La nervosité lui a fait oublier les mots français. Il se reprend donc, plus calmement, et explique qu'il voulait préparer les menus de la semaine. Avant d'aller à l'épicerie, il voulait savoir ce qu'il y avait dans le garde-manger. Et tant qu'à tout sortir, il a lavé les tablettes avant de ranger.

— J'ai faire une liste.

Il lui tend une feuille de papier sur laquelle il a effectivement dressé une liste d'épicerie. Une liste d'ailleurs semblable à celle qu'Adélaïde faisait une fois par semaine, mais plus longue.

— OK. Je comprends.

Elle lui rend la feuille et esquisse un sourire gêné.

— Mais je suis quand même contente qu'on n'ait pas convenu que tu ferais le lavage. Si je t'avais trouvé comme ça dans mon tiroir de petites culottes, je t'aurais arraché la tête.

— *What?*

— Rien. C'était une blague. Qu'est-ce qu'on mange pour souper?

— Chili con carne.

— OK. Je ne sais pas ce que c'est, mais dit comme ça, ça a l'air bon.

Elle lance un dernier coup d'œil sur le capharnaüm de la cuisine.

— Je te laisse finir ta job parce qu'il faut que j'aille chercher Marjolaine à l'école.

— Souper prêt à six heures.

— Je serai revenue bien avant. À tantôt.

— À tantôt.

Adélaïde s'éloigne en direction de la porte. Elle a la main sur la poignée lorsque la voix de Sean retentit depuis la cuisine.

— Hey, Adèle !

— Oui ?

— *You smell good.*

Le peu d'anglais que possède Adélaïde lui permet de saisir le sens de cette phrase. Elle ouvre la porte et lui lance un « Merci » qui lui fait monter le rouge aux joues. Que Sean trouve qu'elle sent bon l'indispose un peu. Un peu trop à son goût, même si c'est vrai qu'elle sent bon.

* * *

— Je n'ai pas fait exprès.

— Marjo ! Ne me conte pas de menterie par-dessus le marché ! Je t'ai défendue devant ta maîtresse, mais là, tu vas me dire la vérité !

C'est difficile pour Adélaïde d'accepter que sa fille ait eu recours à la violence. Devant la directrice d'abord, puis devant l'enseignante, elle lui a trouvé des excuses. On devait l'avoir provoquée, ça devait être un accident... N'importe quoi sauf une bataille pure et simple pour régler un différend.

Marjolaine garde les yeux baissés tandis qu'elles traversent la rue.

— C'est à cause de Jade.

— Qu'est-ce qu'elle a fait, Jade ?

— Rien, mais elle a eu la deuxième meilleure note.

Adélaïde s'immobilise et se penche pour regarder sa fille droit dans les yeux.

— Ça suffit, Marjo. Arrête de mentir.

— Mais c'est vrai! C'est Maude qui a eu la plus grosse note. Jade et moi, on jouait dans la cour d'école, pis Maude est venue nous voir. Elle a dit à Jade que celle qui a la deuxième meilleure note, c'est la première des *losers*.

Adélaïde se redresse pour dissimuler sa grimace d'horreur. Elle est toujours bouleversée devant la cruauté dont sont capables les enfants. Marjolaine poursuit:

— Je lui ai dit de nous laisser tranquilles, mais elle a continué de la traiter de *loser*. Elle était de plus en plus méchante. Je savais que Jade ne ferait rien. Elle est trop bonne à l'école. Pis son père aurait été fâché noir si elle l'avait poussée, même si c'était pour se défendre. Moi, je me suis dit que comme je ne suis déjà pas bonne, ça ne changerait rien. Ça fait que c'est moi qui l'ai poussée. Pis comme elle m'a poussée elle aussi, ben… je lui ai sauté dessus, la maudite.

— Marjo!

— Ben quoi? Tu voulais la vérité? Je te dis toute la vérité.

— Ce n'est pas poli de la traiter de maudite.

— OK. La conne, d'abord.

— Ce n'est pas mieux.

— La méchante, c'est mieux ça?

Tant qu'à perdre, aussi bien perdre dignement, se dit Adélaïde.

— Oui, c'est mieux. Mais je ne veux plus que tu te battes. La prochaine fois que Maude viendra vous dire des méchancetés, tu vas les répéter à la maîtresse, c'est tout.

— Pis là, elle va me crier des noms, pis dire que je suis une stooleuse.

— Ça ne fait pas mal, se faire crier des noms.

137

— Si ça ne fait pas mal, pourquoi je ne peux pas dire que c'est une conne?

— Parce que!

Elles sont arrivées devant leur immeuble. Adélaïde croit que le sujet est clos et réfléchit à la punition à imposer à sa fille. Elle ouvre la porte, Marjolaine la devance, mais se retourne pour lui faire face au pied des marches.

— Parce que quoi?

— Arrête, Marjo! Parce que ce n'est pas gentil, un point c'est tout. Pis là, tu vas faire tes devoirs. Après tu vas souper, tu vas aller dans ta chambre pour réfléchir.

— Mais Sean a promis de jouer avec moi au tic-tac-toe!

— Ben vous jouerez un autre soir. Là, tu es punie.

Elles montent l'escalier sans cesser d'argumenter. Puis, au moment où Adélaïde tourne la poignée pour entrer, Marjolaine pousse la porte d'un geste emprunt de rage. La porte heurte le mur et laisse une marque à la hauteur de la poignée.

— C'est pas juste! s'écrie-t-elle, les yeux pleins de larmes. Tu es méchante, maman.

— Je le sais.

Marjolaine s'enfuit dans l'escalier pour se réfugier dans sa chambre. Elle passe devant la cuisine où Sean s'affaire dans ses chaudrons.

— *What's wrong?*

— Ça ne te regarde pas, ce qu'il y a de *wrong*! répond Adélaïde. Ce soir, il n'y a pas de tic-tac-toe pour Marjo, compris?

— Compris. *Dinner will be ready in half an hour.*

— En français, s'il vous plaît!

— Le *dinner*, prêt dans une demi-heure.

— OK. Je reviens tantôt. Surtout, tu laisses Marjo toute seule dans sa chambre, compris? Elle est en punition.

— *No problem.*

Adélaïde le toise pour s'assurer qu'il a effectivement compris le sérieux de la situation. Puis elle allume l'interphone et fait demi-tour en laissant la porte ouverte.

* * *

— Imagine si on avait décidé qu'il devait faire le lavage. Il serait bien passé au travers de mon tiroir de petites culottes.

Jacinthe rit trop fort. De toute évidence, elle trouve la situation ridicule. Pour calmer sa fille, elle lui verse un verre de vin.

— Tu exagères. Et puis s'il a fait le ménage dans tes armoires, c'était juste pour savoir ce que tu as déjà, avant d'aller faire l'épicerie. Après tout, vous avez conclu qu'il faisait à manger.

— Oui, mais il a tout vidé, maman. Je me suis sentie toute nue devant lui quand j'ai vu mes tablettes vides. On aurait dit qu'il avait franchi les limites de mon intimité.

— Wow ! Elle en couvre large en titi, ton intimité.

— Arrête ! Tu sais ce que je veux dire.

— Je sais surtout que tu exagères. J'ai l'impression que tu lui cherches des poux, à cet homme-là.

Adélaïde reste bouche bée, troublée de constater que sa mère a vu plus clairement en elle qu'elle-même. Pourquoi, effectivement, est-elle à ce point dérangée par le ménage des armoires ? Elles en avaient bien besoin, de toute façon, ces armoires. La notion d'intimité lui revient à l'esprit. Oui, c'est là que ça la dérange.

— Je n'avais pas prévu que ça serait à ce point-là inconfortable de vivre avec un homme.

— Parce que tu trouves ça inconfortable que Sean vous fasse à manger ?

— Non, évidemment. Mais je trouve inconfortable de dessiner dans la cuisine pendant qu'il lit dans le salon. Pis je suis mal à l'aise de partager ma salle de bain avec un homme. Le matin, des fois, il y a des poils de barbe dans l'évier. Pis ça arrive, des fois, qu'il oublie de redescendre le siège de toilette. Pis je trouve ça gênant de devoir punir Marjo devant lui. Pis là, ça m'a dérangée qu'il passe au travers de mes affaires sans me demander la permission. J'aimais mieux comment c'était avant.

— Ben voyons donc!

— Ce n'est juste pas confortable, maman.

— Qui a dit que l'objectif de la vie était le confort?

Une voix d'enfant sort soudain de l'interphone posé sur le comptoir.

— *Elle est où, maman?*

— *Chez Jacinthe,* I think.

Adélaïde s'apprête à quitter sa chaise pour retourner chez elle, mais Jacinthe la retient, une main sur la sienne.

— Écoute, dit-elle en désignant du menton l'appareil.

Le ton de Marjolaine est toujours acerbe.

— *Quand elle va revenir, tu lui diras que je fais mes devoirs dans ma chambre.*

— Okay, *Lassie. Pourquoi la punition?*

— *Parce que j'ai été méchante.*

— *Méchante avec qui?*

Il s'écoule quelques secondes avant la réponse. Le ton s'est radouci.

— *Avec des amies à l'école. Et avec maman.*

— *Toi excuser à Adèle?*

— *Non.*

— *Tu dois.*

— *Elle a été méchante, elle aussi.*

— *C'est normal, les mères méchantes.*

— *Ben, moi, des fois, je trouve que Cruella a l'air plus gentille que ma maman.*

Le rire de Sean retentit dans l'appareil en même temps qu'il leur parvient par la cage d'escalier.

— *Avant souper, toi excuser,* okay?

— *OK.*

La gorge nouée, Adélaïde croise le regard de sa mère. Comme toujours, elle avait raison.

15

La construction du Faubourg remontait à si longtemps que les normes de sécurité modernes en cas d'incendie ne s'y appliquaient pas. Comme les maisons s'appuyaient les unes sur les autres, quand l'une d'entre elles brûlait, c'était le plus souvent tout un pâté de maisons qui y passait. Dans ces conditions, on comptait sur les doigts de la main les résidents qui possédaient une assurance responsabilité civile.

Chaque pâté de maisons avait des airs de château fort. Quand on marchait sur les trottoirs, on avait l'impression de longer la muraille d'une fortification médiévale, et les entrées de voiture, bien dissimulées derrière des portes cochères, étaient aussi rares que les locataires assurés.

L'intérieur de ces enceintes de plusieurs mètres de hauteur constituait un écosystème fermé où la faune vivait en autarcie. L'espace se divisait en courettes, tantôt aménagées, tantôt recouvertes de gravier pour servir d'espace de stationnement. Certaines cours avaient autrefois été remplacées par un garage qu'on avait depuis converti en appartement. Des clôtures toutes dissemblables divisaient cette fausse ruelle en autant de lots privés. Les merles et les pigeons se perchaient sur les fils électriques. Les tourterelles, elles, préféraient les lucarnes et les corniches. Mais ceux qui faisaient la loi dans ces châteaux forts coupés du monde se promenaient directement sur les clôtures et pleuraient la nuit comme des bébés. Chaque pâté de maisons possédait en effet son chat de gouttière, féroce, filou et chapardeur.

Le nôtre était gros, roux et avait eu l'oreille droite déchirée lors d'une rixe de jeunesse. Sur son corps encore souple, le poil poussait par plaques. Là où la chair était visible, tant de gales séchaient à l'air libre que personne n'osait l'approcher de peur d'attraper une maladie. Sa queue était longue et dénudée sur toute sa longueur, hormis une touffe de fourrure hirsute et tachée de sang tout au bout.

Ce chat faisait régner la terreur dans notre fausse ruelle. Il chassait sans vergogne tout ce qui bougeait sur son territoire, si bien qu'il n'était pas rare de le voir assis sur un piquet, l'air victorieux, des plumes lui sortant des babines comme si sa proie se trouvait toujours dans sa gueule.

Malgré son côté farouche, ou peut-être justement à cause de lui, j'avais conçu une réelle fascination pour ce matou. Je le trouvais indépendant, fort et libre, et je l'enviais, prisonnière que j'étais de notre immeuble et de notre cour clôturée. Puis il y a eu ce jour d'hiver…

Max avait adopté un bébé chat qu'il avait baptisé Victoire, mais que tout le monde appelait Vic. L'animal avait été dégriffé et ne sortait que sur le balcon du dernier étage. De là, il pouvait voir tout ce qui se passait dans la ruelle sans risquer sa vie.

Ce jour-là, je faisais un bonhomme de neige dans la cour que ma grand-mère, dans sa générosité, laissait enneigée pour mon bon plaisir. Je m'activais avec mes mitaines, la langue sortie, concentrée, dans un endroit où tout le monde me croyait en sécurité, quand soudain un miaulement semblable à un cri de terreur m'a fait lever les yeux. Tout en haut, sur le balcon de Max, le gros matou tenait le chaton par le cou. À sept ans, je ne comprenais pas pourquoi un gros chat frottait un plus petit contre son ventre au point d'en tirer des hurlements à donner la chair de poule. J'imaginais que le chaton criait parce qu'on lui mordait le cou. J'ai hurlé à mon tour, pour faire cesser cette torture qui m'horrifiait. À cause des vitres fermées, seul Sean a entendu mon cri. Quand je l'ai vu apparaître sur notre balcon, j'ai montré du doigt le balcon du dessus. Sean a dû comprendre ce qui se passait, car je l'ai vu disparaître pour réapparaître aussitôt sur le balcon du haut avec Max. Ce dernier, d'un coup de pied brutal, a chassé le matou qui, malgré une chute de deux étages, est retombé sur ses pattes. Il a bondi par-dessus la clôture et filé chez les voisins. Toujours à genoux dans la neige, je pleurais, mais je ne savais pas pourquoi. Comme ma mère était absente, c'est ma grand-mère qui m'a expliqué ce dont j'avais été témoin.

La petite chatte – j'ignorais jusque-là que c'était une femelle – est morte le lendemain.

À partir de ce jour-là, je n'ai plus jamais regardé les chats de la même manière. Ni ceux de la cour, ni les autres. Toujours je m'en méfiais. Je refusais même d'écouter *Les aristochats* qui, jusque-là, avait été mon film préféré. Je n'ai jamais compris, cependant, pourquoi, malgré mon innocence perdue et malgré mon dégoût pour la gent féline, j'ai continué d'appeler Sean O'Malley.

16

Quand une douzaine de trompettes ont retenti à trois heures du matin, Sean a bondi de son lit en criant :

— *Holy shit!*

Dans la chambre au-dessus, Adélaïde, que le vacarme venait également de réveiller, a souri malicieusement. Elle s'est enveloppée dans son peignoir et a descendu l'escalier pour le rassurer.

Elle est maintenant debout à côté de lui, à regarder par la fenêtre du salon, les carnavaleux qui descendent la côte Sainte-Claire en direction de l'ascenseur du Faubourg. C'est la fête, dehors. Une fête qu'on transporte avec soi depuis le palais de Bonhomme.

— Toujours comme ça ?

— Toujours.

— Combien de temps ?

— Deux semaines.

— *Two whole weeks? Sorry.* Toutes deux semaines ?

— Oui, mais c'est plus bruyant la fin de semaine.

Ils observent un moment la foule qui grandit, comprimée entre les rangées d'immeubles depuis la rue Saint-Jean. La tête du cortège se trouve deux rues plus bas.

S'il y a quelque chose de rassurant dans la vie, c'est la répétition des événements. On sait que l'hiver suit son cours normal quand les journaux parlent d'abord du festival d'Angoulême, avec ses bandes dessinées primées, puis du carnaval de Québec, avec ses sculptures sur glaces et ses défilés, puis du carnaval de Rio et de ses danseuses couvertes de paillettes.

— Hum! Comment nous dormir?

— On fait ce qu'on peut.

Malgré les trompettes qui tonnent toujours, Marjolaine ne se réveille pas. On l'entend ronfler jusque dans le salon. Les autres appartements sont silencieux, ce qui donne l'impression qu'Adélaïde et Sean sont seuls au monde, malgré la présence des fêtards de l'autre côté du mur.

Il fait froid cette nuit, mais pas assez pour que le carnaval en souffre. De toute façon, l'alcool aidant, on a chaud. On rit, on chante, on chahute. Sean soupire. Il travaille demain matin. Adélaïde perçoit chez lui, pour la première fois, un brin d'impatience tandis qu'il croise les bras sur la poitrine. Elle détaille son visage. Son front s'est plissé, ce qui accentue l'angle des sourcils juste assez pour modifier son habituelle expression de sérénité. Parce qu'il se sent observé, il tourne la tête vers elle. Leurs regards se croisent et restent accrochés l'un à l'autre. Lentement, le front de Sean se détend. La peau redevient lisse, les yeux retrouvent cet air familier, cette intensité qui donne l'impression qu'il voit dans votre esprit.

— Pourquoi tu es venu à Québec? demande Adélaïde sans le quitter des yeux.

— Pour apprendre le français.

— Pourquoi tu voulais apprendre le français? Tu n'en as pas besoin par chez vous.

Cette fois, Sean esquisse une moue contrariée.

— Pour une femme.

— Ah, oui?

— Oui.

Adélaïde détourne les yeux. Elle ne devrait pas ressentir l'étrange déception qui l'envahit. Elle ne devrait pas avoir ce point, quelque part au milieu de la poitrine. Elle ne devrait pas non plus avoir ce nœud dans la gorge qui l'empêche tout à coup d'articuler le moindre mot. Alors elle s'efforce de ravaler ces émotions qui ne lui appartiennent pas et trouve la force de poursuivre.

— Elle s'appelle comment?

— Catherine.

— Catherine comment?

— Catherine...

Il hésite comme si les mots lui brûlaient la langue.

— Catherine Leblanc.

— Elle ne vient sûrement pas de Nouvelle-Écosse avec un nom comme ça.

— Oui. Elle vivre à *Cheticamp*.

— C'est où, ça, Chétigan? En Acadie?

— Non. Au *Cape Breton*.

Le regard d'Adélaïde s'agrandit de surprise.

— Ça parle français, chez vous?

— À *Cheticamp*, oui.

— Ah, ben. Je vais me coucher moins niaiseuse.

Elle rit de son rire nerveux, mais son regard reste rivé à celui de Sean. Un courant étrange passe entre eux. Adélaïde a soudain trop chaud. Heureusement, à ce moment, dans la rue, quelqu'un fracasse une bouteille contre le mur de la maison. Le charme se rompt d'un coup.

— Bon. Ça devrait être pas mal terminé, alors je remonte me coucher. Bonne nuit!

Sans attendre qu'il réponde, elle s'éclipse et gagne la chambre du haut en moins d'une minute.

Une heure plus tard, allongée dans son lit, elle ne dort toujours pas. Ses pensées défilent en boucle. Elle analyse cet éclat apparu si furtivement dans les yeux de Sean qu'elle pourrait se convaincre qu'elle a rêvé. Mais elle n'a rêvé ni le désir soudain de Sean, ni la peur qu'elle a sentie monter en elle. Elle entend le matelas qui gémit à l'étage du dessous. Sean se retourne dans son lit. Et il se retourne sans arrêt depuis une heure, lui aussi. Pourtant, dans la rue, tout est redevenu calme. Calme et silencieux.

Adélaïde ferme les yeux. Selon l'heure du jour ou le jour de la semaine, affronter ses démons ressemble tantôt à du courage, tantôt à de la folie.

*   *   *

— Tu es certaine que tu ne veux pas au moins que je te raccompagne ?

Chaque fois que ses employés travaillent tard, Stéphane Cognac leur propose d'aller boire un verre dans une brasserie du Vieux Port avant d'aller les reconduire chez eux. Ce sont surtout des femmes qui travaillent pour lui, et il n'aime pas les savoir seules à pied dans le quartier. Aucune rue n'est sûre, la nuit, dans Saint-Roch. Adélaïde, qui se joint habituellement au groupe, a annoncé dès le début de son quart de travail qu'elle avait un autre rendez-vous ce soir.

— Je n'ai pas besoin de chaperon, merci. Je m'en vais juste rejoindre une amie qui finit elle aussi à neuf heures. Elle ne travaille pas loin.

— D'accord. Mais reste dans les rues éclairées.

— Promis, papa.

— Si tu es pour rire de moi…

Faussement offusqué, Stéphane Cognac fait demi-tour et quitte l'atelier où Adélaïde et deux autres employées rangent leurs tabliers. Elle travaille à temps plein, maintenant. La chocolaterie Cognac ayant perdu deux employés retournés aux études au début de janvier, l'ouvrage abonde. Adélaïde saisit toutes les occasions de faire des heures supplémentaires. Et malgré la présence de Sean à la maison, elle continue de confier sa fille à sa mère pendant ses absences. Quand le loup est dans la bergerie, on n'y laisse pas les agneaux sans défense.

— Bonne fin de soirée, les filles. Buvez une bière à ma santé.

— Plus qu'une, sûrement. À demain!

Deux minutes plus tard, elle marche dans le mail Saint-Roch, désormais vidé de ses clients. Seules les voix de deux itinérants qui chuchotent le long d'un mur rompent le silence. La rue couverte paraît lugubre. Même l'église ressemble à un château hanté.

Au bout du mail, juste avant les portes vitrées, un escalier roulant descend vers un couloir qui passe sous la rue de la Couronne et la rue Dorchester, deux artères difficiles à traverser à cause de la circulation. Adélaïde hésite, mais un coup d'œil à la pluie verglaçante qui recouvre le pare-brise des voitures suffit à la convaincre. Elle s'engouffre dans le souterrain.

Personne d'autre n'emprunte le couloir, ce soir. Des seringues traînent dans un coin parmi des tas d'ordures. Les graffitis montent ici et là jusqu'au plafond. Hormis le bruit de ses pas, Adélaïde n'entend rien. Rien que le son étouffé de la ventilation. C'est une chance que l'endroit soit éclairé, sinon il serait inquiétant de s'y aventurer, surtout à la nuit tombée, quand les quelques commerces ayant pignon sur ce couloir sont déserts.

Adélaïde atteint enfin l'escalier qui permet de remonter à la surface et s'emmitoufle en grimpant les marches quatre à quatre. Son cœur bat un peu plus vite et un peu plus fort que d'habitude. Elle a eu peur, malgré elle et malgré le gros bon sens.

Une fois dehors, elle respire un bon coup. L'air froid et humide remplit ses poumons et la fait frissonner, alors elle s'emmitoufle plus encore. Puis elle reprend son chemin, toujours vers l'ouest, les pieds dans la gadoue, le visage exposé aux bourrasques et à la pluie qui lui gèle les joues.

Elle marche plus lentement maintenant. Elle n'est pas pressée. La boutique de tissus se trouve à une cinquantaine de mètres. À l'heure qu'il est, Stéphanie doit achever de laver le plancher pendant que son patron compte la caisse. Elles ont prévu se retrouver pour aller boire un verre au Fou-Bar, d'où Stéphanie rentrera à pied. Costaude comme elle est, elle n'a peur de rien, Stéphanie, et Adélaïde lui envie un peu la nonchalance avec laquelle elle traverse la vie. « Je n'occupe le terrain de personne d'autre, mais je ne tolère personne sur mon terrain. Un point, c'est tout. » Une explication qui laisse chaque fois Adélaïde perplexe. Comment fait-on pour savoir où commence et où finit son propre terrain ?

Les voitures défilent, toutes vont vers l'ouest. Normal, Saint-Joseph est à sens unique. Les lumières des commerces s'éteignent les unes après les autres. Une voiture s'arrête soudain à la hauteur d'Adélaïde. Le chauffeur baisse la vitre, côté passager.

— Heille ! s'écrit une voix d'homme.

Adélaïde se tourne vers lui, surprise qu'on l'interpelle de la sorte. Elle s'attend à ce qu'on lui demande une information, une direction à prendre pour gagner telle rue, se rendre à telle institution.

— Combien tu charges ?

Sur le coup, elle ne saisit pas. Elle écarquille les yeux. Puis, comprenant ce que l'homme attend d'elle, elle se fige. Lui, craignant de ne pas avoir été entendu, insiste :

— Combien tu charges ? Pour une pipe, je veux dire ?

Adélaïde ne répond pas et se replie sur elle-même. Comme un robot, elle revient sur ses pas. Elle sait qu'elle doit marcher en sens contraire de la circulation pour éviter d'être suivie. Elle a tout juste dépassé l'arrière de la voiture quand une voix s'élève derrière d'elle.

— Ah, mon cochon !

Adélaïde reconnaît la voix de Stéphanie et pousse un soupir de soulagement.

— Est-ce qu'elle a l'air d'une pute, cette fille-là ? Hein ? Est-ce que ma meilleure amie a l'air d'une pute ?

Surpris d'être ainsi apostrophé, l'homme ne prend même pas la peine de remonter la vitre du passager et appuie sur l'accélérateur. Au coin de la rue, il tourne à droite et disparaît.

— Tu parles d'un animal, le sale ! Te demander, à toi, comment tu charges.

Ses joues rouges, son regard plissé et sa voix qui gronde comme le tonnerre laissent deviner une colère qui ne s'apaise pas. Adélaïde, pour sa part, voudrait effacer ce souvenir de sa mémoire, mais elle sait qu'elle y pensera encore longtemps. C'est à cause de la surprise, de la peur aussi.

— Est-ce que j'ai l'air d'une prostituée ?

Stéphanie lève les yeux au ciel et enserre de ses bras forts les épaules de son amie.

— Ben, non, voyons ! Il est aveugle, ce gars-là !

— Tu es sûre ?

— Tu n'as pas l'air d'une pute, OK. Tu as l'air d'une petite madame qui s'en va rejoindre sa meilleure amie pour aller boire une bière. C'est tout. Lui, il ne connaît rien. Ça devait être sa première fois. Les putes, elles sont faciles à repérer. Pour commencer, elles ne sont pas emmitouflées comme si elles marchaient au pôle Nord. Penses-y ! Comment pourrais-tu séduire un client habillée comme tu l'es ?

— Ce n'est pas beau ?

— C'est super beau. Mais c'est super discret aussi. Allez ! Viens-t'en qu'on aille oublier cette niaiserie-là au bar. Je suis morte de soif.

Bras dessus, bras dessous, elles traversent la rue et prennent la direction de l'ascenseur du Faubourg.

— Pourvu que les portes soient encore débarrées, murmure Adélaïde en se disant qu'il faudra bien un jour qu'elle apprenne à se défendre toute seule.

Elle devrait peut-être faire du karaté. Ou du kung-fu. Ce serait bien, une ceinture noire de kung-fu.

Puis la peur commence à s'estomper, et elle se rend compte qu'elle n'a jamais été en danger, qu'elle a bien réagi, que l'homme ne l'aurait pas violée, qu'il l'a prise pour quelqu'un d'autre et qu'elle s'en serait tirée indemne même si Stéphanie n'était pas intervenue. N'empêche, son cœur bat encore trop vite. Et trop fort. Décidément, elle préfère de loin son quartier où seuls les jeunes hommes se font accoster dans la rue.

* * *

La case se remplit de traits. Certains plus minces, d'autres plus épais. On reconnaît la silhouette de la femme-corbeau, à cheval sur le pignon d'une lucarne. Elle regarde en bas, dans la rue. Son front plissé trahit la perplexité. Ses yeux noirs semblent suivre la démarche d'une personne qu'on ne voit pas.

Dans la case suivante, la main d'Adélaïde esquisse la rue, les édifices, les vitrines des commerces et quelques rares piétons. Le ciel est d'encre. Les fenêtres des étages supérieurs aussi. Sous la lumière d'un lampadaire, une femme attend. Ce n'est pas l'hiver. Ce n'est pas l'été non plus. Entre les deux plutôt. Une chaude nuit d'automne, peut-être. La tête est penchée, de sorte qu'on ne voit pas le visage. Le corps, lui, est bien visible dans un manteau grand ouvert, et la chair s'offre généreusement à la vue des passants.

Adélaïde ferme les yeux, essaie d'éveiller en elle l'émotion qui aurait pu l'étreindre si elle avait marché rue Saint-Joseph à la recherche de clients. Puis, dans la case suivante, elle dessine en gros plan une œillade aguichante, un sourire avenant.

Une voiture de police se glisse dans la case depuis la droite. La femme referme son manteau, fait mine de s'allumer une cigarette. L'auto-patrouille s'arrête, un agent baisse la vitre. Que lui dit-il ? De là-haut, la femme-corbeau n'entend rien et s'impatiente. Dans la rue, la femme tire une bouffée de sa cigarette et désigne la porte derrière elle, puis une fenêtre, au-dessus, là où la lumière vient juste de s'allumer. On comprend qu'elle attend quelqu'un. On la croit, et la police aussi. La voiture disparaît à gauche de la case. Le temps passe, puis une autre voiture s'arrête. Sans gyrophare, celle-là. La femme s'approche et échange quelques mots avec le conducteur avant de monter à bord.

Toujours sur le toit, la femme-corbeau n'a rien manqué de ce qui vient de se produire. Elle se redresse et s'apprête à quitter son promontoire... quand quelqu'un, quelque part, tourne en douceur la page d'un livre. Le froissement du papier, pourtant à peine audible, l'agresse. Adélaïde suspend son geste, la main levée, et ses yeux effleurent l'horloge. Il est minuit passé.

— Tu ne travailles pas demain, Sean ?

Sur le divan, Sean sursaute.

— *What?*

— Tu ne vas pas à l'école demain ?

— *Yes. I mean,* oui.

Du menton, Adélaïde lui montre les aiguilles superposées à la verticale.

— Oh, *shit*! Il est tard! Tu travailles demain aussi ?

Adélaïde hoche la tête et esquisse un sourire. Depuis son retour du travail, elle essaie de ne pas penser au lendemain, mais voilà que les images, les mots et le projet remontent d'un coup à la surface. Elle rit d'un petit rire nerveux, parce qu'elle ne sait pas comment envisager la chose,

153

parce qu'elle est mal à l'aise avec l'idée. Parce qu'elle aurait aimé ne pas y penser. Pas encore, du moins.

Il y a quelques jours, Stéphane Cognac lui a confié une tâche spéciale. Une tâche grotesque et surprenante. Une tâche inattendue.

C'était en milieu d'après-midi. Elle venait de terminer une série de coccinelles en pâte d'amande. Toutes pareilles, toutes mignonnes, inoffensives, attachantes. Derrière la vitre de l'atelier, des clients l'avaient observée pendant qu'elle travaillait. Elle avait fait mine de ne pas les voir, pour ne pas être déconcentrée par l'attention qu'ils lui prêtaient. Tout à coup, son patron a poussé la porte pour lui demander de le rejoindre près de la caisse. Deux hommes se tenaient derrière le comptoir et affichaient le même sourire complice. Le sourire heureux des amoureux. Ils étaient là pour une commande spéciale.

— On a commandé notre gâteau de noces, mais sur le dessus, on veut avoir quelque chose d'original.

Adélaïde a approuvé. Un couple gai n'a que faire de la traditionnelle figurine en robe blanche.

— Je peux vous faire deux gars qui se tiennent par la main. Ce n'est pas difficile pantoute.

Les deux hommes se sont jeté un regard de biais. Puis le plus vieux a dit :

— Ce n'est pas exactement ça qu'on veut.

Il a fouillé dans une poche de son manteau et lui a tendu la photo d'un pénis en érection. Pas n'importe quel pénis. Le plus long pénis qu'Adélaïde a vu de sa vie. Et courbé, par-dessus le marché. Elle n'en revenait pas de voir que ça existait pour de vrai, un pénis de cette forme et de cette taille.

— On le veut grandeur nature. Les mesures sont au verso.

Adélaïde a retourné la photo et s'est presque étouffée en avalant sa salive. Vingt-trois centimètres de long, cinq centimètres de diamètre. Un monstre !

— J'ai apporté deux autres photos au cas où vous ne verriez pas bien la forme, a poursuivi l'homme.

Il lui a tendu deux autres clichés qu'Adélaïde a regardés avec le même ahurissement.

— Il vous faut ça pour quand ?

C'est tout ce qu'elle a trouvé à dire pour se donner une contenance. Elle ne voulait pas savoir lequel de ces deux hommes avait été ainsi choyé par la nature. Elle ne voulait même pas imaginer la sensation que pouvait produire un pénis de cet acabit. En professionnelle, elle se concentrait sur la tâche, sur l'objet inerte qu'elle allait fabriquer de ses mains.

— On se marie juste dans six mois, mais on voudrait ça d'ici deux semaines si c'est possible.

Adélaïde a secoué la tête.

— Ce n'est pas une bonne idée de faire préparer de la pâte d'amande aussi longtemps d'avance. Ça sèche et ça va dur…

Elle s'est interrompue devant le sourire complice des deux hommes. La pâte d'amande va durcir en six mois, et c'est exactement l'effet désiré. Ne pas y penser. Ne pas y penser. Rester professionnelle. Jusqu'à la fin.

— OK. Je pense que je peux faire ça dans une journée.

— On en veut deux.

Adélaïde s'est sentie rougir, mais a refusé de laisser son imagination prendre le dessus. Elle cherchait encore quelque chose à dire quand Stéphane Cognac est intervenu pour alléger la situation en parlant d'argent.

— Elle peut vous faire ça d'ici deux semaines sans problème. Vous comprenez que ça va coûter plus cher que si vous aviez demandé une figurine habituelle. C'est toujours plus cher quand on passe une commande spéciale. Surtout que ce que vous voulez exige des talents spécifiques. Adèle va devoir étudier les photos si vous voulez un « objet » identique.

Voyant qu'on n'avait plus besoin d'elle, Adélaïde les a salués et est retournée dans l'atelier. Elle a posé les photos sur le comptoir sans y jeter un regard et a entrepris une nouvelle série de coccinelles. Mieux valait ne pas imaginer tout de suite comment elle s'y prendrait. Ça la déconcentrerait beaucoup trop.

Quelques minutes plus tard, son patron est venu la rejoindre.

— Penses-tu vraiment être capable de fabriquer ça tel quel?

Adélaïde a hoché la tête. Évidemment qu'elle était capable. Ce n'était pas la fabrication qui allait lui poser un problème, mais le fait de penser à ce pénis pendant deux journées complètes sans que cela ait de conséquence sur sa vie avec un colocataire.

* * *

Dernières lueurs de l'après-midi, un jeudi de la fin février. Dans quelques jours, ce sera la relâche. Hier, il neigeait, mais aujourd'hui on dirait qu'il va pleuvoir. Le ciel est lourd, le temps, humide. Et le vent, comme d'habitude, souffle sa complainte dans les rues du Faubourg comme un animal en rut. Les frissons courent partout.

Toutes les lampes sont allumées, bien qu'on n'ait pas encore soupé. Dans le salon, Marjolaine écoute ses dessins animés à la télé. Dans la cuisine, à un bout de la table, Sean corrige des examens, un stylo rouge à la main. En face de lui, les yeux plissés à en avoir mal, Adélaïde reprise des vêtements. Boutons manquants à remplacer, ourlets à refaire, fermeture à glissière à remplacer, couture effilochée à reprendre, la pile de linge à raccommoder s'amoncelait depuis un moment. Le pied sur la pédale, la main laissant filer le tissu entre les doigts, Adélaïde répare, et le moteur de la machine à coudre ronronne doucement, comme il le fait une fois par mois.

Concentré sur ses activités, personne ne parle, sauf Bugs Bunny qui lance à tout moment son typique: «Euh, quoi de neuf, docteur?»

L'appartement est à ce point tranquille que lorsqu'on frappe à la porte, Marjolaine, Sean et Adélaïde sursautent en même temps.

— *I'll take it,* lance Sean dont la chaise est le plus près de l'entrée.

Dans un autre immeuble, l'attention de Marjolaine serait revenue à Bugs Bunny et celle d'Adélaïde, à sa couture. Mais ici, personne ne peut monter jusqu'à l'étage sans avoir d'abord franchi la porte d'en bas où se trouve une grosse serrure. Marjolaine et Adélaïde s'attendent donc à voir apparaître Max ou Jacinthe, mais c'est une voix inconnue qui vient du corridor. Une voix d'homme qui s'adresse à Sean d'abord en français, puis en anglais. Les deux hommes discutent pendant quelques secondes, et Adélaïde, convaincue qu'il s'agit d'un collègue de travail de Sean, revient à la fermeture à glissière qu'il faut découdre avec minutie pour ne pas déchirer le tissu.

— Adèle? C'est pour toi. *A friend, I think.*

Adélaïde lève la tête et ses yeux croisent ceux de Marjolaine. D'un même mouvement, la mère et la fille se dirigent vers la porte.

Il faut un moment à Adélaïde pour reconnaître le visiteur. Bien rasé, les cheveux blonds bien coupés et très courts, la tenue propre, les lèvres sensuelles, les yeux gris. Elle ouvre la bouche, mais aucun son n'en sort. D'instinct, une de ses mains attrape celle de Marjolaine tandis que l'autre s'empare de celle de Sean comme si c'était son amant, son conjoint, son mari.

— Bonjour, Karl, s'entend-elle murmurer.

— Salut, Adèle! Comment ça va?

— Bien.

Adélaïde attire sa fille près d'elle en même temps qu'elle se blottit contre Sean. Elle a peur. L'émotion est visible dans ses yeux et dans ses gestes. Elle sent alors la main de Sean serrer la sienne. «Je suis là», semble-t-il lui dire, sans qu'ils échangent un regard et qu'un seul mot ne franchisse ses lèvres.

— Mon bateau est arrivé hier. Comme ça fait quelques années que je suis passé dans le coin, je me suis dit que je pouvais bien venir voir ce que tu devenais.

Il s'est adressé à Adélaïde, mais c'est Marjolaine qu'il regarde avec intérêt. Sans doute retrouve-t-il chez elle la même couleur de cheveux, le même gris dans les yeux. Le même nez aussi, retroussé et comique. Intimidée d'être l'objet de tant d'attention, Marjolaine se love contre sa mère.

Adélaïde sent qu'elle n'a pas le choix. Même si elle le voulait, elle ne pourrait leur mentir, ni à lui, ni à elle. La ressemblance est trop évidente. Même Sean semble l'avoir compris, car il a bombé le torse pour mieux jouer le rôle qu'on vient de lui attribuer.

— Karl, je te présente mon chum, Sean.

— Salut, Sean.

Karl garde les yeux rivés sur Marjolaine. Adélaïde inspire et cherche dans l'air humide qui remplit ses poumons un soupçon de courage supplémentaire. Puis elle se lance dans le vide.

— Marjo, je te présente Karl, ton père.

Le cri qui s'élève de l'enfant laisse tout le monde transi. Marjolaine s'arrache à sa mère et s'enfuit à l'étage sans même un regard pour le nouveau venu.

* * *

— Je ne veux pas qu'il soit mon père. Je veux Sean, juste Sean.

Une boule se forme dans la poitrine d'Adélaïde. Sous le lit, Marjolaine refuse toujours de sortir pour faire la connaissance de Karl.

— Tu ne peux pas décider qui est ton père, Marjo.

— Oui, je le peux, pis ce n'est pas lui!

— Tu dis ça, mais tu n'as même pas eu le temps de le voir.

— Je l'ai vu, pis je ne l'aime pas.

— Tu ne lui as même pas parlé!

— Pis je ne vais pas lui parler non plus. Je ne l'aime pas. C'est tout.

En bas, dans la cuisine, les deux hommes discutent en anglais. Adélaïde se doute bien de ce qu'ils racontent. Karl doit expliquer son absence des huit dernières années. Il doit se justifier. Sean, lui, doit inventer une histoire pour expliquer sa présence. Adélaïde prie pour qu'il mente et continue de jouer le rôle de son conjoint.

— Bon. Ça suffit, Marjo. Arrête les enfantillages et descends avec moi.

— Jamais!

On entend, sous le lit, le frottement d'un corps sur le tapis. Un corps qui s'éloigne le plus possible pour éviter d'être capturé.

— OK. Fais ce que tu veux, mais ne viens pas pleurer quand il sera parti. Et si tu ne le revois jamais du reste de ta vie, ce sera de ta faute.

— Il peut bien s'en aller, je ne vais jamais pleurer. Pis je veux voir Sean.

Adélaïde tourne les talons et redescend. Une fois au pied de l'escalier, elle embrasse les deux hommes d'un même regard. L'un est grand, sexy, aventurier. Il a fait le tour du monde cent fois au moins. Elle le trouve aussi beau que dans le temps. L'autre est un intellectuel, petit et d'apparence quelconque avec ses yeux brun-vert derrière ses lunettes épaisses, avec sa calvitie prématurée, avec sa voix qui tonne un peu trop fort. Mais c'est sa main à lui qu'elle attrape à la recherche de réconfort quand elle arrive à la table. C'est à côté de la sienne qu'elle tire sa chaise. C'est contre son corps qu'elle trouve la force de soutenir le regard de l'homme qu'elle a autrefois tant aimé.

— Pourquoi tu es venu ?

Karl baisse les yeux un moment, puis les relève, tout à coup sûr de lui.

— Parce que je veux connaître ma fille.

— Comme tu peux le constater, elle n'a pas envie de te voir.

— C'est parce qu'elle ne me connaît pas.

— Tu as juste toi-même à blâmer pour ça.

— Je sais.

Pendant presque une minute, personne ne dit rien.

— Karl est une cuisinier, Adèle. Toi le savoir ?

— Oui.

— Sur une bateau.

— Oui, je le sais.

— Hum.

— Mon amour, irais-tu voir Marjo ? Elle pleure, cachée en dessous de son lit.

— *Okay.*

Sean se lève, s'apprête à gagner l'escalier, puis se ravise. Il se penche au-dessus d'Adélaïde et lui pose un baiser sur le front.

— Je revenir bientôt.

Adélaïde sent la main de Sean qui abandonne la sienne sur la table après une dernière étreinte destinée à lui transmettre un peu de son courage.

Lorsqu'ils sont seuls, Karl reprend la parole.

160

— J'ai le droit de voir ma fille, Adèle.

Adélaïde saisit l'occasion pour mettre les choses au clair.

— Des droits, ça vient avec des responsabilités.

— Je le sais. Je n'étais pas prêt dans ce temps-là. J'étais juste trop jeune.

— Pis moi, je ne l'étais pas?

— Oui, mais… tu n'avais pas… je veux dire, tu aurais pu te faire… je veux dire…

— J'avais cinq ans de moins que toi, Karl. J'étais encore une ado, une petite fille. Mais là, je ne le suis plus. Sur l'acte de naissance de Marjo, il est écrit de *père inconnu*. Pis ça va rester de même.

— Je suis prêt à te payer une pension alimentaire, Adèle, mais je veux la voir.

En entendant ces mots, Adélaïde sent des images envahir son esprit. Sa calculatrice interne s'active, fait des additions, des soustractions. Mais quand la réponse sort, au bout de plusieurs secondes de réflexion, Adélaïde sait qu'elle a pris sa décision. Et tout comme avec Bonnet et fils, elle sait qu'il s'agit de la bonne décision.

— L'argent ne peut pas acheter de l'amour. Laisse-moi ton numéro de téléphone, pis quand Marjo voudra te voir ou te parler, elle pourra t'appeler.

Deux minutes plus tard, la porte se referme sur un Karl défait. Adélaïde s'adosse au chambranle, un bout de papier dans les mains. Elle songe un moment à le mettre à la poubelle, mais le glisse finalement dans un tiroir. Si un jour sa fille le désire, elle pourra contacter elle-même son père.

* * *

— Tu n'aurais jamais dû le laisser entrer.

— Ben, là! Je sortais quand il est arrivé. Il m'a dit qu'il venait te rendre visite. Je ne pouvais pas savoir qui c'était.

Évidemment que Max ne pouvait savoir qui était l'inconnu qui demandait à la voir. Cela n'empêche pas Adélaïde de continuer à le blâmer.

— Ça aurait pu être n'importe qui, un maniaque, même!

— Un maniaque qui viendrait te rendre visite un samedi après-midi?

— Oui.

— Arrête, Adèle. Tu exagères.

Adélaïde lui fait une moue dédaigneuse. Elle sait qu'il a raison. De toute façon, ce n'est pas de Karl en tant qu'homme qu'elle a eu peur, mais de lui en tant que père de Marjolaine. Elle avait d'ailleurs bien deviné ses intentions et a bien fait de s'y opposer. Heureusement, Marjolaine, malgré sa curiosité et son jeune âge, était du même avis. On ne débarque pas dans la vie des gens comme ça, après huit ans, en prétendant avoir des droits. Un homme doit un minimum de respect à la mère de ses enfants. Tout d'abord, il faut prendre ses responsabilités dès le départ. Un enfant, qu'il soit petit ou grand, a des sentiments, des émotions. Il a des peurs, des envies, des besoins. Tous ces besoins non comblés ne s'évanouissent pas dans la nature le jour où un homme se rappelle qu'il est père. Un enfant, ça s'apprivoise, ça s'aime comme un adulte.

— Je m'excuse, murmure enfin Adélaïde. Ce n'est pas de ta faute.

— Je te pardonne si tu me racontes comment tu t'en es sortie.

Adélaïde hésite. Max n'aimera pas du tout cette partie de l'histoire.

— J'ai prétendu que Sean était mon chum.

— Il a cru ça?

— Disons que j'ai été convaincante.

— Et Sean, il a pris ça comment?

Adélaïde se remémore sa main dans celle de Sean, l'étreinte réconfortante. Elle aimerait bien chasser de son esprit la conversation qui a suivi le départ de Karl. Les excuses nécessaires, le calme presque froid de Sean qui l'écoutait sans réagir. Elle est certaine de l'avoir blessé en lui expliquant qu'elle avait été prise au dépourvu, qu'elle avait agi par instinct, qu'elle avait utilisé le premier homme à sa portée pour berner Karl, de peur qu'il insiste et cherche à s'imposer. Sean a hoché la tête, toujours sans rien dire. Elle a continué de le remercier, mais il lui a lancé un « *Forget it!* » tranchant avant de s'enfermer dans sa chambre pendant un moment. Quand il en est ressorti, il avait retrouvé sa bonne humeur habituelle. Il s'est même assis avec Marjolaine pour regarder la télé. Le lendemain, cependant, il a quitté Québec pour la Nouvelle-Écosse. Il ne partait pas par dépit, a-t-il dit. Il avait prévu depuis longtemps passer la relâche chez son père, a-t-il ajouté. Adélaïde ne l'a pas cru.

— Il a joué le jeu et a été génial, comme toujours, dit-elle pour revenir à la conversation.

C'est presque à regret que Max approuve en murmurant un tiède : « Tant mieux ! »

— Karl va certainement revenir. Tu prévois t'en sortir comment la prochaine fois ?

— Il ne reviendra pas. Il m'a laissé son numéro pour que Marjo puisse l'appeler.

Max secoue la tête.

— Il va revenir, Adèle. Ou bien il va appeler. S'il a eu envie de voir sa fille au point de venir frapper chez toi, il ne renoncera pas aussi facilement.

— S'il revient, j'espère que tu ne le laisseras pas entrer.

— Moi, non. Ta mère non plus, probablement. Mais ça ne veut pas dire qu'il se laissera décourager.

— Je penserai à construire un pont quand je serai rendue à la rivière.

Max éclate de rire devant ce ton catégorique. Adélaïde sait bien ce qui l'amuse. On aurait dit les mots de sa mère. C'est bien le genre de Jacinthe de ne pas s'en faire avec l'avenir, de prendre les choses comme elles viennent, de faire confiance à la vie pour apporter une solution à ses problèmes. Adélaïde est plutôt du genre à rester sur ses gardes, parée à l'extrême pour affronter l'ennemi.

Ce soir, cependant, tandis que Max gratte sa guitare et fume son joint comme si rien au monde ne pouvait le déranger, elle se laisse imprégner de l'insouciance de sa mère, même si elle trouve que ça s'apparente à du fatalisme. Si Karl revient, elle verra ce qu'il faut faire. Pour le moment, elle a la certitude d'avoir bien agi, même si son geste l'a rapproché de Sean plus qu'elle ne l'aurait voulu.

— Et là, il est où, ton Anglais?

— Retourné dans sa famille pour la relâche. Il va revenir samedi prochain, il paraît.

— Hum.

Max la fixe soudain avec une telle intensité qu'Adélaïde en frissonne. Il dépose les restes de son joint dans le cendrier, effleure les cordes de sa guitare tout doucement et amorce avec timidité une nouvelle mélodie.

— Donne-moi donc, donne-moi, ton coeur. Donne-moi donc, donne-moi tes lèvres. Donne-moi donc tes yeux, donne-moi ton sourire.

S'ensuit un riff familier, une mélodie de Daniel Lanois, aussi intense que l'était le regard de Max quelques secondes plutôt. Mais les yeux de Max sont désormais fermés, et tout son être est concentré sur la musique qui emplit le salon. Comme en transe, il chante et joue, et Adélaïde devine qu'il est ailleurs, dans l'effet second induit par la drogue. Dans la musique, il oublie sa peine, sa déception, son désespoir devant la tournure des événements. Il a déjà dit ce qu'il avait à dire et accepte de ne pas avoir d'influence sur le reste. Alors il joue comme si son âme arrivait à s'élever au-dessus des tourments quotidiens pour planer sur la ville endormie. Et pendant qu'il est loin, si loin qu'il semble impensable de le voir redescendre ce soir, Adélaïde se dit qu'elle le trouve beau. Elle sait qu'il n'y a rien qu'il ne ferait pas pour elle. Elle se demande si elle n'aurait pas dû lui dire oui quand l'occasion s'est présentée et essaie en vain d'imaginer à quoi ressemblerait sa vie si elle avait accepté l'offre de celui qui voulait si ardemment être plus qu'un ami.

Quand la pièce se termine, Max ouvre les yeux. Adélaïde y voit d'abord un vertige, puis de la douleur, puis enfin cette affection qui les unit depuis des années. Le malaise se dissipe aussi soudainement qu'il est apparu.

— C'est un bon gars, ton Anglais.

— Peut-être. Je ne le connais pas assez pour en juger.

— Ben moi, même si je ne le connais pas, pis que ça ne m'intéresse pas de le connaître, je peux te dire que c'est un bon gars.

Adélaïde approuve. Elle se rappelle la détresse de Marjolaine quand elle a appris que Karl était son père, son refus catégorique de lui parler, et son insistance à clamer qu'elle avait déjà Sean et qu'elle ne voulait personne d'autre. Voit-elle quelque chose chez lui qu'Adélaïde ne voit pas?

— C'est probablement un bon gars, murmure-t-elle, troublée.

Sur le futon, Max se remet à jouer. Adélaïde penche la tête et se laisse bercer par les notes, grisée par le temps qui file, ce soir, plus lentement que d'habitude, comme pour lui permettre de digérer les émotions de la journée. Elle se laisse tout à coup glisser sur le plancher et, pour combler un étrange besoin de tendresse, sa tête vient se poser sur le pied de Max qui ne bouge pas. Elle ferme les yeux, réconfortée. Ses préoccupations s'évanouissent d'elles-mêmes. Le temps ralentit encore un peu, et la musique la porte avec douceur dans un élan psychédélique. Elle se rend compte avec une lucidité surprenante qu'elle a beaucoup moins peur d'affronter Karl qu'elle n'a eu peur d'affronter Bonnet Junior. Peut-être est-ce parce qu'elle se sait capable de vaincre un adversaire plus coriace. Soudain, tout devient clair dans son esprit. Il est peut-être temps de tourner la page sur son passé.

Juste avant de s'endormir, elle se dit que si elle n'a pas changé d'avis demain matin, elle décrochera la robe de mariée qui traîne dans le placard depuis huit ans et ira la porter au comptoir Emmaüs. Un si beau vêtement fera certainement le bonheur de quelqu'un.

17

J'ai longtemps cru les choses immuables. Il y avait toujours eu les mêmes personnes autour de moi. Ma mère, ma grand-mère, Max, leurs amis, les amis de leurs amis, des membres de leur famille aussi, parfois. Il me semblait avoir toujours connu le propriétaire de l'immeuble qui venait chercher son chèque le 1er de chaque mois, le facteur qui souvent me remettait le courrier en main propre, les maîtresses d'école qui me connaissaient par mon prénom depuis la maternelle, les brigadiers qui me faisaient traverser avec ma mère quand j'allais déjà à la garderie.

Demain promettait de ressembler à aujourd'hui autant qu'aujourd'hui ressemblait à hier. L'été prochain ressemblerait à l'été passé. Même chose pour l'hiver.

Cette année-là, cependant, plusieurs indices m'ont fait comprendre que le temps apportait finalement son lot de changements. Ma mère avait sans doute déjà aimé mon père. De toute évidence, elle ne l'aimait plus. Sean, qui ne parlait qu'anglais ou presque à son arrivée, s'exprimait en français sans problème deux mois plus tard. Et ma mère, qui le surveillait au début d'un œil suspicieux, le couvait maintenant d'un regard attendri. Elle ne savait pas que je l'observais à la dérobée quand je prétendais faire mes devoirs ou aider Sean à la cuisine. Elle ne savait pas que je les épiais, le soir, après être montée me coucher. Souvent, même, je redescendais l'escalier pour m'asseoir sur la dernière marche et écouter ces phrases anodines qu'ils échangeaient au salon. J'aimais également leurs silences, parce qu'eux aussi, je le sentais, avaient changé. De tendus qu'ils étaient au début, ils se révélaient désormais empreints d'une sérénité nouvelle, d'une quiétude que je n'aurais jamais soupçonnée chez ma mère.

Oui, au fil du temps, les choses changeaient, davantage que ce que ma mère aurait pu imaginer lorsqu'elle avait démissionné ou même lorsqu'elle avait attrapé sur un babillard une offre d'emploi qui l'avait inspirée.

18

Dimanche soir. Le film se termine à la télé. Ils l'ont écouté à trois. Adélaïde sur son sofa, Sean sur le sien et Marjolaine assise par terre. La soirée a été douce, dedans comme dehors. Pour un peu, on aurait envie de se leurrer et de rêver du printemps. Le ciel bleu de l'après-midi a fait place à un ciel étoilé. Pas de vent. On a presque chaud dans l'appartement.

Sean est revenu de Nouvelle-Écosse la veille. Adélaïde lui a trouvé un air triste quand il a franchi la porte. Peut-être que ça s'est mal passé chez lui. Ou peut-être qu'il n'était pas heureux de rentrer à Québec. Elle n'a pas posé de questions et, ce soir, elle se dit qu'elle a bien fait. Sean a retrouvé sa bonne humeur habituelle, et Adélaïde en ressent plus de plaisir que ce qu'elle ose montrer.

— C'est l'heure du dodo, Marjo.

— Je n'ai pas d'école demain, je peux bien me coucher plus tard.

— École pas école, quand tu te couches tard, tu es marabout le lendemain.

— Pas tout de suite, s'il te plaît, maman. Je veux parler du film.

— Comment ça, parler du film ? Tu n'as pas compris l'histoire ?

— J'ai compris que la Belle avait peur de la Bête, mais je n'ai pas compris pourquoi la Bête se transforme en prince à la fin.

— Parce que la Belle voir avec son cœur.

Adélaïde et Marjolaine en restent abasourdies. Non seulement Sean n'a pas perdu une minute du film, mais il n'a pas non plus perdu un mot de leur conversation. Adélaïde lui fait un clin d'œil et lui lance, railleuse :

— Comment tu sais ça, toi, l'Anglais ?

— Qui, ça, l'Anglais ?

Marjolaine jubile.

— Ben voyons, O'Malley, c'est toi, l'Anglais.

— Je suis pas anglais.

— Ah, non ? Tu es quoi, d'abord ? Un Français ?

— Je parle anglais, mais je suis *Nova Scotian*.

— Tu es quoi ?

— Il parle de la banque Scotia.

— Pas le banque. La Nova Scotia... Nouvelle-Écosse, *I think*.

— Il est quoi, maman ?

— Il est nouveau-écossais, Marjo. Mais écossais pis anglais, c'est la même affaire.

— Tu as compris, O'Malley ? Anglais pis écossais, c'est pareil.

— Je suis pas anglais. Je parle anglais.

— C'est pareil, que maman vient de te dire.

Sean s'adresse directement à Adélaïde. De badin qu'il était, son ton devient sérieux.

— Adèle, tu es une Française ?

— Ben non, voyons ! Je suis une Québécoise.

— Mais tu parler français.

— C'est bien la seule chose qu'il y a de commun entre moi et une Française.

— Pareil pour moi.

Pendant un moment, plus personne ne dit rien. Marjolaine cherche un autre sujet de conversation tandis qu'Adé-

170

laïde réfléchit aux propos de Sean. Jamais on ne lui a exposé les faits de cette manière. Depuis qu'elle est toute petite, il n'y a eu pour elle qu'une sorte d'Anglais, des Anglais, point. Elle était trop jeune lors du référendum, mais elle se souvient de ce qu'on disait. Il y avait au Québec des Anglais que Gaston et ses copains de brasserie auraient bien voulu jeter dehors. Mais voilà que la révélation de Sean vient brouiller les cartes. Si Sean n'est pas plus anglais qu'elle-même n'est française, que reste-t-il de l'ennemi à abattre?

— À part pour la langue, quelle autre différence y a-t-il entre toi et un Anglais?

— Plein de différences.

— Comme quoi? insiste Marjolaine qui saisit l'occasion de repousser l'heure du coucher.

Sean s'apprête à répondre quand on sonne à la porte. Adélaïde s'approche de l'interphone.

— C'est Stéphanie. Je sais qu'il est tard.

— Entre.

En remarquant l'air inquiet sur le visage d'Adélaïde, Sean se lève et s'approche.

— *Everything all right?*

Adélaïde hausse les épaules et ouvre la porte. Stéphanie se jette dans ses bras et fond en larmes.

Toujours à genoux sur le plancher du salon, Marjolaine demeure silencieuse. Sean aussi, même s'il est retourné auprès de l'enfant. Maintenant adossée à la porte, Adélaïde caresse le dos de son amie. Des larmes coulent dans son cou. Les sanglots, loin de s'apaiser, deviennent soudain plus violents. Stéphanie s'étouffe, renifle, puis les mots lui viennent et font l'effet d'une bombe dans l'appartement.

— Mario est parti.

* * *

Assise au pied du lit, dans la chambre de l'étage, Adélaïde a écouté Stéphanie lui raconter les événements qui ont abouti au départ de Mario. Elle est toujours sous le choc.

Le magnétophone qui diffuse habituellement de la musique pour enfants joue la cassette de Sinéad O'Connor. La chanson étouffe efficacement le bruit des conversations.

Sean est resté au salon avec Marjolaine. Il a tout de suite compris la détresse de Stéphanie et la discrétion qu'allaient nécessiter ses confidences. Il leur a dit de monter jaser, qu'il s'occuperait de la petite.

— Tu n'as même pas trois mois de fait. Tu peux encore te faire avorter.

Pour Adélaïde, c'est la chose à faire, mais Stéphanie se tourne vers elle, horrifiée.

— Es-tu malade? Je le veux, ce bébé-là!

Adélaïde scrute le visage de son amie et tente de sonder son âme, en vain. Elle ne comprend vraiment pas ce qui se passe dans sa tête.

— Pourquoi tu pleures, dans ce cas-là?

— Je pleure parce que j'ai peur. Parce que j'ai brisé quelque chose. Parce que je sais que Mario est déçu de moi, que je lui ai fait de la peine. Beaucoup de peine. Parce que je sais qu'il ne me le pardonnera jamais. Il va m'haïr maintenant. Mais je ne pouvais pas faire autrement.

Contrairement à ce qu'Adélaïde a cru de prime abord, Mario n'est pas parti parce qu'il ne voulait pas d'enfant. Ç'aurait été possible. Ç'aurait été naturel. Ça arrive, ces choses-là. La vérité est beaucoup plus étrange. Beaucoup plus inhabituelle. Stéphanie a décidé de garder l'enfant, mais elle ne veut plus du père. Elle a rencontré un autre homme. Un homme qu'elle suivrait au bout du monde s'il le lui demandait. Adélaïde désapprouve ce genre de passion. Elle y a cédé une fois. Elle ne se le permettra jamais plus.

— Aimer comme ça, c'est dangereux.

— Je sais.

— Aimer comme ça, c'est niaiseux.

— Je sais.

— Tu n'as plus quinze ans, il me semble, Stef. Tu imagines ce qui t'attend, quand ce gars-là va te lâcher, toute seule avec ton bébé?

— Je ne suis pas venue chez toi pour que tu me fasses la morale.

Le ton est cinglant. Stéphanie ne possède pas la délicatesse de Jacinthe quand il s'agit de remettre Adélaïde à sa place.

— Je m'excuse. Je suis juste inquiète. Si ton nouveau gars se pousse, tu vas élever ton p'tit sans père dans le décor. Ce sera difficile.

— Tu n'avais pas de père dans le décor, pis tu t'en es sortie.

— Euh, ce n'est pas pareil. J'avais ma mère.

— Moi, je t'ai, toi. Pis j'ai ta mère aussi. Pis ta fille. Ça me suffit.

— Vu de même.

Oui, vue de même, la chose ne semble pas si désespérée. Elle l'est, pourtant. Si on la regarde de près.

Jusqu'au début de janvier, tout allait normalement dans la vie de Stéphanie. Elle avait vingt-cinq ans, un emploi qu'elle aimait, un homme qu'elle aimait. Même cet appartement dans la Basse-Ville, avec son sous-sol inondé tous les printemps, la satisfaisait. Ses talents de styliste commençaient à être remarqués. Elle attendait un bébé, se trouvait prête et arrivait à imaginer un avenir serein, semblable en tout point à sa vie actuelle. Puis tout a basculé.

C'était un jeudi après-midi, à la boutique de tissus. Les clients étaient rares. Le patron discutait avec une vieille dame au fond du magasin. Stéphanie s'occupait de la caisse.

Un homme est entré. Sur le coup, elle ne l'a pas vraiment remarqué. De taille moyenne, de stature moyenne, d'apparence ordinaire, avec des vêtements ordinaires. Rien pour attirer l'attention. Il est allé fouiller dans les boutons, les rubans, les biais. Il savait exactement ce qu'il cherchait. Quand il l'a eu trouvé, il s'est approché de la caisse.

— Pouvez-vous m'en commander trois douzaines à votre fournisseur?

Il tenait dans sa main un paquet de ruban cordé noir, le genre qu'on utilise pour finir l'intérieur des chapeaux. Stéphanie a pris l'emballage, a fouillé dans un catalogue et a répondu par l'affirmative. Il lui a laissé ses coordonnées et s'en est retourné comme si de rien n'était.

Stéphanie l'a suivi des yeux tandis qu'il longeait la vitrine. Elle est même sortie sur le trottoir au grand vent pour voir où il s'en allait. Quand elle l'a vu traverser la rue et disparaître dans la boutique de Mme Dubord, elle a tout compris. Il était chapelier et travaillait pour la dernière chapelière de Québec. Elle a relu le bon de commande. L'homme s'appelait Patrice Charpentier.

La commande est arrivée trois jours plus tard. C'est le patron qui en a avisé le client par téléphone, mais lorsque Patrice s'est présenté à la boutique, le patron était absent. Stéphanie ne savait pas où il avait rangé les paquets de ruban.

— Ils auraient dû être ici, derrière le comptoir, mais je ne les vois pas.

— Ce n'est pas grave. Je ne suis pas pressé. Il revient quand, ton boss?

— D'ici une demi-heure, je pense bien.

— Il n'y a personne dans la boutique. Ça te va si je l'attends?

C'est ainsi qu'ils ont parlé de tout et de rien. De rien, surtout. Mais dans tous ces petits riens qu'ils abordaient avec innocence, ils se découvraient des centres d'intérêt communs, de la facilité à se comprendre, une douceur mutuelle, aussi. Quand le patron est arrivé, il a demandé à Stéphanie d'aller dans la cave avec son client. Les rubans y étaient, avec une autre commande pour Mme Dubord. Stéphanie a paniqué. L'idée de se trouver seule avec Patrice dans une pièce sombre la bouleversait. Elle s'est inventé une douleur aux genoux et a prétendu que l'escalier la ferait souffrir. N'importe quoi pour ne pas tenter le diable. Parce que c'était bien du diable qu'il s'agissait ici. Elle le sentait monter dans son ventre. Elle l'entendait dans sa tête.

Un autre après-midi, Patrice l'a attendue après son travail et lui a offert un café. Une autre fois, ils ont passé ensemble l'heure du dîner dans un casse-croûte de cols bleus, rue Dorchester. Patrice parlait, Stéphanie buvait ses paroles et souriait en permanence. Cent fois, elle a eu envie de prendre sa main. Heureusement, elle n'en a rien fait. Leurs regards, toutefois, se croisaient souvent, et demeuraient longtemps rivés l'un à l'autre. Il y avait de la magie entre eux. De la magie comme on en voit rarement. Un coup de foudre inattendu, inexplicable. L'attirance était manifeste. Le désir, évident. On sentait même l'amour qui tentait de les submerger. Stéphanie n'arrivait pas à croire que de tels sentiments puissent exister ailleurs que dans les romans.

Elle a cependant fini par revenir sur terre. C'était un soir, pendant le souper. Elle venait de tendre son assiette à Mario. Elle l'a regardé manger et s'est dit: «Ben voyons donc! Qu'est-ce qui m'arrive? J'aime mon chum. Pourquoi est-ce que j'irais voir ailleurs?»

Quand elle a revu Patrice, elle lui a dit qu'elle attendait un enfant. C'était clair. Leur histoire ne pouvait mener nulle part. Ils avaient chacun leur vie. Et le bonheur d'un bébé était en jeu. Stéphanie voulait tellement cet enfant qu'elle était prête à tous les sacrifices.

Patrice ne l'attendait pas le lendemain. Il n'est pas venu à la boutique le jour suivant non plus. Ni celui d'après. Stéphanie a fini par se convaincre qu'elle l'avait fait fuir avec la vérité. Elle se disait : «La réalité a soufflé sur sa flamme comme sur la mienne, et toutes deux se sont éteintes en douceur. C'est fini. J'ai survécu et je survivrai encore. Oui, c'est fini.»

Mais quelques jours plus tard, quand elle l'a croisé dans la rue en se rendant au travail, son cœur n'a fait qu'un bond. Le sien aussi, probablement, parce qu'il l'a invitée à dîner. Mine de rien, il a sondé le terrain. Il faisait quoi, son chum, dans la vie? Était-elle heureuse? Les réponses l'avaient déçu.

Ils ne se sont pas revus ensuite pendant quelques jours. Puis Patrice est revenu acheter des boutons. En lui rendant sa monnaie, elle lui a murmuré : «Je ne te dirai jamais non.» Leur sort en était jeté.

Assise au pied du lit, Adélaïde n'en revient pas de tant de naïveté.

— Laisse-moi te dire que ton histoire est pas mal pire que la mienne. Es-tu au moins capable de me dire pourquoi tu l'aimes?

— Non. Je n'ai aucune raison. Pis en même temps, je l'aime pour toutes les raisons du monde.

— Ce n'est pas une réponse, ça.

— Ce genre d'amour là ne s'explique pas, Adèle. Ça se vit, point.

— En tout cas, moi, j'ai assez de contrôle sur moi-même pour éviter ces histoires-là.

— On n'a pas de mérite si on se contrôle parce qu'on a peur.

— Peut-être, mais j'ai trop d'estime de moi-même pour m'abaisser comme tu le fais.

— On n'a pas non plus de mérite si l'estime de soi est dictée par la peur.

— Coudonc! As-tu passé la journée avec ma mère?

Stéphanie éclate de rire. Elle a séché ses larmes depuis un moment, déjà. Adélaïde sourit, mais son sourire n'a rien de joyeux. Qu'elle puise son estime d'elle-même dans sa facilité à éviter ce qui lui fait peur, ça ne concerne personne d'autre.

— De toute façon, c'est de toi qu'on parlait ici, pas de moi. Alors, laisse-moi affronter mes peurs pis mes problèmes. Je suis capable de me trouver niaiseuse toute seule, inquiète-toi pas. J'ai plusieurs années de pratique.

Son ton s'est adouci, et elle serre son amie dans ses bras. Elle déteste quand il y a de la tension entre elles. Depuis toujours, elles se disent tout, enfin presque tout, mais toujours avec respect et humour, sinon leur amitié ne supporterait pas autant de franchise.

La cassette s'arrête en faisant un bruit sourd. Aussitôt que la musique s'éteint, une autre musique envahit la pièce. Les deux femmes se regardent, perplexes.

— Ça vient d'en bas, murmure Stéphanie, comme si elle avait peur de déranger le musicien.

Aussi intriguées l'une que l'autre, les deux femmes se lèvent et descendent.

Assis sur le fauteuil, un harmonica entre les mains, Sean joue une pièce qu'Adélaïde ne connaît pas, mais qui lui plaît tout de suite. C'est doux, c'est mélancolique, c'est harmonieux. Allongée sur le sofa, la tête sur un coussin, Marjolaine s'est endormie.

— Il a tous les talents, ce gars-là, souffle Stéphanie.

Adélaïde grimace, mais ne dit rien.

La mélodie s'arrête quand on frappe à la porte. Adélaïde va ouvrir, étourdie. Il y a tellement de va-et-vient, maintenant, dans son appartement! Dire qu'il n'y a pas si longtemps, elle et sa fille n'avaient presque jamais de visite.

Max se tient sur le seuil, sa guitare à la main.

— Tu ne m'avais pas dit que c'était un musicien, ton Anglais.

Ce sont ses seuls mots pour justifier sa présence dans l'appartement où il avait juré qu'il ne remettrait plus les pieds. Dans le salon, Sean regarde le nouveau venu avec curiosité. En guise de présentation, Adélaïde dit simplement :

— Ce n'est pas un Anglais. C'est un nouveau-Écossais.

— Tu veux dire Néo-Écossais, la corrige Max en refermant derrière lui.

— Oui, c'est ça, Néo-Écossais.

— De toute façon, c'est pareil, Anglais pis Écossais.

— Non. Ce n'est pas pareil. Il n'y a plus rien qui est pareil maintenant.

*   *   *

Le bar est rempli de fumée. Sur une scène minuscule, deux guitaristes et un harmoniciste s'affrontent sur une pièce de Johnny Cash. *Folsom Prison Blues* est bien la seule chanson country qu'on peut entendre rue Saint-Jean. Si les clients la tolèrent, c'est parce qu'elle donne chaque fois lieu à un duel musical hors de l'ordinaire. Ce soir, trois musiciens s'affrontent, et, dans le bar, on jubile.

Assise dans un coin, Adélaïde constate, stupéfaite, que Sean s'est fondu dans le groupe. On dirait qu'il en a toujours fait partie. Sa musique donne une dimension supplémentaire à la pièce, au spectacle aussi. Il improvise et s'amuse comme les autres, et le bar n'a pas autant vibré depuis des années.

Quand le premier set se termine, les musiciens rangent leurs instruments, et Adélaïde les accueille à sa table. La chimie s'est établie de façon naturelle entre les trois hommes. Max commande de la bière pour ses compagnons avant de s'adresser à Sean dans sa langue. La stupéfaction d'Adélaïde atteint un sommet.

— Je ne savais pas que tu parlais aussi bien anglais! s'exclame-t-elle si fort qu'elle en est elle-même surprise.

— Il y a plein de choses que tu ne sais pas à mon sujet, ma chouette.

— Ma chouette? Tu as dû fumer un joint de trop avant le show pour m'appeler comme ça.

Max rit, et sa bonne humeur est tellement sincère qu'elle se communique aux autres. Marcel entreprend alors de raconter une tournée qu'il a faite dans les bars de Halifax, dix ans plus tôt.

— Là-bas, tout le monde joue d'un instrument. Ben, presque tout le monde. C'était hallucinant. Les pubs étaient pleins à craquer. Les gens chantaient avec nous, applaudissaient en fou. On n'avait jamais l'impression de servir de musique de fond.

Max lui assène un coup de poing amical sur l'épaule.

— Un peu comme à soir.

— En fait, tu ris, mais à soir, ça me fait exactement le même effet.

Il se tourne alors vers Sean en levant son verre.

— Mon chum, tu peux venir jouer avec nous autres quand tu veux.

— *Well, thank you*, Marcel. Je vais venir des fois.

— *Way to go!*

Ils trinquent en chœur, tous les quatre, comme s'ils se connaissaient depuis toujours. Adélaïde remarque le sourire de Max. Ça fait longtemps qu'elle ne l'a pas vu aussi heureux, avec ou sans guitare. Et pour la première fois depuis que le duo donne des spectacles au Fou-Bar, c'est Marcel qui ramène tout le monde à l'ordre en désignant sa montre.

— La pause est finie, les boys. On reprend tout de suite si on veut avoir le temps de jouer les tounes prévues.

L'énergie s'empare des clients dès que les musiciens reviennent sur scène. Le bar vibre avec intensité. Marcel avait raison : ce soir, ils ne font pas de la musique de fond ; ils jouent pour de vrais spectateurs. Des spectateurs grisés qui en redemandent jusqu'à deux heures du matin. Et tout le temps que dure le spectacle, Max affiche un sourire extatique tandis que son meilleur ami se donne comme jamais.

*   *   *

On est dimanche, il est midi, et Max pleure. Debout sur le palier, il a fondu en larmes dès qu'elle a ouvert la porte. Adélaïde a pris dans ses bras ce grand corps mince, secoué de sanglots, qui lui semble tout à coup aussi fragile que celui d'un enfant. Il la serre fort, comme s'il voulait se fondre en elle pour oublier la douleur qui le tenaille. Il n'a personne d'autre, lui dit-il. Pas d'autres amis. Pas de famille. Pas de femme. Pas d'enfants. Il n'a qu'elle et sa fille et sa mère chez qui il peut chercher un peu de réconfort quand le monde s'écroule.

C'est la fin d'une étape dans leur vie, la fin d'une époque dans l'immeuble et même dans le quartier. Adélaïde sent les larmes qui descendent dans son cou en suivant les boucles humides. Chaque spasme qui secoue Max la fait trembler, elle aussi. Aujourd'hui, il n'y a plus de différence d'âge entre eux. Il n'y a que le chagrin qui les unit, mais qui le terrasse, lui, beaucoup plus qu'elle. Certes, elle connaissait bien Marcel, mais ils n'étaient pas proches. Pas aussi proches, en tout cas, que Max l'était.

Marcel est mort cette nuit. Après avoir donné le meilleur spectacle de sa vie, il a succombé à une crise cardiaque vers quatre heures du matin. Comme il vivait seul, personne n'était là pour appeler l'ambulance. Quand sa blonde est venue le chercher pour aller bruncher, elle a trouvé un corps inerte et froid.

— Il n'a même pas eu le temps de me la présenter! Quand elle m'a appelé, je pensais que c'était une farce.

La voix de Max se brise. Marcel était son meilleur ami, celui qu'il considérait comme son frère. Leur amitié avait commencé lors d'une tournée dans les bars des régions, du nord de Montréal à la Gaspésie. Avec un système perfectionné et des pistes préenregistrées, ils jouaient The Police, U2, Duran Duran, Pink Floyd et bien d'autres. Cette galère avait duré un temps. Ils s'étaient ensuite perdus de vue pour se retrouver cinq ans plus tard comme s'ils ne s'étaient jamais séparés. Ils jouaient maintenant en duo depuis trois ans. Deux fois par semaine au Fou-Bar, deux fois dans un autre bar, à l'intérieur des murs du Vieux-Québec. Ils gagnaient leur vie ensemble, de veillée en veillée. Ils jouaient au poker, prenaient un coup, fumaient un joint. Et voilà que cette époque aussi était révolue. Le monde s'est écroulé cette nuit, emportant avec lui un passionné, un musicien de talent, un ami irremplaçable.

* * *

Il est très tôt le matin. Le soleil se lève à peine. Dans une buanderie déserte, Adélaïde attend que la laveuse termine son cycle. Elle s'est adossée à une sécheuse immobile et silencieuse, et elle se convainc rapidement que la rue aussi est déserte. Elle n'a pas vu un passant depuis trente minutes. Dans les boutiques, aucun va-et-vient. Les lampadaires de la rue se sont éteints un à un. De temps en temps passe une voiture. La carrosserie étincelle sous la pluie, malgré un jour terne, une lumière blafarde.

Les haut-parleurs ne crachent pas leur musique habituelle. On entend une pièce classique, familière, même aux oreilles d'une profane comme Adélaïde. Mozart, sans doute. Ou Bach. Ou Chopin. Qui sait? Chose certaine, les notes s'égrènent et les pièces se suivent comme un chapelet de prières. Adélaïde a fermé les yeux. Elle sent ses muscles fatigués et courbe l'échine pour étirer la nuque. Elle n'a pas dormi cette nuit. Elle a erré par les rues à la recherche de quelque chose d'inconnu. Pourquoi être venue à la buanderie si elle est à ce point fatiguée?

— Tu parles d'une heure pour faire son lavage! se dit-elle tout à coup pour éviter la somnolence qui est sur le point de l'envahir après ses heures de bohème.

Lorsque la porte grince, elle tourne la tête. Elle devrait être surprise de le voir ici aussi tôt, mais elle ne l'est pas. Elle se dit même qu'il est naturel pour lui aussi de faire sa lessive à cette heure-là. Il avance vers elle, cheveux mouillés, et laisse tomber son sac de linge sale sur le plancher. Il y a de la gadoue partout, des cernes de calcium aussi. Il s'en fiche. Il continue de s'approcher et, quand il n'est plus qu'à un pas d'Adélaïde, il allonge les bras, l'attrape par la taille, la soulève et l'assoit sur la machine. Elle se laisse faire. Elle s'y attendait presque. Non. Pas presque. Elle est venue pour ça. Il s'agit d'un rendez-vous.

Elle le trouve plus grand que d'habitude. Plus fort aussi. Avec des gestes lents, elle lui retire ses lunettes. Il plisse les yeux. Il a l'air fragile tout à coup, comme l'animal blessé qu'il est au fond de lui. Soudain intimidé par sa myopie, il hésite. Alors c'est elle qui prend les devants. Elle tend les bras et glisse ses doigts derrière sa nuque solide pour l'attirer à elle. Le cou est lisse, les joues aussi, comme s'il venait de se raser. Elle presse ses lèvres contre les siennes et frissonne en goûtant la menthe de son haleine.

Ses jambes se replient d'elles-mêmes autour des hanches qu'elle attire contre elle. Pendant qu'elle fait durer le baiser, ses mains quittent le cou pour descendre à la ceinture. Les pouces replient la boucle pour donner du leste. La fermeture à glissière semble s'ouvrir d'elle-même. La paume d'Adélaïde se presse sur le caleçon qui moule désormais un sexe durci.

La bouche a quitté la sienne pour descendre dans son cou jusqu'à l'encolure de sa chemise. Les boutons glissent hors des boutonnières et laissent apparaître bientôt une poitrine frémissante. Les mains se joignent dans son dos pour dégrafer le soutien-gorge. Lorsque les seins se retrouvent à l'air libre, la porte s'ouvre brutalement et un vent glacial s'engouffre dans la buanderie. Adélaïde ouvre les yeux et se redresse dans son lit.

La chambre est en désordre, comme d'habitude. Il fait froid, et dehors il neige abondamment. C'est une des dernières tempêtes de l'hiver, peut-être. Adélaïde sort du lit, remonte les couvertures sur les épaules de sa fille en prenant soin de ne pas la réveiller. Elle enfile ensuite son peignoir et descend. À chacun de ses pas, elle sent son pantalon de pyjama qui lui colle aux cuisses. Ce rêve ne l'a pas laissée de glace. En se rendant à la salle de bain, elle s'arrête un moment devant la chambre de Sean. Une part d'elle-même lui dit d'ouvrir la porte et de terminer ce qu'ils ont commencé dans son rêve. Les gestes, les sensations, les odeurs, tout cela avait tellement l'air vrai. Et si sa tête n'y croit plus, son corps, lui, y a bel et bien cru. Elle passe quand même son chemin. Pas question de briser l'équilibre qui s'est établi entre Sean et elle. Un équilibre aussi précaire que celui qui maintient sa relation amicale avec Max. Elle sent bien cependant qu'il en faudrait peu pour que les choses basculent. Et pendant une fraction de seconde, elle maudit le jour où elle a laissé un homme entrer dans son appartement et s'installer dans sa chambre. Elle maudit du même coup l'argent et la bêtise de Bonnet Junior qui l'a forcée à démissionner.

Cette idée encore fraîche dans son esprit, d'autres images lui reviennent, fugaces. Un profond dégoût des formulaires à réécrire, des colonnes de chiffres à additionner, une haleine fétide dans son cou, un regard mauvais qui la surveille. Ces images s'effacent pour céder la place à l'odeur du chocolat, au goût de la pâte d'amande, au bonheur de façonner, de créer, de travailler sans pression, dans une camaraderie qui, jusqu'à tout récemment, lui était inconnue.

Elle s'enferme dans la salle de bain, abaisse son pantalon et frissonne en reconnaissant l'odeur de sexe qui émane de son entrejambe. C'est là un bien faible désagrément si elle compare sa vie actuelle avec sa vie d'avant. Et même si elle a toujours des craintes pour sa fille au point de ne jamais la laisser seule avec Sean, elle doit admettre que son quotidien a une saveur nouvelle avec la cuisine de Sean, la musique de Sean, les histoires et les jeux de tic-tac-toe très tôt le samedi matin.

19

Ma grand-mère était ce que j'appellerais aujourd'hui une Sage. Elle avait élevé sa fille seule, lui avait inculqué des valeurs d'indépendance, de réflexion et d'empathie. Toutefois, le courage dont elle faisait preuve au quotidien avait vraisemblablement sauté une génération. Non pas que ma mère ait été lâche. Loin de là. Pour décider à seize ans de garder son bébé, il faut une force de caractère hors du commun. Chez ma grand-mère, toutefois, le courage tenait de la conviction et tendait souvent vers la témérité.

Il faut admettre que Jacinthe possédait un atout exceptionnel. Elle voyait dans le cœur des gens et parfois aussi dans leur avenir. Elle sentait quand elle pouvait faire face, quand il fallait reculer, et devinait que son adversaire allait se mettre à trembler avant même qu'il ne montre le premier signe de détresse.

Ma mère et moi ne sommes pas les seules qu'elle ait affrontées sur ce terrain-là. Je me souviens d'un après-midi où elle m'avait emmenée chez la coiffeuse. Le salon se trouvait dans la Basse-Ville, dans une rue peu achalandée. Nous fréquentions l'endroit parce qu'on y coupait les cheveux pour moins cher que partout ailleurs en ville, mais aussi parce que la propriétaire était une amie, une dame bien en chair, d'une quarantaine d'années peut-être, dont le rire rivalisait souvent avec celui de ma grand-mère.

Ce jour-là, comme chaque fois que je me faisais couper les cheveux, j'étais assise sur une chaise qu'on avait élevée à près d'un mètre du sol. Je devais me concentrer pour suivre la conversation entre Jacinthe et la coiffeuse. Elles parlaient de ma mère et de Sean, de ma mère et de Max, de ma mère et de mon père que je n'avais encore rencontré qu'une seule fois. Je percevais dans le miroir leurs regards complices. Elles ne pouvaient s'empêcher de donner leur avis sur les charmes du premier, sur la persévérance du deuxième et sur les travers du dernier. La coiffeuse venait de formuler une hypothèse sur les huit années d'absence de mon père quand un homme est entré, le visage dissimulé sous un foulard, un immense couteau de cuisine dans la main droite.

— Donne-moi ton cash!

Il n'était pas très grand ni très gros, mais son arme étincelait sous les néons. J'ai figé sur ma chaise, prête à hurler. Il s'est produit alors la chose la plus extraordinaire que j'ai vue de ma vie.

La coiffeuse a ouvert un tiroir et en a sorti une poignée de billets de 20 dollars. Une journée complète de travail! Elle les lui a tendus en lui demandant de s'en aller, maintenant, puisqu'il venait de lui prendre tout ce qu'elle avait. Je suis persuadée que si l'homme était parti comme elle le lui demandait, le reste de sa vie en aurait été changé. Mais au lieu d'apprécier la largesse dont faisait preuve la coiffeuse, il a tourné son arme vers ma grand-mère.

— Pis vous aussi, donnez-moi votre portefeuille!

Le fait qu'il se montrait poli en la vouvoyant aurait sans doute fini par attendrir ma grand-mère, qui aurait sûrement fini par ouvrir son sac à main. Mais, dans un ultime effort pour montrer à quel point il était prêt à tout, l'homme a donné un coup de poing dans le ventre de la coiffeuse. Ai-je rêvé ce qui s'est produit ensuite? Je n'en sais trop rien. L'imagination d'une enfant de sept ans est parfois sans borne.

Pourtant, il me semble bien avoir vu ma grand-mère pousser l'importun contre une chaise vide. Surpris par cette réaction, le pauvre n'avait pas eu le temps de reprendre son équilibre que déjà Jacinthe et sa compagne étaient sur lui : la première lui arrachait son arme tandis que l'autre l'écrasait de tout son poids. J'ai ensuite le souvenir que, à deux, elles l'ont mis sur ses pieds et lui ont asséné plusieurs claques contre lesquelles il essayait de se protéger avec ses bras. Elles l'ont ensuite enfermé dans la salle de bain, ont bloqué la porte avec une chaise sur laquelle Jacinthe s'est assise pendant que la coiffeuse téléphonait à la police.

Quand les agents ont franchi la porte du salon, les deux femmes riaient aux larmes, et moi, toujours juchée sur ma chaise de coiffeuse, j'étais plus que jamais persuadée que la peur était une question de personnalité.

20

Les pas résonnent dans la cage d'escalier. Les bottes de Sean, plus lourdes, produisent un son sourd, celles de Marjolaine couinent tandis que les talons d'Adélaïde claquent contre le linoléum.

— As-tu ramassé ton lunch ?

— Oui, maman.

— As-tu mis ton devoir dans ton sac ?

— Oui, maman.

— As-tu souhaité une bonne journée à Sean ?

— Bonne journée, O'Malley !

— *Have a nice day*, Lassie ! À ce soir, Adèle.

— À ce soir, Sean.

La porte se verrouille en se refermant derrière eux. Au coin de la rue, Adélaïde se penche et embrasse sa fille.

— Sois sage.

— Toi aussi.

— Coquine, va !

— Coquine toi-même, maman.

Tandis qu'Adélaïde tourne à droite pour aller prendre l'ascenseur, Sean attrape la main de Marjolaine et se dirige avec elle vers l'école. Adélaïde jette un coup d'œil derrière elle de temps en temps, même si elle ne peut les voir. Ils doivent déjà avoir atteint la clôture. Elle les imagine en train de lever tous les deux la main droite pour les frapper l'une contre l'autre. « *High five !* » doit s'écrier Marjolaine avant de filer rejoindre ses amies.

Sean poursuit sans doute son chemin en direction de l'école St. Patrick, un kilomètre plus loin. Tout va bien. Tout est normal. Elle n'a pas à s'en faire pour sa fille. Adélaïde continue donc à descendre, le cœur léger, confortée par l'idée que les jours se déroulent avec de plus en plus de facilité. Elle s'est habituée à la présence de Sean dans son appartement. Marjolaine aussi. En fait, surtout Marjolaine, qui voit dans cette présence masculine une source permanente de divertissement.

Alors qu'elle pousse la porte qui mène à l'ascenseur, Adélaïde aperçoit une affiche collée au mur. On y annonce que le Salon de l'ésotérisme se tiendra dans deux semaines au Centre des congrès. Dès que ces mots ont atteint son cerveau, Adélaïde sent la colère la gagner.

— Et merde!

Elle fait demi-tour et revient sur ses pas. Quelle tarte! Comment a-t-elle pu oublier le jeu de tarot de sa mère? Elle en a besoin aujourd'hui parce qu'elle doit travailler toute la journée sur un projet pour le Salon de l'ésotérisme. Stéphane Cognac a reçu une commande spéciale. Une autre! Reproduire en pâte d'amande chacun des personnages du jeu de tarot. Adélaïde avait promis d'apporter le jeu de sa mère, mais voilà qu'elle est partie trop vite, comme d'habitude.

Elle atteint l'immeuble le souffle court, en nage sous sa grosse canadienne. Elle déverrouille la première porte, traverse le couloir en courant, cherche la bonne clé et, après avoir ouvert, pénètre dans l'appartement de sa mère. Toutes les lumières sont éteintes. Et pour cause; Jacinthe est partie travailler il y a une heure.

Adélaïde repère immédiatement le jeu de tarot ouvert sur la table. Comme souvent, la carte du Magicien est retournée. Jacinthe se demande-t-elle encore quel rôle Sean va jouer dans leurs vies? Adélaïde hésite un moment à ramasser les cartes. Sa mère était peut-être en train d'y «voir» quelque chose d'important. Et puis tant pis! Elle a vraiment besoin des images pour créer les figurines.

Elle entasse les cartes, les glisse dans leur boîte et s'apprête à repartir lorsqu'elle entend un bruit dans la chambre.

— Maman? Tu n'es pas partie? Ça tombe bien, il faut que je te demande...

Elle a contourné la table et vient de pénétrer dans la chambre. Il n'y a personne, mais un mouvement à la fenêtre attire son attention. Elle avance dans le rectangle que la lumière dessine sur le plancher. Elle aperçoit, juste derrière la vitre, un homme qui tient des outils à la main. Elle se rappelle aussitôt que M. Sylvain les a averties une semaine plus tôt, en venant chercher son chèque de loyer. Il va faire quelques travaux et devra couper l'eau de temps en temps. L'homme qui se tient debout à l'extérieur, les outils à la main, est sans doute un ouvrier embauché par M. Sylvain pour l'aider.

Adélaïde ne voit pas tout de suite ce qui cloche. En s'approchant encore un peu, elle remarque que l'homme s'affaire à démonter la fenêtre. Alors qu'elle en arrive à cette conclusion, celui qu'elle prenait pour un ouvrier lève la tête dans sa direction et l'aperçoit à son tour. C'est d'abord la surprise qui se lit sur son visage. Puis la panique. Abandonnant les outils sur le rebord, il déguerpit vers l'entrée charretière des voisins d'en arrière.

Debout devant la fenêtre, Adélaïde rassemble peu à peu dans son esprit tout ce qu'elle a vu. Il lui faut un moment pour sentir la peur monter en elle et lui broyer les tripes. Si elle était arrivée cinq minutes plus tard, elle serait tombée face à face avec le cambrioleur. Un frisson la parcourt des pieds à la tête. Une scène terrible s'impose à elle. Des cris. De la violence. De la terreur aussi. Son premier réflexe est d'appeler la police. Le second, de fondre en larmes sur le plancher.

* * *

— Il faut qu'on déménage, maman!

La voix d'Adélaïde ne laisse pas de place à la contestation. Elle est catégorique. Elle ne veut plus vivre ici et avoir à craindre qu'on pénètre dans l'immeuble pendant leur absence.

— Voyons donc, Adèle! On ne va pas déménager pour un cambriolage manqué.

— Tu as failli te faire voler, maman! Penses-y!

— Parce qu'il y a des choses qu'on pourrait me voler, peut-être? Qu'est-ce qu'il aurait bien pu prendre? Ma télé? Elle est tellement vieille que je me demande comment ça se fait qu'elle fonctionne encore. Il ne m'aurait toujours bien pas volé mes Saintes Vierges!

Constatant l'attitude intraitable de sa mère, Adélaïde lui propose un accommodement qu'elle espère raisonnable.

— On pourrait demander à M. Sylvain de mettre des barreaux aux fenêtres. On serait plus en sécurité. Surtout que la police a dit que le gars avait déjà été arrêté pour vol avec effraction et tentative de viol.

Elle se revoit tout de suite après les événements, au poste de police. Elle a reconnu l'agent qui prenait sa déposition. C'était le même qui s'était occupé de l'affaire des bottes volées. Lui aussi l'a reconnue et en a profité pour lui dire qu'il n'avait toujours par retracé le voleur et qu'Adélaïde devait faire une croix sur ses bottes. Les chances de les retrouver étaient quasiment nulles.

— Pour le peu qu'on sait, elles ont probablement été vendues dans un *pawnshop* à Montréal.

Elle s'est retenue de lui dire qu'une amie les avait découvertes dans un *pawnshop*, justement, mais à deux coins de rue du poste de police. Il aurait fallu donner des explications, dénoncer le vendeur qui avait eu la bonté d'obtempérer devant la menace de dénonciation. Adélaïde a préféré s'en tenir à la tentative de cambriolage de l'appartement.

Et comme la dernière fois, le policier lui a tendu des photos.

— Cette fois-là, il faisait jour. Tu dois bien avoir eu le temps de le regarder comme il faut.

Que oui! C'est sans peine qu'elle l'a reconnu sur une photographie. Mais le policier était-il obligé de lui dire que le voleur en question avait déjà été condamné pour tentative de viol?

— M. Sylvain a bien en masse d'ouvrage avec la plomberie ces temps-ci. Et puis qu'il revienne donc, ce voleur-là. Je l'attends.

— Ben voyons, maman! Tu ne vas toujours pas l'enfermer dans la salle de bain, lui aussi?

— L'enfermer? Es-tu malade? S'il revient, pis qu'il n'est pas trop laid, pis qu'il est le moindrement jeune et vigoureux, on va faire un *deal* lui et moi. Il me viole, et je le laisse prendre tout ce qu'il voudra dans l'appartement. Ça me fera changement de Gaston et de son peu d'ardeur à l'ouvrage.

Adélaïde serre les dents, furieuse du peu de sérieux dont fait preuve sa mère. Pourquoi faut-il toujours qu'elle tourne les choses en dérision? Le danger était bien réel. Il l'est encore d'ailleurs. Il y a des jours où Adélaïde se demande si sa mère est vraiment sa mère.

Tandis qu'elle fouille dans son sac à main pour retrouver le jeu de tarot dont elle a fait des photocopies, elle s'avoue qu'il lui est honnêtement impossible de nier sa filiation. Elle est bel et bien la fille de Jacinthe: elle a elle-même eu le temps de remarquer chez le voleur, à travers la vitre, une mâchoire carrée, des yeux très noirs et une bouche charnue et sensuelle, tendue par l'effort. Tous ces détails, elle a eu le temps de les noter… juste avant de comprendre que l'homme s'apprêtait à entrer dans un appartement qu'il croyait désert.

* * *

— Imagine un train.

— Un train, pourquoi un train ?

— Parce que. Bon, tu montes dans ce train avec ta valise.

— Il s'en va où ?

— Quoi ?

— Il s'en va où, ce train ?

— Ce n'est pas important. Imagine juste le train.

— Voyons, maman ! Pourquoi tu veux que je monte dedans si je ne sais pas où il s'en va ?

— Parce que ce n'est pas ça qui est important, Adèle. Bon, disons qu'il s'en va à Montréal. Es-tu d'accord avec l'idée de prendre un train pour Montréal ?

— Oui. Montréal, c'est crédible.

— D'accord. Alors, tu montes dans ce train avec ta valise. Le train se met en marche. Tu vois les montagnes défiler d'un bord, le fleuve de l'autre.

— Je ne pense pas qu'il y ait des montagnes entre Québec et Montréal.

— On s'en fiche qu'il y en ait ou pas ! Il faut juste que tu les imagines.

— Fâche-toi pas. Je vais les imaginer, tes montagnes. Elles sont rondes et pas trop hautes, est-ce que ça va ?

— Oui. Maintenant, imagine-toi assise dans un fauteuil super confortable, bien à l'abri du vent, à l'air conditionné.

— Déjà, il me semble que je l'aime, ton train.

— Je le sais, je te connais. Alors, le train roule, et toi, tu regardes le paysage défiler. Il y a les montagnes, il y a la campagne, il y a les villages. Tu vois tout cela passer à côté de toi. Ta valise, elle, tu l'as rangée au fond du wagon parce qu'elle était trop grosse pour aller au-dessus de ton siège.

— Mon doux ! Qu'est-ce que je traîne avec moi pour avoir une valise aussi grosse que ça ?

— Elle contient tous les objets que tu possèdes. Tes vêtements, tes livres, même la bande dessinée sur laquelle tu travailles. Tout.

— Ben voyons donc! Aucune valise ne peut être assez grosse pour ça.

— Ben, celle-là, oui. Qu'est-ce que je disais? Ah, oui! La valise. Ta valise est dans le fond du wagon parce qu'elle est trop grosse. Soudain, le train s'arrête.

— On arrive dans une gare?

— Non. Il s'arrête parce qu'il y a des débris sur la voie ferrée. Le conducteur envoie des hommes pour la dégager.

— OK, c'est crédible, ça.

— Pendant qu'on s'active en avant, tes compagnons de voyage ont tout à coup l'idée d'aller à la cantine qu'on aperçoit à gauche, à deux ou trois cents mètres, juste un peu plus bas que le chemin de fer. Ils veulent casser la croûte. Ils te demandent si tu veux venir avec eux.

— Ils sont malades! Des plans pour que le train reparte sans nous.

— C'est exactement ce que tu leur dis. Toi, tu restes dans le wagon alors qu'eux descendent manger et boire et fumer. Tu les regardes et, tout à coup, l'envie te prend de les rejoindre.

— Voyons donc, je ne ferais jamais ça.

— Ben, tu le fais. Tu laisses ta valise au fond du wagon parce qu'elle est trop lourde et tu descends rejoindre tes amis.

— Tu n'as jamais dit que c'étaient mes amis.

— Ils ne l'étaient pas, mais maintenant ils le sont.

— OK. Mais elle est bizarre, ton histoire.

— Je le sais. Bon, tu as rejoint tes nouveaux amis et vous avez du fun à jaser, à manger, à boire et à fumer.

— Je ne fume pas.

— Je le sais! Mais là, tu fumes.

— Ça ne me ressemble pas.

— Ben, oui, ça te ressemble.

— Si tu penses ça, c'est que tu ne me connais pas.

— Je t'ai mis au monde, Adèle. Je te connais mieux que n'importe qui.

— On va dire.

— Alors, vous jasez, vous buvez, vous mangez, vous fumez, et tout à coup, tu te rends compte que le train est parti sans vous.

— Tu vois! C'est exactement ce que je disais.

— Exactement, oui. Et là, tu paniques. Tu dis à tes amis: «Ça n'a pas de bon sens! On est restés pris ici!»

— C'est vrai que je dirais ça.

— Je le sais. Pis là, tes amis te disent: «Ce n'est pas grave. Il va y avoir d'autres trains.»

— Elle est où, Marjo, dans tout ça?

— Marjo? Elle est ici, avec moi. Tu es partie toute seule.

— Pourquoi je ferais ça?

— Parce que je te le dis. Bon, est-ce que je peux reprendre?

— Vas-y.

— On en était où, là?

— Mes *amis* disent qu'il va y avoir d'autres trains.

— Ah, oui! Ben justement, vous montez sur la voie ferrée, et il arrive un autre train.

— Ça fait arrangé avec le gars des vues, ton affaire.

— Pourquoi? Tu ne peux pas croire qu'il passe plus qu'un train par jour sur une voie ferrée?

— Vu de même...

— Le train arrive, il s'arrête, et vous montez à bord. Évidemment, comme ce n'est pas votre train, vous n'avez pas de billet.

— Évidemment.

— Vous n'avez donc pas de sièges.

— Ça part bien!

— C'est pour ça que vous vous installez sur les plates-formes entre les wagons.

— C'est dangereux, ça.

— C'est vrai. Surtout que le plancher est grillagé, ce qui te permet de voir les rivières en dessous quand vous passez sur un pont.

— Je dois avoir peur parce que j'ai le vertige.

— C'est vrai que tu as peur au début. Puis, à un moment donné, tu t'habitues et tu te rends compte que tu vois mieux de l'extérieur du train. Que tu sens mieux les odeurs, le vent, le soleil. Pis tout à coup, tu te mets à aimer ça, être assise sur la plate-forme. Tu jases avec tes amis. Vous riez, vous vous racontez des histoires. De chaque côté du train, les villages défilent. Tu vois les gens qui marchent sur les trottoirs, qui attendent au passage à niveau. D'autres vous regardent par une fenêtre. Tu sens la vie qui grouille dans les campagnes. Les vaches qui broutent, les chevaux qui s'ébrouent, les oiseaux qui planent et qui piaillent, les chiens qui courent partout, les chats qui grimpent aux arbres et se lèchent les pattes. Tu as chaud, tu transpires, tu plisses les yeux à cause du soleil. Quand le train arrive dans une gare de village, tu profites de la halte pour aller aux toilettes, mais toutes les cabines sont prises et il y a une file d'attente. Tu cours donc dans un buisson, tu baisses ton pantalon, tu t'accroupis et tu urines dans l'herbe.

— Tu es certaine que je fais ça?

— Oui. Pis, étrangement, ça te rend heureuse de faire pipi comme quand tu étais petite et que je t'emmenais au parc.

— Je pense que tu imagines des choses à propos de moi, mais continue donc!

— Tu remontes dans le train. Tes amis partagent leur lunch avec toi.

— Comment ça se fait qu'ils aient un lunch?

— Parce qu'ils l'ont ramené de la cantine.

— Pourquoi est-ce que moi, je n'ai pas de lunch?

— Parce que tu as oublié d'en prendre un, tu étais trop inquiète à cause du train.

— Ça me ressemble, ça.

— Je sais. Bon, un de tes amis sort une bouteille de rhum flambant neuve.

— Il l'a acheté à la cantine?

— Non. Il l'a volée.

— Ben, là! Tu veux que je me tienne avec des bandits?

— Arrête de poser des questions niaiseuses pis écoute.

— OK.

— La bouteille fait le tour de tes amis. Tout le monde boit. Quand ton tour arrive, tu en avales trois ou quatre grosses gorgées.

— Tu sais bien que je ne suis pas capable de boire du fort.

— Cette fois-là, tu en bois.

— Je vais être saoule vite.

— Oui. Ce qui fait que quand un de tes amis s'approche un peu plus près, tu l'attrapes par le cou pis tu l'embrasses.

— Voyons, maman! Tu sais bien que je ne ferais jamais ça.

— C'est quand la dernière fois que tu as embrassé un homme, Adèle?

— Je ne le sais plus.

— C'est ça que je dis. Bon, tu l'embrasses à pleine bouche, pis ça te fait un bien fou.

— Je suppose.

— Peu de temps après, le train arrive à Montréal.

— Est-ce que je peux arrêter de l'embrasser maintenant?

— Juste si tu veux.

— OK. Il avait l'air de quoi? Est-ce qu'il était beau, au moins?

— Plus beau que ce que tu peux imaginer. Bon. Le train entre en gare à Montréal. Quelle est la première chose que tu fais ?

— Je vais chercher ma valise.

— Exactement. Alors tu te rends dans ton ancien train, mais les wagons ont tous été vidés.

— Évidemment ! Je suppose qu'elle doit se trouver aux objets perdus.

— Oui. Et c'est là que tu t'en vas. Tu dis que tu as laissé ta valise dans le wagon par accident.

— C'est sûr que je ne vais pas leur dire que je l'ai laissée derrière moi quand je suis allée boire et fumer dans une cantine.

— C'est sûr. Tu donnes ton nom et ton ancien numéro de siège, et l'agent trouve tout de suite ta valise. Il te la redonne. C'est là que tu te rends compte que quelqu'un a attaché une étiquette à ta valise.

— Ah, oui ? Qu'est-ce qui est écrit sur l'étiquette ?

— Il est écrit que tout ce que contient ta valise ne vaut plus rien.

— Quoi ?

— Tu as compris. Et parce qu'on te dit que le contenu de ta valise n'a plus de valeur, tu te mets à pleurer.

— J'espère bien. Il y a ma bande dessinée là-dedans.

— Oui. Ta bande dessinée, tes livres, tes vêtements, tes meubles, ta vaisselle. Tout ça ne vaut plus rien.

— Je vais pleurer longtemps, c'est certain. Pis je vais regretter d'être descendue du train.

— C'est vrai que tu pleures longtemps. Et tout à coup, tu réalises qu'à partir du moment où tu as quitté le confort et la sécurité du train, tu t'es transformée. Les aventures que tu as vécues t'ont transformée. Et c'est parce que tu t'es transformée que tu n'accordes plus la même valeur à tes possessions. Alors, tu arrêtes de pleurer et tu souris.

Moment de silence.

Moment de silence qui dure longtemps.

Et enfin :

— Quand est-ce que je vais le prendre, ce train ?

— Mais tu es déjà dedans, Adèle. Et si tu regardes bien, tu vas voir la cantine qui vient d'apparaître sur ta gauche.

* * *

— Vous sortez ?

La surprise qu'on lit sur le visage de Sean a quelque chose de risible. Adélaïde aimerait le taquiner, mais se retient. Elle imaginait qu'elle et Marjo allaient pouvoir sortir discrètement. Elle espérait que Sean continuerait de lire, comme si de rien n'était, enfoncé dans le divan, plongé dans l'atmosphère de la planète Mars, comme c'est son habitude, le soir. En effet, depuis qu'il est revenu de Nouvelle-Écosse, il lit *Green Mars*, ce qui change de *Red Mars*, qu'il lisait au moment d'emménager dans l'appartement.

Une exclamation de Marjolaine a sans doute attiré son attention. Il a dû être intrigué de la voir enfiler ses bottes à dix-neuf heures, alors qu'on lui fait prendre son bain à cette heure-là d'habitude. Un tel changement dans une routine apparemment immuable ne passe pas inaperçu.

— On s'en va voir grand-maman.

— Vous mettre des bottes pour descendre un étage.

— Ben, non, nono ! On s'en va la voir travailler.

— La bibliothèque être ouverte ?

Mise au pied du mur, Adélaïde soupire.

— On s'en va voir ma mère au Salon de l'ésotérisme.

— Elle travaille là ?

— Oui. Elle a loué un kiosque.

— Qu'est-ce qu'elle va faire ?

Les lèvres d'Adélaïde forment d'elles-mêmes une moue dédaigneuse.

— De la publicité… Elle va dire la bonne aventure à des gens que ça intéresse.

— La bonne aventure? *Good adventure?* C'est quoi?

— Voyons, O'Malley! Tu sais bien que grand-maman dit l'avenir des gens.

— *She tells the future? Oh, you mean she's a fortune-teller! That's right! I've seen her read cards.* Elle lire les cartes pour moi déjà. Très *impressive!*

Le cynisme du commentaire fait grimacer Adélaïde. De toute évidence, Sean ne croit pas plus qu'elle à cette histoire de don, mais c'est de sa mère qu'il s'agit. Il faut donc sauver la face… autant que possible.

— Ma mère est médium, Sean. C'est un…

Elle hésite. Il ne faudrait pas trop en rajouter, quand même!

— On dit *impressionnant*, O'Malley. Pas *impressive.* Ça ne veut rien dire, *impressive.*

Sean hoche la tête et bondit du divan.

— *I have to see this!*

Adélaïde ne comprend pas les mots, mais l'expression de Sean en dit long. Il abandonne son livre sur la table et enfile ses bottes lui aussi. Une fois qu'il a revêtu son manteau, il sort les clés de sa voiture. Même si elle est stationnée dans la cour de l'école, il propose d'aller la chercher.

— Non, merci. On ne va pas loin. Mais tu n'es pas obligé de venir.

— *Oh, yes!* Je suis obligé. *Otherwise*, je regretter.

La raillerie est telle qu'Adélaïde lui lance un regard sévère avant de désigner sa fille du menton. Sean se reprend.

— Je veux voir les talents de ta grand-mère, Lassie.

— Ben, tu vas être impressionné, O'Malley. Des fois, elle devine exactement ce qu'il y a dans ma tête.

Adélaïde a envie de préciser que tout le monde peut deviner ce qui se passe dans la tête de Marjolaine : elle est si sensible qu'elle est incapable de dissimuler quoi que ce soit. Sur son petit visage, la moindre pensée, le moindre sentiment et le moindre désir apparaissent aussi clairement que les mots sur une page blanche. Elle se contente de lui caresser la tête avant d'y caler une tuque.

— Tu n'as pas besoin de lui faire de la publicité, Marjo. Grand-maman se débrouille très bien toute seule.

— Je sais, mais je la trouve bonne.

Moins de trente minutes plus tard, devant les portes du Centre des congrès, Adélaïde sent monter en elle son dégoût habituel pour toutes ces charlataneries.

Après avoir franchi les tourniquets, ils s'approchent tous les trois d'un immense cube de verre. Adélaïde feint la surprise lorsqu'ils découvrent, exposées sous les néons, les figurines représentant le tarot. Il s'agit évidemment des pièces en pâte d'amande sur lesquelles elle a travaillé pendant deux semaines. Mais elle se garde bien de le dire. Elle constate simplement la qualité du travail, comme s'il s'agissait de l'œuvre de quelqu'un d'autre. Chaque figurine présente ses caractéristiques propres. Les épées, les bâtons, les coupes et les deniers y sont nombreux, de même que les grandes robes, les toges, les armures et les personnages nus.

— Regarde, O'Malley, c'est maman qui a fait ça.

Adélaïde se tourne vers sa fille, estomaquée.

— Comment tu sais que c'est moi ?

Marjolaine lève les yeux au ciel.

— Ben voyons, maman, je suis toujours capable de reconnaître tes dessins.

— Mais ce n'est pas mes dessins qu'on voit là.

— C'est pareil. Ça sent toi.

— Ben voyons, Marjo ! Tu ne peux pas les sentir, ces bonshommes-là, ils sont derrière une vitre.

— Maman. Je ne te parle pas de sentir avec mon nez. Qu'est-ce que tu penses, O'Malley ? Tu ne trouves pas que ça sent maman ?

Sean lance un clin d'œil discret vers Adélaïde.

— *Absolutely*, Lassie.

Sceptique, Adélaïde fait le tour du cube de verre et découvre, sur le côté, à la hauteur des yeux de sa fille, un petit carré de papier précisant que les figurines sont l'œuvre des artisans de la chocolaterie Cognac.

Comprenant que sa mère a découvert son subterfuge, Marjolaine glousse.

— OK, j'ai triché, admet-elle. Mais je suis certaine que grand-maman aurait senti ça si elle avait été là. Pis elle est où, grand-maman ? Il y a trop de monde, je ne la vois pas.

Effectivement, la foule est venue nombreuse à l'événement. Il y a des jours où Adélaïde ne comprend tout simplement pas ses concitoyens. Comment peut-on croire à de pareilles inepties ? Pour quelles raisons abandonne-t-on son intellect à la porte ? Pourquoi cesse-t-on d'avoir confiance en son libre arbitre ?

Avancer dans les allées étroites n'a rien de facile. Il faut contourner des gens qui s'amassent autour de la table d'un hypnotiseur, d'un vendeur de cristal, d'une spécialiste en interprétation des rêves et bien d'autres professions de ce genre. Adélaïde, Sean et Marjolaine se retrouvent tout à coup devant un kiosque sans lumières tamisées, ni voile ni brillants. Comme venu d'un univers parallèle, un vendeur de fromage fait goûter ses produits. Sean tend la main et déguste un morceau.

— Est-ce que ce fromage venir de l'Inde ?

— Pourquoi vous me demandez ça ?

— Dans une salon comme ici, on *expect* de manger du fromage des vaches sacrées.

Le fromager rit de bon cœur, mais pas Adélaïde, qui assène un coup de coude dans les côtes de Sean.

— Ce n'est pas la place pour dire ce genre de choses.

— C'est quoi une vache sacrée ?

Pour éviter de provoquer davantage Adélaïde, Sean explique à Marjolaine la relation qu'entretiennent les Indiens avec les ruminants.

— Est-ce que ça veut dire qu'ils ne mangent pas de viande ?

Sans attendre la réponse, Adélaïde attrape la main de sa fille et l'entraîne loin des plateaux de fromage où l'enfant a eu le temps de plonger les doigts à plus d'une reprise.

— Ça veut juste dire qu'ils ne mangent pas de bœuf, Marjo. Maintenant, aide-moi à trouver grand-maman.

Sean les rejoint moins d'une minute plus tard et, loin d'avoir appris une leçon de discrétion, il continue de s'exclamer dès qu'il repère une anomalie.

Rien n'échappe à son sens de l'humour. Aux artisans qui vendent des bijoux, il demande s'ils sont fabriqués en kryptonite, aux designers de vêtements de style médiéval, s'il s'agit de tissus qui rendent invisible. Au début, Adélaïde en est gênée, mais à mesure qu'ils avancent dans cette foire du surnaturel, l'humour de Sean devient un prétexte pour sourire, un exutoire qui l'empêche finalement de se désoler devant les kiosques des chamanes mexicains, des sorciers philippins et autres gourous qu'elle juge ridicules. Au moment où elle commence à se détendre, elle aperçoit enfin celle qu'ils cherchaient.

— Salut, grand-maman ! On est venus te rendre visite.

Assise derrière une table couverte de cartes, de colifichets et de runes sculptées dans des bois précieux, Jacinthe les accueille avec son rire habituel.

— Ma fille et ma petite-fille ! Vous êtes donc bien fines !

Puis, apercevant Sean, son sourire s'élargit.

— Wow ! On a de la grande visite. Ça me donne une idée tout à coup. Viens t'asseoir sur les genoux de grand-maman, Marjo. On va faire un jeu.

D'un geste, elle offre une chaise à Sean et en pousse une autre du bout du pied en direction d'Adélaïde.

— Ne craignez rien, surtout. Ça ne fera pas mal.

— J'ai toujours peur quand tu dis ça, maman.

— C'est parce que tu imagines toujours le pire, Adèle.

Jacinthe observe un moment sa table, se retourne pour jeter un œil sur une étagère et attrape enfin deux jeux de tarot qu'elle dépose devant elle. Elle s'adresse à Sean en premier.

— Tout d'abord, pense à une question.

Sean la dévisage avec intensité, puis hoche la tête. Jacinthe poursuit :

— Maintenant, coupe le paquet à deux endroits.

Sean s'exécute et fait trois piles de cartes.

— C'est bien ! Pige une carte sur n'importe quelle pile.

Sean prend celle qui se trouve sur le paquet de droite et la retourne. Lorsqu'il écarte sa main, Adélaïde reconnaît la carte du Diable.

Jacinthe plisse les yeux et observe Sean en silence pendant plusieurs secondes.

Quelques passants se sont arrêtés, intrigués. Jacinthe les ignore pour se concentrer sur Sean et sur la carte qu'il a choisie.

— L'histoire du Diable est intéressante. Il ne s'agit pas du tout d'un être maléfique, comme on aime le voir dans les différentes branches de la chrétienté. Il s'agit plutôt de l'ombre, celle qui se cache en chacun de nous. En équilibre avec la lumière, cette ombre n'est plus une menace. Encore faut-il trouver la lumière…

Elle fait une pause, parcourt l'assistance d'un regard entendu, puis reprend :

— Le Diable signifie ici que le bagage émotionnel du passé continue d'être transporté dans le présent. C'est un avertissement. Il ne faut pas s'accrocher aux autres. Le Diable traduit l'urgence de prendre conscience de notre situation de dépendance pour s'en affranchir et avancer dans la vie. Nous n'avons pas besoin d'être attachés à une autre personne pour nous sentir complets. Nous n'avons pas non plus besoin de nous transformer pour plaire. Il suffit de s'accepter, d'accepter nos forces et nos faiblesses. Les relations négatives ne doivent pas être poursuivies.

Sur le visage de Sean, la bonne humeur a fait place à une gravité extrême. Sur ses lèvres, une moue sérieuse, furieuse peut-être aussi, trahit son irritation. Adélaïde sait d'expérience que les paroles de sa mère peuvent déstabiliser, surtout quand Jacinthe touche une corde sensible… comme ça arrive trop souvent. On a alors l'impression qu'elle a vu jusqu'au fond de notre âme, ce qui produit une sensation des plus désagréables.

Sean ne dit rien. Pas un mot. Son visage est devenu aussi indéchiffrable et aussi froid que le marbre. Jacinthe se tourne vers sa fille.

— À ton tour.

Adélaïde obéit. Elle évoque mentalement une question : « Qu'est-ce qui m'attend ? » Elle sourit intérieurement. Sa mère déteste quand elle choisit ce genre de question. C'est trop vague, paraît-il. Il faut être plus précis si on veut une réponse significative. Fière de son coup, Adélaïde tend le bras et choisit une carte. Elle tombe sur le Diable, elle aussi, mais – un coup de chance ! – elle l'a posée à l'envers.

— Le Diable renversé…, murmure Jacinthe. Voilà qui est intéressant…

Au lieu de regarder sa fille, comme elle a regardé Sean quelques instants plus tôt, elle parcourt des yeux la foule, désormais nombreuse, qui s'agglutine autour de son kiosque. Adélaïde reconnaît chez sa mère le même contentement voilé que d'habitude. Jacinthe vient de fermer les yeux et fait une pause. Quelle comédienne ! Quand elle recommence à parler, elle détache chaque mot pour que les curieux entendent bien.

— Le Diable nous rappelle ici qu'il nous faut faire face à nos peurs, qu'il nous faut affronter les blessures du passé afin de nous en libérer. Le Diable renversé nous dit qu'il y a de l'espoir. Il nous parle aussi de victoire. Nous allons trouver en nous une force extraordinaire, une force qui va nous permettre de passer par-dessus des émotions qu'on jugeait jusque-là insurmontables. Bientôt, nous serons libérés du passé.

Adélaïde serre les poings. Elle déteste quand sa mère essaie de lui faire avaler un conseil maternel comme s'il s'agissait d'un message envoyé par l'Univers. Surmonter ses peurs. Oublier le passé. Depuis quelque temps, elle ne pense qu'à ça, tous les jours et toutes les nuits. Il s'agit quasiment de son objectif de vie! C'est vrai qu'elle a vécu dans la complaisance pendant plusieurs années. C'est vrai que c'était plus facile de se soumettre à la peur que de l'affronter. Mais fallait-il lui donner cette leçon en public? Et devant Sean, par-dessus le marché?

— Bon. Ça suffit! Marjo, viens-t'en. On rentre.

— Ah, non! Tu es encore plate, maman. Ça commençait juste à être intéressant.

— Ça suffit, j'ai dit.

Marjolaine descend de son promontoire, contourne la table et attrape la main de Sean.

— Je rentre juste si O'Malley rentre avec nous.

— *Of course*, Lassie. Viens à la maison.

Puis, se tournant vers Jacinthe, il lui dit:

— Merci pour le *warning*.

Il sort un billet de vingt dollars de sa poche et le lance sur la table. Puis, en quelques enjambées, il rejoint Adélaïde, Marjolaine sur les talons.

Ils ont beau s'en aller, le résultat escompté, lui, est atteint. Les clients font la file pour se faire dire leur avenir ou recevoir un conseil. Le rôle d'Adélaïde est terminé, même s'il a été, contrairement à la promesse de Jacinthe, assez douloureux.

* * *

Ils sont rentrés il y a une demi-heure. Après avoir souhaité une bonne nuit à Sean, Marjolaine est montée se coucher sans faire d'histoire. Elle tombait de fatigue après avoir fait l'aller-retour à pied entre l'appartement et le Centre des congrès. Les trottoirs étaient glacés; y marcher était aussi difficile que périlleux.

Après avoir préparé de la tisane pour Adélaïde, Sean s'est ouvert une bière et s'est installé au salon, à sa place habituelle. Il boit maintenant en silence. Assise au comptoir, Adélaïde n'ose pas le rejoindre. Elle se dit finalement qu'elle est chez elle; si Sean n'était pas là, c'est au salon qu'elle passerait la veillée. Elle traverse donc l'appartement.

Elle vient tout juste de se rasseoir sur les coussins moelleux quand la voix de Sean retentit, douce, calme, mais décidée.

— J'aurais aimé Jacinthe pas au courant.

Adélaïde tourne les yeux vers lui.

— Pas au courant de quoi?

— De Catherine.

— Catherine? Catherine qui?

— *You know. Catherine Leblanc, from Cheticamp.*

Il faut plusieurs secondes pour qu'Adélaïde fasse le lien entre ce que Sean lui dit et ce qui s'est produit ce soir.

— Ah, tu veux dire la fille de ton coin qui parle français. Je comprends, là. Ben, mon cher, si tu ne voulais pas que Jacinthe en parle, il fallait commencer par ne pas lui en parler toi-même. Ma mère, c'est comme la police. Tout ce que tu lui dis peut servir contre toi.

— Je rien dire à Jacinthe. Juste à toi.

Adélaïde se rend compte qu'il soupçonne une indiscrétion de sa part. Il ne faut pas la connaître pour imaginer qu'elle confierait une telle chose à sa médium de mère. Le ton de sa voix devient tranchant.

— Je ne lui ai rien dit à ce sujet-là. Si ça ne me regarde pas, moi, je ne vois pas comment ça pourrait regarder Jacinthe.

Sean accuse le coup et murmure des excuses auxquelles Adélaïde répond d'un ton indifférent: «C'est correct.» Elle remarque que le silence est tendu, comme aux premiers jours de leur cohabitation. Ni l'un ni l'autre n'ose poursuivre cette conversation. Sean avale une longue gorgée de bière et ose enfin:

— Comment elle le savoir?

Adélaïde hausse les épaules.

— Ah, ça, tu lui demanderas. Je parie qu'elle a dit ça comme ça, pour impressionner son public. C'est par hasard qu'elle est tombée dans le mille. C'est toujours pareil avec elle. Elle dit n'importe quoi, on interprète ça comme on veut, pis après on trouve qu'elle est géniale, qu'elle a de véritables dons de voyance. C'est de la *bullshit*! C'est un mot anglais, ça, *bullshit*?

— Oui.

— Ben, c'est ça. Je suis sûre au moins que tu comprends ce bout'-là.

— Je comprends, oui.

Il finit sa bière sans rien ajouter. Quand il se lève et lui souhaite une bonne nuit, Adélaïde reconnaît l'émotion qui l'habite, la même qu'elle a sentie chez lui quand il est revenu de Nouvelle-Écosse après la relâche. Un chagrin apparemment sans fin. Il lui vient alors à l'esprit que Sean est triste comme elle a peur. Il s'agit chez lui, comme chez elle, d'un état récurrent. Quelque chose dont il faudrait se débarrasser, dirait Jacinthe, si elle était au courant.

L'été

21

Je me souviens d'une visite au musée, un jour de tempête, juste un peu avant mon anniversaire.

— *Party time!* s'était exclamé Sean en apprenant que les écoles étaient fermées.

Il n'y avait peut-être pas d'école ce jour-là, mais la bibliothèque où travaillait ma grand-mère était ouverte. Et comme ma mère avait plusieurs commandes à terminer dans l'atelier de Stéphane Cognac, elle ne pouvait pas non plus s'absenter.

Un jour comme celui-là avait dû se produire par miracle. Sans la tempête pour lui forcer la main, jamais ma mère n'aurait consenti à relâcher sa surveillance au point de me laisser seule avec Sean plus de cinq minutes. Ce jour-là, pourtant, a changé ma vision du monde.

Sean aurait pu inventer des jeux, m'amener aux Galeries de la Capitale faire des tours de manège ou même se taper un film pour enfants au cinéma. Il avait plutôt choisi le musée érigé dans l'ancienne prison, sur les plaines d'Abraham.

Je me revois, assise sur un banc devant une toile de Monet, je regardais fixement les couleurs sans y croire. Pour la première fois de ma vie, j'étais émue par le dessin de quelqu'un d'autre. Je voyais tout. Je sentais tout. Peut-être justement parce qu'il ne s'agissait pas de dessin.

Je n'ai jamais compris comment Sean avait fait pour deviner mon handicap, mais sa patience, son attention et, sans doute aussi, l'affection qu'il me portait, avaient fait de lui un devin.

22

Vendredi soir. Tard dans la nuit. Max n'est pas rentré à la fermeture des bars. Il n'y joue plus, d'ailleurs, depuis le décès de Marcel, mais continue de fréquenter les mêmes endroits par nostalgie, pour que le souvenir de son meilleur ami reste vivant. Peut-être aussi pour s'habituer à son absence. Quand il rentre de veiller, même s'il est passé minuit, il gratte sa guitare pour faire renaître les mélodies préférées du défunt. Ce soir, toutefois, son appartement est vide. Le rez-de-chaussée aussi est silencieux. Jacinthe a éteint sa télévision de bonne heure. Gaston, qui vient de moins en moins souvent, n'a pas daigné faire acte de présence après le souper. Il fut un temps où Adélaïde se réjouissait de ses absences. Aujourd'hui, elle aurait pourtant été heureuse d'entendre les cris extatiques de sa mère à travers le plancher. Il lui semble que ça l'aiderait à se convaincre que la vie a un sens, quel qu'il soit.

Elle a sorti ses deux bandes dessinées préférées, *La foire aux immortels* et *La femme piège*, d'Enki Bilal. Elle n'a pas encore réussi à mettre la main sur le troisième volet, qui vient tout juste de sortir au Canada. Les deux premiers tomes, posés sur la table, sont en excellent état, même si elle les a lus plusieurs fois. Reliure en couleur, intérieur soigné, des cases bien définies, un dessin réaliste, malgré le propos futuriste. C'est exactement de cette manière qu'Adélaïde aimerait qu'on imprime sa bande dessinée… quand on l'imprimera. Et elle paierait cher pour que ce soit Casterman qui l'édite. Ça lui donnerait un tel sentiment de réussite !

Ce n'est pas un hasard si elle s'est remise à lire Enki Bilal dont les livres gisaient au fond d'une boîte depuis l'arrivée de Sean. Une part d'elle est en deuil et cherche du réconfort dans ce qui est familier. Relire un livre qu'on a aimé et qu'on connaît bien est une façon de se rassurer. On peut comparer notre vision du monde à celle de l'auteur. Quand il crée, l'auteur est roi et maître ; il sait comment son monde fonctionne. Adélaïde a toujours trouvé réconfortant de se mesurer à l'univers d'un auteur, à défaut de comprendre celui dans lequel elle vit.

Ce soir, c'est l'artiste qui est triste, pas la femme, pas la mère, pas la fille, ni la pâtissière. Les événements qui la bouleversent se sont déroulés à plusieurs milliers de kilomètres de Québec. Pourtant, elle a été touchée et a même versé quelques larmes. Brandon Lee, le fils de Bruce Lee, est mort. Elle a appris la nouvelle au bulletin de dix-sept heures. Ce n'est pas le décès de l'acteur qui la trouble, mais le fait qu'il ait trouvé la mort pendant le tournage du film inspiré du *comic book* américain *The Crow*. Mourir en donnant vie à un personnage de bande dessinée, y a-t-il plus paradoxal ? C'est comme mourir en accouchant, ça n'a tout simplement pas de bon sens.

Elle n'a pas lu *The Crow* puisqu'il a été écrit en anglais, mais elle trouvait que c'était une idée géniale de tirer un film de cette bande dessinée. En entrevue à la télé, il y a quelques semaines, l'auteur, James O'Barr, a admis avoir dessiné chaque page sous l'influence d'une rage intérieure. Adélaïde avait tout de suite fait le parallèle. Pour elle aussi, le dessin est un exutoire. Comme tous les auteurs, en donnant un sens au monde à travers une histoire inventée, c'est sa propre histoire qu'elle essaie de comprendre. La femme-corbeau, c'est sa vengeance contre les injustices de la vie. C'est son cri du cœur, un cri muet qu'elle pousse seule, soir après soir, dans le silence de la nuit, le corps penché au-dessus du papier, crayon à la main.

Or, ce soir, malgré ce deuil, ou peut-être à cause de lui justement, une page vient d'être tournée. La vie, la vraie, semble avoir atteint le fond de la grotte où Adélaïde s'était réfugiée depuis des années. La lumière a chassé l'ombre. Le goût du bonheur souffle fort depuis quelque temps, au point de repousser la peur, sa compagne de toujours. Ce soir, elle a l'impression de recommencer à vivre. Comment expliquer que la mort de quelqu'un puisse donner tout son prix à la vie d'un autre ?

Elle se sent comme un trottoir, longtemps couvert de neige, que le soleil baigne enfin de ses rayons, un peu plus longtemps chaque jour. De la même façon qu'il s'étend sur la ville, l'été semble vouloir arriver dans sa vie, à elle aussi. Dans son cœur surtout.

D'un geste instinctif, Adélaïde attrape son crayon, trouve une page vierge et trace une courbe, puis une autre. Un visage apparaît. Paisible. Lumineux. Le cou se dessine tout en finesse, les épaules aussi, et le corps nu bordé de plumes sombres, mais évanescentes. C'est encore la nuit, certes, et les ruelles grouillent toujours de silhouettes aussi menaçantes, mais on devine que le jour est sur le point de se lever sur cette ville intérieure. Déjà, à l'est, le ciel s'éclaircit. L'espoir. Elle n'y a jamais cru, mais voilà que le sourire qu'on devine sur le visage de la femme-corbeau laisse présager des jours meilleurs, sans la peur.

* * *

Elle s'appelle Sophie. Elle est belle, drôle, mais timide. Contrairement à Sean, avec qui tout le monde ou presque s'est montré réservé pendant plusieurs semaines, Sophie est si attachante que tous les habitués de l'immeuble l'ont adoptée d'emblée. Même Adélaïde, qui entretenait pourtant des liens ambigus avec Max, est tombée sous le charme de la nouvelle venue. Max a raconté avoir fait sa connaissance après les funérailles de Marcel. C'est la cousine de la blonde de Marcel, celle que personne n'avait encore rencontrée. Aussi bien dire que Sophie lui a été présentée par accident. Ils se sont fréquentés un moment avant de finir par s'embrasser. Depuis, Max dort chez elle plus souvent qu'il ne dort chez lui. Et s'il erre encore dans les bars en espérant y croiser le fantôme de Marcel, son âme, elle, a trouvé chez Sophie une paix jusque-là inaccessible. Ainsi, même si le deuil s'étire et reprend de la vigueur dès que résonnent quelques notes de guitare, la peine passe mieux. Un lien a disparu, un autre a été créé. Ainsi va la vie, dirait Jacinthe.

Comme pour la veillée du jour de l'An, ils sont tous réunis, encore une fois, dans l'appartement du rez-de-chaussée. La table a été dressée, garnie de jambon à l'ananas, de carottes en rondelles, de petits pains à salade et de patates pilées. La sauce sent bon le sirop d'érable. Malgré ce menu et malgré les apparences, on ne s'est pas réunis en ces lieux pour célébrer Pâques. Excepté *Jésus de Nazareth*, qu'on a regardé par habitude dans l'après-midi, l'événement touche bien peu de gens ici. C'est l'anniversaire de Marjolaine qu'on célèbre avec autant de faste, parce que les dates concordent assez bien la plupart du temps. Il y a des cadeaux, certes, mais pas de jouets. L'occasion de se réunir importe plus que les présents. De toute façon, Marjolaine possède déjà tout ce qu'il lui faut pour s'amuser.

Il y a deux jours, Adélaïde a fait preuve d'un courage surprenant en téléphonant à Karl pour l'inviter à la fête d'anniversaire de sa fille. Elle se trouvait bonne. Elle se trouvait généreuse, surtout, de passer outre huit années de silence et d'indifférence. Mais Karl, lui, n'a pas été impressionné.

— Tu ne peux pas fêter Marjo à Pâques. Je travaille ce jour-là.

215

Comme Adélaïde expliquait que c'était la tradition, il lui a proposé d'apporter ses cadeaux quelques jours avant. Adélaïde s'est empressée d'expliquer que Marjolaine ne recevait pas de jouets à son anniversaire. Des livres, oui, des vêtements aussi, mais pas de jouets. Karl s'est insurgé. De quel droit osait-elle décider de ce qu'il offrirait ou non à sa fille? Avant de lui raccrocher au nez, Adélaïde a pris le temps de lui lancer d'un ton bien senti: «Pousse, mais pousse égal!»

«Tant mieux!» s'est-elle dit ensuite, soulagée. Elle n'aurait pas à convaincre Marjolaine d'accepter la visite de son père. Peu après, cependant, elle a commencé à douter du bien-fondé de son geste et à craindre que Karl ait l'audace de venir faire son tour malgré tout. Heureusement, l'après-midi tire à sa fin. S'il n'a toujours pas donné signe de vie, c'est qu'il ne viendra pas.

La chaise habituellement réservée à Mario est occupée par un petit nouveau, Patrice, qui se fait discret. C'est sans doute le seul convive à être tendu. Il ne savait pas à quoi s'attendre quand Stéphanie lui a dit qu'ils allaient souper chez des amis. Il imaginait que tous lui en voudraient d'avoir pris la place de l'un des leurs. Quelle a dû être sa surprise qu'on l'accueille comme s'il faisait partie de la famille! C'est tout comme, de toute façon, puisque Stéphanie va emménager chez lui, puisqu'il s'occupe bien d'elle et entend s'occuper du bébé à venir. On le voit de temps en temps poser discrètement une main sur le ventre de Stéphanie. Adélaïde soupçonne sa meilleure amie d'avoir omis un détail lorsqu'elle lui a raconté leur rencontre. Elle flaire une erreur dans les dates. Quelque chose de volontaire, qui évite à Stéphanie d'avoir à admettre une faiblesse survenue beaucoup plus tôt qu'elle le prétend. Mais cet aspect de son histoire lui appartient, et personne ici ne lui en tiendrait rigueur si elle avait menti. Comme le dit si bien Jacinthe: «Chaque femme choisit son homme, et ça ne regarde personne d'autre.»

À l'autre extrémité de la table, Adélaïde écoute la conversation. Derrière elle, les rayons du soleil couchant entrent par la fenêtre. Ainsi baigné dans la lumière dorée, tout le monde a l'air heureux. Même la tristesse qui habitait Sean ce matin semble s'être volatilisée. C'est d'ailleurs à son tour d'expliquer ce qu'il a apporté dans le sac coloré. À côté de lui, Marjolaine se dandine, excitée. Elle remonte sans arrêt les lunettes qui glissent de son nez. Adélaïde inspire un grand coup, et une chaleur, qui ressemble à s'y méprendre au bonheur, entre dans ses poumons. Elle jette à Sean un regard chargé de gratitude. Il lui répond par un clin d'œil. «*Don't mention it*», semble-t-il lui dire. Et pourtant…

Il y a à peine deux semaines, Marjolaine voyait le monde comme à travers un verre d'eau, et voilà qu'elle porte maintenant des lunettes qui lui permettent de distinguer nettement le contour des choses, des lettres, des dessins. Tout ça grâce à Sean. Remarquant l'extase dans laquelle les tableaux impressionnistes plongeaient l'enfant, il a eu un doute. Un examen de la vue a confirmé ce qu'il avait deviné. Marjolaine est astigmate, sans doute depuis très longtemps. Questionnée sur le sujet, elle a fini par avouer qu'elle avait appris par cœur les lettres du tableau que l'optométriste de l'école utilisait pour faire son évaluation annuelle. Elle ne voulait pas décevoir sa mère, encore une fois.

Depuis qu'elle porte des lunettes, Marjolaine ramène à la maison un agenda rempli de commentaires positifs. Son enseignante ne craint plus un échec à la fin de l'année scolaire. Même ses dessins deviennent compréhensibles. Malgré tout, Marjolaine exprime souvent des regrets. Elle répète à tout moment que le monde est plus beau quand elle ne porte pas de lunettes, même s'il est plus difficile à comprendre. Tout y est plus brillant, paraît-il.

— C'est pas un cadeau *expensive*, déclare Sean. C'est pour montrer comment tu vois le monde sans les lunettes.

Il tend à Marjolaine un grand sac de papier broché. Elle s'en empare, glisse en bas de sa chaise et s'écrase sur le plancher pour fouiller à son aise. Elle ressort du sac des capsules de gouaches, des pinceaux ainsi qu'une grande tablette de papier cartonné. Chacun a suivi ses gestes et, perplexe, on se tourne vers Sean à tour de rôle.

— C'est pour dessiner le monde sans dessein.

À ces mots, de grands éclats de rire tonnent dans l'appartement. Jacinthe rit tellement que des larmes perlent très vite au coin de ses yeux. Stéphanie se plaint d'avoir envie de pipi. Max assène une grande claque dans le dos de Sean.

— Ça prend bien un Anglais pour dire des affaires de même! Tu connais ça, un monde sans dessein, hein, Sean!

Marjolaine bondit sur ses pieds pour intervenir.

— Tu sauras, Maximilien, qu'O'Malley n'est pas un Anglais. C'est un Nouveau-Écossais.

— Néo-Écossais, précise Jacinthe.

— Oui, c'est ça que je dis. Un Nouveau-Écossais.

— Né-o-Écossais.

— Ah, tu es tannante avec ça, grand-maman!

Une fois encore, les rires résonnent, traduisant toutes les petites nuances de la vie. Adélaïde ressent pour ses amis et sa famille un si fort élan de tendresse qu'elle pourrait se mettre à pleurer.

— Je veux faire un toast! lance tout à coup Marjolaine en s'emparant de son verre de jus.

Amusé, on l'imite des deux côtés de la table.

— À l'été qui commence! dit-elle en frappant son verre contre les autres verres.

— À l'été! s'écrient les autres pour jouer le jeu.

Tout le monde sait bien que l'été n'arrivera pas avant le mois de juin, mais tout le monde sait aussi – sauf Sophie et Patrice – que pour Marjolaine il n'existe que deux saisons

dans le Faubourg. L'été et l'hiver. Et puisque l'hiver se termine quand la neige a fondu sur les trottoirs et dans la cour
de l'école, c'est donc que l'été est arrivé.

23

J'ai grandi dans un monde d'adultes et de magie. Hormis mes copines de classe, je ne fréquentais personne de mon âge. Cela ne me manquait pas, au contraire. Ma grand-mère avait des jeux plus intéressants que ceux que nous imaginions dans la cour d'école. Elle rêvait souvent éveillée et prenait ses rêves pour la réalité, m'entraînant avec elle dans un délire excitant. Certes, dans son univers, les personnages du jeu de tarot prenaient vie et ressemblaient aux gens que nous croisions dans la rue en allant faire l'épicerie. Mais il y avait plus.

Quand elle fermait les yeux, Jacinthe plongeait dans un univers mythique. Il y avait des gentils et des méchants, mais aussi des fées, des lutins, des sphinx. Elle me parlait des dieux grecs comme si elle les avait rencontrés, suggérait de consulter Horus comme s'il habitait la porte d'à côté, et exigeait que je respecte le lever du soleil comme s'il s'agissait d'un moment sacré. Elle vivait de peu, partageait tout ce qu'elle possédait et avait déjà hébergé un jeune prostitué qu'on avait trouvé inconscient devant notre porte. Avant de le laisser repartir, le lendemain matin, elle lui avait prédit son avenir comme d'autres lui auraient recommandé de prendre soin de lui.

— Tu vas utiliser ton intelligence, être plus honnête et prendre soin des autres. Tu vas trouver ton courage aussi. Je vois que tout va bien aller pour toi, mon grand.

Le pauvre a sans doute pensé être tombé sur une vieille folle. Mais, deux ans plus tard, par un matin d'avril, il est revenu frapper à notre porte. J'étais chez ma grand-mère, ce jour-là. Évidemment, je n'ai pas reconnu le jeune homme qui se tenait devant nous, un diplôme d'études collégiales entre les mains. Il venait remercier Jacinthe, lui dire que ses mots avaient changé sa vie.

Ma grand-mère lui a offert une tasse de thé, et nous avons discuté tous les trois autour de sa table de cuisine où le jeu de tarot, comme d'habitude, avait été ouvert.

— Dites-moi encore ce qui m'attend, lui a-t-il alors demandé.

Une autre médium aurait probablement abusé de la situation et profité de l'occasion pour lui soutirer quelques dollars. Après tout, ma grand-mère avait devant elle quelqu'un qui croyait dur comme fer en ses pouvoirs. Au lieu de pousser les cartes vers lui, elle lui a tendu la main.

— Tu vivras longtemps et prospère.

Il a quitté notre immeuble, le sourire aux lèvres. Il a dû être heureux, convaincu que l'avenir serait meilleur, qu'il avait choisi un chemin prometteur.

C'est en regardant *Star Trek* à la télé avec Sean que j'ai compris où ma grand-mère avait trouvé une phrase aussi inspirée. Je me suis bien gardée de le lui dire. Ses paroles avaient eu un si bel effet que je ne voulais sous aucun prétexte en briser le charme.

Quand on a trouvé la photo de ce jeune homme dans le journal, trois ans plus tard, ma grand-mère l'a découpée, l'a posée sur la tablette d'une étagère du salon et a allumé une bougie de chaque côté. Le texte mentionnait que le jeune homme venait de quitter la faculté de droit quand une voiture l'avait heurté de plein fouet sur le boulevard Laurier. Ces mots, *faculté de droit*, avaient été surlignés en jaune.

Sans doute le jeune homme avait-il puisé dans les paroles de ma grand-mère la persévérance nécessaire pour mener à terme des études de droit et devenir, comme elle le lui avait prédit, un homme prospère. Il ne pouvait pas savoir que la mort allait venir le cueillir si tôt. Mais après tout, qui connaît à l'avance le jour de son départ? L'important, c'est qu'il avait été heureux et qu'il avait cru en lui, au moins pendant quelques années.

24

Leurs pas résonnent dans la rue déserte. Le long des trottoirs, l'eau de pluie forme des rigoles. Le vent est terrible, soulevant les pans des manteaux, fouettant les visages, traversant les tissus pour faire frissonner jusqu'aux os. Sous le parapluie, Adélaïde tente de maintenir une distance entre elle et Sean. C'est difficile. Dès qu'elle s'écarte un peu trop, la pluie lui tombe dessus sans ménagement.

— Je pensais pas pour la pluie. Mon auto est toujours à l'école.

— Je sais. Ce n'est pas grave.

— Si tu attends ici, sous le petit toit, je peux aller la chercher.

— Ben, non, voyons! On est presque rendus.

— *You're sure?*

— Ben oui, je suis sûre. Je vis dans le coin depuis que je suis petite.

Elle sait peut-être où elle va, mais elle a trop bu. Sa démarche n'a pas son assurance habituelle. Lasse de se battre contre elle-même autant que contre les intempéries, elle se colle un peu plus sur Sean et s'accroche à son bras pour se maintenir en équilibre.

— Ça te va si je te tiens comme ça? C'est plus facile pour marcher sans se foncer dedans.

— *It's okay.*

Ils sont chanceux d'avoir mis la main sur ce parapluie. Quand ils ont gagné la Grande-Allée, pour le cinq-à-sept mensuel des enseignants, ils ne se doutaient pas qu'un orage les attendrait à leur sortie du bar. Personne, d'ailleurs, n'avait prévu ce mauvais temps. C'est la commis du vestiaire, lisant la consternation sur leurs visages, qui leur a tendu le parapluie en disant qu'un client l'avait oublié la semaine précédente. Sur le coup, Adélaïde l'a remerciée avec chaleur. Elle se dit maintenant qu'il aurait sans doute été plus avisé d'appeler un taxi.

Au coin de la rue, une voiture passe trop vite, roule dans une flaque d'eau et les éclabousse des pieds à la tête.

— *So much for the umbrella!*

— Tu parles d'un imbécile. On n'a plus besoin du parapluie, maintenant. Mais on a le temps de geler comme des cretons avant d'arriver à la maison.

De fait, même s'il leur reste un peu moins d'un kilomètre à marcher, la route leur paraît plus longue, maintenant qu'ils ont froid. Comme pour confirmer que le parapluie leur est désormais inutile, un brusque coup de vent le retourne et l'envoie choir sur un terrain gazonné.

— Laisse faire! ordonne Adélaïde au moment où Sean s'écarte pour le récupérer. De toute façon, on est mouillés tous les deux.

Il acquiesce. En quelques secondes, ses cheveux, la seule partie du corps qui était encore sèche, se retrouvent aussi trempés que ses vêtements. Ils lui collent au crâne et lui descendent en boucles épaisses sur le front, dévoilant, du coup, une calvitie habituellement mieux dissimulée. Ses lunettes aussi perdent de leur utilité, tachetées de gouttelettes qui lui dégoulinent ensuite sur les joues. Il a beau tenter de réprimer un frisson, le tremblement l'ébranle jusqu'aux épaules.

— Viens plus près.

Adélaïde attrape son bras et l'attire près d'elle. Il fait moins froid comme ça, mais la chaleur qui se répand tout à coup dans ses veines n'a rien à voir avec la proximité de Sean.

Ou plutôt oui, elle a tout à voir avec ça, mais pas pour les mêmes raisons. En fait, cette chaleur est la même que celle qui l'a envahie plus tôt, quand Sean l'a enlacée pour danser. Elle ne s'attendait pas à ce qu'il soit si bon danseur, lui qui parle toujours si fort, qui marche toujours si bruyamment. Elle l'a trouvé souple et aurait sans doute dansé avec lui plus longtemps si une image surgie du passé n'était venue assombrir son humeur.

Un visage trop familier s'est superposé à celui de Sean. Une valse a remplacé le rythme latino. Et les mains qui la tenaient se sont mises à la serrer plus fort. Elle était si petite, si fragile, à cette époque-là. Et Dracula était tellement insistant. « Ne le dis pas à Jacinthe, répétait-il. Elle va te punir. » Elle l'a dit, finalement, et c'est lui que Jacinthe a puni. Mais c'est Adélaïde que la vie tourmente depuis.

Elle a prétendu avoir soif et a quitté la piste de danse pour se rendre au bar. Heureusement, les collègues commençaient déjà à partir, ce qui leur a permis, à eux aussi, de s'éclipser. La détresse d'Adélaïde était finalement passée inaperçue. Tant mieux!

Ils atteignent maintenant le boulevard. Comme le feu de circulation ne semble pas sur le point de changer, ils attendent un espace raisonnable entre deux voitures et s'élancent d'un commun accord. Ils atteignent l'autre côté hors d'haleine et grisés par l'adrénaline. Puis ils se collent de nouveau l'un contre l'autre et amorcent la dernière descente. Lorsqu'ils arrivent au cimetière, le vent les secoue, avec plus de brutalité encore. C'est au tour d'Adélaïde de frissonner et à Sean de se rapprocher davantage.

— Nous serons malades, demain.

— Probablement, oui. Mais c'est ça, le printemps à Québec. Surtout en avril. On ne sait jamais s'il va neiger ou s'il va pleuvoir.

— Je pense j'aurais aimé plus la neige.

— Moi aussi.

Ils serpentent à grandes enjambées dans le dédale que forme le Faubourg, mais, passé le dernier coin de rue, leurs pas ralentissent, comme pour retarder la fin de cette escapade nocturne d'une intimité surprenante. Devant l'immeuble, Sean sort son trousseau de clés, ouvre la porte et laisse Adélaïde entrer la première. Ils montent ensuite en silence jusqu'à l'étage sans s'arrêter devant l'appartement de Jacinthe.

Ce soir, Marjolaine dort chez sa grand-mère. C'est ce qui a été convenu quand Adélaïde a accepté l'invitation de Sean. Une invitation qui a pris tout le monde par surprise, Sean le premier.

Il était revenu du travail, la veille, un peu embêté. Les enseignants, fidèles à leur habitude de célébrer les anniversaires une fois par mois, avaient décidé de souligner l'événement dans un bar de la Grande-Allée. Sean ne connaissant pas l'endroit, il avait demandé des indications à Adélaïde et, au milieu de l'explication, avait lancé :

— Tu peux venir ? J'aimerais beaucoup. Ils sont gentils, les autres *teachers*.

Par les autres *teachers*, il excluait Vanessa, l'enseignante avec qui il était venu visiter l'appartement à la fin de décembre. Il ne fallait pas des talents de médium pour deviner qu'entre les deux femmes le courant ne passait pas.

Adélaïde a d'abord refusé, tout en lui décrivant par où il fallait passer.

— *You're sure ?* Je paie la bière.

Elle a ri. Malgré elle. Parce que ça lui faisait drôle, tout à coup, qu'on lui propose de sortir. Parce qu'il y avait quelque chose d'inhabituel à ce que ce ne soit pas Max qui offre de lui payer une bière. Puis la peur a commencé à refaire surface. Qu'adviendrait-il si elle se retrouvait un peu trop ivre ? Comment contrôlerait-elle ses gestes ? ses paroles ? Quand elle s'est rendu compte que la peur était encore une fois sur le point de diriger sa vie, elle l'a chassée à coup de grandes respirations. La minute suivante, elle lançait un «D'accord!» tonitruant, accompagné d'un sourire complice. Plus jamais elle ne céderait à la peur.

«C'est fou ce qu'on peut entretenir d'illusions sur son propre courage», songe Adélaïde en atteignant le palier.

Elle regarde la main de Sean déverrouiller la porte et l'ouvrir. Il la laisse passer la première encore une fois. Quand la porte se referme, Adélaïde se rend compte qu'il fait tout à fait noir dans l'appartement. Un des sofas est éclairé par un lampadaire de la rue, sinon on n'y voit strictement rien. Elle sent soudain la main de Sean qui prend la sienne. Elle sent son corps, étrangement chaud, à proximité du sien. Il a retiré son manteau. Son bras touche celui d'Adélaïde. Le tissu de la chemise est sec, caressant. La peur remonte d'un coup. Adélaïde la sent qui l'étrangle, qui lui hurle dans les oreilles de fuir à l'étage. Mais elle ne lui obéit pas. Elle laisse sa main rendre l'étreinte qu'elle reçoit et comprend qu'elle attendait cet instant depuis longtemps. Elle laisse son corps pencher un peu trop, jusqu'à sentir le déodorant de Sean, son haleine de gomme à la menthe. Il s'est tourné vers elle. Il pose sa main libre sur son cou pour l'approcher de lui. Tout à coup, l'obscurité devient complète. Les lèvres de Sean se pressent sur les siennes. La bouche ouverte, elle lui rend son baiser. D'abord timidement, puis avec de plus en plus de vigueur.

L'instant d'après, elle le serre dans ses bras et l'embrasse à pleine bouche. Comme elle avait faim! Elle croit sur le coup qu'elle ne pourra jamais s'en rassasier. Sa mère avait raison, ça lui fait un bien fou.

Elle arrête néanmoins les doigts qui tentent de remonter son chandail.

— Pas ce soir, dit-elle d'une voix où perce malgré tout une hésitation. Je ne suis pas encore prête pour ça. Ça me… Ça fait trop longtemps.

— *It's okay, Babe.*

Il lui dépose un bref baiser sur la bouche avant de disparaître dans sa chambre. La porte se referme. La lumière crée soudainement une mince ligne jaune sur le plancher. Adélaïde, elle, s'enferme dans la salle de bain.

Les mots de Sean lui reviennent. *Babe.* Comme dans la chanson de Styx. Elle se rappelle les premières notes, les premiers mots de cette chanson populaire dans les années 1980. Celle que lui chantait Karl... juste avant de l'abandonner.

*   *   *

— Je suis aussi un *petroleum engineer.*
— Un quoi?
— *I build instrument to search for oil.*
— Bon. Si tu veux que je comprenne quelque chose, il va falloir que tu me dises ça en français.
— *Okay.* Reste ici.

Sean retourne dans sa chambre, y fouille un moment et en revient avec deux verres de styromousse blanche. Le premier est de taille normale. Le second, pas plus gros qu'un dé à coudre.

— C'est une expérience de travail. C'était la même chose avant. Puis lui est descendu dans l'eau très profond. Et voilà! Ça fait ça, aussi, une ingénieur de pétrole.

Adélaïde étudie avec soin les deux objets. Ils sont identiques, hormis leur taille. Ils pèsent à peu près la même chose aussi, car la styromousse du plus petit paraît plus dense. Elle les dépose sur la table.

Ils sont juste tous les deux parce que Marjolaine n'est pas encore montée. Elle aime déjeuner chez sa grand-mère le samedi matin.

L'appartement embaume le café fraîchement infusé, mais on y sent un malaise né de la veille. Grisés par l'alcool, affaiblis par le froid, ils ont posé un geste de trop et, d'une certaine manière, ils le regrettent. En tout cas, Adélaïde le regrette, ce qui rend la conversation difficile.

Il n'est pas désagréable, cependant, d'entendre Sean parler de lui. Elle le regarde au-dessus de la tasse chaque fois qu'elle y trempe les lèvres. Sean n'est pas rasé, et ses cheveux en bataille témoignent d'une nuit sans repos. Il a enfilé un T-shirt et un jean. On est loin de la chemise bien repassée et du pantalon habillé qu'il porte pour enseigner. Comme chaque fois qu'elle le voit aussi décontracté, Adélaïde s'étonne de le voir aussi à l'aise. Peu importe ses vêtements, Sean dégage toujours la même assurance. On dirait que son apparence n'influence en rien la façon dont il se sent. Adélaïde en est un peu jalouse. Elle aimerait avoir ne serait-ce que la moitié de cette confiance en soi. S'il était beaucoup plus vieux qu'elle, comme Max par exemple, elle pourrait comprendre qu'il se sente toujours sûr de lui. Mais Sean n'a que trente ans.

— Tu veux dire que tu es prof et ingénieur?

— Je suis prof de maths et science *because* je suis ingénieur. Je travaille l'été *in* Cape Breton. C'est très payant.

Cette fois, malgré la syntaxe défectueuse, Adélaïde comprend qu'il se vante, qu'il veut qu'elle sache qu'il est plus riche qu'elle le croit, et cela lui déplaît tellement qu'elle pose sa tasse avec brusquerie.

— Qu'est-ce que tu veux dire par là?

— Je veux dire que c'est un bon paye. Plus que le paye de l'école.

Pourquoi lui dit-il ça? Pense-t-il qu'il peut la séduire avec son argent? L'âme d'Adélaïde se rebelle. Elle est féministe et fille de féministe, et elle n'a pas besoin qu'un homme paie pour elle. De plus, elle n'aime pas l'idée qu'on la croit sensible à la richesse.

Des images de la veille lui reviennent soudain. D'abord la danse avec Dracula. Puis la chanson de Styx. Il n'y a rien à faire. Ça ne marche tout simplement pas avec Sean. Et ça ne marchera jamais.

Sean a sans doute perçu son irritation, car il pose une main sur la sienne.

— Quelque chose va pas, Babe?

— Appelle-moi pas comme ça!

— *What?*

— Babe! Appelle-moi pas comme ça! Je ne suis pas ta Babe. Pis j'haïs ça, ce mot-là.

— *Okay.* Fâche pas. Mais tu avais l'air fâchée avant.

Adélaïde serre les poings et sent l'impatience la gagner. Elle doit arrêter ça tout de suite, avant que ça aille plus loin. Parce que plus loin, ça va faire plus mal.

— Essaies-tu de m'acheter?

— *What?*

C'est le ton qui surprend Sean, parce que le sens de la question lui échappe.

— Avec tout' ton argent, essaies-tu de m'acheter?

Le visage de Sean trahit toujours la même confusion. L'agressivité d'Adélaïde monte d'un cran.

— Tu sauras que je ne suis pas à vendre!

Sur ce, elle l'abandonne au milieu de l'appartement, avec ses deux verres de styromousse, le petit et le gros, avec le déjeuner à peine entamé et la cafetière aux trois quarts pleine.

*   *   *

— Personnellement, j'aime mieux un homme qui m'offre de son argent qu'un homme qui se sert du mien.

Jacinthe a fait cette déclaration en soupirant, et le voile de tristesse qui passe devant ses yeux ne nécessite aucune explication.

— Tu parles de Gaston ?

Jacinthe secoue la tête, avale une gorgée de café.

— Marjo, veux-tu baisser le son, s'il te plaît. On ne s'entend pas parler, ta mère et moi.

— Oui, grand-maman.

À genoux sur le plancher du salon, Marjolaine s'exécute. La voix de Titi, qui sermonne Gros Minet, devient moins criarde. Jacinthe la remercie et s'allume une cigarette.

— Je te parle de la vie, Adèle.

Devant le regard interrogateur de sa fille, Jacinthe poursuit sur le même ton :

— J'aime mieux un homme généreux avec les femmes qu'un homme qui cherche à se faire vivre par les femmes.

— Ben moi, je ne suis pas à vendre.

— Qu'est-ce qui te fait croire qu'il essayait de t'acheter ?

— Il m'a dit qu'il gagnait beaucoup d'argent.

— Pis après ?

— Pourquoi il m'aurait parlé d'argent si ce n'était pas pour m'acheter ?

— Peut-être parce que les hommes, en général, sont programmés pour prendre soin d'une famille. Sean voulait sans doute te dire inconsciemment qu'il était capable de prendre soin de toi et de ta fille.

— Un autre qui veut prendre soin de moi !

— Comment ça, un autre ?

Adélaïde se rend compte qu'elle a trop parlé. Elle n'a jamais rien dit à sa mère au sujet de la relation ambiguë qu'elle entretenait avec Max avant l'arrivée de Sophie. Elle se reprend donc.

— Ah, laisse faire ! De toute façon, je n'ai pas besoin qu'on prenne soin de moi.

— Personne n'a dit que tu avais besoin qu'on prenne soin de toi.

— Qu'est-ce que tu viens de dire, dans ce cas-là ?

— Que le rôle des hommes depuis la nuit des temps est celui du pourvoyeur et que, comme je te le disais, c'est programmé dans leurs gènes.

— Ben voyons donc!

— Il ne s'est probablement même pas rendu compte de ce qu'il faisait.

— Ah, ça, c'est sûr! Il n'a rien compris quand je me suis fâchée.

— Es-tu certaine que c'est juste l'argent qui t'a dérangée?

— Qu'est-ce que tu veux que ce soit d'autre?

Jacinthe la regarde, puis secoue la tête, doucement, sans rien dire.

Adélaïde comprend que sa mère sait tout, qu'elle a tout deviné, comme d'habitude. Bien avant elle-même d'ailleurs. Non, ce n'est pas vraiment la question de l'argent qui a fait enrager Adélaïde. Certes, c'est la goutte qui a fait déborder le vase, mais, en dessous, il y avait le reste. Il y avait le cauchemar de la nuit. Et il y avait la peur. Elle remplit sa tasse de café, y verse un nuage de lait et, en avalant la première gorgée, puise au fond d'elle-même le courage nécessaire pour admettre la vérité.

— La nuit passée, j'ai rêvé que je traversais une forêt pleine de lumière, et quand je suis arrivée dans une clairière, le diable m'attendait. Il avait toutes les caractéristiques de celui du tarot, torse nu, les pattes crochues et poilues, les cornes de bouc et tout, mais son visage était celui de Sean.

Au lieu d'être choquée ou bouleversée par cet aveu, Jacinthe devient pensive. Elle fouille ensuite dans les différentes cartes qui jonchent comme toujours la table et en retire le Diable, avec ses deux humains nus et enchaînés.

— En quoi est-ce qu'il ressemblait à ça?

— Je viens de te le dire. Il avait des cornes de bouc, des pattes de bouc aussi. Ah, oui! Il avait aussi des ailes de chauve-souris. Mais son visage, c'était celui de Sean.

— Et toi, tu avais l'air de quoi?

— Moi? Je ne sais pas. Je ne me suis pas vue…

Des images de ce rêve lui reviennent à l'esprit. Elle ne se voit pas, mais elle sait qu'elle est nue. Elle sent le vent lui caresser la peau. Elle sent ses cuisses qui frottent l'une contre l'autre. Elle sent ses mamelons qui durcissent.

— J'étais toute nue comme eux autres, dit-elle en désignant la carte. Mais je n'avais pas de chaîne au cou. J'étais complètement libre. Et j'avais peur.

— Tu étais libre, mais tu avançais quand même vers lui. Intéressant…

— Qu'est-ce que ça veut dire, maman?

Jacinthe secoue la tête.

— Tu me dis que tu avais peur?

— Évidemment que j'avais peur! C'est le diable, quand même! Je n'avais pas le goût qu'il m'emmène en enfer.

Jacinthe secoue encore la tête et continue de réfléchir. Adélaïde attend, puis finit par s'impatienter.

— Laisse-moi pas languir, maman. Qu'est-ce que ça veut dire?

Jacinthe approche la carte et l'observe attentivement, comme si elle la voyait pour la première fois. Il s'écoule encore une minute entière avant qu'elle parle.

— Je n'en ai pas la moindre idée. Mais une chose est certaine, si tu as eu peur, c'est parce que tu confonds les choses.

— Tiens donc! Dis-moi donc quelque chose que je ne sais pas.

— Non, non, Adèle. Je veux dire que tu confonds le diable des chrétiens avec celui des païens.

— Je déteste ça, maman, quand tu parles en chinois.

Jacinthe rit doucement. Sur son visage, on ne voit pas la moindre trace de raillerie, rien que de l'indulgence.

— Je veux juste dire que les histoires qu'on t'a racontées dans tes cours de catéchèse ont semé la confusion dans ta tête parce que tu essaies de les appliquer à un monde païen. Le diable du tarot, ce n'est pas Satan. C'est le dieu Pan, le dieu païen de la Nature. Il représente tes pulsions refoulées et rien d'autre que tes pulsions refoulées.

— Arrête de jouer avec moi!

— Je ne joue pas, Adèle. Tu voulais savoir ce que signifie ton rêve, je te dis que ton diable n'est pas le diable que tu crains, mais le dieu Pan, le Grand Tout, celui qui apporte tellement de lumière et de connaissance qu'il fait peur. Pour ce qui est de la signification de ton rêve, c'est à toi de la trouver.

* * *

Il pleut encore. Une pluie diluvienne qui va effacer toute trace des bancs de neige qui jonchent encore les terrains vagues et les cours intérieures. Bientôt, dans le Faubourg, l'hiver aura complètement disparu.

Adélaïde ne dort pas. Dans l'obscurité, elle distingue les ombres des meubles, celle du mur percé de fenêtres, celle des rideaux aussi, qui se découpent dans le halo du lampadaire. À côté, dans le lit, Marjolaine ronfle d'un ronflement d'enfant, empreint de sérénité, de douceur, de confiance. Adélaïde suit de la main le contour de ce petit corps recroquevillé sous les couvertures, d'où dépasse la tête d'une poupée de chiffon, celle qui est défraîchie à force d'être passée à la buanderie. Ce qu'elle aime sa fille! Elle l'aime tellement qu'il lui arrive d'avoir envie de la réveiller la nuit pour la serrer dans ses bras. Une chance qu'il lui reste cinq cents de gros bon sens et qu'elle est capable de se retenir.

Adélaïde se détourne et écoute le silence. Tout est tellement paisible dans cet immeuble. On dirait qu'il n'y a personne. Et pourtant, la vie y grouille, y germe et n'attend que le retour du soleil pour se répandre en placotage et en fous rires. Au même étage, juste derrière le mur, Max dort depuis un bon moment déjà. Adélaïde imagine Sophie, blottie en cuillère devant lui. Il doit la serrer fort, si fort qu'elle doit en étouffer. Mais il doit être heureux. Et elle aussi. Adélaïde a entendu leurs ébats tout à l'heure. Bien qu'ils soient plus discrets que ceux de Jacinthe, ils n'en étaient pas moins fougueux. Adélaïde s'était attendue à ressentir un pincement au cœur. Elle n'en a éprouvé qu'un immense bonheur. Ça l'a soulagée.

En bas, Sean dort également. Elle l'a entendu se retourner dans son lit un long moment, mais il n'a pas bougé depuis plus de trente minutes. Il était angoissé. Adélaïde grimace dans le noir. Elle sait qu'elle est à l'origine de cette angoisse. Elle et son élan de colère qu'elle n'a pas réussi à justifier. Tout est tellement compliqué, tellement plus compliqué que ça en a l'air.

Sur le réveille-matin, de minces traits rouges indiquent une heure. Adélaïde soupire. Elle ne dort pas et n'est pas sur le point de s'endormir. Trop de choses la tracassent. Cela fait déjà deux heures qu'elle cherche en vain le sommeil. Autant mettre à profit les autres heures de veille qui l'attendent. Ce temps, autrement, sera perdu.

Elle se lève, enfile son peignoir et descend. Les marches craquent à peine. À la cuisine, elle allume le néon de la hotte, met de l'eau à bouillir et se prépare une tisane. Pendant que le sachet infuse, elle jette un œil amusé au journal abandonné sur la table. Depuis quelque temps, Sean achète *Le Soleil* quotidiennement. « Pour apprendre à lire le français », a-t-il dit lorsqu'elle l'a interrogé.

De fait, son français s'améliore. Il lui laisse maintenant une note sur la table pour l'avertir qu'il rentrera tard ou que le souper sera servi plus tôt parce qu'il doit rencontrer des parents. Il écrit lui-même la liste d'épicerie et le fait en français. Il y a certes quelques fautes d'orthographe. Même

Marjolaine arrive à les trouver. Mais ni elle ni Adélaïde n'en soufflent mot. Les efforts de Sean imposent le respect. Si on lui avait dit, à la fin de décembre, que quatre mois plus tard cet homme parlerait français, jamais Adélaïde ne l'aurait cru. Il lui manque encore du vocabulaire, c'est vrai. Mais dans l'ensemble, ses progrès tiennent du miracle.

Sa tisane prête, Adélaïde se rend au salon. Elle prend au passage son cahier et ses crayons dans un tiroir du secrétaire, puis s'assoit sur le plancher devant la table basse et tourne les pages qu'elle connaît par cœur. L'histoire prend forme devant ses yeux. *Son* histoire, et celle de la femme-corbeau. Satisfaite, elle attrape son crayon et s'attaque à une case vierge.

Il pleut dans la ville. L'asphalte brille sous les phares des voitures. La femme-corbeau marche dans une ruelle. Elle titube et doit s'appuyer contre un mur de brique. On la croit ivre. De fait, elle est faible et paraît blême, même dans la pénombre. Un spasme la secoue. Elle s'arrête, vomit et reprend sa marche comme poussée par une force surnaturelle. Arrivée à la hauteur des poubelles, elle se penche et fouille à l'intérieur. Elle en ressort un organe sanguinolent. Un cœur. Un cœur humain encore frémissant de vie.

De sa main libre, elle ouvre son grand manteau, dévoilant une poitrine nue balafrée en diagonale du centre jusqu'au milieu du côté gauche. La plaie n'est pas encore tout à fait refermée. La femme-corbeau inspire et semble trouver dans l'air humide de la nuit le courage dont elle a besoin pour continuer. Elle ouvre la plaie avec ses ongles, et son cri de douleur remplit la ruelle. D'une main tremblante, elle enfonce le cœur dans sa poitrine. Le sang gicle de plus belle, mais s'arrête aussitôt que les lèvres de la plaie se referment. La femme-corbeau sort alors d'une poche un bout de fil et une aiguille et entreprend de recoudre sa blessure. Son visage est crispé. La souffrance fait perler la sueur sur son front. Après le dernier point, elle fait un nœud, coupe le fil avec ses dents et laisse l'aiguille tomber dans la poubelle. Aussitôt, on entend un bruit familier. Boum-boum. Boum-boum. Le cœur s'est mis à battre.

Épuisée, la femme-corbeau s'affale de tout son long au milieu des ordures. Son corps baigne dans une puanteur sans nom, mais une expression nouvelle apparaît sur son visage. Quelque chose de serein. Comme le sourire d'un enfant. Après des années à errer, la nuit, dans les rues désertes, tandis que ses concitoyens dorment du sommeil du juste, elle sent désormais que tous les avenirs sont possibles. Comme autrefois.

* * *

Les gens sont bourrés de préjugés. Parce que les McDonald's sont honnis un peu partout sur la planète, on traite d'inconscients ceux qui y mangent quand même, peu importe la raison. Parce que le mot *voiture*, en Amérique du Nord, est synonyme de liberté, on dit de ceux qui n'en possèdent pas qu'ils sont prisonniers et dépendants des autres. De la même manière, parce que Québec est la ville des Nordiques, on considère que les Québécois sont automatiquement de grands amateurs de hockey, des Nordiques en particulier.

Mais Adélaïde déteste le hockey. Les Nordiques autant que les Canadiens. Et tous les autres aussi. Jamais elle ne regarde une partie à la télé. Elle n'écoute jamais les pointages à la radio et ne lit jamais la rubrique des sports dans le journal. C'est une analphabète du hockey. L'idée même de s'asseoir dans les gradins du Colisée, entourée de partisans qui s'époumonent pour encourager leur équipe, l'horrifie.

C'est pourtant là qu'elle se trouve, en ce 26 avril. Et depuis qu'elle a posé les fesses sur le bois dur du siège, elle se dit qu'il aurait fallu dire non, qu'elle aurait dû se désister. Elle n'a pas pu. Refuser les billets dont Sean était si fier, ç'aurait été trop cruel. Elle lui aurait brisé le cœur, elle en est persuadée. Alors elle a dit oui, et se trouve maintenant entourée d'une foule hystérique et furieuse de voir le gardien de but des Canadiens arrêter les tirs des Nordiques les uns après les autres.

Quand Sean lui a montré les billets, la veille au soir, elle n'a pas compris tout de suite où il voulait en venir. Un collègue de travail avait réussi à les lui obtenir par des moyens obscurs. Un cinquième match des quarts de finale de Conférence, ce n'était pas rien! Mais à Adélaïde, ça ne disait rien. Elle avait failli demander ce qu'il y avait après les quarts de finale, si elle verrait la coupe Stanley, mais elle s'en était abstenue. Le sourire de Sean avait plus de valeur que les billets. Il ne méritait pas qu'elle le déçoive. Il avait voulu être gentil. L'aurait-il crue si elle lui avait dit qu'elle ne connaissait que les noms de Patrick Roy et de Joe Sakic, mais qu'elle ne savait pas lequel des deux jouait pour les Nordiques?

Il faut voir le bon côté des choses. Ce soir, elle a pu lire le nom des joueurs sur leur chandail. Elle sait que Sakic joue pour les Nordiques et Roy, pour les Canadiens. Elle a reconnu d'autres noms aussi, entrevus dans les journaux ou entendus dans un bulletin de nouvelles. Sur les chandails rouges, elle a reconnu Brisebois, Carbonneau, Damphousse, Dionne, Lebeau, Savard. Sur les blancs, Kovalenko, Leschyshyn, Ricci, Rucinsky, Sundin, Young. C'est à croire que les Québécois préfèrent jouer pour les Canadiens et laissent les Nordiques aux étrangers.

— C'est *exciting*, n'est-ce pas?

Adélaïde hoche la tête. Elle feint l'enthousiasme à merveille. Même sa mère s'y tromperait. Bon, peut-être pas sa mère. Sa fille non plus, sans doute. Mais Max, oui. Max la croirait aux anges s'il la voyait. Tant mieux! Berner Sean étant plus facile que berner Max, l'affaire est dans le sac.

— Qui est ton joueur préféré?

Prise au dépourvu, Adélaïde lance le dernier nom entendu dans les haut-parleurs.

— Steve Duchesne.

— Il joue où ? Pour Québec ou pour Montréal ?

Adélaïde passe près de s'étouffer. Avec un nom comme ça, elle parierait sur les Canadiens, mais pour en être certaine, elle scrute des joueurs sur la glace en avalant sa bière à petites gorgées, distraitement, comme si rien ne la troublait. Quand elle lit « Duchesne » écrit sur un chandail blanc, elle répond :

— Il joue pour les Nordiques. Regarde, c'est lui, là-bas, proche du but.

— Le numéro 28 ?

— Oui, le numéro 28.

Steve Duchesne ignore totalement qu'il vient de la tirer d'affaire et garde les yeux fixés sur la rondelle.

— Ça fait longtemps c'est ton préféré ?

— Des années. D'habitude, il compte plein de buts.

Elle se sent coupable dès que les mots sortent de sa bouche. Elle n'aime pas mentir. Et mentir à Sean la dégoûte plus encore. Pour apaiser sa conscience, elle se répète que le hockey n'était qu'un prétexte. Sean voulait sortir avec elle, être seul avec elle, même si être seul avec elle dans cette foule exaltée relève de l'illusion. Il n'a fait que sauter sur l'occasion quand on lui a proposé les billets. Il faudra bien, quand même, qu'elle lui dise la vérité. Pas la semaine prochaine, pas demain, mais ce soir, en rentrant, quand ils traverseront à pied Limoilou en direction du centre-ville. Peut-être en montant l'escalier du Faubourg, parce que l'ascenseur sera fermé à cette heure-là. Oui, dans l'escalier. Parce qu'il faudra bien faire une pause à mi-hauteur. Ce sera le bon moment.

Mais en attendant, il faut continuer de feindre de ne pas trouver le temps long, même si la partie se poursuit et qu'on vient d'annoncer une prolongation.

* * *

Il est tard, mais les rues sont encombrées. On quitte le Colisée la mine basse. Les Nordiques ont perdu. Quatre points contre cinq pour Montréal. Dire qu'il y a une semaine, Québec se voyait déjà gagner la coupe Stanley! Dans les voitures, on est déçu. Sur les trottoirs aussi. Au milieu de cette foule dépitée, Adélaïde se sent comme une extraterrestre. Elle comprend leur peine, leur déception, mais ça la laisse totalement indifférente. Et pour cause. Depuis la fin du match, elle pense à la manière de réparer sa faute, de se faire pardonner son mensonge sans aggraver les choses.

Même s'ils travaillent tous les deux demain matin, ils se sont arrêtés pour manger une bouchée rue de la Couronne. Les voilà maintenant qui atteignent l'ascenseur, fermé, comme de raison. Ils prennent l'escalier, toujours en échangeant des banalités. Sean lui a demandé d'estimer combien il y avait de personnes dans le Colisée.

— Je ne sais pas. Cinq mille, peut-être.

— *Try again!* Beaucoup plus.

— Comment tu sais ça?

— J'ai compté.

— Voyons donc! Tu n'as pas pu compter chaque personne! Il y en avait bien trop, et le Colisée est bien trop grand.

— Non, voyons! J'ai compté un section. Et multiplié.

— Évidemment. Et ça fait combien?

— Environ quinze mille.

— Wow! Quinze mille chanceux qui ont failli voir la coupe Stanley! Je comprends qu'ils ne soient pas contents.

Sean ne réplique pas, mais sourit.

Le vent les enveloppe à mesure qu'ils montent l'escalier. Quand ils atteignent le premier palier, ils s'arrêtent. Adélaïde prétend être hors d'haleine. Feignant de reprendre son souffle, elle regarde les lumières de la ville et les rues maintenant désertes. En se retournant pour amorcer sa confession, elle voit Sean qui fixe des yeux le mur de la falaise, derrière l'escalier. Là, au prix d'acrobaties qui ont dû causer leur lot d'égratignures, quelqu'un a peint des lettres blanches sur le gris de la roche. *Tourne sept fois ta langue dans ma bouche avant de parler.* Appuyé au garde-corps, Sean se concentre pour lire. Quand il devine le regard d'Adélaïde braqué sur lui, il l'interroge :

— Je comprends pas le sens.

Adélaïde se sent rougir jusqu'aux oreilles.

— C'est de la poésie de rue. Il y en a plein dans le coin. Ça ne veut rien dire.

Cette fois, elle ment tellement mal que Sean s'en aperçoit.

— Dis-moi le sens.

Adélaïde hausse les épaules et regarde ailleurs, embarrassée.

Sean a fait un pas ce soir en l'invitant. C'est maintenant à son tour d'avancer sur l'échiquier et d'attendre. Oui, c'est à son tour de prendre le risque d'être repoussée à cause d'un mot mal placé, d'une maladresse. Il faut poursuivre sur le chemin des aveux. S'arrêter ici et céder à la peur revient à accepter l'échec, concéder la victoire à un ennemi invisible : sa propre faiblesse, son ego.

À côté d'elle, Sean essaie toujours de comprendre ce qu'il lit, inconscient du combat intérieur auquel se livre Adélaïde.

— On dirait : *Turn each word seven times in your mouth before you speak.* Mais ça marche pas.

— Ben, oui, ça marche. Bon. Est-ce qu'on continue ?

— Non. Ça marche pas. *It's wrong, you see. Here !* C'est tout' mélangé.

Soudain mue par un désir irrépressible de le faire taire, Adélaïde s'approche de lui jusqu'à ce que leurs corps se touchent. D'une main sur la nuque, elle l'attire vers elle et l'embrasse en faisant tourner sa langue sept fois dans la bouche de Sean qui, sous le choc, met un moment à réagir. Lorsqu'il lui rend enfin son baiser, il est trop tard. Adélaïde s'écarte déjà.

— Voilà! C'est ça que ça veut dire. *Tourne sept fois ta langue dans ma bouche avant de parler.*

Sean la regarde, un peu étonné, puis se tourne vers le mur avant d'éclater de rire.

— *I get it!* La poésie de rue, c'est ça?

Adélaïde hoche la tête, incapable d'effacer le sourire niais qui ourle ses lèvres.

— *My Goodness!* J'aime tes traductions.

Il s'approche d'elle à son tour, et lorsqu'il se trouve à quelques centimètres de son visage, il murmure :

— *Turn your tongue seven times in my mouth before you speak.*

Il l'enlace, et Adélaïde se dit que le monde vient de basculer.

* * *

Ils montent la côte en silence, main dans la main, un peu gênés. Adélaïde a chaud, même si on gèle. Et la main de Sean est tiède, comme la sienne. Elle marche tout près de lui, mais sans trébucher cette fois. Elle n'a bu que deux bières de toute la veillée. Pas de quoi perdre la tête. Pourtant, c'est exactement comme ça qu'elle se sent. Elle a perdu la tête. Elle ne pense plus, incapable d'imaginer de quoi demain sera fait ni même comment se terminera cette soirée. Elle a envie de se blottir contre Sean, mais se retient de peur de... De peur de quoi? Elle ne le sait pas, mais elle réprime tout geste suspect, se contentant d'étreindre les doigts glissés entre les siens.

— Je n'aime pas le hockey.

Elle s'attend à l'entendre s'exclamer, au lieu de quoi il rit doucement.

— *I know.* Je sais.

Elle s'immobilise.

— Comment ça, tu le sais ?

Il rit encore un peu, puis serre sa main plus fort dans la sienne.

— Steve Duchesne joue sa première année à Québec.

Adélaïde se sent tout à coup si ridicule qu'elle a envie de le planter là pour aller se cacher.

— En plus, Duchesne *plays defence.* Il compte pas beaucoup de buts.

Cette fois, elle essaie de retirer sa main, rouge de honte, mais Sean la retient.

— Et puis la *Stanley Cup*, c'est pas avant longtemps encore. Plusieurs *games* à jouer avant.

— Je m'excuse. Je m'excuse. Je regrette tellement. Je ne voulais pas te décevoir. Tu avais l'air tellement content avec tes billets. Mais je déteste le hockey. Et je ne connais rien ni aux règlements, ni à la position des joueurs, ni aucun joueur d'ailleurs. Et je ne sais pas quand on gagne la coupe Stanley. Je n'étais jamais allée au Colisée avant. Mais tu le savais ! Je me sens tellement tarte !

— *Shush !* C'est *okay*. Pas de problème.

Il l'attire près de lui, dépose un bref baiser sur ses lèvres et s'apprête à reprendre l'ascension de la côte quand Adélaïde le retient pour l'embrasser à pleine bouche. Il tressaille quand elle s'écarte.

— Tu embrasses bien.

— Merci. Je n'ai pas beaucoup de pratique, mais comme le dit souvent ma mère, embrasser, c'est naturel pour l'être humain. C'est s'en priver qui ne l'est pas.

— Elle a raison, *surely*.

Ils ont repris la direction de la maison et atteignent enfin la rue d'Aiguillon. Passé le coin de la rue, un tintement de métal se fait entendre dans le noir. Sean a sorti ses clés. Adélaïde a une impression de déjà-vu. Il ne manque que la pluie.

Elle le précède dans l'escalier. Une douleur lui écrase le bas-ventre, mais ce n'est pas de la souffrance, plutôt un spasme, comme une réaction chimique. Le sang afflue, les muscles se contractent, sa gorge se noue. Sa main quitte la main de Sean, lui effleure le ventre pour se poser entre ses jambes. Elle sent son sexe durcir sous ses doigts.

Il la tient par la taille et, une fois à l'étage, tandis qu'elle sort ses clés pour ouvrir, il se colle dans son dos et la presse contre lui. Elle sent son souffle dans ses cheveux, ses lèvres qui lui effleurent le cou. Elle frissonne. Il s'en rend compte, la serre encore plus près. Cette fois, elle ne dira pas non. Elle en serait incapable. Tout son corps brûle de désir. Elle le sent dans son ventre, et plus bas. Elle le sent dans ses cuisses. Elle le sent dans sa poitrine, dans son soutien-gorge. Elle le sent sur chaque centimètre de sa peau.

Une fois la porte ouverte, elle se glisse à l'intérieur, Sean sur ses talons. Sean dans son dos, puis devant. Sa bouche cueille la sienne tandis que leurs mains fouillent dans leurs vêtements. Les chaussures sont laissées sur le seuil, les manteaux, sur le sol. Même chose pour le chandail de Sean et pour son chemisier à elle. Cette fois, elle est vraiment hors d'haleine, mais pour rien au monde elle ne ralentirait. Elle sent l'urgence jusqu'au fond de ses entrailles. Marjolaine dort chez sa grand-mère, elle ne craint donc pas de la voir apparaître.

Sean a détaché son jean et glissé ses mains à l'intérieur. Il l'attire fortement vers elle, presse son ventre contre le sien. Et le téléphone retentit si fort qu'Adélaïde est persuadée que son cœur a sauté un battement.

Elle répond, mi-furieuse, mi-inquiète, qu'on l'appelle en plein cœur de la nuit. Une voix de femme demande en anglais à parler à Sean. Perplexe, elle lui tend le combiné dont il s'empare, aussi perplexe qu'elle.

Il a beau parler en anglais, ses premières répliques n'ont besoin d'aucune traduction. Il s'est produit un malheur.

Quand il raccroche, elle s'est déjà rhabillée. Il n'y aura pas de nuit torride. Pas cette fois. Le visage de Sean est tellement tendu par l'inquiétude qu'il serait vain de l'entraîner où que ce soit.

* * *

— Je ne veux pas que tu partes!

Marjolaine s'est entortillée autour de la jambe droite de Sean. La scène pourrait faire sourire si ce départ n'était aussi triste. Près de la porte, les valises de Sean sont posées bien droites, l'une contre l'autre, ordonnées comme le sont les choses de Sean. Elles contiennent tout ce qu'il a apporté en arrivant. Ses vêtements, ses cahiers, ses articles de toilette. Adélaïde imagine l'ordre qui y règne, les chemises bien pliées, les cahiers bien ficelés, la trousse de toilette impeccablement propre.

— Il emporte même sa brosse à dents, maman. S'il te plaît, ne le laisse pas partir. Il ne reviendra plus sans ça. Viens m'aider! Ou bloque la porte. S'il te plaît, Sean, ne pars pas.

Debout, les fesses appuyées sur le dossier d'une chaise, Adélaïde ne bouge pas. Elle ne dit rien non plus. Un nœud s'est formé dans sa poitrine lorsqu'elle a vu les valises. Elle avait compris que la situation était urgente et importante. Elle n'avait pas compris que c'était grave au point de compromettre le retour de Sean à Québec.

— Tu es gentille, Lassie. Laisse ma jambe, s'il vous plaît. Il faut je parle à ta mère.

245

— Parle à maman si tu veux, mais moi, je ne te lâcherai pas. Jamais!

À cloche-pied, Sean s'approche d'Adélaïde. Il a revêtu un chandail sport, un jean et des chaussettes noires. Ses yeux sont cernés, mais ses cheveux, parfaitement coiffés. Adélaïde peut lire la détresse sur son visage.

— Marjo, laisse-le tranquille, sinon je t'envoie en punition dans ta chambre.

— Punis-moi si tu veux, mais moi, je ne le laisserai pas partir. Jamais!

Sean s'immobilise et s'agenouille à côté de Marjolaine qui n'a pas d'autre choix que de s'écarter. Il en profite pour enfiler ses chaussures, puis, du revers de sa manche, il essuie les larmes qui commencent à couler sur les joues de l'enfant.

— Arrête de pleurer, Lassie. Je vais revenir. Je vais juste voir ma père malade.

Les larmes se tarissent d'un coup.

— Voyons, nono! Ce n'est pas *ma* père, c'est *mon* père. Parce que c'est un gars, je te l'ai déjà dit.

Sean caresse d'une main la tignasse ébouriffée.

— Je vais voir mon père malade. Je reviens très bientôt. Je promets.

— Non, je ne te crois pas. Je t'ai vu faire tes valises. Tu as pris toutes tes affaires. Si je te laisse partir, tu ne reviendras pas, je le sais.

— Je vais revenir, *sweetie*.

— Ne m'appelle pas comme ça! C'est Lassie, mon nom. Comme le chien.

— D'accord. Je vais revenir, Lassie. Maintenant, je veux parler avec ton mère.

Marjolaine s'apprête à le reprendre, mais aperçoit le sourire malicieux que Sean essaie de retenir tant bien que mal.

— Oh, tu fais exprès, tannant. OK. Tu peux parler avec maman. Mais je vais quand même te tenir au cas où tu voudrais en profiter pour te sauver. Maman, dis-lui qu'on ne le laissera pas s'en aller comme ça! Dis-lui!

Mais Adélaïde ne dit rien. Sean s'est redressé. Il fouille dans sa poche et lui tend un bout de papier plié.

— C'est un *check*, pour le prochain mois et pour l'autre. En cas, je suis pas revenu à temps.

Adélaïde glisse le chèque dans une poche et s'efforce de sourire.

— Une chance que tu y as pensé, j'allais mettre une annonce dans le journal.

Sean pousse un grand éclat de rire où ne perce pourtant que de la tristesse. Puis il attrape sa main.

— *I'll be back, you know.*

Devant la moue sceptique d'Adélaïde, il ajoute :

— Je vais revenir. Attends-moi.

Sur ce, il tente de faire un pas vers elle. Assise sur son pied, Marjolaine s'insurge.

— Non, tu ne t'en vas pas.

— Marjo, laisse-le tranquille. C'est la dernière fois que je te le dis.

Marjolaine défie sa mère du regard, mais devant son air à la fois sévère et triste, elle relâche son étreinte et va s'asseoir sur les valises.

Sean pourrait maintenant s'approcher d'Adélaïde à son aise, mais il ne bouge pas. On dirait qu'il a oublié ce qu'il s'apprêtait à faire. Ou bien qu'il n'en a plus envie. Ou bien qu'il n'en a plus le courage. Adélaïde attend un geste qui ne vient pas.

— *Time to go!* Au revoir, *ladies*.

Il attrape sa main, la presse si fortement qu'Adélaïde a l'impression qu'il va l'attirer à lui, mais il n'en fait rien. Il la relâche et se dirige vers la porte.

— Viens ici, Marjo.

Cette fois, le ton est sans réplique. Marjolaine se lève et se dirige vers sa mère. Sean lui dépose un baiser sur le front lorsqu'elle le frôle. Puis il attrape ses valises, sort et referme derrière lui.

25

Ma grand-mère m'a appris très jeune à prédire l'avenir. Elle affirmait que chaque événement était précédé de signes avant-coureurs. Des détails qui passaient inaperçus aux yeux de plusieurs, mais qui étaient pourtant vraiment là. Il suffisait de regarder.

Par exemple, l'été n'arrivait jamais d'un coup. On sentait juste avant, même quand il y avait encore de la neige, une soudaine intensité dans les rayons du soleil. Même chose pour l'hiver, dont les premières neiges fondaient en touchant le sol. De la même manière, on pouvait prévoir que l'école achevait parce que les derniers mois étaient ponctués de congés en tout genre. Relâche, Pâques, fête de Dollard, multiples journées pédagogiques.

Ainsi armée de mon grand sens de l'observation, j'ai su à l'avance que ma grand-mère allait encore mettre Gaston à la porte. Elle avait commencé à le sermonner en public, ce qui s'était déjà produit auparavant chaque fois qu'elle lui avait demandé de faire ses valises. Elle était souvent triste, malgré l'été qui arrivait et qui la rendait habituellement joyeuse. Plus important que tout, cependant, je ne l'entendais plus gémir, tard le soir, même si je collais l'oreille au plancher du salon.

Quand elle me gardait, nous passions des heures à interroger les cartes. C'est son propre avenir qu'elle cherchait à connaître, et non plus celui de ma mère. Un jour qu'elle avait retourné la Tour – carte qu'elle appelait la Maison Dieu –, nos regards s'étaient croisés, et nous n'avions pas dit un mot. La Tour constituait la plus dangereuse carte du tarot, celle qui annonçait qu'à partir de maintenant tout pouvait arriver.

Malgré l'accessibilité du tarot – et son apparente fiabilité –, ma grand-mère exigeait que je m'exerce sans les cartes. Elle avait été impressionnée quand je lui avais annoncé que Max allait se faire une blonde et m'avait écoutée avec intérêt énoncer les signes avant-coureurs que j'avais observés. La peine de Max avait été trop grande après la mort de Marcel pour que la Providence continue de lui infliger le supplice de la solitude. De plus, comme elle me l'avait elle-même enseigné, la nature avait horreur du vide. Une personne disparaissait, la vie se chargeait de lui trouver un remplaçant.

Malgré cette relative expertise, je n'ai rien vu venir quand O'Malley est parti. Ou plutôt, j'avais vu tous les signes pour me convaincre qu'il allait rester. Il s'était rapproché de ma mère, la mine sombre avec laquelle il était revenu de la semaine de relâche avait disparu, et il avait même rangé quelques-unes de ses choses dans le salon.

Son départ a semé le doute dans mon esprit. Le jour même, j'ai demandé à Jacinthe de me prêter ses cartes. Elle a sorti le jeu de tarot, non sans me rappeler que ni elle ni moi n'avions été capables d'anticiper la mort de Marcel.

— Parfois, la vie, c'est juste la vie.

Elle m'a tendu le paquet, et j'ai tiré moi aussi la Tour. Avec son sourire espiègle, Jacinthe m'a répété ce que je savais déjà. Avec la Tour, tout pouvait arriver, le meilleur comme le pire, mais elle penchait pour le meilleur étant donné que ma mère avait déjà connu le pire.

26

— Il ne fallait pas le laisser partir, maman. Il ne fallait pas.

Installées au sous-sol, dans l'appartement de Stéphanie, les deux machines à coudre grondent au même rythme. Dans un coin, Marjolaine joue avec des poupées Barbie dont les robes sont des œuvres d'art, modèles réduits des créations de Stéphanie. Elle les habille et les déshabille à tour de rôle, et bougonne aussi, sans arrêt. Elle n'a pas pardonné à sa mère son inaction ni son silence. Adélaïde a eu beau lui expliquer que Sean avait sa vie ainsi que des responsabilités importantes, ça n'a servi à rien.

Marjolaine demeure inconsolable et hargneuse. Aucune des grandes robes de princesse, qui habituellement l'enchantent, n'arrive à effacer l'amertume qu'on lit sur son visage. Elle attache et détache, agrafe et désagrafe, boutonne et déboutonne sans plaisir.

Un des moulins à coudre cesse de geindre. Stéphanie, dont le ventre prend de plus en plus de place sous la table, lève la tête d'un mouvement qui traduit son impatience.

— Ta mère ne pouvait pas retenir Sean parce qu'il aurait fallu, pour ça, l'attacher, et on n'attache pas les gens. Et si elle l'avait fait, Sean aurait tout de suite voulu s'en aller. Il ne vous appartient pas, Marjo.

— Tu te trompes. Sean m'appartient parce que c'est lui que j'ai choisi comme papa.

Cette fois, c'est la machine d'Adélaïde qui se tait.

— Marjo, Sean n'est pas ton père, alors arrête de rêver en couleurs.

— Si je veux qu'il le soit, il va l'être.

Stéphanie se lève, va déposer le pyjama de bébé qu'elle vient de terminer sur le meuble où elle accumule les vêtements de nouveau-né.

— Et s'il ne revient pas ? demande-t-elle en se tournant vers Marjolaine. Parce que c'est bien possible qu'il ne revienne pas puisqu'il a donné à ta mère sa part du loyer pour mai et juin. Tu sais que son école, comme la tienne, finit à la fin de juin.

Marjolaine la toise d'un regard mauvais. Sa lèvre inférieure tremble de rage.

— Je vais m'arranger pour qu'il revienne.

— Franchement, Marjo ! Tu vas faire quoi ?

— Je ne le sais pas, mais je vais y penser. J'ai déjà demandé à grand-maman de me tirer aux cartes, pis elle m'a dit…

Adélaïde l'interrompt avec brusquerie.

— C'est de la frime, les cartes. Tu le sais, on en a déjà parlé.

— Si c'est de la frime tant que ça, pourquoi est-ce que tu gardes la carte du Magicien dans ton portefeuille ?

Stéphanie a suspendu son geste et adresse à son amie un haussement de sourcil interrogateur. D'un signe discret, Adélaïde lui fait comprendre qu'elles en parleront plus tard. Puis elle se tourne vers sa fille.

— Comment tu sais ça ? Tu as fouillé dans ma sacoche ?

— Non. Je n'ai pas fouillé. Je t'ai vue la serrer à côté de ma carte d'assurance maladie.

Adélaïde rougit. Elle ne pensait pas que sa fille l'avait vue faire. Elle se trouve ridicule maintenant. Peut-être qu'elle n'aurait pas dû prendre la carte. Peut-être qu'elle ne devrait pas accorder autant d'importance à un dessin d'aussi piètre qualité. Si seulement elle avait une photo! De tous les clichés pris par Max le jour de l'anniversaire de Marjolaine, pas un ne montre Sean, ni de face, ni de dos. Il est entré dans leur vie sans faire de bruit et en est ressorti sans laisser de traces. Dans sa chambre, il ne reste rien de lui. Pas une note sur un bout de papier, pas un crayon, pas même un cheveu sur l'oreiller. Adélaïde le sait, elle a elle-même retiré les draps pour les laver. La chambre était impeccable, si bien qu'elle aurait pu, si elle l'avait voulu, la louer à quelqu'un d'autre. Évidemment, elle n'en fera rien. Non seulement Sean lui a payé deux mois d'avance, mais elle n'en a pas envie. Elle n'a le goût de voir personne d'autre dans la maison. Elle ne veut pas non plus partager les tablettes de son réfrigérateur et le dessus du lavabo. Ni les heures de douche, ni les heures de télé. En fait, elle n'a plus envie de rien. Depuis que Sean est parti, il y a deux semaines, sa vie est redevenue comme avant, la lumière en moins.

Il fait beau, pourtant. On a même droit à un printemps précoce. C'est ce que répète Jacinthe tous les matins. Pour Adélaïde, il pleuvrait qu'elle ne serait pas plus triste. Et ça la fait enrager de souffrir ainsi. Certains jours, elle se dit qu'elle a rêvé ce qui lui est arrivé avec Sean. Elle se dit que toutes ces semaines passées dans son appartement n'étaient qu'un piège. Il ne faisait que jouer avec elle. Il voulait la séduire et la baiser, et il y est presque arrivé. C'est pour ça qu'il voulait autant cette chambre. Avait-il senti sa vulnérabilité au premier coup d'œil? La seule chose qui réconforte Adélaïde, c'est qu'elle lui a résisté longtemps. Elle s'est méfiée, et avec raison, de la présence du loup dans la bergerie. Elle ne s'est pas laissée tenter parce qu'il cuisinait bien, parce qu'il avait de l'argent, parce qu'il se montrait généreux, trop même, parfois. Il y avait des signes. Elle les avait bel et bien vus. Il était là pour abuser. Voilà la signification de la carte du Magicien. Jacinthe avait vu clair dans son jeu dès le début. Si elle s'est ravisée depuis, c'est parce que Sean l'a séduite, comme il a séduit Marjolaine, avec ses beaux gestes et ses belles paroles. Et son maudit accent! Parions qu'il parlait déjà français avant d'emménager! Parions qu'il voulait seulement une femme dans son lit!

Voilà à quoi mènent les pensées d'Adélaïde une fois sur deux. L'autre moitié du temps, elle se morfond à côté du téléphone en espérant un coup de fil, juste pour entendre son accent, pour se rassurer, pour se convaincre qu'elle n'a pas rêvé. Quelle déception ce serait si c'était le cas!

*　*　*

— Il est aussi bien de rester chez eux. De toute façon, un Anglais n'a pas sa place au Québec, surtout quand il n'est pas capable de parler le français comme du monde. Moi, je vous le dis, c'est bien mieux de même.

Fier d'avoir donné son avis, Gaston retourne à sa partie de hockey. À table, ni Adélaïde ni Jacinthe ne répliquent. Qu'est-ce que ça donnerait? Gaston a toujours eu sa petite idée sur les Anglais, et le fait qu'on lui ait expliqué que Sean était néo-écossais n'y a rien changé. Tous des maudits Anglais, un point c'est tout.

Jacinthe s'allume une cigarette et souffle la fumée en direction de son homme.

— Écoute-le pas. Il est de mauvaise humeur depuis que les Nordiques ont été éliminés.

Personne ne s'attendait à le voir revenir, mais Gaston est comme les oies blanches, il migre avec régularité. Après avoir vécu un temps chez une autre femme, puis chez sa fille, le voilà de retour au bercail, comme le dit si bien Jacinthe. Mais cette fois, elle a exigé qu'il paie intégralement le loyer. «En échange des corvées!» a-t-elle précisé avant qu'il s'y oppose. Depuis, il paie, regarde les séries éliminatoires et mange. Il fait l'amour, aussi, on l'entend jusqu'en haut. Les ébats ont cependant moins de vigueur qu'avant. Jacinthe a l'air de s'en contenter… pour le moment.

Adélaïde avale une gorgée de café froid. Elle n'a pas le cœur d'aller en refaire.

— Certains jours, je suis convaincue qu'il ne reviendra pas.

— Pourquoi tu dis ça?

— Parce qu'il n'a pas appelé. Parce qu'il n'a pas dit quand il reviendrait.

— C'était une urgence, Adèle. Tu ne pensais quand même pas qu'il prendrait le temps de t'expliquer en détail ce qui est arrivé à son père.

— Non, évidemment. Dans des situations comme celles-là, on agit à l'instinct, je suppose. C'est vrai qu'il avait l'air inquiet quand il est parti. Il a même oublié d'appeler l'école. C'est moi qui ai dit à la secrétaire qu'il était reparti en Nouvelle-Écosse d'urgence. Elle a dû lui trouver un remplaçant, pis vite à part de ça.

— Hum…

Jacinthe jette un regard à la fenêtre. Il fait doux, et mai s'annonce beau. Tellement que Marjolaine est allée à l'école en T-shirt aujourd'hui pour la première fois de l'année. On a l'impression que l'été est arrivé dans un coup de vent. Il y a deux jours à peine, il tombait des trombes d'eau sur Québec. Les orages se succédaient. Tout cela a disparu aujourd'hui.

— As-tu des nouvelles de Stéphanie?

Adélaïde hoche la tête, mais prend un moment avant de répondre, la gorge serrée.

— Ils ne savent pas encore si le bébé va rester accroché.

C'est l'autre mauvaise nouvelle. Stéphanie s'est mise à saigner la semaine dernière. Comme ce n'est pas normal, elle s'est rendue à l'urgence. Elle est à l'hôpital depuis.

— En as-tu parlé à Marjo? Faut la préparer, tu sais.

— Je sais. Je lui ai dit que le bébé était malade. Elle m'a répondu de ne pas m'en faire.

Jacinthe sourit. Si on lui avait demandé son avis, elle n'aurait pas répondu autre chose.

Des voix s'élèvent tout à coup dans le couloir. La grande porte du devant se referme et fait danser les rideaux de la cuisine. Deux personnes montent l'escalier. À entendre leurs voix étouffées, Adélaïde en conclut qu'ils s'embrassent juste avant d'atteindre le palier.

De l'interphone jaillit la voix de Marjolaine qui, jusque-là, jouait en silence à l'étage.

— *Deux amoureux, ça se colle, ça se colle…*

— Tu peux bien parler, toi, la peintre aveugle.

— *Je ne suis pas aveugle. J'aime juste pas dessiner avec mes lunettes.*

— Peintre aveugle quand même!

— *Tu sauras, d'abord, que j'aime mieux être une peintre aveugle que de me faire embrasser par un gars.*

— Ben, tu ne sais pas ce que tu manques.

Dans le couloir, le rire cristallin de Sophie recouvre la voix de Max, et on les entend s'éloigner. Puis c'est le timbre très haut de Marjolaine qui résonne en même temps dans le haut-parleur et dans la cage d'escalier. Elle sait que, d'en bas, on entend tout ce qui se passe là-haut.

— Vous viendrez voir mon dessin, tantôt. J'ai presque fini.

Jacinthe esquisse un sourire bienveillant.

— Qu'est-ce qu'elle peint?

— La même chose que d'habitude probablement. Le fond de la cour, le mur des voisins, le chat de gouttière, le ciel. Mais je te jure qu'il faut bien regarder pour savoir ce que c'est.

— Et ses lettres? La maîtresse doit voir une belle différence depuis qu'elle porte des lunettes?

— Oui. C'est mieux que c'était, mais depuis que Sean est parti, il paraît qu'elle s'applique moins. Je n'ai pas le courage de la chicaner pour ça.

Jacinthe approuve en silence.

— Pis toi, ta job?

Contente de changer de sujet, Adélaïde entreprend de décrire son quotidien. Elle aime cet emploi. Le travail manuel, la création, l'odeur du chocolat et des noix qui embaument l'atelier. Les relations de travail, la bonne humeur de son patron, son côté accommodant. La vérité, c'est que si le salaire était un peu plus élevé, elle pourrait dire qu'elle a l'emploi parfait. Mais si Sean ne revient pas, elle devra se trouver une pensionnaire. Cette fois, elle s'y prendra à l'avance de sorte qu'elle pourra choisir la personne à qui elle louera la chambre. Jacinthe la laisse s'exprimer avant de lui lancer une de ses phrases assassines:

— Tu sais, des fois, il vaut mieux ne pas choisir.

— C'était correct pour une fois, maman, mais je ne vais pas tout le temps laisser ma vie entre les mains du hasard.

— Tu sais ce que disait Einstein à ce sujet-là?

— Einstein? Non. Il a parlé de ça?

— Souvent. Il disait que le hasard, c'était Dieu qui se promenait incognito.

— Pff! Tu sais que je ne crois pas en Dieu.

— Je sais. Moi non plus d'ailleurs. Mais n'empêche, il a bien fait les choses, il me semble, pour Sean.

— Peut-être, oui. Bon, moi, je vais y aller. Bonne soirée!

Adélaïde vide sa tasse d'un trait et file à l'étage. Elle trouve sa fille penchée sur un grand carton couvert de peinture, posé à plat sur la table du salon. On y voit le visage de Sean. La ressemblance est telle qu'Adélaïde en reste bouche bée.

— Je t'ai fait un cadeau, maman.

Adélaïde s'agenouille près de sa fille. Le portrait est frappant, même si on ne voit pas une ligne droite, pas un trait précis. Le visage, des touches brillantes par-dessus des touches brillantes. Les cheveux, des touches sombres par-dessus des touches plus sombres. Et derrière, on reconnaît le motif du sofa et la couleur du mur, comme si Sean avait été peint en train de lire à sa place habituelle.

— Tabarouette, Marjo! Comment est-ce que tu as fait ça? Tu ne portes même pas tes lunettes!

Marjolaine se raidit.

— Quoi? Tu n'es pas contente encore? Ce n'est pas beau?

Adélaïde s'empresse de la serrer dans ses bras.

— Oui, oui! C'est vraiment très beau. Je me demandais juste comment tu pouvais dessiner quelqu'un qui n'est même pas là.

Marjolaine glousse et se blottit contre sa mère.

— Je l'ai regardé beaucoup, O'Malley. Il a une petite tache noire, là, en dessous du menton. Je la voyais quand il venait juste de se raser. Et il aime mettre ses cheveux en arrière des oreilles, comme ça, avec ses lunettes par-dessus. Et quand il lit, on dirait que ses yeux sont fermés. Sa bouche devient petite petite. Pis ses mains sont toutes minces avec des doigts longs, comme les tiens.

Cette description correspond tellement bien à Sean qu'Adélaïde sent un point lui serrer la poitrine.

— OK. Je vois que tu l'as bien étudié quand il était là, mais ça fait trois semaines qu'il est parti. Tu te rappelles tout ça?

Marjolaine lève les yeux au ciel.

— Quand je suis à l'école, maman, et que toi, tu travailles chez M. Cognac, est-ce que tu sais de quoi j'ai l'air?

— Ben oui, ma puce. Je t'aime, et tu es ma fille. C'est certain que je sais tout le temps de quoi tu as l'air.

— Ben moi, j'aime O'Malley et je veux qu'il soit mon père. Ça fait que je sais tout le temps de quoi il a l'air.

Adélaïde frémit. Une part d'elle-même n'aime pas voir sa fille aussi attachée à un homme. Si Sean avait eu le moindrement des idées... Marjolaine aurait été une proie facile. Comme elle se fait cette réflexion, une autre voix s'élève dans sa tête. Si Sean avait été dangereux, elle l'aurait senti. Elle l'aurait vu, car elle aussi a passé des heures à le surveiller, à épier chacun de ses gestes, à analyser chacun de ses mots. À le dessiner, aussi, sans même s'en rendre compte. Il lui manque, à elle aussi, et elle s'en veut. On ne s'ennuie pas du loup. On ne s'ennuie pas du loup. On ne s'ennuie pas du loup. Voilà des jours qu'elle se répète cette phrase pour s'en convaincre. Et puis, sournoise, une autre pensée la tenaille. Une femme dont elle a oublié le nom. Sean n'a jamais donné de détails à son sujet, sauf pour dire qu'il apprenait le français pour elle. Il y avait donc déjà quelqu'un dans sa vie. Quelqu'un qu'il a trahi deux fois en l'embrassant.

Adélaïde s'insurge contre ces idées qui s'opposent sans cesse dans son esprit. Il ne s'est rien passé, elle avançait dans le noir sans comprendre, ils avaient bu, il était tard, il n'y a jamais rien eu entre eux. Que du vent !

Comme elle voudrait retrouver la paix qui régnait dans son cœur et dans sa tête avant l'arrivée de Sean ! Mais c'est peine perdue. Il est impossible d'ignorer ce qui vient du dedans. On peut ignorer un désir dérangeant, on peut s'occuper pour qu'il ne surgisse pas, on peut mettre des œillères, rester dans des ornières où l'on se croit à l'abri. Mais on n'est jamais à l'abri que des autres. On ne peut rien contre soi-même.

*   *   *

Il fait trop chaud pour un mois de mai, surtout pour la nuit. Toutes les fenêtres sont grandes ouvertes, mais en l'absence de brise les rideaux restent immobiles, comme figés sur une photo. Assise sur le rebord de la fenêtre, à l'abri derrière les pans vaporeux, Adélaïde dessine. L'absence de Sean a un effet positif sur sa créativité. Nourrie par la peine, l'inspiration est plus vive qu'elle ne l'a jamais été, comme en témoigne sa bande dessinée qui progresse comme jamais. Adélaïde s'est penchée sur son cahier tous les soirs depuis le départ de Sean, et chaque soir, les cases ont semblé s'animer d'elles-mêmes, les pages, se noircir d'elles-mêmes.

Adélaïde sait tout à coup où elle s'en va avec cette histoire décousue. Elle a l'impression que le plomb de son crayon provient des sentiments qui l'habitent, de la douleur qu'elle aurait hachée menu et plongée dans des braises incandescentes pour en faire du charbon. Elle perçoit une intensité nouvelle, une vitalité dans le trait, dans les courbes, dans l'émotion qu'elle traduit sur le papier. Il y a peu de phylactères, cependant. Peu de mots et peu de sons parce que la plupart du temps l'action se déroule dans un silence semblable à celui qui règne dans l'appartement.

Ce soir, la femme-corbeau est recroquevillée au pied d'une falaise. Ses ailes, croches et hachurées, forment un appendice grotesque sur son dos. Plus on la regarde de près, plus on remarque les blessures. Les ailes ont été coupées à mi-hauteur. Les plumes qui restent pendent mollement. Impossible de voler, et donc de quitter le fond de ce ravin où elle est tombée.

On la voit toujours de dos, la nuque penchée vers l'avant, le corps aussi blanc que la neige. Elle est complètement nue, et on sent qu'elle souffre. Aux mouvements qui agitent ses épaules, on devine qu'elle pleure, le visage collé contre la paroi rocheuse.

La scène dure longtemps. Le ciel s'obscurcit, insensiblement, de case en case. Puis la femme-corbeau se retourne enfin, épuisée, les yeux enflés, le visage défait. Des larmes sombres lui coulent le long des joues jusqu'au menton. Des larmes de sang, qui laissent derrière elles des sillons trem-blotants. La femme-corbeau n'esquisse pas un geste pour les essuyer. Elle les laisse couler jusqu'à s'en vider le cœur.

Une goutte transparente tombe sur un trait trop foncé. Adélaïde y passe le tranchant de la main pour l'effacer, mais c'est tout le visage de la femme-corbeau qui disparaît. Une seconde larme suit, puis une troisième, puis un torrent. Adélaïde laisse choir le cahier, qui tombe sur le rebord de la fenêtre, puis sur le plancher, suivi dans sa chute par le crayon et la gomme à effacer. Le visage appuyé contre le montant de la fenêtre ouverte, Adélaïde laisse couler le trop-plein de chagrin qui lui broie les entrailles depuis des semaines. À aucun moment, elle n'a eu l'occasion de donner libre cours à sa peine. À aucun moment, elle ne se serait permis d'expri-mer ainsi sa faiblesse. Mais ce soir, alors qu'elle regarde le portrait de Sean que Marjolaine a fixé au mur avec une pu-naise, la douleur remonte en elle comme un raz-de-marée. L'émotion la submerge et permet enfin aux sanglots de cou-ler à flots, de la secouer, de la terrasser. Elle n'a plus rien à cacher, plus rien à perdre. C'est fini. Sean ne reviendra plus. Il n'a pas appelé et il n'appellera plus. En trois semaines, il en aurait eu l'occasion. En trois semaines, s'il l'avait aimé, il aurait trouvé l'occasion.

Quand les larmes se tarissent, il est plus de trois heures du matin. Adélaïde s'essuie le visage avec ses doigts et y laisse, sans s'en rendre compte, des taches de poussière de plomb. Elle s'extirpe de son perchoir, replace les rideaux et ramasse son matériel de dessin. Lorsqu'elle dépose son cahier sur la bibliothèque, son regard glisse malgré lui sur la tablette du dessous. Elle y découvre avec surprise les deux livres de Sean. *Red Mars*, qu'il a lu en janvier, et *Green Mars*, dans lequel il plongeait régulièrement avant son départ. Elle s'empare de ce dernier, et, à cause du signet, le livre s'ouvre de lui-même entre ses mains, un peu avant le milieu. Ce n'est pas le texte qui attire alors son attention, mais le signet lui-même. Une feuille de papier pliée en quatre. En la dépliant, Adélaïde découvre la photocopie d'une page d'encyclopédie. Tout en haut, elle reconnaît la reproduction en noir et blanc de la carte du Diable du tarot de sa mère. Juste en dessous, Sean a surligné quelques phrases en jaune fluo.

The Devil: duality of Light and Shadow. The Shadow is the negative part of your personality. If you deny this side of yourself, you give it power over you and permission to reign freely over your life. That will eventually destroy you.

* * *

— En gros, ça veut dire que le Diable du tarot contient en même temps l'ombre et la lumière. L'ombre est le côté négatif de ta personnalité. Ça dit que si tu nies ce côté-là de toi, tu lui donnes le pouvoir de contrôler ta vie et qu'à la fin ça peut te détruire.

Le ton railleur de Max fait sourire Adélaïde.

— Pff! Ma mère aurait pu écrire un texte de ce genre-là.

Max l'approuve et lui redonne la feuille.

— Où est-ce que tu as trouvé ça?

— Nulle part.

— Hum...

Parce qu'il a l'habitude des non-dits et des silences, Max n'insiste pas. Il a compris qu'ils sont malheureux tous les deux ce soir. Sophie n'a pas voulu emménager avec lui. Il a eu beau lui proposer de vivre dans un appartement plus grand, dans un autre quartier, dans une maison, même, elle lui a opposé un refus catégorique. C'est un amour gratuit qu'elle lui offre. Un amour qui n'exige rien. Pas de sacrifice, pas d'adaptation, pas de compromis. S'ils vivaient ensemble, comme tout le monde, ils nourriraient des attentes l'un envers l'autre, des attentes qui seraient inévitablement déçues. Cette déclaration a réduit à néant les espoirs de Max. Il voulait enfin mener une vie normale. Fonder une famille, avoir une maison, un gazon, un barbecue. Un lit dans une chambre fermée où il ferait l'amour en privé. Vieillir avec une femme à ses côtés.

— Il est comme tout le monde, ton Anglais. Il a ses propres démons à exorciser.

— Probablement…

— En tout cas, s'il a laissé des livres chez toi, ça veut dire qu'il va revenir. Contrairement à Sophie…

— Arrête donc! Elle va revenir, ta Sophie. Je t'ai dit qu'elle voulait juste un temps de réflexion. Elle doit trouver que ça va trop vite entre elle et toi. Elle te trouve peut-être trop exigeant, tiens!

— Je ne suis pas exigeant!

Max a beau s'indigner, nier la chose autant qu'il veut, Adélaïde sait qu'il se leurre. Elle le sait parce que c'est lui-même qui le lui a dit. Combien de fois a-t-il répété que c'était au tour de Sophie d'appeler, de lui proposer une activité, de venir lui rendre visite?

— C'est normal, disait-il, dans un couple. L'intérêt doit se manifester des deux côtés.

Sophie trouvait sans doute qu'elle en montrait assez, que Max en demandait beaucoup. Après tout, elle était, comme lui, une célibataire endurcie. Les habitudes qu'on prend au fil des ans sont parfois difficiles à modifier. N'avait-il pas lui-même invoqué cet argument pour justifier sa consommation de marijuana quand Sophie avait soulevé la question?

— Elle n'a pas appelé depuis une semaine.

— Ce n'est rien, une semaine. Elle a peut-être une raison.

— Elle n'a pas de raison. Elle veut juste rester loin de moi.

— Je te l'ai dit. Elle doit te trouver trop accaparant.

— En tout cas, ton Anglais, lui, s'il ne revient pas, tu peux être sûre que ce n'est pas parce qu'il te trouvait accaparante.

Cette dernière remarque blesse Adélaïde. Max s'en rend compte aussitôt.

— Excuse-moi. La distance que tu gardes entre toi et le monde, c'est une mesure de protection. Je le sais. Pis je sais que je n'ai pas le droit de te reprocher ça. Je suis juste frustré, et ça a bien l'air que j'ai essayé de passer ma frustration sur toi. Me pardonnes-tu ?

Adélaïde fait non de la tête, les dents serrées.

— Et si je te joue une toune, me pardonneras-tu ?

— Ça dépend laquelle.

Il prend sa guitare et entame un riff qu'on entend beaucoup depuis un an. Toutes les stations de radio de la ville jouent régulièrement cette pièce de Nirvana. Adélaïde la reconnaît dès les premières notes. Elle comprend même les paroles quand c'est Max qui chante.

— *Come, As you are, As you were, As I want you to be.*

Il s'interrompt soudain, pose sa guitare et réfléchit. Puis, comme s'il venait de recevoir un ordre, il attrape son sachet d'herbe et son papier à rouler.

— Bon. Quand c'est rendu que je chante moi-même le message qu'on essaie de me faire comprendre depuis des mois, je pense qu'il est temps que je passe à l'action.

Il se lève et se rend dans la salle de bain. Adélaïde entend la chasse d'eau et sourit sans rien dire. Quand Max revient, elle se lève, attrape le téléphone et le lui tend.

— Je m'en allais de toute façon, dit-elle, avant de sortir.

Elle reste un moment debout sur le palier. Le silence est total, jusqu'à ce que la voix de Max se fasse entendre derrière la porte.

— Salut, Sophie, c'est moi.

— …

— Je sais qu'il est tard, mais… je voulais m'excuser. Est-ce que je peux passer te voir ?

Adélaïde sourit de nouveau. Si Sean finit par appeler, elle espère trouver en elle la sagesse nécessaire pour l'accueillir avec autant d'humilité.

* * *

Dimanche de la fête des Mères. Gaston mange chez sa fille. Max est à Montréal dans la famille de Sophie. Stéphanie a suivi Patrice en Estrie, où vit sa mère déjà âgée. Du troupeau qui fraye habituellement dans l'immeuble de la rue d'Aiguillon, il ne reste que Jacinthe, Adélaïde et Marjolaine, ce qu'elles appellent la « ligne droite ». C'est au cours d'un pique-nique dans le parc Victoria qu'elles ont célébré leur filiation, tout près des jets d'eau, où Marjolaine s'en est donné à cœur joie. Il a fait beau. Entre le carnet de croquis de l'une, le livre de l'autre et les pelles et les seaux de la dernière, on peut dire que l'après-midi a été un succès.

Elles rentrent maintenant en autobus, parce que l'ascenseur est fermé le dimanche et que Jacinthe n'a plus l'âge, selon elle, de grimper les marches jusqu'en haut de la falaise. Toutes les fenêtres sont ouvertes, et, à l'intérieur, ça sent le diesel, la sueur et le déodorant.

Jacinthe est plongée dans ses pensées. Adélaïde imagine qu'elle songe encore à Fernand, l'homme avec qui elles ont discuté un moment sur un banc du parc. Il s'y reposait, son chien allongé sur le dos à ses pieds. C'est Marjolaine qui l'a remarqué en premier. Elle s'était approchée pour caresser l'animal, et la mère et la grand-mère ont suivi. Il fallait bien un chien pour engager la conversation, sinon elles seraient passées sans le voir.

Fernand s'est révélé aussi original que Jacinthe, avec qui il a discuté des coïncidences qui, selon lui, n'en sont jamais.

Ils ont aussi parlé du quartier, où les édifices tombent en ruines, de la police qui donne des contraventions pour tout et pour rien. De l'hiver aussi, dont on est bien content de s'être débarrassé. Là-dessus, Jacinthe n'était pas d'accord.

— Ça prend de l'ombre pour apprécier la lumière.

Ce à quoi Fernand a répliqué :

— Trop, c'est comme pas assez.

Ils ont discuté, complices, et pendant une fraction de seconde, Adélaïde a reconnu le désir sur le visage de sa mère. Elle n'en revenait pas. Sa mère drague encore ! À quarante-huit ans ! C'est à croire qu'on ne guérit jamais de cette damnée maladie ! Jacinthe, à qui elle a fait part de son désarroi pendant qu'elles attendaient l'autobus, lui a dit, le plus sérieusement du monde :

— Le désir, c'est la vie. Le jour où le désir meurt pour de bon, il faut s'attendre à se retrouver six pieds sous terre avant pas long.

La sonnette retentit. C'est Marjolaine qui, tout heureuse, a tiré sur le câble. Elle a reconnu les édifices voisins. Le coin de la rue aussi. Les joues rosies par le soleil, elle rayonne. Plus tôt, elle ne voulait pas rentrer, mais on devine maintenant qu'elle tombe de fatigue.

Quand elles posent le pied sur le trottoir, elles sont toutes trois happées par la touffeur qui règne dans le quartier. Pas une once de vent. Les immeubles de brique, qui ont absorbé les rayons de soleil depuis le matin, diffusent maintenant une chaleur suffocante. On a tout de suite envie de se réfugier à l'intérieur, où il fait sombre et où l'on peut toujours allumer les ventilateurs.

Dès la porte ouverte, elles se ruent toutes les trois dans le couloir et sont accueillies par des cris provenant de la télévision du rez-de-chaussée. Jacinthe embrasse sa fille et sa petite-fille avant de rentrer chez elle, l'air résignée. Gaston ne fera pas long feu.

Adélaïde vient tout juste de pousser la porte de leur appartement quand le téléphone sonne.

— J'y vais! s'écrie Marjolaine en se jetant sur l'appareil.

Adélaïde en profite pour se défaire de son sac et ranger les restes du pique-nique dans le réfrigérateur. Elle entend sa fille qui raconte sa dernière semaine à l'école, rigole, décrit son dernier tableau, et les autres aussi. Il n'y a qu'une personne avec qui Marjolaine papote de la sorte. Stéphanie doit être rentrée plus tôt que prévu, ce qui est un mauvais signe, étant donné son état de santé. Adélaïde s'approche donc du téléphone et tend la main.

— Je te signale que c'est à *mon* amie que tu parles.

Elle a voulu taquiner sa fille, mais celle-ci, irritée, lui fait signe d'attendre un peu.

— Non, non, c'est juste maman qui veut te parler, mais je lui ai dit que j'avais le droit, moi aussi.

Adélaïde hausse les épaules et monte à l'étage se changer. Elle se ravise en constatant à quel point sa peau est moite et collante de crème solaire. Elle attrape un T-shirt, des sous-vêtements propres et un short, et redescend pour prendre une douche. Sa fille parle toujours au téléphone et ne semble pas prête à lui tendre le combiné.

— Je vais me laver pendant que vous jasez. Au pire, tu lui diras que je vais la rappeler.

Adélaïde laisse la porte entrebâillée pour écouter la conversation. Ça l'amuse d'entendre sa fille rapporter ses paroles telles quelles.

— Elle dit qu'on peut jaser, pis qu'au pire elle va te rappeler.

— …

— Elle est partie se laver.

Adélaïde ouvre les robinets. Le bruit de la douche étouffe un peu la voix de Marjolaine, mais pas complètement.

— Aujourd'hui, c'était la fête des Mères, et on est allées au parc. Et j'ai joué dans le carré de sable et j'ai flatté un chien.

— …

— Ben oui, c'était un chien! Qu'est-ce que tu penses? que j'ai flatté un chat sans savoir que c'était un chat?

— …

— On ne dit pas *une* chien, mais *une* chienne. Et ce n'était pas une chienne parce qu'il avait un zizi.

— …

— Il était couché sur le dos alors je l'ai vu.

— …

— Je n'ai pas besoin de lunettes pour ça!

Il faut un moment pour que ces mots franchissent le nuage de brume qui règne tant dans la salle de bain que dans l'esprit d'Adélaïde. Elle se raidit soudain, coupe l'eau et attrape une serviette.

— C'est Sean? s'écrie-t-elle en ouvrant toute grande la porte.

Marjolaine fait oui de la tête.

Adélaïde a l'impression que son cœur va sortir de sa poitrine. Elle s'approche et tend la main pour que sa fille lui donne le téléphone. Marjolaine glousse.

— Oui. Elle est juste là, mais elle est toute nue pis encore mouillée. OK. J'ai hâte de te revoir, O'Malley. Je t'aime fort.

Aussi rouge qu'une tomate, Adélaïde pousse sa fille vers le salon et, lorsque son oreille touche au combiné, elle prononce un «oui» qu'elle aurait voulu plus assuré. Elle frissonne en reconnaissant la voix de Sean.

— J'espère tu ne seras pas froid.

Elle cherche une réplique qui aurait l'air naturelle et qui n'aurait rien de grinçant.

— Non, ça va. Il fait très chaud de toute façon.

Elle grimace à l'intention de sa fille qui l'imite en répétant ses paroles sur le même ton.

— Va donc te changer, tannante. Tu as encore les fesses mouillées.

Marjolaine obéit et disparaît dans l'escalier. Une fois sa fille hors de portée de voix, Adélaïde se laisse choir sur sa serviette, le dos au mur.

— Comment ça va? demande-t-elle, la voix étranglée par l'émotion.

— Correct, et toi?

— Bien. Comment va ton père?

— Mieux.

— Qu'est-ce qu'il a eu, finalement?

— Une attaque de cœur.

— Une quoi?

— Une attaque... *well, you know, a heart attack.*

— Ah! Une crise cardiaque.

— *Yes.* Une crise cardiaque.

— Il s'est déjà remis?

Cette fois, Sean répond d'une voix plus forte.

— Un peu remis, oui. *But he's a grumpy old man.*

— *But* quoi?

— Il est vieux et méchant... non, pas méchant. Il plaindre et critique toute mon cuisine.

— Tu perds ton français, Sean.

— *I know.* Je pas parler depuis Québec. Mais ça va mieux maintenant.

Il entreprend tant bien que mal de lui faire un compte rendu de ce qu'il a fait ces dernières semaines. Adélaïde parle peu, mais devine que la situation a été grave. Elle s'en veut de lui avoir reproché, même secrètement, son silence.

— Peux-tu prendre des *vacations* de ton travail? *Like a week?* Une semaine, je veux dire.

Adélaïde réfléchit un moment. Elle évalue la situation, imagine ce qu'il va lui proposer et répond d'une voix hésitante :

— Peut-être. Ça dépend… Pourquoi ?

— Tu pourrais venir en train à Halifax.

— À Halifax ? C'est loin ça !

— Vingt et une heures en train. J'irais te chercher. Le maison de mon père est au bord de la mer.

— Tu sais, Sean, même si je pouvais, je n'ai pas les moyens de payer un billet de train pour aller aussi loin. Et puis il y a Marjo.

— Je paie et tu emmènes Marjo.

Adélaïde se dit que n'importe qui sauterait sur l'occasion, mais pas elle. Parce qu'elle a peur. Parce qu'elle n'a jamais traversé le fleuve et que Halifax lui semble au bout du monde. Et parce qu'elle ne se voit pas partir toute seule avec sa fille pour un pays étranger dont elle ne parle pas la langue.

— Tu sais, je ne voyage jamais sans ma mère.

Elle lui ment, encore une fois. Elle ne voyage jamais, point. Ni avec ni sans sa mère. Elle ne possède ni valise ni trousse de toilette. Elle ne saurait même pas quoi mettre dans une valise. Comment sait-on de combien de vêtements on aura besoin ? Elle ne sait même pas à quoi ressemble le climat, à Halifax. Elle ne sait rien, finalement. Et tout à coup, elle n'a tout simplement pas envie d'y aller.

— *Of course*, j'invite ta mère aussi. Mon père va être content. Deux femmes dans le maison, ça faire longtemps.

— Tu ne peux pas payer pour nous trois, Sean. Ça va coûter bien trop cher.

Sean ne répond pas tout de suite. Adélaïde se dit que c'est le moment des aveux. Comme de fait, la voix s'adoucit dans son oreille.

— Je veux te voir.

Il attend un moment, puis ajoute :

— Et voir Marjo aussi. Et ta mère va aimer la mer, je suis sûr. Et mon père aussi.

Adélaïde cherche ce qu'elle pourrait dire de plus pour se défiler. Puis la voix de Sean redevient douce.

— Je veux te voir, Adèle. *Please come.*

Adélaïde secoue la tête pour dire non, mais s'entend prononcer tout autre chose.

— D'accord. Quand est-ce que tu nous attends?

27

Ma grand-mère disait qu'il y avait deux façons de vivre sa vie. Soit on se fixe un point à l'horizon et on suit cette direction coûte que coûte. Soit on prête attention à ce que la Providence place sur notre route et on fait nos choix au gré des opportunités. De toute façon, disait-elle, tous les chemins ont la même destination : la mort.

Quand elle parlait de cette manière, ma mère se fâchait. Elle disait qu'on ne pouvait pas éternellement se laisser porter par le courant, qu'il fallait se forcer, avoir un but, des objectifs à atteindre. Elle répétait que les cartes du tarot ne constituaient en rien un jalon ni une garantie, et qu'il fallait travailler fort.

Un jour qu'elle nous faisait une tirade sur l'importance d'avoir un plan si on veut réussir, ma grand-mère m'a fait un clin d'œil avant de lui lancer :

— Pour réussir quoi ?

— Sa vie, qu'est-ce que tu penses !

Jacinthe lui a alors demandé de décrire ce qui, pour elle, constituait une vie réussie. Irritée, ma mère lui a déclaré qu'elle ne le savait pas encore.

Ma grand-mère s'est donc tournée vers moi.

— Marjo, te rappelles-tu l'histoire de John Lennon ?

J'ai fait oui de la tête avant de me lancer dans le récit que ma grand-mère m'avait fait apprendre par cœur quelques jours plus tôt dans l'hypothèse d'une conversation de ce genre.

— Quand John Lennon était petit, un professeur lui a demandé ce qu'il voulait être dans la vie. Il a répondu qu'il voulait être heureux. Le professeur a souri et lui a dit qu'il n'avait pas compris la question. John Lennon a répondu que c'était lui qui n'avait pas compris la vie.

Furieuse, ma mère a fait demi-tour et a grimpé l'escalier. Nous l'avons entendue bougonner jusqu'au palier. Puis, juste avant d'entrer dans l'appartement, elle s'est penchée par-dessus le garde-corps et a crié :

— Si tout le monde pensait comme toi, on vivrait comme des gitans.

Ma grand-mère n'a pas répliqué. Nous savions toutes les trois qu'elle ne demandait pas mieux.

28

Le train a roulé toute la nuit et roule encore. Adélaïde n'a pas fermé l'œil. Le wagon est constamment ballotté sur les rails au point qu'il lui est impossible de se détendre. Sur la banquette d'en face, pourtant, Jacinthe et Marjolaine dorment aussi tranquillement que si elles étaient allongées dans leurs lits. Dehors, l'aube vient d'apparaître, teintée de grisaille et de pluie. Adélaïde frissonne. Dire qu'il faisait si beau à Québec! Quelle idée, aussi, de s'en aller au bout du monde quand on est si bien chez soi?

Dans l'interphone, la voix du contrôleur retentit:

— Mesdames et messieurs, nous arrivons à Campbellton. *Ladies and gentlemen, we are now entering Campbellton.*

De l'autre côté de l'allée, une jeune femme qui semblait endormie se redresse sur son siège. Elle range le livre qui traîne sur la tablette devant elle, replie la couverture prêtée par le contrôleur et la dépose sur le siège d'en face. Puis elle enfile ses chaussures, endosse un imperméable et se rend à l'avant du wagon d'où elle revient avec un gros sac à dos. Elle se rassoit et attend que le train s'immobilise complètement pour quitter le wagon. En passant à côté d'Adélaïde, elle lui adresse un « *Have a nice trip!* » empreint de sollicitude et disparaît.

Adélaïde la voit réapparaître sur le quai où l'attendait un jeune homme ensommeillé. Il l'enlace, l'embrasse longuement avant de l'entraîner vers le bâtiment, où ils s'engouffrent, bras dessus, bras dessous.

Ce serait beau, l'amour, si ça pouvait toujours être aussi simple. Un garçon rencontre une fille, ils se plaisent, se marient et ont des enfants, une auto, une maison, et peut-être aussi un chalet. Les enfants quittent le nid, le couple se resserre, se met à voyager et vit heureux jusqu'à la fin de ses jours.

Adélaïde replace le manteau dont elle se sert comme oreiller. Ce conte de fées, elle y a cru tellement longtemps! Puis, au fil des ans, elle s'est convaincue qu'elle était immunisée contre l'amour. Et maintenant... Maintenant, elle se trouve dans un train à destination de Halifax où l'attend un homme qui parle à peine sa langue. Un homme qu'elle a certes embrassé deux fois, mais dont elle ne sait absolument rien. Dire qu'elle a peur est un euphémisme. Elle est terrifiée. D'où ce besoin de railler l'amour où qu'il se trouve. Et de se promettre, quitte à se trouver ridicule plus tard, qu'elle n'y succombera pas. Il faut bien ménager un peu sa fierté.

Elle n'a rien vu du paysage depuis qu'elles sont parties la veille au soir. Le soleil se couchait lorsqu'elles sont montées à bord, toutes les trois, leurs valises sous le bras. Max, venu les conduire avec sa vieille voiture rouillée, a attendu que le train se mette en marche pour s'en aller. Il avait parié qu'Adélaïde n'irait pas jusqu'au bout. Déjà, en traversant le pont, elle avait failli lui donner raison. Mais elle s'était reprise, avait maîtrisé les tremblements qui la secouaient quand elle regardait le fleuve, tout en bas. Puis, arrivée à Charny, elle est allée chercher les trois billets au comptoir. Sean avait fait les achats par téléphone avec une carte de crédit. Elle n'a eu qu'à tendre une pièce d'identité.

Comme elle revenait vers lui, ses billets dans les mains, Max l'a taquinée :

— Je parie cent piastres que tu vas changer d'idée.

La provocation a eu l'effet escompté. Adélaïde a rangé les billets dans son sac, attrapé la main de sa fille et fait signe à sa mère de la suivre jusqu'au quai. Elle a regardé le train entrer en gare sans broncher, sans réfléchir non plus. Elle est montée à bord dès qu'on le leur a permis, toujours sans laisser ses pensées affleurer. Elle ne ressentait rien, ne disait rien, ne voyait que le minimum. Les marches, le couloir, les sièges. Elle a poussé Marjolaine vers le fond, s'est installée sur le bord, en face de sa mère. C'est à ce moment qu'elle a remarqué qu'elle avait aussi cessé de respirer. Elle a laissé l'air sortir, puis entrer, puis sortir encore. Le train s'est mis en branle. Au grincement du fer, Adélaïde a compris qu'elle était partie. Il lui faudra réclamer les cent dollars à Max dès son retour. Avec cet argent-là, elle fera une épicerie gigantesque où il y aura de la viande en abondance. Et du vin aussi.

Jacinthe bouge la tête, puis ouvre les yeux et s'étire.

— On est où, là?

— On vient de traverser Campbellton.

— Zut! J'ai manqué Matapédia.

Elle remet en place le foulard mauve qui retient ses cheveux et fait tourner une à une ses bagues autour de ses doigts. Ses bracelets tintent quand elle pose les bras sur la table. Elle s'est faite chic pour le voyage.

— Tu sais, dans le temps, je sortais avec un gars de Matapédia.

— Dans le temps?

— Je veux dire, quand j'étais jeune, bien avant ta naissance.

— Ah, tu veux dire que ce monsieur-là n'est pas mon père?

Jacinthe lui tire la langue. C'est toujours le même jeu. Quand sa mère parle de son passé, Adélaïde essaie d'en savoir davantage ou de la prendre en défaut. Elle cherche à découvrir un détail de plus sur ses origines, un détail que sa mère aurait omis, par bienveillance ou par orgueil.

— Wilfrid aurait été bouleversé qu'on l'appelle monsieur étant donné qu'il avait juste seize ans. Et non, il ne s'agit pas de ton père. Ton père travaillait au barrage Manic-5 dans ce temps-là. Tu sais, je l'ai rencontré pendant ses vacances. Il avait juste deux semaines de congé, mais ça nous a suffi pour tomber amoureux.

Adélaïde pouffe de rire.

— La dernière fois, c'était un militaire basé à Chypre en permission au Canada.

Jacinthe rit à son tour. Sur sa poitrine, les colliers semblent danser.

— Ah, tu sais! Il en a fait des choses, ton père, dans sa courte vie.

— Au moins autant que le père de Marjo.

— Absolument… Et avoue que ces histoires-là sont pas mal plus intéressantes. Si je t'avais dit à huit ans que ton père était un alcoolique qui me battait quand je le contrariais, ça ne t'aurait sûrement pas influencée de la même manière.

— Sûrement pas.

— Pis si je t'avais raconté qu'il est mort saoul dans un accident de la route, tu aurais grandi en pensant que ton père était un bon à rien. C'est vrai qu'il l'était, mais ce n'est pas bien pour un enfant d'être exposé si jeune à ce genre de vérité.

Adélaïde se revoit, quelque part en février, expliquer à sa fille qu'il fallait voir le retour de Karl comme une bonne chose. Puisque la mer l'avait épargné, c'est qu'il méritait de vivre. Marjolaine avait levé les yeux au ciel. Si Adélaïde avait cru sa mère sur parole vingt ans plus tôt, il n'en allait pas de même pour sa fille. De nos jours, les enfants sont moins naïfs. Ils comprennent mieux le monde et savent que les adultes leur mentent. De l'avis de Marjolaine, son père aurait tout aussi bien pu mourir en mer parce qu'elle ne le connaît pas et qu'il ne l'intéresse pas. Il est arrivé après Sean, et c'est tant pis pour lui. Pour ce qui était de son identité, Adélaïde l'avait rebaptisé Kyle Reese en s'inspirant d'un personnage du film *Terminator*, ce que Marjolaine avait d'emblée trouvé risible. Comment lui expliquer qu'il avait été plus facile de l'élever en substituant à Karl le héros qui avait fait un enfant à Sarah Connor juste avant de mourir pour elle? Aurait-elle compris que ça lui avait évité de regretter sa faiblesse et ses choix?

— Pis dans le fond, j'ai juste déformé un peu la réalité. Ton père a vraiment travaillé sur la Manicouagan et il a vraiment été à Chypre.

Ces mots de Jacinthe ramènent Adélaïde à la conversation, et c'est presque un soulagement qu'elle ressent en donnant raison à sa mère.

— Je ne t'en veux pas d'avoir maquillé la réalité.

— De toute façon, comme il est mort tout de suite après mon départ, il ne pouvait pas me contredire. J'étais libre de te raconter ce que je voulais.

— J'ai beaucoup aimé avoir un héros comme père. Je suppose que c'est pour ça que j'ai fait pareil avec Marjo, mais…

— … mais on n'avait pas prévu ni l'une ni l'autre que Karl reviendrait.

Jacinthe jette un regard attendri sur l'enfant qui dort toujours à poings fermés.

— Une chance qu'on est restées proches de la réalité. S'il avait fallu qu'on en fasse un joueur de hockey au lieu d'un marin, elle aurait vraiment été traumatisée, la pitchounette.

Elles s'esclaffent toutes les deux parce qu'elles ont la même aversion pour le hockey. Une question de génétique, d'après Jacinthe. Chose certaine, ce n'est pas un hasard si elle a mis Gaston à la porte à la fin d'un match de hockey. C'était le soir de la fête des Mères, un peu après leur journée au parc. Un peu après le coup de fil de Sean, aussi. Les Canadiens venaient de battre les Islanders de New York 4 à 1. Gaston avait trop bu, trop mangé. Il a vomi sur le plancher du salon tout de suite après le but vainqueur. Pour Jacinthe, c'en était trop. En cinq minutes, elle avait vidé ses tiroirs, rempli une valise qu'elle a lancée dans la rue, comme d'habitude. Sauf que cette fois Gaston était trop mal en point pour protester. Il a suivi le chemin de ses effets personnels sans rien dire.

— Bon, je pense que je vais aller nous chercher des cafés et de quoi déjeuner.

— Laisse faire, maman. Je vais y aller.

— Oh, non! Pas question que je passe à côté de ça. Et si je rencontrais l'homme de ma vie dans un wagon-lit... Ils sont tellement étroits, ces corridors-là! Mais tu sais à quel point les gens sont coincés. J'imagine que les occasions manquées se comptent par centaines tous les jours.

Sur ce, elle se lève, fait mine de se recoiffer, s'enroule élégamment dans son châle de laine crochetée et s'éloigne vers l'avant du train en se déhanchant. Adélaïde ne peut s'empêcher de sourire. L'homme qui réussira à étancher la soif de vivre de sa mère n'est pas encore né.

* * *

Bathurst. Un petit groupe qui voyage à l'avant du wagon vient de se lever. Ils sont trois, une femme d'une quarantaine d'années et deux adolescents de dix-sept ou dix-huit ans. Sur le coup, on les pense parents, mais quand on les écoute parler, on se rend compte que ce n'est pas le cas. Les deux jeunes sont apparemment montés à Drummondville. Leur anglais est limité, mais on devine qu'ils se forcent. La femme vient de Toronto. C'est du moins ce qu'elle leur a dit. À voir la déférence avec laquelle les deux jeunes lui parlent, on comprend aussi qu'ils essaient de l'impressionner.

Adélaïde les suit discrètement du coin de l'œil tandis qu'ils descendent du wagon et fouillent dans leurs poches à la recherche d'un briquet et de cigarettes. Un contrôleur se dirige immédiatement vers eux. À travers la vitre, Adélaïde ne saisit que des bribes de la conversation. L'arrêt sera trop court. Il faut attendre plus loin pour fumer. Oui, oui, il y aura un temps d'arrêt plus long, dans quelques heures. S'ils veulent, ils peuvent toujours se rendre au wagon-restaurant. Il y a une section pour les fumeurs.

La femme et les deux jeunes reviennent s'installer dans le wagon et recommencent à parler dans cet anglais scolaire familier de tous les Québécois.

— *In Trois-Rivières, where we live, we are* des hommes d'affaires.

— *Yes. We have one* objectif *in life. We want to be millionaire before we are 25 years old.*

Millionnaires avant l'âge de vingt-cinq ans? Que d'optimisme!

— *Really? How old are you, boys?*

Il y a un moment de silence, puis un des deux garçons lance, la voix trop assurée pour sonner vraie:

— *We are 23 years old.*

Vingt-trois ans, ces deux-là? La femme a la sagesse de ne pas rire, mais Adélaïde se dit qu'elle n'est certainement pas dupe.

La conversation s'accélère maintenant. Les mots glissent, sont escamotés, soufflés trop fort ou trop faiblement. Et tout à coup, Adélaïde reconnaît une expression anglaise très utilisée en français: «*I have a blind date in Moncton.*»

Curieuse, elle leur prête encore plus d'attention, mais voilà que Marjolaine arrive en courant dans l'allée.

— Regarde ce que grand-maman m'a acheté!

Elle pose sur la table une tablette de chocolat à demi entamée. Adélaïde soupire.

— C'est certain que ça va t'aider à te calmer.

— C'est certain! Regarde, ça marche déjà.

Marjolaine fait mine de respirer plus lentement, puis pouffe de rire. Jacinthe vient la rejoindre.

— Allez, la pitchounette! Tasse-toi pour faire de la place à grand-maman.

Marjolaine obéit et vient s'asseoir juste en face de sa mère qui la regarde terminer le chocolat en quelques bouchées.

— Avez-vous rencontré des gens intéressants au restaurant?

Le ton moqueur d'Adélaïde fait sourire sa mère.

— Pourquoi? Es-tu jalouse?

— Pas du tout. Tu sauras qu'il s'en est passé des choses ici pendant votre absence. Entre autres, j'ai appris que la femme avec les deux ados n'est pas leur mère et qu'elle a une *blind date* à Moncton. Avoue que ça te surprend.

— Je l'avoue. Et je suis bien contente pour elle. J'adore les *blind dates*.

— Ben voyons, maman! Tu sais bien que ça ne marche jamais, ces affaires-là. Les gens font ça pour avoir un peu d'action dans leur vie, c'est tout.

— Pourquoi est-ce que ça ne marcherait pas?

— Elles ne sont basées sur rien, ces relations-là.

— Ça ne veut pas dire que ça ne marche pas.

Adélaïde fixe un moment le visage de la femme qui apparaît entre deux sièges. Elle a l'air sereine malgré l'inconnu qui l'attend.

— En tout cas, je suis contente de ne pas être à sa place. Ce genre d'amour là ne dure pas, et moi, je veux quelque chose qui dure.

— Qui dure combien de temps?

— Toute la vie.

Jacinthe lâche un petit rire cynique.

— Tu rêves, Adèle. Il n'y a rien qui dure toute la vie.

— Tu dis ça parce que tu es persuadée que tout le monde pense comme toi à part moi. Mais je connais des couples qui durent depuis toujours.

— À quel prix ils durent, ces couples-là?

Déroutée par la question, Adélaïde ne répond pas. Jacinthe reprend :

— Tu ne sais pas à quoi chacun a dû renoncer pour faire durer un couple aussi longtemps.

— J'en connais qui sont heureux.

Ça fait du bien de retrouver sa voix quand on est resté un long moment bouche bée. C'est bon pour l'ego. Mais Jacinthe, comme toujours, a l'art de démolir les ego... et les idées reçues.

— Peut-être qu'ils sont heureux, effectivement. Mais moi, je n'ai pas du tout envie de leur ressembler. La même recette de macaroni depuis trente ans. Les mêmes conversations jour après jour. Le sexe qui devient de plus en plus ennuyeux, soir après soir. La routine qui s'installe. Non merci. La routine, ça tue l'inspiration, la vie et la beauté dans le monde. Je préfère l'intensité de la passion, le sexe qui fait mal et qui fait jouir en même temps.

— Maman!

— Quoi, maman? Tu penses que ta fille n'a pas à entendre ce genre de choses? Ah, et puis tiens, tu as peut-être raison. Marjo, ma chouette, bouche-toi donc les oreilles cinq minutes. Il faut que je parle à ta mère.

Marjolaine glousse et obéit.

— Bon, je disais que moi...

— Je sais ce que tu disais, maman, et je ne suis pas d'accord. À quoi ça sert d'aimer si ce n'est pas pour durer?

— Mais ça sert à vivre, ma pauvre enfant! À vivre pour de vrai.

— Tu sonnes comme Stéphanie.

— Elle est pleine de sagesse malgré son jeune âge, ton amie Stéphanie. Elle sait qu'il n'y a pas deux vitesses pour aimer. L'amour, le vrai, il vient d'un coup ou il ne vient pas du tout.

— Ce genre d'amour là, on ne sait jamais où il va nous mener. Ni dans quel trou on va tomber. J'ai déjà aimé comme ça, et regarde où j'en suis! Je ne veux plus investir dans quelque chose qui ne durera pas.

— Tu vis toujours dans le futur, Adèle. Mais le futur n'existe pas encore. Pis le passé dont tu parles si souvent, il n'existe même plus. La seule chose importante, c'est le présent. C'est ici et maintenant. Comment tu te sens, juste là, maintenant?

Adélaïde ne répond pas tout de suite. À mesure que le train approche de sa destination, elle sent croître en elle un sentiment qu'elle connaît bien et qu'elle déteste.

— J'ai peur.

— C'est un bon début. La question, c'est de savoir si tu vas choisir comme toujours la peur ou si tu vas enfin choisir la vie.

Au lieu de répliquer, Adélaïde serre les dents. Les mots qui lui viennent sont trop dévastateurs à son goût.

— Allez! Je ne t'ai pas élevée à tenir ta langue. Dis ce que tu as sur le cœur, Adèle.

Adélaïde lui jette un regard mauvais.

— Je déteste ça quand tu parles comme si tu savais tout…

— Et…

— … et je pense que si c'est pour mener une vie comme la tienne, je préfère encore choisir la peur.

Contre toute attente, Jacinthe sourit.

— Si la Grande Faucheuse passe me chercher demain matin, je n'aurai pas un regret. Peux-tu en dire autant?

* * *

Le temps s'écoule lentement. C'est long, douze heures de train. Surtout quand on est assis en face d'une personne qui passe son temps à vous dire vos quatre vérités. Adélaïde se surprend à s'ennuyer du plancher et de la cage d'escalier qui la séparent de sa mère à Québec. Dire qu'il leur reste encore huit heures à se regarder dans le blanc des yeux !

Il a commencé à pleuvoir. L'horizon a disparu derrière un pan de brouillard. Le nez collé à la vitre, Marjolaine observe le paysage qui défile, le peu qu'on en voit. Il faut souvent la ramener à l'ordre ; elle a des devoirs à faire. C'est à ce prix qu'elles ont toutes les trois pu prendre une semaine de vacances un mois avant la fin de l'année scolaire. La patronne de Jacinthe lui a donné sa bénédiction. Stéphane Cognac a demandé à la blague qu'on lui rapporte du homard frais. Mais la maîtresse… Jamais Adélaïde n'avait imaginé qu'il lui faudrait argumenter aussi longtemps pour obtenir son assentiment. Elle a fini par sortir une pile de feuilles d'exercices pour Marjolaine en exigeant qu'elles soient toutes complétées au retour. Marjolaine ne manquera pourtant que trois jours de classe en raison du congé de la fête de Dollard et de la journée pédagogique subséquente. Ce n'était donc pas la fin du monde !

— Marjo, tes devoirs !

— Mais c'est trop beau, dehors. Je veux regarder.

— Tu as le choix entre regarder dehors maintenant et regarder la mer avec Sean.

Sans rechigner davantage, Marjolaine revient à ses additions.

Jacinthe lève les yeux de son livre.

— Quand tu auras fini cinq feuilles, ta mère va aller te chercher une autre tablette de chocolat.

Adélaïde hausse les sourcils, mais ne dit rien. Sa mère continue.

— Quand tu auras fini dix feuilles, elle va t'emmener faire le tour du train au complet.

— Arrête, maman. Tu sais très bien que je ne ferai pas ça. Ça dérange les gens quand on passe à côté d'eux. Je n'irai certainement pas marcher sur toute la longueur du train pour le plaisir.

— Tu pourrais le faire pour te dégourdir les jambes.

— Je n'ai pas les jambes engourdies.

— Tu pourrais aller voir qui sont les autres passagers, savoir de quoi ils ont l'air.

— Je pourrais, mais je ne le ferai pas parce que ça ne m'intéresse pas.

— Qu'est-ce qui t'intéresse, Adèle?

— Arriver au plus vite parce que je suis tannée de me faire pousser dans le dos.

— Mais je ne te pousse pas dans le dos, je te pousse à vivre.

— Mais je vis, maman! Ça fait vingt-cinq ans que je vis!

— Tu ne vis pas. Tu attends.

— Mais arrête donc! Tu vois bien que ça m'énerve.

Marjolaine, qui a de toute évidence senti la tension monter, choisit ce moment précis pour intervenir.

— J'ai fini les cinq feuilles. Je veux mon chocolat.

Adélaïde se dit que, finalement, ce n'est peut-être pas une si mauvaise idée d'aller voir dans un autre wagon si l'air sent la même chose qu'ici. Elle maugrée quand même, pour la forme.

— OK. OK. Je vais aller te le chercher, ton maudit chocolat. Mais tu sauras, maman, que ce n'est pas en me poussant dans le dos que tu vas réussir à me changer. Je suis comme je suis. Tranquille et satisfaite de ma vie.

Sur ce, elle se lève, attrape son sac à main et s'éloigne en direction du casse-croûte qui se trouve, paraît-il, trois wagons en avant.

* * *

Bien installée sur un siège dans la voiture-restaurant, Adélaïde sirote son café. Elle prend son temps. Pas question de revenir aussitôt le chocolat acheté. Elle en a assez des remontrances de sa mère. Qu'est-ce qui lui prend aujourd'hui? Elle n'a pas l'habitude d'être sur son dos, en tout cas ça ne dure jamais aussi longtemps. On dirait que ça l'amuse, que ça lui permet de passer le temps, parce qu'elle n'a rien d'autre à faire.

Le paysage qui défile sous ses yeux est plat. Pas une colline, pas un ravin, pas le moindre accident de terrain. Hormis une plaine tourbeuse et boueuse, on n'aperçoit des deux côtés qu'une forêt maigrichonne où les arbres tremblotent sous la pluie. Cette monotonie remplace fort bien la conversation houleuse de Jacinthe. Pourquoi toutes ces attaques? ces accusations? Sa mère ne voit-elle pas qu'elle est nerveuse? que sa sensibilité est à fleur de peau? C'était une bonne idée ce café dans un coin tranquille. Elle a enfin de la place pour réfléchir.

Pourtant, dès qu'elle fait le silence dans son esprit, Adélaïde entend les mots de Stéphanie revenir à la surface. Stéphanie, dont la grossesse semble toujours à risque, a quand même repris du poil de la bête. Elle a prévu emménager avec Patrice le 1er juillet. Elle a choisi le cœur plutôt que la raison. Adélaïde aurait aimé l'approuver dans ses choix, mais n'a pu que soupirer quand elle a appris la nouvelle. Depuis qu'elle a fait la connaissance de Patrice, elle souhaite que son amie renverse la vapeur. Peine perdue! *L'Amour a ses raisons que la Raison ne connaît pas,* paraît-il. Ce dicton illustre sans contredit la situation de Stéphanie.

Adélaïde est allée lui rendre visite avant de partir. Elle voulait s'assurer que le bébé allait bien et qu'elle aussi allait bien. C'était le cas, même si son teint un peu blême trahissait une grande fatigue. Il a fallu beaucoup de courage à Adélaïde pour lui faire part des doutes qui la rongent depuis qu'elles sont allées ensemble chez Patrice. Quelle surprise ce fut de découvrir qu'il vivait nu! Pas en maillot, pas en sous-vêtements. Nu. Nu comme un ver. Et il reçoit sa visite sans même se couvrir le sexe. Adélaïde en a été tellement bouleversée qu'elle a prétexté un rendez-vous avec la maîtresse d'école de Marjolaine pour s'éclipser. Depuis, quand elle pense à Patrice, elle ne peut s'empêcher de revoir l'image de l'homme grand et mince qui leur a ouvert la porte. Le torse à peine plus poilu que l'entrejambe. Et ce pénis qui pendait mollement, sans gêne. Il fallait se concentrer pour regarder Patrice dans les yeux, mais les yeux, eux, descendaient d'eux-mêmes, quoi qu'on fasse. Adélaïde s'en voulait chaque fois que son regard se posait sur ce sexe inerte. Elle avait beau chercher quelque chose d'autre où poser son regard, un sujet de conversation neutre à aborder, ça ne marchait tout simplement pas. Et au milieu de cette atmosphère à couper au couteau, Stéphanie semblait des plus à l'aise dans ses vêtements de cuir et son gros ventre moulé dans la dentelle. Elle accepte cet homme tel qu'il est, avec son vice.

Quand, quelques jours plus tard, Adélaïde a trouvé l'occasion de lui parler de son malaise et de ses inquiétudes, la réponse de Stéphanie a été des plus catégoriques.

— Chaque fois qu'on fréquente un homme, Adèle, il y a deux forces qui s'affrontent dans notre tête. L'ego et l'amour. Tu peux écouter l'un ou l'autre, mais pas les deux en même temps. J'ai choisi l'amour.

On aurait cru entendre Jacinthe, avec ses grandes déclarations de sagesse bidon. Et comme avec Jacinthe, quel que soit l'argument avancé par Adélaïde, Stéphanie est demeurée de glace. Elles se sont quittées sans s'embrasser, comme si le malaise ressenti devant la nudité de Patrice s'était frayé un chemin jusque dans l'appartement de Stéphanie. Il faudra arranger l'affaire en revenant à Québec. S'excuser, peut-être aussi, parce qu'il semble bien que Patrice soit dans la vie de Stéphanie pour de bon.

Il est bientôt midi. Adélaïde paie son café et glisse la tablette de chocolat dans son sac à main. Il est temps d'affronter sa mère et de régler leur différend. Après tout, le voyage est loin d'être terminé.

Pour revenir à sa place, Adélaïde doit traverser deux wagons. À cause de la vibration des roues sur les rails, elle heurte tantôt le mur extérieur, tantôt la porte d'une cabine. Il lui faut franchir les plates-formes qui séparent les voitures, ouvrir des portes, refermer des portes. Le tout en gardant son équilibre. Un exercice qui, finalement, lui dégourdit les jambes, même si ça ne fait pas son affaire de l'admettre. C'est donc le sourire aux lèvres qu'elle revient vers sa mère et sa fille, mais dès qu'elle passe la porte de leur wagon, son humeur se rembrunit. Sur la table, le jeu de tarot est ouvert.

— Il représente la sécurité financière, la stabilité. Avec lui, on ne manque jamais de rien. Il prend soin de nous et nous rassure. Il est aussi d'une grande aide parce qu'il est plein de sagesse. Tout ce qu'il touche se transforme en or, et la qualité l'emporte sur la quantité. Il nous apprend à apprécier les bonnes choses de la vie et n'a jamais peur de dépenser son argent si c'est pour générer des profits ou du bonheur.

— Arrête donc de lui vanter Sean, lance Adélaïde en reprenant sa place. Il risque de la décevoir.

Jacinthe lève la tête, surprise autant par la question que par l'apparition de sa fille.

— Je ne parlais pas de Sean, mais du Roi de deniers. Quoique... c'est vrai qu'ils se ressemblent.

Marjolaine s'empare d'une carte et la tend à sa mère.

— On a demandé au tarot de nous dire pour quelle raison Sean nous avait invitées toutes les trois. J'ai tiré ce beau roi-là.

Adélaïde jette un œil indifférent à la carte.

— Encore une affaire arrangée avec le gars des vues.

— Ce n'était pas arrangé du tout, Adèle. C'est même Marjo qui a pigé la carte dans le paquet.

— Pff!

— Pense ce que tu veux, mais les cartes ont toujours raison.

Comme si ce n'était pas suffisant, Marjolaine en rajoute.

— Tu vois bien, maman, que les cartes ont toujours raison. Regarde. C'est Sean pour vrai. Il lui ressemble.

— Arrête, Marjo. Il ne lui ressemble pas pantoute. Ton bonhomme a une couronne sur la tête. Sean n'a pas de couronne.

— Ben oui, maman, il a une couronne. C'est juste qu'il ne la sort jamais de sa valise. Et il a un château aussi. C'est là qu'on s'en va. Il nous a invitées comme des princesses d'un pays lointain. Comme dans la Belle et la Bête. Tu vas voir, quand on va arriver, on va découvrir que c'est un prince charmant.

En voyant sa fille se conter une telle histoire, Adèle lance un regard courroucé à sa mère.

— Elle va avoir de la peine quand la réalité va lui tomber dessus.

— Peut-être que oui, peut-être que non. Tu dois bien admettre qu'il est généreux, Sean. Il nous a invitées toutes les trois. Ils ont dû lui coûter cher, ces billets de train. Il faudra qu'on aille faire l'épicerie quand on arrivera chez lui, pour le remercier. Il faudra aussi…

Adélaïde perd patience et l'interrompt. Trop, c'est trop.

— Arrêtez donc vos niaiseries! Il ne vous a pas invitées, OK. C'est moi qui lui ai dit que je n'irais pas sans vous. Et il ne nous recevra pas chez lui, mais chez son père. C'est là qu'il habite en ce moment parce que le vieux est en convalescence et qu'il ne peut pas rester tout seul.

Jacinthe demeure bouche bée. Assise à côté d'elle, Marjolaine l'étudie puis imite l'expression de son visage, les yeux écarquillés, les sourcils haussés, la bouche ouverte. Adélaïde se demande ce qu'elle a bien pu dire pour surprendre sa mère à ce point.

— Viens-tu juste de me dire qu'il ne nous avait pas invitées?

— Exactement. Tu vois bien qu'il n'est pas aussi généreux que tu le pensais. Tu vois bien aussi qu'il n'a rien à voir avec ton Roi de deniers.

Jacinthe secoue la tête, de plus en plus pâle, et garde le silence pendant une minute. Lorsque les couleurs lui reviennent, ses joues s'empourprent soudainement. Adélaïde se dit que sa mère ne met jamais longtemps à retrouver son aplomb. Les paroles qui suivent lui font l'effet d'une douche froide.

— Je ne pensais jamais avoir mis au monde une enfant aussi tarte!

— Merci du compliment. Merci surtout de me le servir devant ma fille.

Jacinthe a juste à prononcer un «Marjo» autoritaire pour que l'enfant se bouche de nouveau les oreilles.

— Penses-y, Adèle. On ne s'invite pas à trois chez un malade. Surtout pas avec une petite fille de huit ans. Ça n'a pas de bon sens! Il vient juste de faire une crise cardiaque, le pauvre homme. On va l'achever! Et puis, si Sean t'a invitée, c'est qu'il…

La voix du contrôleur coupe court à son explication.

— Mesdames et messieurs, nous arrivons à Moncton où le train fera un arrêt de quinze minutes. Vous pouvez descendre sur le quai pour prendre l'air ou pour fumer. *Ladies and gentlemen…*

— Bon. C'est un signe! Je descends ici.

— Quoi?

Adélaïde n'en croit pas ses oreilles. Déjà, sa mère ramasse les cartes qu'elle range dans leur boîte. Elle attrape ensuite le Roi de deniers que Marjolaine tenait encore dans ses mains. Après y avoir jeté un dernier coup d'œil, elle le range avec les autres.

— Tu as bien compris, dit-elle. Je descends.

— Ben voyons, maman ! Tu ne peux pas faire ça.

— Si je dis que je vais prendre des vacances à Moncton, je vais prendre des vacances à Moncton.

Dans un froissement de tissu, elle se drape dans son châle et se lève.

— Pis en plus, je pense que Marjo va venir avec moi. Qu'est-ce que tu en dis, Marjo ? As-tu envie de petites vacances avec ta grand-mère ?

Marjolaine bondit sur son siège.

— Oui !

— On pourrait louer une auto, tiens ! Oui. C'est ça. On va louer une auto et on va se rendre en Gaspésie visiter ma famille.

— Oui !

— Pis ensuite, on va rentrer en auto par le littoral. Tu vas voir, Marjo, c'est super beau, le littoral.

Adélaïde s'est levée, elle aussi. Elle tient fermement le sac de Marjolaine, mais Jacinthe attrape la sangle et tire d'un coup sec. Le sac change de main. Désespérée, Adélaïde se plante en travers de l'allée.

— C'est une idée de fou, maman. Ça va te coûter une fortune.

— Les vacances coûtent toujours une fortune. C'est pour ça que je n'en ai pas pris depuis au moins vingt ans. Mais là, il me semble que je suis due.

Elle se dresse de toute sa taille devant sa fille et la toise. Adélaïde ne bronche pas.

291

— Il ne fait même pas beau! Qu'est-ce que vous allez faire en Gaspésie sous la pluie?

De fait, on dirait qu'un orage vient de s'abattre sur le quai. Jacinthe jette un coup d'œil à l'extérieur avant de repousser avec douceur Adélaïde pour la forcer à se rasseoir sur son siège.

— J'aurais donc dû te sortir plus souvent, Adèle! Il ne faut pas venir dans les Maritimes et s'attendre à avoir du beau temps. Au bord de la mer, il neige en hiver et il pleut en été. Quand tu acceptes ça, tu vois chaque jour de soleil comme un miracle et tu remercies le ciel de t'avoir conduit à cet endroit-là, à ce moment-là.

Sur ce, elle attrape la main de Marjolaine et l'entraîne dans le couloir. Adélaïde les rejoint au moment où elles descendent du train.

— Mais Sean nous attend à Halifax! Vous ne pouvez pas débarquer en chemin.

— J'ai toujours fait ce que je voulais et ce n'est pas aujourd'hui que je vais arrêter.

— OK. Dans ce cas-là, attendez-moi. Je vais chercher mes affaires et je descends avec vous autres.

— Il n'en est pas question.

Jacinthe s'est immobilisée sur le quai. C'est elle, maintenant, qui affronte sa fille.

— On prend des vacances de toi, Adèle. On a le droit.

— Franchement, maman, tu exagères. Tu sais bien que je ne peux pas arriver là-bas toute seule.

— C'est pourtant ce que tu vas faire. Tu viens de me dire que Sean voulait te voir, toi, pis que tu nous as mis dans le même train pour qu'on te serve de chaperon. Tu sauras que moi, les chaperons, j'ai toujours été contre.

Elles sont toutes les trois sous l'averse, Jacinthe avec son sac, Marjolaine avec le sien, Adélaïde, les mains vides, mais le regard suppliant. Les employés et les autres passagers les regardent, un sourire en coin. Adélaïde les ignore. La panique lui serre les tripes.

— Je ne peux pas arriver là-bas toute seule, répète-t-elle, la voix chargée de détresse.

Sa mère se radoucit et se rapproche. Elle pose son sac et prend sa fille par les épaules.

— Arrête donc de t'en faire. Il ne nous arrivera rien, à Marjo et à moi. Pis à toi, il va arriver plein de belles choses.

— Je ne m'en fais pas.

— Oui, tu t'en fais. Tu t'en fais tout le temps. Pour une fois, Adèle, vis donc!

— Mais je vis, misère!

Elle a parlé trop fort, trop durement aussi, mais sa mère ne la lâche pas. Elle secoue la tête, avant de lui baiser le front.

— Non, tu ne vis pas, Adèle. Tu as peur, ce n'est pas pareil. Là, tu vas nous laisser nous débrouiller toutes seules, et toi, tu vas prendre le train de ta vie. Envoye! Va-t'en! Il est sur le point de partir.

Elle a raison, les employés font déjà signe qu'il est temps de remonter à bord. Adélaïde se défait de la poigne de sa mère d'un geste qui trahit son irritation.

— Tu m'énerves, maman!

— Je le sais. Pis le jour où je ne t'énerverai plus, il faudra franchement se poser des questions.

Adélaïde se penche, serre sa fille dans ses bras et lui fait promettre d'être sage.

— N'oublie pas de ramener O'Malley, maman.

— Je vais faire de mon mieux.

Elle s'éloigne vers le wagon, mais au moment de remonter, elle se tourne une dernière fois.

— J'espère que tu es contente de toi, lance-t-elle à Jacinthe en dardant sur elle un regard furieux.

— Très contente, oui. Salue bien Sean de ma part.

* * *

Ce n'est pas sans soulagement qu'Adélaïde aperçoit la ville se dessiner au loin, avec les grues du port et la baie, qu'on devine entre les collines couvertes de maisons. Elle vient de vivre les cinq heures les plus longues de sa vie et jure qu'on ne l'y reprendra plus. Il faut que le supplice s'arrête. Quand on se tient tout en haut d'une falaise, il faut agir. Soit on saute, soit on recule. Mais il est intenable de rester sur le bord à regarder le vide. Ça fait trop mal.

Il y a d'abord eu le visage heureux de Marjolaine sur le quai. Un petit visage couvert de pluie, mais rayonnant. Elle avait la main levée pour saluer sa mère et la cherchait des yeux. Sur le coup, Adélaïde a été émue de la voir se soucier d'elle au point de la suivre du regard. Puis elle a compris que l'enfant obéissait à un ordre de sa grand-mère. « Dis vite au revoir à ta mère qu'on s'en aille ! » De l'extérieur, on ne devait même pas voir les passagers à cause des reflets. Si Marjolaine était malheureuse d'abandonner sa mère, ça ne se voyait pas. Elle semblait même ravie de ce changement de plans.

À côté d'elle, Jacinthe affichait le sourire satisfait de ceux qui savent qu'ils ont accompli leur devoir. Dans ses cheveux, son foulard avait pris une teinte d'un violet très foncé. De ses boucles d'oreilles, la pluie s'égouttait jusque dans son cou. À ses pieds, cependant, les sandales à paillettes semblaient parfaitement sèches

Au moment où le train se mettait en branle, Adélaïde a aperçu un couple qui s'embrassait sous la corniche, à l'entrée de la gare. La dame du *blind date* avait abandonné les adolescents pour enlacer l'inconnu qu'elle venait rencontrer à Moncton. Méchant coup de foudre ! Adélaïde les a suivis des yeux, eux et Marjolaine, jusqu'à ce que le train tourne et qu'elle les perde de vue.

C'est alors qu'a commencé le supplice. L'inquiétude pour sa fille. Puis la déception en pensant au bonheur visible dans les yeux de l'enfant. Puis l'abandon. Sa fille l'aimait-elle si peu qu'elle se réjouisse de son absence ? Elle s'est raisonnée. Marjolaine l'aimait, aimait sa grand-mère et aimait l'aventure. Il fallait bien la laisser vivre. Et puis elle était en sécurité. Malgré ses excentricités, Jacinthe n'avait rien des vieilles dames étourdies qui perdent les enfants dans un centre commercial. Tout d'abord, elle n'était pas vieille. Ensuite, elle avait de l'expérience. Elle connaissait bien Marjolaine et savait prévoir ses moindres gestes. Et puis Marjolaine, comme toujours, écouterait sa grand-mère et lui obéirait. Elle n'était donc pas en danger, et il fallait absolument qu'Adélaïde cesse de s'en faire pour elle. Ce n'était pas raisonnable. Elle n'était pas comme ces mères poules qui conduisent leurs enfants à l'école tous les matins jusqu'au secondaire. Elle n'était pas de celles qui étouffent leur progéniture en prétextant leur sécurité. Elle ne l'était pas et ne voulait pas l'être. Marjolaine devait gagner en indépendance, en maturité. Et puis Jacinthe veillerait sur elle.

Une fois la culpabilité et l'inquiétude passées, c'est la colère qui était remontée. Pour qui se prenait donc Jacinthe pour lui faire la leçon et l'abandonner ainsi alors qu'elle s'en allait dans une ville inconnue où l'on parlait une langue qu'elle ne connaissait pas ? Ce n'était pas prévu. Elle ne devait pas la laisser y aller seule. C'était irresponsable de l'avoir poussée dans le train et d'avoir kidnappé sa fille afin de s'assurer qu'elle affronterait seule ce qui l'attendait. Tout de suite après cette montée de hargne qui lui avait fait venir le fiel dans la gorge, c'est la peur qui l'avait envahie.

Au bout de cette voie ferrée, il y avait Sean, avec ses attentes et ses craintes, lui aussi. Avec son assurance, également, une assurance qu'elle ne possédait pas et qui faisait d'elle une victime, en quelque sorte. Et s'il exigeait trop ? Et s'il se montrait méprisant? méchant? violent? Et si elle ne lui faisait plus d'effet? Et s'il la trouvait laide en la voyant nue?

Tandis que ces pensées lui venaient, le train traversait Sackville, Amherst, Truro. Et voilà maintenant qu'il contourne Halifax. Les maisons ont disparu. Les wagons s'enfoncent désormais dans ce qui ressemble à un parc. La végétation touffue forme un écran devant ses yeux. Impossible de savoir si c'est la ville ou les bateaux qu'on aperçoit, de temps en temps, entre les branches.

Après un virage, le train passe sous un viaduc de vieilles pierres. Les yeux d'Adélaïde s'attardent sur un graffiti blanc et rouge. Elle croit d'abord que c'est une croix gammée. Son œil distingue ensuite ce qui ressemble à des pieds. Puis des jambes bien dessinées, bien musclées aussi. Il y en a trois, dont deux sont dessinées jusqu'aux fesses. La troisième arrive de derrière, comme repliée sur les deux premières. Juste avant que le wagon ne passe sous le viaduc, la scène lui apparaît crûment. Il s'agit d'un coït. Les sexes sont faciles à distinguer une fois qu'on a reconnu les jambes et les torses.

Le rouge aux joues, Adélaïde jette un œil sur les autres passagers, mais personne ne semble avoir vu ce qu'elle a vu et qui a maintenant disparu. Il ne reste de ce graffiti que l'image qui s'est imprégnée dans son esprit. Et elle a beau essayer, elle n'arrive pas à l'effacer.

Elle frémit tout à coup quand la voix de Jacinthe se fait entendre dans sa tête.

C'est un signe.

Un signe? Un signe!

Sa volonté s'oppose de toutes ses forces à cette idée. Les signes n'existent pas, et elle ne laissera pas des superstitions de bonne femme mener sa vie. Elle est rationnelle, maîtresse de sa destinée. C'est elle qui mène, et elle sait où elle s'en va.

Elle ne croit ni aux cartes, ni en la Providence, ni en Dieu, et elle n'y croira jamais.

— De quoi t'as peur, Adèle ?

Cette voix, qui monte dans sa tête, c'est la sienne et ça ne l'est pas.

— J'ai peur qu'il abuse de moi et j'ai peur d'avoir mal. J'ai peur qu'il m'approche pour s'approcher de Marjo et j'ai peur pour Marjo.

— Mais Marjo n'est pas là.

C'est vrai, Marjolaine n'est pas là. Adélaïde est seule, pour la première fois depuis… tellement longtemps qu'elle ne se rappelle pas la dernière fois où elle n'a été responsable de personne. L'histoire du train que sa mère lui a racontée lui revient tout à coup en mémoire. Dans cette histoire non plus, elle n'était responsable de personne. Comment Jacinthe a-t-elle pu prévoir ce voyage en train ? Comment pouvait-elle savoir qu'Adélaïde anticiperait avec crainte ce qui l'attendait ? Des mots de sa mère, son esprit dévie pour s'arrêter sur l'image qu'elle se fait de sa vie. Propre, ordonnée, sécuritaire, malgré quelques écueils. Sa vie ressemble-t-elle à ce point à un wagon ? à une cabine dans laquelle on resterait à l'abri des intempéries, mais aussi de la vraie vie ?

Elle regarde à travers la vitre cette ville étrangère dont les tours se dressent comme autant d'obstacles à contourner, puis elle détaille les bâtiments de la gare qui viennent d'apparaître. Elle repense à cette cantine où, dans l'histoire de sa mère, elle descendait pour aller boire et fumer avec des amis pendant que le train repartait. Il est peut-être temps de descendre, finalement, et de goûter ce qu'elle se refuse depuis toujours. Après tout, elle est ailleurs. Pour la première fois de sa vie. Advienne que pourra !

29

J'ai gardé de ce premier voyage dans les Maritimes le souvenir du sourire immense de ma grand-mère. Un sourire de satisfaction né sur le quai de la gare de Moncton tandis que le train s'éloignait et qu'elle murmurait, pour elle-même plus que pour moi : « Les combats qu'on mène contre les autres ne sont rien en comparaison de ceux qu'on mène contre soi-même. » Je n'y comprenais rien, mais je voyais bien que ces mots la rendaient heureuse, alors j'étais heureuse, moi aussi.

Avec Jacinthe, j'ai visité la parenté, marché au bord de la mer, mangé du poisson et ramassé des coquillages. Mais ces vacances sans ma mère ont surtout transformé ma mère. Je peux dire que, pour elle, il y a eu un *avant les Maritimes* et un *après les Maritimes*. Elle ne m'a jamais raconté ce qui lui était arrivé, quelles révélations elle avait eues pendant son séjour en Nouvelle-Écosse, mais j'ai tout de suite compris, quand je l'ai revue, que la mer l'avait transformée.

30

Quand le train s'arrête, Adélaïde remarque que le ciel s'est dégagé. Il règne même sur Halifax un soleil magnifique. Elle ramasse sa valise et se joint à la dizaine de passagers que le wagon déverse sur le quai. L'air est humide, le vent, un peu frais. Adélaïde remonte la fermeture à glissière de son imperméable et plisse les yeux. Dans la foule venue accueillir les voyageurs, son regard s'attarde sur les hommes. Quand elle croit reconnaître Sean, elle ralentit, mais on la pousse dans le dos. De toute façon, ce n'était pas lui. Trop grand, trop beau, trop costaud. Elle suit les habitués, ceux qui ont l'air de savoir où ils vont. La gare est droit devant, avec ses murs de brique rouge et ses portes vitrées.

Sean l'attend, adossé au mur. Il ne porte pas ses lunettes, si bien qu'elle n'est pas tout à fait certaine que ce soit lui. Pour ajouter à la confusion, il la regarde droit dans les yeux, mais ne semble pas la reconnaître non plus. Il s'agit peut-être de son frère. Il lui a dit qu'il avait un frère. Peut-être se ressemblent-ils beaucoup… Elle le voit qui fouille soudain dans une poche de sa veste et en retire des lunettes de soleil qu'il pose maladroitement sur son nez.

— Adèle! s'exclame-t-il comme s'il était surpris de la trouver là, alors qu'elle n'est qu'à deux pas de lui. Comment était le voyage?

— Bien. Je ne t'avais pas reconnu sans tes lunettes.

— J'oublier les lunettes ordinaires dans l'auto et j'avais peur tu ne me reconnais pas avec les *sunglasses. Wrong decision, I guess.* Au moins maintenant je te vois bien.

Il hésite à la prendre dans ses bras, s'approche finalement d'elle et se résout à l'embrasser sur les joues. D'où vient donc la déception qui monte dans le cœur d'Adélaïde? Aurait-elle aimé plus de fougue?

À partir du moment où, dans le train, elle a enfin accepté son destin, son esprit s'est plu à imaginer leurs retrouvailles. Elle a cru que Sean l'enlacerait et l'embrasserait comme il l'a déjà fait deux fois dans son appartement. Elle se rappelle le moindre détail. Le goût de ses lèvres, leur douceur, leur pression sur sa bouche, la force de ses bras qui la serraient contre lui. Mais rien de tout cela ne se produit. Il demeure à distance, intrigué, sans doute, car il parcourt la foule des yeux.

— Où est ta mère? Et où est Lassie? *They didn't come?*

Adélaïde se contente d'abord de lui dire que Jacinthe et elle se sont querellées. Puis elle conclut:

— Elle a emmené Marjo visiter de la famille en Gaspésie.

— Oh.

Pendant une fraction de seconde, la peur qu'il arrive quelque chose à sa fille refait surface. Adélaïde chasse cette pensée. Assez, c'est assez! Marjolaine ne pourrait être plus en sécurité qu'avec sa grand-mère; il faut qu'elle se raisonne. Ce n'est qu'une fois qu'elle a pris le dessus sur elle-même qu'elle remarque l'air soucieux de Sean.

— Est-ce que ça pose un problème que je sois venue seule?

Surpris par la question, il secoue la tête.

— *No, not at all.* J'ai réservé deux chambres *anyway.*

Puis, retrouvant sa bonne humeur, il s'empare de sa valise.

— *So,* viens, on va manger. Aimes-tu le poisson? Quand on vient en *Nova Scotia,* il faut manger le poisson.

Il lui décrit avec enthousiasme l'importance de la pêche dans l'histoire et les mœurs de la Nouvelle-Écosse. Il parle beaucoup trop et beaucoup trop vite, mélangeant l'anglais et le français, sautant du coq à l'âne, si bien qu'Adélaïde a du mal à suivre le fil de ses pensées. Elle devine qu'il essaie de cacher sa nervosité et son malaise, et cela l'émeut. Elle n'est pas seule à trembler.

Ils sont entrés dans la gare et traversent maintenant le grand hall sombre en direction de la sortie. Dehors, ils retrouvent le soleil et ses rayons aveuglants. Et le vent, aussi.

— Tu arrives une bonne journée. Il fait beau.

— Beau, mais pas chaud.

Sean lui sourit franchement pour la première fois.

— Il ne fait pas chaud souvent, ici. *Better get used to it!* T'habituer, c'est mieux, je veux dire.

Ils longent un moment le trottoir. Les tours se dressent de chaque côté de la rue et, comme Adélaïde l'avait deviné, elles masquent l'horizon. On est bel et bien dans le centre de Halifax, un vrai centre-ville, avec des rues encombrées de voitures, de cyclistes qui zigzaguent entre les piétons et de touristes qui, eux, se font déjà nombreux, un plan de la ville dans les mains.

— On laisser tes affaires dans l'auto si c'est *okay*. Est-ce que manger dans un pub est bien pour toi ?

— Pas de problème. Je ne suis pas difficile.

Après avoir déposé la valise dans le coffre de sa voiture, Sean ouvre la portière et prend les lunettes suspendues au pare-soleil. Il les agite d'un geste triomphant avant de les glisser dans la poche de sa chemise.

— Voilà ! *I'm all set, now.* On y va ?

Ils quittent le stationnement en longeant le bord de l'eau. Ce n'est pas la mer, comme l'espérait Adélaïde, mais plutôt une baie. De l'autre côté, une autre ville se dresse. Ou est-ce la même ?

— C'est Dartmouth, *over there*. On va là par le pont tu vois là-bas.

Il a levé un bras pour désigner l'immense structure métallique qui coupe la baie en deux.

— Il y a le ferry aussi. Si tu veux, on peut traverser ?

— Qu'est-ce qu'on ferait là-bas ?

— Rien. On irait *just for the pleasure*.

— Ça me va de rester ici à marcher. Ça fait du bien après le train.

— *Sure*. C'était *okay*, le train ?

— C'était long, mais on est loin de Québec.

— Très loin.

Le soleil a commencé à descendre au-dessus de la baie, derrière un navire blanc amarré. Devant les câbles de l'embarcation à quai, un homme joue de la guitare. Au moment où ils arrivent à sa hauteur, il entame de sa voix douce mais forte une complainte si triste qu'Adélaïde en est émue. Elle imagine aussitôt une histoire de marin, de bateau perdu en mer. Une histoire en tout point semblable à celle qu'elle a racontée à sa fille pour entretenir chez elle une image paternelle. Une image qui aurait pu ressembler à cet homme-là. Des cheveux roux, une barbe rousse, un polo, un jean usé. Il gratte les cordes aussi doucement qu'il chante. Adélaïde s'arrête pour l'écouter, comme elle le fait parfois dans le Vieux-Québec. Les yeux clos, elle se laisse bercer. Elle sent Sean près d'elle. Pas trop près, mais juste assez pour que son manteau effleure le sien. Elle l'entend fouiller dans une poche. Elle ouvre les yeux à l'instant où il jette de la monnaie dans l'étui ouvert aux pieds du musicien.

— *Thank you*, murmure l'homme quand la dernière note s'éteint.

Ils reprennent leur promenade et s'enfoncent plus loin dans la baie en empruntant les quais qui s'étirent sur l'eau comme les doigts d'une main. Ici et là, un voilier, un bateau de pêche, un navire de plaisance. Et tout le temps, cette odeur qu'Adélaïde ne connaît pas.

— C'est le *seaweed*, lui dit Sean.

Il désigne les algues qui affleurent à la surface de l'eau. Du varech. Le parfum a quelque chose de grisant. On dirait qu'il sature l'air, comme si aucune autre odeur n'avait le droit d'exister.

— On va dans la rue ici.

C'est à regret qu'Adélaïde quitte le port pour s'enfoncer dans la ville. Très vite, les édifices redeviennent des écrans. On ne voit pas à cent mètres, comme dans le Faubourg. D'ailleurs, l'endroit paraît aussi vieux et mal famé. Au coin d'une rue, une enseigne annonce un restaurant. Ou est-ce un bar ? Le mot « Pub » se détache en lettres dorées.

Dès que Sean ouvre la porte, une odeur de poisson mêlée de friture efface le souvenir des algues. Les cris et les rires font oublier la voix douce du guitariste sur le quai. L'endroit grouille de vie. La vaisselle tinte, les verres s'entrechoquent, les gens vivent pleinement et bruyamment. Au fond, le long d'un mur, des musiciens jouent une pièce aux accents folkloriques. Dépaysée, Adélaïde se laisse guider vers une table près de la fenêtre. De là, elle peut voir la rue, une partie du port, mais aussi l'ensemble du restaurant où l'on s'agite tellement qu'elle en a le vertige.

— *So*, tu aimes le poisson ? demande Sean en changeant de lunettes.

— Oui.

— Et les *fish and chips* ?

— Je ne sais pas, je n'en ai jamais mangé. C'est bon ?

— Très bon. Du poisson *in a batter*.

— Dans quoi ?

— Dans une *flaky crust*.

— Une croûte? Comme ceux dans les boîtes qu'on achète à l'épicerie?

— *No. Real one.* Avec du vrai poisson.

— Non, merci.

Sean lui jette un regard surpris.

— Non? Pas de *fish and chips*?

— J'aime mieux mon poisson cuit au four.

— *Why?*

— Parce que c'est meilleur pour la santé.

Il éclate de rire, et son rire, trop fort, attire un moment l'attention des autres clients. Quand il se calme, il lève une main rassurante.

— Notre façon de cuire le poisson est meilleure.

— Mais ça va être trop gras. Surtout avec des chips.

— Pas des *chips* comme tu connais. Des…

Il cherche en vain le mot français.

— *Fries. You know, like French fries.*

— Avec des frites en plus? Oublie ça. Je ne peux pas manger ça.

— *Trust me.*

Trust me. Karl aussi lui disait ça, elle s'en souvient. Et comme à l'époque, elle en a des frissons dans le dos.

— C'est trop gras pour moi.

— Adèle, *you've got to live a little.*

— Ça veut dire quoi, ça?

— Il faut vivre. Un peu vivre, au moins.

Ces mots lui rappellent ceux de sa mère et Adélaïde grimace. Se sont-ils parlé, ces deux-là? Elle en doute. Alors pourquoi lui disent-ils tous les deux la même chose? Il faut vivre. Mais que pensent-ils qu'elle fait? qu'elle végète? qu'elle perd son temps?

— D'accord. Je vais prendre les *fish and ship.*

— *You mean fish and chips.*

— C'est la même chose.

— Non, ce n'est pas la même chose, mais je comprends.

Après un clin d'œil moqueur, il fait signe à la serveuse qui vient prendre la commande.

Quand les assiettes arrivent, accompagnées de pintes de bière, Adélaïde en demeure bouche bée. Deux immenses morceaux de poisson dans une panure dorée et friable prennent les deux tiers de l'assiette. Le reste est occupé par les frites, une salade de chou et une sauce qui ressemble à un mélange de mayonnaise et de relish.

— Je savais que ce serait trop gras.

— Faut goûter avant juger.

Elle hausse les épaules, prend sa fourchette et détache un morceau de poisson au bout d'un filet. La chair se défait, délicate et blanche. Quand elle la porte à sa bouche, il lui vient d'abord des arômes de bière, puis une certaine douceur, puis le goût du poisson frais.

— Wow! C'est donc bien bon!

Sean ne dit rien, mais enfourne une bouchée à son tour.

— C'est quelle sorte de poisson?

— Haddock.

— Comme le capitaine Haddock?

— Qui?

— Le personnage dans Tintin.

— *Yes!*

Et, prenant un accent plus grave, il s'écrit:

— *Thundering typhoons!*

Adélaïde fronce les sourcils, intriguée. Elle n'a rien compris, ni les mots, ni le sens, ni l'intonation. Elle lui demande de répéter. Quand le pendant français jaillit enfin dans son esprit, elle réplique:

— Tonnerre de Brest!

Sean répète ces trois mots, avant d'ajouter:

— *Billions of bilious blue blistering barnacles!*

Cette fois, la traduction est évidente.

— Mille millions de mille sabords!

Ils rient en même temps. Adélaïde réalise que, pour la première fois depuis qu'elle est arrivée, la tension a diminué entre eux. Ils ont retrouvé, du moins en apparence, la complicité qui les unissait le soir, devant la télévision ou à table ou ailleurs. Ses épaules s'affaissent, son sourire devient naturel, joyeux, et, la bière aidant, ce même sourire évolue jusqu'à devenir complice, voire invitant.

— *I like your smile.*

La traduction est inutile. Adélaïde sourit plus franchement encore.

— Merci. Et merci de me faire découvrir les *fish and ship*.

— *Fish and chips.*

— C'est pareil.

— Non, ce n'est pas pareil, mais je comprends.

Répéter cette blague leur rappelle la confusion dont étaient empreintes leurs conversations de Québec. Soudain très à l'aise, ils se mettent à parler comme avant, comme s'il n'y avait pas eu ce départ précipité et cette séparation d'un mois. Sean décrit l'état de santé de son père qui s'améliore de jour en jour. Adélaïde lui raconte le voyage en train. Quand il l'interroge sur les causes de sa querelle avec Jacinthe, elle dit n'importe quoi, tourne la scène en dérision, se ridiculise. Ce n'est qu'après avoir bu la moitié de sa deuxième pinte de bière qu'elle lui avoue enfin la vérité.

— Ma mère a deviné que je les emmenais parce que j'avais peur. Comme elle aime forcer les gens à se dépasser, même contre leur gré, elle m'a abandonnée dans le train à Moncton et est partie avec Marjo. De cette manière-là, elle était certaine que j'affronterais mes démons toute seule. Alors je suis là!

— C'est moi, le démon?

Adélaïde secoue la tête sans le quitter des yeux.

— Non. C'est moi. Il est là.

Elle met son bras droit en travers de sa poitrine et pose la main sur son cœur. Sean devient grave, mais soutient son regard.

— *I see.*

D'un geste à la serveuse, il leur commande encore de la bière.

— C'est bon *against* les démons, dit-il, en avalant une grande gorgée dès que les verres arrivent à leur table.

* * *

La nuit est tombée. Ils reviennent lentement vers la voiture par la promenade qui longe le bord de l'eau. La brise sent toujours le varech. Dans l'obscurité qui sépare deux lampadaires, leurs corps se frôlent, mais ils s'écartent sitôt qu'ils se retrouvent à la lumière. La baie de Chibouctou est une mer d'huile qui réfléchit les lumières de Dartmouth. Non loin, un phare érigé sur une île projette comme autrefois le signal indiquant tout à la fois le havre et le danger. Le cri des mouettes, le grincement des quais, le cliquetis des gréements et des mats ont remplacé leur conversation. Adélaïde prend la main de Sean. Il n'y a plus rien à confesser, maintenant. Avec ce geste, elle fait le plus doux des aveux. Ils n'auront pas besoin de deux chambres, ce soir. Et un seul lit suffira.

* * *

La voiture roule dans le noir sur une route de campagne. On devine de temps en temps la tache obscure de la mer sur la gauche. Ici et là, quelques maisons entretiennent l'illusion qu'on est encore au cœur de la civilisation, mais Adélaïde en doute. Sean lui dirait qu'il l'entraîne au bout du monde qu'elle le croirait. Par la vitre baissée, le vent et l'odeur de la mer confortent cette impression. Il y a des arbres, qu'on devine en grappes, et des barques renversées sur une grève blanche et fantasmagorique. Le ciel est voilé, sans étoiles. Il n'y a pas de lune non plus.

On ne voit presque rien, mais Adélaïde ne s'en inquiète pas. Elle anticipe les gestes à poser, imagine les caresses. Le temps a suspendu son cours comme lorsqu'elle dessine. Chaque minute se décompose en secondes, chaque seconde, en fractions de seconde qui semblent, elles, durer une éternité. À la lumière du tableau de bord, le visage de Sean lui paraît tendu, mais empreint de tendresse. Sa main a quitté le volant à deux reprises. La première fois, pour mettre du chauffage. La deuxième fois, pour se poser sur le genou d'Adélaïde avec douceur, juste pour l'effleurer. Elle l'a prise et la tient maintenant dans la sienne. Mais depuis quelques minutes, elle a envie de l'attirer contre sa poitrine. Elle se ravise et la presse sur son jean, entre ses cuisses. Elle sent le frisson qui parcourt Sean de la tête au pied. Elle le sent jusque dans son bras, jusque dans ses doigts. Son visage s'est crispé un moment. On devine qu'il a envie de fermer les yeux, mais n'en fait rien. Devant lui, les phares découpent un cône de lumière qui semble s'étirer à l'infini, comme le temps.

Après de très longues minutes, il met son clignotant. Sa main abandonne celle d'Adélaïde pour se poser sur le volant. La voiture vire dans une entrée qui ne semble mener nulle part. Le moteur s'éteint et les plonge dans l'obscurité. Adélaïde entend la ceinture de sécurité qu'on détache et le siège qu'on recule. Une main lui effleure la taille puis la hanche. La boucle métallique laisse échapper la courroie de nylon qui la retenait à son siège. La main longe ensuite sa jambe jusqu'à la cheville où elle se pose un moment. Lorsqu'elle s'en écarte, c'est pour actionner le levier et pousser le siège vers l'arrière.

Adélaïde n'attend pas que Sean s'approche. Elle se redresse sur les genoux et l'embrasse sur la bouche, puis s'assoit à califourchon sur ses cuisses. Leurs mains semblent hors de contrôle. Elles se pressent sur les vêtements, se glissent en dessous, effleurent, serrent, pincent. Et leurs bouches font de même. Adélaïde se retrouve le chandail retroussé, le soutien-gorge détaché, la poitrine offerte à la brise marine qui entre par la vitre. Entre ses cuisses, le sexe de Sean a été dégagé de son jean, mais est entravé par le pantalon qu'Adélaïde n'a pas retiré. Sean a glissé ses doigts sous la boutonnière et s'acharne contre la fermeture à glissière. Le tissu, tendu, refuse la manœuvre.

— Attends, souffle Adélaïde, hors d'haleine. Je n'ai pas de condom.

— *I have some… in my suitcase… in the trunk*, dit-il en riant. J'attendais pas à ça. *Sorry.*

Ils se regardent, leurs visages toujours très près l'un de l'autre. Leurs traits se laissent deviner dans la pénombre. Désir, impatience, et désir encore. C'est Adélaïde qui recule la première.

— On reprendra ça à l'hôtel, si tu veux.

— *You bet*, si je veux.

Elle s'apprête à retourner sur son siège quand d'une main Sean la retient par la taille. De l'autre, il l'attrape par la nuque et la ramène vers son visage pour l'embrasser encore. Cette fois le baiser est empreint d'affection et de retenue.

— On dirait deux *teenagers*.

— Oui, deux ados avec les hormones dans le plafond.

— *I want you*, Adèle.

Elle se penche et l'embrasse à son tour, tout aussi délicatement.

— J'ai envie de toi, moi aussi.

— *We better hurry, then.*

— Quoi?

— C'est mieux vite arriver *at the motel.*

— C'est mieux, oui.

Toujours dans l'obscurité, chacun reprend sa place et remet de l'ordre dans ses vêtements. Puis Sean redémarre.

Ils ne croisent personne pendant le reste du trajet. Adélaïde ne voit rien du paysage, même si le ciel semble s'être enfin dégagé. Elle ne perçoit que la présence de Sean, que sa main à elle, posée sur sa cuisse à lui, très haut, comme pour maintenir son sexe en érection.

Vingt minutes plus tard, Sean gare la voiture dans la cour d'un motel. Il n'y a pas d'autre voiture, pas d'autres clients. Tout est noir, dehors comme dedans, hormis une lumière au-dessus du bureau de la réception. Ils sortent, et le vent du large les accueille, chargé d'embruns marins. Les vagues rugissent, apparemment toutes proches, mais Adélaïde a beau scruter les environs, elle ne les voit pas. Sean contourne le véhicule et sort leurs bagages. Le coffre se referme d'un coup sec.

— On a le numéro 7.

— C'est où ? Je ne vois rien.

— Suis-moi.

Adélaïde lui emboîte le pas jusqu'à la chambre la plus éloignée de la route. Elle écoute le bruit des pas de Sean sur le gravier, celui des clés dans ses mains, puis dans la serrure. La porte grince à peine en s'ouvrant. Elle passe devant, l'entend refermer derrière lui, poser les valises sur le plancher. Elle recule, presse son dos contre son torse, laisse sa main effleurer encore une fois son entrejambe. Sous le jean, le sexe est toujours dur.

— *Wait*, lui souffle-t-il à l'oreille.

Il n'a pas allumé, mais la lumière de la réception permet de distinguer le lit, la commode et l'antre sombre de la salle de bain. Sean s'est penché et fait glisser une fermeture à glissière, puis une autre. Il fouille dans différentes poches avant de se redresser, victorieux.

— *I got it.*

L'instant d'après, Adélaïde se retrouve dans ses bras. À ses pieds gisent en tas leurs T-shirts, le soutien-gorge, leurs jeans, la petite culotte et le *boxer short* qu'elle a découvert avec surprise une fois le pantalon enlevé. Et une fois allongée sur le lit, elle oublie à quel point ça fait longtemps, à quel point elle en a eu envie, à quel point elle a eu peur, de lui et des autres. Ni le temps ni l'espace n'existent plus. La peur, non plus. Il n'y a que leurs deux corps qui s'unissent en suivant le rythme des vagues qu'on entend toujours par la fenêtre ouverte.

* * *

Il fait encore nuit. Du moins, avec les rideaux tirés, on jurerait qu'il fait encore nuit. Sean s'acharne quand même à la secouer.

— Adèle, *wake up!* répète-t-il toutes les dix secondes.

— Qu'est-ce que tu veux ? Laisse-moi dormir.

— *Oh, no!* Tu dormir plus tard. Là, je veux montrer quelque chose important.

Adélaïde se tourne sur le dos et s'étire en s'efforçant d'ouvrir les yeux. Il fait tout à fait noir dans la chambre, à part dans la salle de bain, où Sean a oublié d'éteindre.

— Qu'est-ce qui se passe ?

— Habille-toi ! On sort.

— Es-tu malade ? C'est encore la nuit.

— Non, ce n'est pas la nuit. Allez, viens.

Il la tire par le bras et la force à se mettre debout.

Devant ses récriminations, il cède un peu de terrain.

— *Okay. Just put on a sweater.*

Sans attendre de réponse, il lui enfile un chandail par-dessus la tête et l'aide à y glisser les bras.

— Veux-tu bien me dire ce que tu fais ? Pourquoi est-ce qu'il faut que je m'habille ? Où est-ce qu'on s'en va ?

— *Shhhh…*

Il pose un doigt sur ses lèvres pour la faire taire.

— Viens!

Il a pris sa main et cherche à l'entraîner vers la porte.

— Attends! Laisse-moi au moins me brosser les dents avant de sortir.

— *Okay.* Vite! J'attends.

Adélaïde s'enferme quelques minutes dans la salle de bain. Quand elle en ressort, la pièce lui semble plus noire encore.

— *Put this on.*

Sans attendre sa permission, il lui bande les yeux à l'aide d'une taie d'oreiller.

— Es-tu malade? Tu ne vas pas me faire sortir de même?

— *Shhh…* C'est un surprise. *Indulge me.*

— Arrête de me parler en anglais. Je ne comprends rien.

— Fais plaisir à moi, s'il vous plaît.

— On dit: Fais-moi plaisir.

— *Okay.* Fais-moi plaisir.

— Hum!

Adélaïde obtempère et se laisse guider les yeux bandés à travers la pièce, puis dehors, jusque dans la voiture. Elle ne voit rien. Sean a fait du bon travail avec son bandeau; il n'y a pas laissé le moindre interstice. Elle l'entend fermer sa portière et ouvrir quelques secondes plus tard celle du conducteur. Le moteur démarre. Adélaïde ne saurait dire quelle direction ils prennent, mais la voiture s'arrête déjà.

Par habitude, elle met la main sur la poignée.

— Attends, je viens ouvrir.

L'instant d'après, il lui tient la main et l'aide tantôt à gravir un rocher, tantôt à en descendre. Pendant plusieurs minutes, elle progresse comme une aveugle. Le bruit des vagues est plus fort que tout à l'heure, elle se dit qu'elle se trouve sur une plage. Le vent lui fouette le visage et le corps. Elle frissonne, mais n'oppose plus de résistance. Sean a l'air de savoir ce qu'il fait. Elle sent presque le plaisir qu'il éprouve à la conduire où il veut comme il le veut.

Il lui permet enfin de s'arrêter au-dessus d'un rocher qui semble plus gros que les autres. La surface en est inégale cependant, alors elle tient sa main fermement.

— Si tu ne bouges pas, murmure-t-il à son oreille, tu ne tomberas pas.

— Wow! Tu es tellement rassurant…

Le trait de cynisme n'échappe pas à Sean qui lui dépose un bref baiser sur la joue.

— J'aime ton sourire.

— Disons que là, tu ne t'organises pas trop trop pour me faire sourire.

— *True. But this…* Ça, ça va te faire sourire.

Il défait le nœud. La taie d'oreiller glisse. Adélaïde ferme les yeux à cause de l'éblouissement. Puis, ses paupières s'ouvrent de nouveau, plus lentement. Droit devant, le soleil se lève sur une mer agitée. Le ciel est rose, mauve, orange, et les nuages s'étirent en filaments incandescents. Et la mer, gonflée par les vagues, réfléchit la scène dans ses moindres détails. Un décor mouvant. Un paysage double, un miroir vivant de haut en bas, si spectaculaire qu'Adélaïde en a le souffle coupé.

— *Welcome to Nova Scotia!*

Des larmes coulent sur les joues d'Adélaïde. De toute sa vie, elle n'a jamais rien vu d'aussi beau, d'aussi extraordinairement intense et vivant. Vivant. C'est le mot qui lui vient tandis qu'elle réprime le sanglot de bonheur qui l'étrangle. Dans son corps, le sang circule, son cœur bat. Sur sa peau, les poils se hérissent. Cette fois, le temps s'est arrêté pour de bon. Adélaïde jurerait que tout ce qu'elle a vécu pendant l'hiver n'avait qu'un but: la conduire ici, sur ces rochers, au lever du soleil, pour qu'elle voie enfin la vie telle qu'elle est, sans les artifices de l'orgueil et de la peur. La vie dans ce qu'elle a de plus essentiel. L'eau, l'air, la terre et le feu. Et la beauté du soleil, dont les reflets s'étirent et l'enveloppent, l'émeut au point qu'elle se demande comment elle a pu s'en passer jusque-là, comment elle a pu l'ignorer alors qu'en cet instant le soleil lui semble être le centre de l'Univers, l'origine même de la vie.

— *It moves me too.*

Adélaïde ne comprend pas les mots, mais le sens de cette phrase la pénètre malgré elle. Sean est ému, lui aussi.

— Si je devais mourir aujourd'hui, je voudrais que ce soit ici.

Sean rit.

— Si tu choisis la place tu meurs, tu es chanceuse. Tu es la première, pour sûr. Sauf pour les suicides.

Adélaïde acquiesce. Évidemment qu'on ne choisit pas où ni quand on meurt. Sinon, la vie ne serait pas à ce point précieuse. Les paroles de sa mère prennent soudain tout leur sens. Celles de Sean aussi. Tous deux ont raison. Elle ne vivait pas. Pas vraiment, du moins. Elle vivait par procuration, comme à travers un miroir. Elle vivait la vie qu'elle voulait vivre, celle qu'elle voulait voir se réaliser, une vie où les blessures anciennes existaient encore parce qu'elle ne voulait pas les oublier. Jusqu'à ce moment précis, le passé a toujours influencé le présent. Et sa vision de l'avenir a toujours orienté le présent. Mais vivait-elle vraiment pour autant ?

Ici, sur ces rochers, le présent lui semble indépendant. Il n'a ni passé ni futur. Il y a seulement le vent qui fouette la grève, le soleil qui baigne la mer, les vagues qui grondent et le rivage qui se laisse caresser. Et tout cela apparaît dans une lumière tellement belle !

«C'est ainsi qu'il faut vivre», se dit-elle en se tournant vers Sean. Lui regarde toujours l'horizon, indécis quant au prochain geste à poser. Elle attrape sa main et l'entraîne sur le sol où elle s'assoit, collée contre lui. Puis, posant la tête sur son épaule, elle lui murmure un merci sincère.

— *You're welcome*, répond-il en lui effleurant le front de ses lèvres.

Ils demeurent là, à regarder le soleil qui se détache lentement de la mer pour monter dans le ciel. Les minutes s'égrènent en silence.

* * *

Ils ont retraversé Halifax, emprunté le pont qui mène à Dartmouth pour ensuite longer la côte vers le nord. Le paysage n'était qu'un enchevêtrement de baies et de forêts, jonchées de chalets et d'embarcations en tout genre. Déçue, Adélaïde cherchait la mer telle qu'elle l'avait aperçue au matin, à Peggy's Cove, mais la route s'obstinait à s'éloigner du rivage. À un moment donné, ils ont piqué dans les terres jusqu'à Antigonish, et de là ils ont bifurqué vers l'est. Après le détroit, ils se sont engagés sur l'île du Cap-Breton au milieu de forêts épaisses et de villages minuscules.

À présent, le soleil descend derrière eux dans un ciel flamboyant et l'horizon s'obscurcit. Les premières étoiles scintillent déjà quand un lac se dessine sur leur droite, bordé d'une dentelle de baies et de criques. C'est le lac Bras d'or où, selon Sean, se réfugient l'été des milliers d'Américains fuyant la chaleur de la côte Est. Ils doivent s'estimer chanceux aujourd'hui, ces Américains, parce qu'on gèle ! Douze ou quinze degrés à peine au-dessus de zéro. Pas de quoi enfiler un maillot de bain. Et pourtant, de part et d'autre de la route, on compte quantité de maisons, d'hôtels, de chalets, de restaurants, et partout, les gens, qu'ils soient clients ou résidants, ne portent qu'un T-shirt et souvent même un short.

— On arrête pour souper *in* Baddeck si tu aimes.

Adélaïde acquiesce, fascinée par l'aspect touristique des lieux. On dirait un village de vacanciers comme on en voit dans les films. Tout le monde a l'air détendu et semble s'amuser. Le tempo du village est contagieux et gagne vite les nouveaux arrivants. Adélaïde succombe avec délice. Dès que Sean gare la voiture devant un restaurant, elle en descend et, inspirant à grandes goulées l'air empreint de l'odeur de la mer, elle s'exclame :

— Si le paradis existe, ça doit être ici.

— C'est une paradis pour les riches, oui. Mais très beau *anyway*.

Effectivement, tout, du luxe des voitures aux vêtements griffés, traduit l'aisance financière. Mais personne n'est pressé, et cela suffit à séduire le nouveau venu, qu'il soit pauvre ou nanti.

— Est-ce que tu viens d'ici ?

— *No*. Mon père est pêcheur. Je viens plus loin. *Way north*, proche de la mer.

— Hum. Est-ce que c'est beau comme ici, chez toi ?

— *It depends*. Qu'est-ce qui est beau pour toi ?

Adélaïde balaie des yeux la grève qui baigne dans la lumière du crépuscule. Et les îles, plus loin.

— Je ne sais pas. Tu dis qu'on voit la mer de chez toi ?

— Oui. Toutes les fenêtres *except the bathroom*.

— J'ai hâte d'arriver.

— Pas chez moi, *though*. Chez mon père. Moi, j'ai dit déjà. J'ai pas de maison. Juste une chambre. À Québec.

À ces mots, Adélaïde sent monter en elle une étrange chaleur. Comme s'il s'agissait d'une promesse qu'ils n'ont ni l'un ni l'autre prononcée.

* * *

Attablés au Yellow Cello Café, devant une pizza et deux bières, Adélaïde et Sean se regardent, aussi surpris l'un que l'autre que le silence soit revenu et qu'il forme de nouveau un mur entre eux. Ce n'est pourtant pas faute d'intimité s'ils n'arrivent pas à rétablir le contact qu'ils ont eu tôt ce matin. En rentrant au motel, après avoir admiré le lever du soleil, ils ne sont pas allés déjeuner tout de suite. Ils ont regagné leur lit et fait l'amour. C'était plus lent, cette fois. Plus doux, aussi, bien qu'ils aient ressenti tous les deux la même faim que la veille. Sean se révèle un amant attentionné. Pas très imaginatif, mais attentionné, ce qui convient parfaitement au tempérament d'Adélaïde. Elle n'aime pas les extravagances ni les excès, dans aucun domaine de la vie. Au début, l'idée de retourner au lit après leur escapade matinale ne lui disait rien. Mais la main que Sean a posée sur son ventre a réveillé en elle le désir. Il l'a enlacée par-derrière au moment où elle refermait la porte. Elle a senti sa bouche balayer ses cheveux dans son cou, puis ses lèvres parcourir sa nuque avidement. Ce geste lui a rappelé un soir à l'appartement et, aussitôt, elle s'est retournée pour l'embrasser. Rien, ici, ne pouvait les empêcher d'aller jusqu'au bout.

Maintenant qu'elle y pense, tandis qu'elle mord à belles dents dans la pizza, elle se demande ce qu'il a pensé d'elle. Il l'a sans doute trouvée passive, gênée aussi, parce que ça faisait longtemps. Peut-être aussi l'a-t-il trouvée facile parce qu'elle ne lui a pas résisté une seconde. À Karl non plus, elle n'avait pas résisté. Et rien qu'à voir où ça l'a menée, elle se dit qu'il aurait peut-être mieux valu jouer de prudence cette fois. Mais elle n'a plus seize ans. Et son corps était trop affamé pour faire preuve de retenue.

De l'autre côté de la table, Sean lui sourit.

— Quoi tu penses ?

— Je me demande ce que tu penses de moi.

Il rit.

— Je pense beaucoup.

— Je veux dire… Je n'ai pas d'expérience pour faire… je veux dire au lit.

— On faire l'amour ailleurs si tu veux.

Elle pouffe de rire et s'étouffe avec sa gorgée de bière.

— Ce n'est pas de ça que je parle. Je n'ai pas eu beaucoup d'hommes avant.

— *I know. Don't worry.*

Devant son air interrogateur, il ajoute :

— Pas t'inquiéter. Je suis une bon professeur.

— Pff!

La boutade détend l'atmosphère.

La serveuse vient remplir leurs verres.

— Tu vouloir autre chose, Adèle ?

— Un café.

— *Two coffees, please.*

La serveuse leur propose un dessert qu'ils refusent. Il faut bientôt reprendre la route. Plus détendue qu'à leur arrivée, Adélaïde aborde enfin une question qui la chicote.

— C'est drôle, mais on dirait vraiment que tu as perdu le français que tu avais appris chez nous.

— Je personne pour parler français ici. Mais ça va revenir. Je sais.

Il a raison. Son français semble redevenir fluide à mesure que les heures passent. Et à la fin du souper, quand ils se dirigent vers la voiture, Sean a presque retrouvé ses connaissances et son aisance de Québec.

Ils reprennent la route, mais ils n'ont pas fait cent mètres hors du village que Sean s'immobilise sur l'accotement. Sans donner d'explication, il descend et contourne la voiture. Adélaïde le rejoint au moment où il s'agenouille sur le gravier.

— Qu'est-ce qu'il y a ? demande-t-elle, incapable de voir dans le noir ce qui cloche.

— On a un *flat tire*.

— Oh.

— *No worries.* Je vais changer ça.

Il ouvre le coffre, retire les valises, puis un tapis de caoutchouc. Et soudain, Adélaïde l'entend crier :

— *Keith, you damned asshole!*

Elle le rejoint, mais ne voit rien d'anormal. Au fond du coffre gît le pneu de secours.

— Qu'est-ce qui se passe ?

— *It's flat too.* Mon frère a emprunté mon auto. Il fait un *flat* sûrement, mais il a pas réparé le *tire. Look!*

Il lui prend la main et la pose sur le pneu. Il est mou, en effet, et même davantage que celui de la roue avant.

Sean soupire en lançant un regard plein d'espoir vers le village.

— Tu peux attendre. Je vais voir pour réparer.

À l'idée de rester seule sur le bord d'une route en pleine nuit, Adélaïde sent l'angoisse remonter.

— J'y vais avec toi.

— Pas nécessaire, *you know.* Je vais revenir.

Mais déjà, elle se dirige vers le village sans l'attendre. Après avoir verrouillé les portières, il la rejoint à grandes enjambées.

— Où tu vas, Adèle ?

— Chercher un garage, je suppose.

— Les garages sont fermés. Il est trop tard.

— Qu'est-ce qu'on fait dans ce cas-là ?

— Je connais quelqu'un…

Puis, comme si une lumière venait de jaillir dans son esprit, il attrape la main d'Adélaïde et la force à s'immobiliser et à lui faire face.

— *Let's stay here tonight.* Rester ici, je veux dire. Pour la nuit.

319

Et comme il s'approche pour l'embrasser, Adélaïde se rend compte qu'il n'est pas du tout pressé d'arriver chez son père.

Cette nuit-là aussi ils font l'amour. Dans une chambre à l'étage d'un hôtel avec vue sur le lac.

* * *

La maison rouge se dresse sur le rivage comme une forteresse balayée par le vent. De chaque côté, des rochers nus et de l'herbe couchée au sol par la force des bourrasques. Et derrière, la mer s'étire à perte de vue, sombre et mouvante, dans la lumière grise de ce jour de pluie.

Il fait plus froid encore que la veille. Du moins dans cette partie du Cap-Breton exposée aux caprices de l'Atlantique. Debout dans le gravier, les fesses appuyées sur la voiture, Adélaïde a l'impression de rêver. Et ce rêve dure depuis très tôt ce matin, quand elle a quitté le lit encore chaud pour errer dans Baddeck.

Elle a tout de suite été attirée par le quai. Là, assise sur un muret, elle a regardé le jour se lever sur le lac. C'était aussi beau que la veille. La forêt qui couvrait les îles avait un air mystérieux. On sentait la vie qui grouillait dans l'eau autant que sur le rivage. On sentait aussi les gens qui s'éveillaient doucement, dans la tiédeur matinale. Et partout, les hirondelles s'adonnaient à leurs exercices de haute voltige avec entrain, comme pour célébrer ce moment magique où le jour gagne enfin sur la nuit, et où la vie triomphe encore des ténèbres et de la mort. C'était beau, tout simplement beau. Adélaïde aurait aimé avoir un carnet pour y immortaliser la scène qui s'imprégnait – une chance ! – dans son esprit avec la clarté des souvenirs impérissables.

Comment Sean l'avait-il retrouvée ? Instinctivement, sans doute. Ou peut-être l'avait-il regardée par la fenêtre tandis qu'elle traversait la rue pour descendre jusqu'au lac. Il avait pris son temps, cependant, avant de la rejoindre. Sentait-il qu'elle avait besoin d'être seule? Comprenait-il que sa vision du monde avait tellement changé ces derniers jours qu'elle devait faire le point, réfléchir à ce qui lui arrivait, à la façon dont elle recollerait les morceaux une fois revenue à Québec?

Quand elle a vu Sean qui marchait vers elle, vêtu d'un simple T-shirt alors qu'elle frissonnait dans un polar, elle n'a pas pu le quitter des yeux. Et l'amour est monté en elle comme une poussée de fièvre, incontrôlable et saisissante. Plus Sean avançait, plus elle se sentait fébrile et attirée. Le souffle court et la bouche sèche, elle l'a vu comme elle ne l'avait jamais vu. Il n'avait pourtant pas changé. Il avait le même regard grossi par des lunettes dont les montures noires se découpaient comme au crayon sur son visage. Il avait la même silhouette frêle, la même démarche athlétique, le même port de tête un peu distrait. Le même crâne en partie dégarni et les mêmes boucles brunes qui se tordaient, rebelles, dans tous les sens. Et pourtant, il était différent. L'amour l'habitait, lui aussi. Il l'avait couvé sans doute depuis plus longtemps qu'elle, cet amour; il en avait eu les symptômes bien avant. Elle avait simplement refusé de les voir, de les accepter, d'y succomber, surtout.

Elle se trouve maintenant devant la maison du père de Sean, à Neils Harbour, au nord-est du Cap-Breton, en face d'une mer démontée qui charrie jusque sur la grève des embruns mêlés de pluie. Quand le ciel s'est-il couvert? Elle ne s'en est pas aperçue. Il pleut, d'habitude, dans les Maritimes. C'est ce que disait Jacinthe. Alors, autant s'y faire.

Une fois la voiture stationnée, Sean est parti devant, annoncer leur arrivée. Adélaïde a préféré rester là, à regarder la mer, comme elle l'a regardée depuis leur départ de Baddeck en fin d'avant-midi, avec un mélange d'admiration et de crainte. Pendant toute la durée du trajet, on avait une vue spectaculaire, tantôt au ras de la grève, tantôt du haut d'une montagne dont le sommet se perdait dans les nuages. Il faisait froid, déjà, et ce froid n'a fait que s'intensifier. Adélaïde évalue qu'ils ont perdu une dizaine de degrés depuis le matin. Et pourtant…

Et pourtant, elle ne voudrait pas être ailleurs. Se tenir au milieu des éléments, sentir la vie, la terre, la mer, le vent. Sentir aussi sa propre chaleur remonter par le col de son manteau. Écouter sa respiration, son cœur qui bat presque au rythme des vagues sur le rivage. Elle aurait voulu que Marjolaine soit là pour goûter un peu à cette sensation de plénitude, au simple bonheur de se sentir vibrer en pleine nature, loin de l'asphalte, du béton, des murs de brique, des voitures et des autobus, dans une contrée où les maisons sont si espacées qu'on n'entend pas ce qui se passe chez le voisin, à moins de s'en approcher exprès. Ici, nul besoin de vivre en silence comme à Québec.

— Mon père veut te voir. Il attend avec plaisir.

Sean se tient tout près d'elle. Adélaïde ne l'a pas entendu arriver. L'herbe a dû étouffer le bruit de ses pas.

— Tu viens ?

Elle acquiesce et prend sa main. La paume de Sean est chaude dans la sienne.

— *Wow !* Il faut rentrer. Tu tombes malade demain sinon.

— Je vais très bien.

— *Okay.* Mais tu rentres quand même. Mon père attend.

Elle se laisse guider vers la maison, ses pieds crissant sur le gravier, le visage toujours mouillé.

Neil McKenzie est debout sur le seuil, la mine sombre, le visage buriné par le vent et le soleil. Bien rasé et bien coiffé, il n'a rien laissé au hasard. Chemise repassée, pantalon habillé, chaussures cirées. C'est pour elle qu'il s'est mis sur son trente et un. Parce qu'il a l'air méfiant, elle s'attend à ce qu'il y ait une distance froide entre eux. Elle est donc surprise quand il lui prend la main et la presse entre ses deux paumes comme s'il l'avait attendue depuis longtemps.

— *Adelaide, my dear! It's such a pleasure to meet you, finally!*

Sean traduit, même si le sens de ces mots de bienvenue est évident.

— *You must be cold! Come have a cup of tea with me. Sean talked so much about you, I feel I know you already.*

Adélaïde jette un coup d'œil intrigué vers Sean qui hésite à traduire. Embarrassé, il enlève ses lunettes et essuie les gouttes de pluie qui perlent sur les verres.

— Qu'est-ce qu'il dit?

— Il dit je parle de toi beaucoup et il te connaît.

— C'est vrai?

— *What?* Quoi est vrai?

— Que tu as beaucoup parlé de moi.

Il hoche la tête, un peu penaud.

— Je m'ennuyais.

Elle serre plus fort sa main, qu'elle n'a pas lâchée. Oui, Sean souffrait des symptômes de l'amour bien avant elle. Elle ne voulait simplement pas les voir. Mais Marjolaine, elle, avait déjà tout compris.

* * *

Le thé est brûlant et fait du bien. Installés au chaud dans une véranda vitrée, ils le boivent à petites gorgées en guettant l'orage qui se fait de plus en plus menaçant. Neil a sorti une couverture qu'il a posée sur les épaules de cette femme qu'il ne connaît pas, mais qui, de toute évidence, a su séduire son intellectuel de fils. Et ce fils, qui semble attendre malgré lui l'approbation paternelle, se tient un peu en retrait et traduit les propos qu'ils s'échangent.

Puis, pendant quelques minutes, les deux hommes conversent avec entrain et tiennent malgré eux Adélaïde à l'écart. Elle patiente, convaincue que Sean lui fera un compte rendu. Quand il finit par se taire, il lui demande simplement si elle veut qu'il monte sa valise dans sa chambre à l'étage. Elle dit oui, mais au lieu de rester là, comme il le lui suggère, elle se lève et le suit dans le couloir. Une fois au pied de l'escalier, elle l'interroge :

— De quoi est-ce que vous venez de parler ?

— De rien.

— Mens-moi pas. Vous avez discuté pendant au moins trois minutes sans même me regarder. C'était à la limite d'être impoli.

— Il voulait savoir où était ta mère.

— Comment ça, ma mère ?

— J'avais raconté Jacinthe venait. Et Lassie aussi.

— Qu'est-ce que tu lui as dit, juste là ?

— Que vous *quarelled*.

— Et qu'est-ce qu'il a répondu ?

— Rien.

Comme il s'apprête à monter, une valise dans chaque main, elle le retient.

— Ce n'est pas vrai. J'ai compris quand tu as dit le mot *quarelled*. Il a répliqué quelque chose.

Sean soupire, lève les yeux au ciel et hausse les épaules.

— Il a dit il aime une *Frenchie* avec du caractère si elle a cinquante ans et un gros… *Well, you know…* un gros derrière.

Adélaïde pouffe de rire.

— Tu lui diras que Jacinthe a quarante-huit ans, et que pour ce qui est du derrière, il la trouverait probablement de son goût.

Sean paraît soulagé.

— C'est ce que j'ai dit à lui.

— Vraiment? Wow! Tu n'es pas aussi gêné qu'on pourrait le penser. Et qu'est-ce qu'il a répondu à ça?

— Il a dit qu'il veut la voir pour lui parler.

Sur ce, il l'abandonne sur la première marche.

Adélaïde jette un dernier regard en direction de la véranda où Neil boit toujours son thé, debout devant la grande fenêtre, ses yeux balayant l'horizon d'un air serein. Elle ne peut réprimer un sourire. Neil McKenzie est bel homme pour son âge. Nul doute que Jacinthe l'aurait trouvé à son goût. Mais dans son entêtement à pousser sa fille à vivre sa vie, elle s'est privée d'une belle occasion. Adélaïde imagine sa tête lorsqu'elle lui décrira le gentleman qui l'a reçue. Elle exagérera un peu pour le plaisir de la faire languir. Elle lui décrira à quel point il a du charme, à quel point il est élégant, à quel point son thé est bon et les biscuits qui l'accompagnaient, délicieux. Certes, il n'y avait pas de biscuits. Mais personne n'est obligé de dire la vérité, toute la vérité et rien que la vérité.

*   *   *

Une forte pluie bat contre la vitre de la lucarne. Adélaïde frissonne sous les couvertures. Il fait noir comme chez le loup! Et dehors, on ne distingue pas le ciel orageux de l'océan, même quand un éclair fend la nuit. On entend les vagues, cependant, entre deux coups de tonnerre, et les ronflements de Neil McKenzie. Tous ces bruits superposés ont de quoi tenir éveillé. C'est une bonne chose, finalement, que Marjolaine ne soit pas là. Elle aurait eu bien trop peur.

Le lit est court et étroit, à l'image de cette chambre minuscule où Sean l'a installée. C'est en le rejoignant à l'étage qu'elle a compris pourquoi il était si peu empressé d'arriver chez son père. Ici, point de lit double, point de chambre assez grande pour un couple, sauf peut-être celle occupée par Neil McKenzie lui-même, au rez-de-chaussée. Adélaïde s'est donc allongée seule, un sourire niais aux lèvres. Elle ne peut oublier la tête que Sean a faite en lui expliquant que, dans ce coin reculé, les mœurs ne ressemblent pas à celles de la ville. Il ne cessait de se tordre les mains, gêné, obligé d'obéir à des règles qu'il jugeait rétrogrades. Ça ne faisait pas son affaire d'aller dormir dans la chambre voisine. Ça devait même lui rappeler leurs chambres superposées de Québec. Après deux nuits torrides, cette séparation ressemble à une punition.

Quelques coups frappés à la porte. Adélaïde sourit. Dans l'obscurité, elle devine les traits de celui qui entre, qui vient s'asseoir sur le pied du lit et qui attend qu'elle dise quelque chose. Comme elle ne dit rien, Sean étreint doucement son genou.

— Adèle? Est-ce que tu dors?

Elle fait mine de s'éveiller.

— Quoi? Qu'est-ce que tu veux?

Sean se redresse aussitôt.

— *Sorry*. Je voulais juste savoir si tout va bien. Il est fort, le tonnerre. Dors bien. À demain.

Elle le retient de justesse par la main.

— Va-t'en pas! Je te jouais un tour. Même si j'avais voulu, je n'aurais jamais pu dormir dans ce vacarme-là.

Sean pousse un soupir qu'on entend malgré le coup de tonnerre qui suit.

— J'ai eu peur de te fâcher.

Elle rit, s'assoit et l'attire près d'elle.

— Qu'est-ce que tu voulais?

— Te dire bonne nuit.

— Tu m'as déjà dit bonne nuit.

— Te dire encore.

— OK.

Surpris par cette réplique, il met un moment à réagir. Puis elle le sent qui hésite. Il hoche la tête et dit :

— *So*... Bonne nuit !

Il se lève et, cette fois, elle le laisse s'en aller. Quand la porte se referme, elle repousse les couvertures, enfile des chaussettes et sort à son tour. Elle profite d'un coup de tonnerre pour entrer sans frapper dans la chambre adjacente. Elle s'immobilise le long du mur et observe la silhouette immobile sous le couvre-lit blanc. Lentement, sans faire de bruit, elle s'avance en retirant le T-shirt qui lui sert de pyjama. Lorsqu'elle se glisse sous les couvertures, elle sent le corps de Sean frémir.

— *Thank you*, dit-il en se retournant pour lui faire face.

Au lieu de répondre, elle prend sa bouche, et le reste de la nuit se déroule comme la précédente et celle d'avant. Et au rez-de-chaussée, on entend encore, entre deux coups de tonnerre, les ronflements de Neil McKenzie qui dort comme si de rien n'était.

31

Autant les parents de Sean s'étaient aimés, jadis, dans leur jeunesse, autant ils s'étaient ensuite détestés. Non contente de quitter le village de Neils Harbour, Johanna McKenzie avait mis tout le parc des Highlands entre elle et son mari.

Hormis leur nom, les Highlands du Cap-Breton n'avaient rien de commun avec les Highlands d'Écosse. Parc national constitué de montagnes inhospitalières, de rivières rugissantes et d'une forêt si dense qu'on ne s'imaginait pas la traverser à pied, les Hautes-Terres-du-Cap-Breton se dressaient telle une barrière tant physique que mentale entre les époux. Leurs deux maisons se tournaient même le dos. De chez lui, on voyait le soleil se lever sur l'Atlantique. De chez elle, on le voyait se coucher dans le golfe du Saint-Laurent qui, à Pleasant Bay, semblait aussi vaste que la mer, même par beau temps.

Ils n'avaient pas divorcé, Johanna ayant toujours refusé de signer les papiers. Neil, qui se méfia des femmes par la suite, avait dû se résigner. De toute façon, il n'avait pas du tout l'intention de se remarier. Sean et Keith, ses deux fils, lui avaient bien connu quelques maîtresses, des femmes rencontrées, pour la plupart, par le biais des petites annonces. Elles étaient venues de Sydney ou de Halifax, mais aucune n'était jamais restée. Sean en attribuait la cause à l'hiver qui sévissait, selon lui, sur la côte est du Cap-Breton aussi férocement qu'en Sibérie. Mais ma mère, qui avait goûté à la médecine de Johanna, a toujours été convaincue que cette femme était le diable en personne. Selon elle, il ne fallait pas chercher ailleurs les raisons derrière la solitude que la vie semblait vouloir imposer à Neil McKenzie.

32

Le soleil plombe, trop chaud, sur la mer à l'ouest. Ses rayons créent au-dessus de l'eau une brume diffuse et des reflets aveuglants. Debout sur le belvédère, à une altitude de près de 400 mètres, Adélaïde admire cet horizon scintillant, mais à une distance respectable de la rambarde. Elle a le vertige, et pour cause! De l'autre côté de ce minuscule garde-fou, la falaise plonge dans l'océan.

Debout à deux pas d'elle, Sean fait mine de lire le panneau indicateur. Il n'a pas besoin de regarder le paysage puisqu'il connaît par cœur la vue qu'on a du mont MacKenzie. Le mont MacKenzie. Comme elle l'a taquiné avec ça! Sa famille posséderait-elle la montagne?

— La montagne, non, mais beaucoup de terre, oui.

Soudain, tout en bas, un jet d'eau attire l'attention d'Adélaïde. Un corps gris – ou est-il noir? – fend la surface et replonge aussitôt. Tout autour, les bateaux de pêche continuent de sillonner la baie comme si de rien n'était. Pour un peu, Adélaïde se croirait dans un autre pays. Mieux, dans un autre monde, un endroit où l'être humain n'est pas l'espèce dominante.

— Est-ce que tu vois Québec?

Adélaïde plisse les yeux, sceptique.

— On n'est pas trop loin?

— *No, we're not too far.* Regarde là, les petites îles dans la brume.

— Voyons, Sean! Ce n'est pas Québec, ça! C'est au milieu de nulle part.

— Les îles de la Madeleine ne sont pas au Québec?

— Oui, mais…

Adélaïde s'attarde plus longuement sur les petites bandes de terre qu'on devine plus qu'on ne les voit. Évidemment, Sean voulait parler du Québec et non de Québec. Cette confusion, qui n'est pas la première aujourd'hui, l'amuse.

— Tu veux dire qu'on parle français, juste là?

— On parle français bien plus proche.

— Ah, oui? Où ça?

— *We are going there.*

— On s'en va où?

— Tu vas voir. Viens.

Ils remontent dans la voiture et, aussitôt, Sean s'engage sur la route qui continue de monter avant de redescendre en pente vertigineuse. Après n'avoir lu que des panneaux routiers en anglais, Adélaïde s'étonne de reconnaître les mots inscrits sur le bord de la route. Presqu'île, Petit Étang, et bientôt Chéticamp, avec son accent aigu qui fait naître instantanément un sourire sur son visage.

— Wow! Tu n'avais pas besoin de venir à Québec si tu voulais apprendre le français. Tu avais juste à traverser la forêt.

— J'avais une autre raison.

— Ah, oui? Laquelle?

— Te rencontrer.

Il se tourne vers elle et lui adresse un clin d'œil taquin.

La voiture roule maintenant dans la rue principale, une artère bordée de commerces, d'hôtels et de restaurants. Et soudain apparaît l'enseigne familière d'un Tim Hortons. Sean vire dans le stationnement.

— Tu parles d'une belle surprise!

— C'est pas la surprise. La surprise arrive plus tard.

— Pourquoi est-ce que j'ai l'impression que tu ris de moi?

— Je ris pas de toi. Je veux te montrer quelqu'un. On joue un jeu?

— OK.

— *Okay.* Tu prends un café ici, tu écoutes les gens, et moi, je reviens dans dix minutes.

— Pourquoi est-ce que tu veux que j'écoute les gens?

— Pour la surprise.

Adélaïde ouvre la portière et descend, intriguée. Elle regarde Sean quitter le stationnement et remonter la route par où ils sont venus. Lorsqu'il disparaît de son champ de vision, elle franchit la porte et se retrouve aussitôt en pays connu. Surtout avec ce menu bilingue affiché au-dessus du comptoir.

Elle se commande un café et un beigne et choisit une place un peu en retrait pour écouter, comme Sean le lui a recommandé. Il ne lui faut pas longtemps pour reconnaître les mots et la langue, sauf qu'ici le français sonne étrange, et même étranger. Adélaïde a du mal à suivre les conversations. On dirait que les accents graves et aigus sont inversés. Ces gens parlent bel et bien français, cependant, et ils le parlent non pas comme une langue seconde, mais bien comme la langue dans laquelle ils ont grandi. Ils sautent des mots, utilisent des élisions, posent des questions sans utiliser la structure interrogative. Mais la prononciation, elle, est complètement différente de celle de Québec. On la dirait plus pointue ici et plus arrondie là. Malgré cette difficulté, cette pause au Tim Hortons de Chéticamp fait l'effet d'une brise fraîche en pleine canicule.

La porte s'ouvre soudain sur une fillette de cinq ou six ans. Des lulus blondes et bouclées, le visage rousselé, une paire de lunettes qui lui tombe sur le bout du nez, elle s'avance de toute évidence en terrain connu. Les gens la saluent, tantôt en anglais, tantôt en français. On l'appelle Gaby – pour

Gabrielle? —, et elle leur rend chacun de leurs sourires. Au lieu de se joindre à un groupe ou un autre, Gaby balaie des yeux le restaurant, repère Adélaïde et se dirige vers elle.

— Allô! dit-elle en grimpant sur une chaise. Moi aussi je veux un beigne au citron. Avec un verre de lait, s'il vous plaît.

Amusée, Adélaïde se lève pour aller passer la commande.

— D'accord. Tu veux un beigne et un verre de lait?

— Oui. Un beigne au citron. Comme le tien. C'est les meilleurs.

Intriguée par l'attitude de l'enfant, Adélaïde se rend au comptoir, et quand elle revient, elle la trouve à la même place, assise toute droite, aussi sage et bien élevée que si sa mère la surveillait. Elle lui tend sa collation.

— Elle est où, ta maman?

— À la maison. Et la tienne?

Adélaïde rit.

— Je ne sais pas. À la maison, peut-être aussi. Et ton papa, il est où?

— Il va mettre l'auto dans le parking.

En entendant ces mots, Adélaïde commence à détailler le visage de l'enfant. Difficile de ne pas reconnaître certains traits des McKenzie. Même stature frêle, même brun-vert dans les yeux et même myopie prononcée.

De fait, quand Sean passe la porte, Gaby le pointe du doigt.

— Il est là, mon papa.

Puis, à l'intention de Sean, elle s'écrie:

— *Did I find her?*

— *Yes you did, sweetie.* Adèle, je te présente Gaby. *Gaby, this is Adèle.*

Après un bref bonjour, l'enfant mord à belles dents dans son beigne sans se préoccuper de la surprise qui se lit toujours sur le visage d'Adélaïde.

— Ta fille, hein?

— Oui.

— Elle parle français.

— Oui.

— Et sa mère?

— Elle parle français aussi.

— Je ne comprends pas. Pourquoi est-ce que tu avais besoin de venir à Québec si tu pouvais parler français avec ta femme et ta fille?

— Pour apprendre. Et Catherine n'est plus ma femme.

— Oh!

Adélaïde se rappelle tout à coup la conversation qu'ils ont eue, une nuit, debout devant la fenêtre du salon tandis qu'une foule ivre déambulait dans la rue au son des trompettes du carnaval. Catherine Leblanc, cette femme pour qui il est venu apprendre le français à Québec. Jamais Adélaïde n'a imaginé qu'ils avaient été mariés, encore moins qu'ils avaient eu un enfant. Certaines paroles prennent tout à coup un sens nouveau. Des confidences à demi achevées, une tristesse mal dissimulée au retour de la relâche. De la douleur aussi, trop souvent, mais trop brève pour qu'elle ait pu se l'expliquer.

— Elle va venir tantôt.

Cette phrase ramène Adélaïde au Tim Hortons, devant une gamine qui se lèche les doigts et un Sean qui regarde par terre, penaud.

— Qui, ça?

— Catherine.

— Ah, oui?

— Elle veut te connaître.

— Pourquoi?

— *Because I want to take Gaby for a ride.*

— Quoi?

— Maman veut te connaître parce que papa veut m'emmener en auto avec toi.

— Ah, bon. Elle pense que je suis dangereuse ?

— *Gaby, would you get me a napkin, please.*

La fillette se lève et s'éloigne. Sean en profite pour ajouter :

— Catherine veut Gaby grandisse en français.

— Je comprends, mais elle devait bien savoir que tu parlais juste anglais quand vous vous êtes mariés ?

— Oui. Elle dit elle pensait j'apprendrais. J'ai pas assez appris.

Adélaïde plisse les yeux, incrédule.

— Selon toi, elle ne te laisse pas voir ta fille parce que tu ne parles pas français, c'est ça ?

Sean approuve d'un geste au moment où Gaby revient, les mains pleines de serviettes blanches.

— *I said one napkin, sweetie.*

— *I know. But I took some for her.*

Elle tend une serviette à Sean et dépose les autres devant Adélaïde.

— Maman dit c'est salissant, les beignes. Il faut être propre quand elle arrive. Essuie tes mains.

Adélaïde s'exécute, troublée de lire de l'inquiétude sur le visage de l'enfant.

— Tu as peur que ta maman ne m'aime pas ?

— Ma maman n'aime jamais les amies à papa.

— Ça veut dire qu'il va falloir que je sois super gentille avec elle.

En entendant ces mots, Gaby lui offre le plus beau sourire complice qu'Adélaïde a vu de sa vie. Un sourire identique à celui de Sean, excepté la dent qui lui manque en avant.

* * *

Catherine Leblanc est petite et mince, avec une longue chevelure d'un blond presque roux. Elle revient vers la table, ses doigts longs et fins enroulés autour d'une tasse en porcelaine.

C'est une habituée. Elle n'a pas eu besoin de dire qu'elle allait boire son café sur place. L'employée le savait.

Tandis qu'elle s'approche, ses yeux détaillent Adélaïde de la tête aux pieds. Une telle inspection suffirait à faire de cette femme une personne détestable, si ce n'était le sourire qu'elle lui offre lorsqu'elle s'assoit. Adélaïde se dit qu'elle a passé le test.

— Sean me dit que tu es chocolatière?

— Oui. Ben, en fait non. Je fabrique des pâtes d'amande… mais je ne pense pas qu'il y ait un mot pour ce métier-là.

— Hum.

— C'est quoi des pâtes d'amande, maman?

Assise sur les genoux de son père, Gaby écoute avec attention. Ses grands yeux ne perdent aucun geste, aucune expression.

— Je ne sais pas, mais je suis certaine qu'Adèle va nous l'expliquer.

Adélaïde fouille dans son sac à main, en ressort un crayon et le carnet ligné dans lequel elle dresse d'habitude sa liste d'épicerie. Elle en détache une page et entreprend de dessiner un Schtroumpf. Aussitôt, Gaby s'excite.

— Tu es donc bien bonne en dessin! Est-ce que tu vas me le donner après?

— Si tu veux. As-tu déjà joué avec de la pâte à modeler, Gaby?

— Oui.

— As-tu déjà fabriqué un Schtroumpf?

— Ben non, c'est trop difficile.

— Ce n'est pas trop difficile, mais ça prend du temps. Mon travail, c'est de faire des Schtroumpfs dans une pâte à modeler qui se mange. Je les fais comme ça.

Elle tend son dessin à l'enfant. Le Schtroumpf ressemble beaucoup à ceux qu'on voit à la télé, mais en même temps il est différent. Quelque chose dans le sourire et dans les yeux le distingue exprès de l'original.

— Est-ce que tu vas m'en faire un, un jour?

— Bien sûr. Tu veux lequel?

— Le Schtroumpf grognon.

Elle a répondu sans une hésitation, et cette spontanéité fait rire sa mère.

— Ça ne me surprend pas. Tu es comme ta *grannie*. Tu aimes ça, grogner tout le temps.

Elle parlait à sa fille, mais c'est Sean qui semble visé. Adélaïde l'a vu se raidir, retenir un soupir pour accuser le coup sans que Gaby s'en rende compte.

— *It's been a long time since I saw grannie. Can we go see her, daddy?*

Catherine intervient avec brusquerie.

— En français, Gaby. Et puis ton père doit avoir autre chose à faire aujourd'hui.

— *Oh, please*, papa... Est-ce qu'on peut aller voir *grannie*?

Sean attend visiblement une permission pour répondre. En remarquant la tension sur le visage de Catherine, Adélaïde comprend ce qui l'inquiète. Si elle est réticente à laisser sa fille partir avec lui, ça n'a rien à voir avec la langue. C'est plutôt l'expérience qui lui dicte sa conduite, et la peur doit lui broyer les tripes. Catherine a sans doute appris, tout comme Adélaïde l'a appris, que le danger ne vient pas toujours des étrangers, qu'il est tout le temps là, à portée de la main, qu'il faut rester prudente, alerte, et ne jamais se fier aux apparences. Sans doute un proche a-t-il abusé d'elle quand elle était petite, ce qui expliquerait l'angoisse qu'elle ressent à l'idée de laisser Gaby toute seule avec un homme. Que Sean soit son père ne change rien à la méfiance qui l'habite... on dirait même que ça l'amplifie.

Adélaïde a l'impression de se voir dans un miroir. Elle embrasse d'un même regard Gaby et sa mère. Elle connaît trop bien le sentiment qui les lie l'une à l'autre. C'est le même qui les sépare du reste du monde. Cependant, elle n'avait jamais imaginé la peine qu'un tel rejet pouvait engendrer. Une peine que laisse deviner le sourire triste de Sean. Adélaïde se dit qu'il lui faut absolument gagner la confiance de Catherine.

— Tu sais que j'ai une petite fille, moi aussi, dit-elle à Gaby en fouillant dans son sac à main.

Elle sort de son portefeuille une photo un peu froissée. On y voit Marjolaine, tout sourire, le jour de son anniversaire.

— Elle s'appelle comment?

— Marjo.

— Elle a quel âge?

— Huit ans.

— Est-ce que je peux jouer avec elle?

— Mais oui. La prochaine fois que je viendrai en Nouvelle-Écosse, je vais l'emmener pour te la présenter.

— Elle sera mon amie, promis.

Catherine, qui n'a rien perdu de ces propos, s'empare de la photo.

— Sean m'a dit qu'il vivait chez toi.

— Je lui loue une chambre dans mon appartement.

— Et il est comment?

Adélaïde ne sait si elle parle de Sean ou de l'appartement. Elle décide de répondre comme s'il n'y avait pas de confusion possible.

— Je n'ai pas à me plaindre. Il cuisine super bien, ne se laisse pas traîner et paie son loyer quand c'est le temps.

— Hum…

Catherine lui rend sa photo, couve un long moment sa fille des yeux et cède enfin du terrain.

— D'accord. Gaby peut y aller. Mais je veux que vous me la rameniez pour cinq heures.

Sean s'enthousiasme.

— *Thank you !* Je veux dire : merci ! On va tout de suite. Tu viens avec nous, Adèle ?

— Évidemment ! Tu ne pensais tout de même pas m'abandonner dans un Tim Hortons au milieu d'étrangers, quand même.

Le ton est tellement exagéré que la blague fait sourire même Catherine.

— N'oublie pas de me la ramener pour cinq heures, d'accord ? Et tu ne vas nulle part ailleurs, compris ?

Sean aurait accepté n'importe quelle condition. Ravi, il entraîne sa fille vers la porte, l'air radieux. La main de l'enfant s'est blottie naturellement dans la sienne. Après avoir salué Catherine, Adélaïde leur emboîte le pas. Elle ne perd pas un mot échangé entre le père et la fille, pas un geste qui trahit cette affection qu'on les force à refouler. Si elle a d'abord ressenti de l'empathie pour Catherine, elle reconnaît maintenant que cette situation fait souffrir le père et l'enfant.

Pourquoi faut-il que ce soit toujours la peur qui conseille les femmes ?

* * *

Johanna McKenzie habite une petite maison de deux étages, face à la mer, un peu après le village de Pleasant Bay, sur la route qui mène à Red River. Debout sur son perron, on peut voir à l'horizon la tache sombre que forme les îles de la Madeleine, qu'on ne distingue malheureusement pas les unes des autres à cette distance. Mais ce n'est pas la vue qui frappe quand on arrive chez la mère de Sean. C'est la tension. Tout dans l'attitude de cette femme est brusque et amer.

Adélaïde ne comprend pourtant pas un traître mot de ce que Johanna McKenzie raconte à son fils. Ils se sont installés autour de la table, dans la cuisine. Dès qu'elle est entrée dans la pièce, Gaby s'est dirigée vers une armoire d'où elle a sorti une poupée et un landau qu'elle pousse maintenant à travers la pièce en jouant à la maman. Elle fait toutes les voix, comme Marjolaine. Elle est tantôt la mère, tantôt le bébé, tantôt l'amie qui l'accompagne dans sa promenade. Comme la conversation entre Sean et sa mère se déroule en anglais, Adélaïde n'a pas d'autre choix que de s'intéresser à l'enfant, et cette attention qu'elle porte à Gaby lui donne envie de téléphoner à Québec. Jacinthe et Marjolaine sont peut-être rentrées de voyage. Comme il serait bon de leur parler! À Marjolaine, surtout.

De temps en temps, Adélaïde reconnaît des mots dans cette discussion qui ressemble à un monologue tant Johanna en a long à dire. Elle a reconnu le nom du père de Sean, Neil, parce qu'il revient souvent et qu'il est prononcé avec mépris. Elle a aussi reconnu « *Frenchie* » parce que Neil l'a utilisé la veille. Et d'autres mots, mis bout à bout, créent une image impossible à ignorer.

« *Not another Frenchie!* » Le sens de cette exclamation, lancée au moment des présentations, ne lui a pas échappé malgré son peu d'anglais. Alors elle préfère ne pas trop écouter.

Dans le salon, sur l'écran de télévision, elle reconnaît tout à coup l'actrice Megan Follows dans *Anne… la maison aux pignons verts.* Dans une robe blanche à manches bouffantes, le col orné de froufrous, Anne récite un poème, la voix chargée d'émotion. Adélaïde se rappelle bien la scène, même si le sens du poème en question lui échappe. Elle se rappelle une histoire de bandits de grand chemin et de meurtre, mais elle se rappelle surtout Gilbert qui se lève à la fin pour applaudir.

Elle laisse Sean et sa mère à leur conversation et va s'asseoir par terre dans le salon. Gaby la suit, intriguée.

— Qu'est-ce que tu fais?

— Je regarde la télé.

— Tu comprends l'anglais, finalement ?

— Non, mais j'ai déjà vu ce film-là chez moi.

— Qu'est-ce que ça raconte ?

Prise au piège, Adélaïde doit avouer qu'elle ne sait pas. Gaby propose aussitôt de traduire, mais doit vite baisser les bras.

— Je veux te le dire, mais je ne comprends pas.

— *It's* The Highwayman *!*

La voix de Johanna tonne depuis la cuisine.

— *You don't know* The Highwayman *?* lance-t-elle tandis que son regard sévère traverse les deux pièces.

Adélaïde fait signe que non.

— *She doesn't know* The Highwayman *! What kind of woman did you bring back this time*[1] *?*

— *She's French, mom.*

— *I know she's French ! Why can't you find a good woman from around here ?*

— *I found one some years ago, but you didn't like her either.*

— *She was a Frenchie too !*

— *She was from around here, though.*

— *That's true, but her mother wasn't.*

_____

1. Traduction :

— Elle ne connaît pas *The Highwayman*! Quelle sorte de femme nous as-tu ramenée, cette fois ?

— Elle parle français, maman.

— Je sais qu'elle parle français. Pourquoi ne peux-tu pas choisir une femme qui vient d'ici ?

— J'en ai trouvé une il y a quelques années, mais tu ne l'aimais pas non plus.

— Elle parlait français, elle aussi !

— Elle venait d'ici, cependant.

— C'est vrai, mais pas sa mère.

Sean se lève brusquement et, abandonnant sa mère à ses récriminations, vient s'asseoir sur le sol entre sa fille et Adélaïde.

— Gaby, tu connais l'histoire du *Highwayman*?

Gaby secoue la tête avant de se blottir contre lui, gênée.

— Alors je vais raconter. Il était une fois un *highwayman* qui…

— C'est quoi, un *highwayman*, papa?

— Un bandit. *So,* c'était une fois un bandit qui allait visiter une jolie madame dans son château. La madame était la fille d'un riche monsieur et le bandit voulait épouser la fille.

Dans son accent à couper au couteau et avec toutes les erreurs de syntaxes et de vocabulaire imaginables, Sean entreprend le récit de ce bandit de grand chemin venu rendre visite un soir à la fille d'un riche propriétaire terrien. Dans la cuisine, Johanna a beau lui répéter de parler en anglais, Sean l'ignore et continue de raconter que le bandit prévoyait un vol important cette nuit-là. Sa voix se transforme quand il promet, à la place du bandit, qu'il reviendra chercher sa belle et que, ensemble, ils s'enfuiront très loin. Il dit qu'après avoir embrassé sa bien-aimée l'amoureux s'en alla sur son beau grand cheval pour aller accomplir son méfait. Les heures passèrent et arriva soudain un détachement de soldats du roi qui défoncèrent la porte du château et attachèrent la jeune fille au pied du lit. Ainsi, debout dans la lumière des bougies, elle était bien visible, même de loin, et le bandit qui arriverait par la route pourrait l'apercevoir à sa fenêtre. Des heures passèrent, puis on entendit tout à coup des bruits de sabots. Un cheval approchait. Les soldats chargèrent aussitôt leurs fusils. La belle profita de ce moment de distraction pour s'emparer d'un fusil elle aussi, mais comme ses mains étaient attachées, elle ne put viser personne d'autre qu'elle-même en se penchant au-dessus du canon. Son amour pour le bandit était tellement grand qu'afin de l'avertir du danger qui le guettait, elle appuya sur la détente. La détonation fit sursauter tout le monde. La belle s'écroula, tuée d'une balle en plein cœur. Alerté par le coup de feu, le bandit de grand chemin éperonna sa monture, mais, au lieu de s'enfuir comme le voulait la belle, il fonça vers le château pour la secourir. C'est à ce moment qu'il reçut les balles des soldats qui avaient fait feu depuis la fenêtre. Le bandit de grand chemin tomba de son cheval pour mourir sur la route dans une mare de sang.

À la télé, l'émission est finie. Dans la cuisine, Johanna s'est lassée d'exiger en vain de son fils qu'il parle en anglais. Elle est montée à l'étage et on l'entend qui rage au téléphone. Adélaïde, qui a écouté l'histoire avec intérêt, ne sait ce qui la surprend le plus. Est-ce le fait que Sean a parlé en français pendant plus de quinze minutes ou qu'il a tenu tête à sa mère? Quoi qu'il en soit, elle s'avoue volontiers impressionnée par l'effort et la volonté dont il vient de faire preuve. D'un geste tendre, elle s'approche de lui et l'embrasse sur la joue.

— C'est la plus belle histoire qu'on m'a jamais racontée.

— Moi aussi, c'est la plus belle histoire, papa. Est-ce qu'ils vécurent heureux après et eurent beaucoup d'enfants?

Sean avale de travers, mais se reprend aussitôt.

— *Yes, sweetie. They lived happily ever after.*

Convaincue que l'histoire finit bien, Gaby sourit et entreprend de déshabiller sa poupée.

De l'étage provient encore la voix de Johanna.

— *Yes, another one!* crie-t-elle au téléphone.

Adélaïde se demande si Johanna a parlé aussi fort exprès ou bien si c'est le fruit du hasard qu'on l'ait entendue jusqu'au rez-de-chaussée.

* * *

Ils ont quitté avec soulagement la maison de Johanna McKenzie, ramené Gaby chez Catherine, et s'apprêtent maintenant à retraverser le Cap-Breton d'ouest en est. De chaque côté de la route, la forêt se fait dense, menaçante même, et les montagnes bloquent totalement l'horizon. Difficile d'imaginer qu'on est sur une île et que la mer, qu'on voyait tout à l'heure, réapparaîtra d'ici peu.

Sean ayant refusé de ramener Gaby ne serait-ce qu'une minute avant l'heure prescrite, il a téléphoné à son père pour l'avertir de son retard. Chez son père, comme à Québec, c'est lui qui s'occupe des repas. Mais Neil, habitué à vivre seul, lui a ordonné de ne pas se presser. Il avait déjà mis un pain de viande au four et s'apprêtait à couper des légumes. C'est malgré tout soucieux que Sean s'engage dans le parc des Hautes-Terres. Soucieux et triste. Adélaïde se dit qu'il est temps de mettre les choses au clair.

— Ça fait longtemps que vous êtes divorcés, Catherine et toi ?

Sean jette un œil dans le rétroviseur avant de répondre.

— Deux ans.

— Et tu as vu Gaby combien de fois depuis deux ans ?

— Pas beaucoup.

— Ce n'est pas pour Catherine que tu es venu apprendre le français à Québec, n'est-ce pas ?

— *No.*

— Tu veux juste voir Gaby.

Il hoche la tête, gêné comme un enfant pris en défaut, alors qu'il n'y a pas de quoi avoir honte.

Sans préambule, Adélaïde lui raconte sa propre histoire. Elle parle pendant plus de trente minutes. À la fin, elle n'a pas besoin d'expliquer pourquoi elle s'est confiée à lui. Sean a compris l'allusion. Après avoir changé de vitesse au sortir d'une courbe, il attrape la main d'Adélaïde et la serre fermement.

— *Thank you*, dit-il, sans quitter la route des yeux.

Puis il approche la main de son visage et l'embrasse avant d'en presser la paume sur sa joue.

— *Thank you so much.*

* * *

La forêt est moins dense depuis quelques kilomètres. Ici et là, on voit des maisons, signe qu'ils ont quitté le parc national des Hautes-Terres et se trouvent maintenant dans une région habitée. Lorsqu'ils abandonnent la grand-route pour s'enfoncer dans Neils Harbour, Adélaïde remarque qu'une voiture sport les suit de près. De trop près, même, puisque lorsqu'ils s'arrêtent à une intersection, les deux pare-chocs se heurtent. Le choc est négligeable et probablement sans conséquence, mais il provoque la colère de Sean.

— *Keith, you asshole!*

Asshole. Trou de cul. Sean n'a que ce mot à la bouche tandis qu'ils traversent le village, le pare-chocs de la voiture sport toujours collé au sien. À la surprise d'Adélaïde, les deux véhicules se garent devant la maison de Neil. Sean, qui ne s'est pas calmé, sort en claquant la portière. Adélaïde le suit, intriguée. Le conducteur de l'autre voiture est sorti lui aussi. Il s'agit d'un homme dans la vingtaine beau comme un dieu. Vêtu uniquement d'un T-shirt et d'un bermuda, il leur offre un large sourire, dévoilant deux rangées de dents très blanches et parfaitement alignées. Ses cheveux rasés en brosse brillent au soleil. Sur son nez, des verres fumés renvoient le bleu du ciel et le rouge de la maison. Quand il serre la main de Sean, on voit qu'une multitude de serpents tatoués lui couvrent le bras jusqu'au poignet.

— *Well... That's an interesting sight,* lance-t-il en se tournant vers Adélaïde. *My brother has a new girlfriend.*

Adélaïde lui serre la main sous le regard suspicieux de Sean qui, toujours furieux, sent le besoin de préciser :

— Don't even think about it! She doesn't speak English.
— Too bad...

L'anglais d'Adélaïde a beau être faible, elle comprend quand même les phrases simples. Elle est aussi capable de déceler l'animosité qui existe entre les deux frères. Et elle repère également des mots familiers dans la conversation qui suit. Sean reproche à Keith la crevaison non réparée et le pare-chocs bosselé. Keith rit, taquine son frère et hausse les épaules. Adélaïde se demande s'il est farceur ou simplement négligent. À voir l'air bourru de Sean, elle parie sur la négligence.

Elle détaille les deux hommes tandis qu'ils devisent d'autre chose. Ils possèdent certains traits communs. La forme du visage, la stature, plutôt moyenne, et la même couleur de cheveux. Keith est plus grand cependant. Et plus beau. Et il ne fait aucun effort pour s'adresser à elle dans sa langue. Même qu'il l'ignore. Adélaïde commence à avoir l'habitude de se sentir à l'écart, alors elle ne s'en froisse pas.

Lorsque Keith les abandonne sur le perron pour rejoindre son père qu'on aperçoit sur la grève, Sean s'excuse.

— Il est un *asshole*. Impossible pour lui d'être intelligent ou poli. Il a pas de cerveau. Mais ce n'est pas un *bad guy. Just an immature asshole.*

Il s'écarte pour la laisser passer.

— Il a beaucoup de goût, *though.*
— Ah, oui ? Comment ça ?
— Il trouve tu es sexy.
— Ah, bon. Tu lui diras merci pour moi.
— Pas besoin de lui dire ça. J'ai dit merci pour moi.

Et la fierté que dégage son sourire vaut son pesant d'or.

* * *

Adélaïde a roulé le bas de ses pantalons et, malgré la mise en garde de Neil, elle marche pieds nus sur les rochers.

— *You'll be sick, my dear.*

Elle sera peut-être malade, mais pas avant demain. Pour le moment, elle profite des dernières heures de clarté pour longer la côte en direction du village. Les vagues viennent de temps en temps lui lécher les orteils. Elle ne les fuit pas. Elle les cherche même, pour le plaisir de sentir la caresse de l'eau froide sur sa peau.

Au loin, près du phare, se dresse la maison de Keith. Sean lui a dit qu'elle pouvait venir l'y rejoindre en début de soirée. Les deux hommes avaient d'abord des choses à régler. Adélaïde s'en doutait. Un peu avant le souper, elle a vu Keith s'approcher de Sean et lui demander de l'argent. Ce geste n'a pas eu l'heur de plaire à Sean, qui lui a répondu qu'ils en parleraient plus tard.

À écouter les trois hommes converser pendant tout le repas, Adélaïde en est arrivée à la conclusion que la vie ne devait pas toujours être facile dans cette famille, surtout avec Johanna dans les parages. D'une certaine manière, ces relations difficiles ont mis en évidence l'harmonie qui existe entre Adélaïde, Jacinthe et Marjolaine. Certes, la vie dans leur immeuble n'est pas parfaite, loin de là, mais elle est beaucoup plus agréable… et beaucoup moins tendue.

Avant de se rendre chez Keith, Sean lui a donné des indications pour qu'elle trouve facilement la maison. Alors elle ne s'inquiète pas. Elle marche lentement, prend son temps, ce qui lui procure un plaisir qui la surprend elle-même. Elle a longtemps imaginé la mer, la plage, le sable, les vagues et le soleil qui se réfléchit sur des flots immobiles. Cette image ne correspond pas du tout à ce qu'elle a découvert. Ici, pas de sable blanc, pas de plage qui s'étire à l'infini, mais de l'herbe haute et des cailloux glissants qui dessinent un rivage gris, vert et rose. La réalité s'avère étonnamment plus belle parce qu'elle est plus sauvage, plus indomptable, et peut-être plus cruelle, aussi.

Même si la famille de Sean est étrange, Adélaïde doit admettre qu'elle adore cet endroit. Pour parler comme sa mère, elle dirait qu'elle a l'impression d'y être déjà venue. Est-ce Neil Harbour qui lui fait tant d'effet? Est-ce le Cap-Breton? la Nouvelle-Écosse? Elle ne sait. Elle sent seulement qu'une part d'elle-même a envie de vivre sur ce rivage sculpté par les éléments. Cette idée la fait tressaillir. C'est sans doute naturel quand on découvre un lieu d'une telle beauté. N'empêche... Elle se sent tellement vivante ici que tout lui paraît plus intense. Le vent, l'humidité de l'air, le bruit des vagues. Même ses sentiments semblent plus forts. Ici, elle se sait capable d'affronter toutes ses peurs. Sans cet emploi et cette vie qu'elle a déjà, là-bas, à Québec, elle ferait même venir Marjolaine et s'installerait ici.

Elle rit à cette idée, tout en rattachant son manteau jusqu'au cou. Ce n'est pas vrai qu'elle vivrait ici: pour ce faire, il lui faudrait un travail, puis un permis de conduire, puis une auto. Et pour tout ça, elle devrait apprendre l'anglais. Mais par-dessus tout, il faudrait déraciner sa fille et abandonner sa mère. Et elle ne saurait se résoudre à ces deux sacrifices.

C'est drôle, quand même. Elle n'a jamais rêvé de vivre ailleurs. Elle est même venue ici contre son gré. Et elle est venue seule, laissant derrière elle tous ses repères. Pour trouver quoi? L'amour, l'espace, la vie. Jamais plus elle ne sera la même, maintenant qu'elle a vu le soleil se lever sur l'Atlantique, qu'elle a respiré les embruns marins, qu'elle a découvert qu'on n'était pas obligé de vivre en silence, qu'on pouvait goûter la distance comme on goûte une crème glacée en été. Avec délectation.

Oui, quelque chose en elle a changé. Sa vision du monde a changé. Elle s'est peut-être simplement élargie... Adélaïde ne saurait dire. En revanche, elle a la certitude que ce voyage l'a transformée. Il lui a renvoyé une nouvelle image d'elle-même et des autres, d'elle-même par rapport aux autres, mais aussi d'elle-même à travers les autres. C'est là, sans doute, le changement le plus important.

Elle a atteint les derniers rochers et doit maintenant gravir le chemin asphalté en maintenant le cap. Le phare, après tout, est difficile à manquer, même s'il n'est pas allumé. À ses pieds, une anse offre un havre aux bateaux des pêcheurs. On entend, comme à Halifax, les cordages qui geignent et font se tordre les ancrages de métal auxquels ils sont rattachés.

Elle est encore à une centaine de mètres de la maison de Keith quand les premières notes de guitare se font entendre. L'instant d'après, c'est toute une mélodie qui s'élève de la porte et des fenêtres laissées entrouvertes. Adélaïde se laisse guider par la musique et cette chanson que quelqu'un, quelque part, vient d'entonner. L'instant d'après, elle se tient debout devant une porte-moustiquaire. De là, elle voit deux silhouettes dans une cuisine. Deux hommes qui grattent chacun une guitare. En plissant les yeux, elle reconnaît Keith et Sean, et perçoit entre eux la même complicité qu'entre Max et Marcel, dans le temps. Et la voix qu'elle entend, c'est celle de Sean qui chante dans une langue qui doit être de l'anglais, mais sonne néanmoins étrangère.

— Je ne savais pas que tu chantais, lui lance-t-elle en ouvrant la porte.

Sean lève la tête, lui sourit sans cesser de jouer, mais quand la pièce se termine, il lui dit, comme si c'était la chose la plus naturelle du monde :

— À Québec, il y avait déjà un chanteur.

Tandis que Keith fouille dans le réfrigérateur à la recherche d'une bière, Adélaïde revient à la charge.

— Je ne savais pas que tu jouais de la guitare.

Sean dépose son instrument, prend la bière que lui tend son frère et avale quelques gorgées avant de répondre sur le même ton.

— À Québec, il y avait déjà deux autres guitaristes. On avait besoin l'harmonica.

Adélaïde sent des larmes lui piquer les yeux. Avec ces mots, Sean vient de se montrer tel qu'il est : beau et généreux, plein de douceur et de tendresse. Son âme lumineuse fait l'effet d'un baume sur l'âme si longtemps meurtrie d'Adélaïde. Il efface les blessures du passé comme la marée efface des traces de pas sur la grève. Jamais plus elle n'aura peur de cet homme dont le sourire est aussi chargé de promesse qu'un lever de soleil sur les côtes de la Nouvelle-Écosse.

* * *

La femme-corbeau est debout sur un immense rocher, face à la mer. Autour d'elle, il n'y a rien, pas même de végétation. Mais devant… Devant, le soleil émerge comme au sortir du bain. Il laisse derrière lui une traînée de lumière qui s'étire loin dans les flots. Dans le ciel, pas un nuage. Et dans ce tableau matinal, pas une embarcation. Seul témoin de la scène, la femme-corbeau a pourtant fermé les yeux. Elle laisse la lumière l'imprégner et la beauté l'envahir par tous les pores de sa peau. Des larmes coulent sur ses joues, aussi transparentes que la pluie, mais son sourire les trahit ; ce sont des larmes de joie.

Le vent venu du large souffle avec énergie. Il balaie ses cheveux vers l'arrière et lisse les plumes sur son dos. Les moignons d'ailes se fondent désormais dans le tissu de la robe.

À ses pieds, les bottes ont disparu, et la pierre caresse sa peau. Et ses jambes, aussi nues que ses bras, sont exposées à la violence des éléments, sans armure et sans obligation. Elles s'offrent, tout simplement, pour la beauté du moment.

Sous la dernière case, où l'on voit encore une fois le sourire serein de la femme-corbeau, Adélaïde trace en lettres majuscules le mot «Fin». Puis elle pose son crayon sur la table, admire une dernière fois ces dessins qu'on croirait doués de mouvement. Elle est fière d'elle, fière d'avoir mené ce projet à terme. Après un dernier soupir de contentement, elle referme le cahier, range son matériel et glisse le tout dans un porte-documents. Quand elle rentrera à Québec, dans quelques semaines, elle enverra ces planches à Casterman et à Dupuis. C'est là qu'elle veut être publiée. C'est seulement si on lui refuse cet honneur qu'elle les enverra à d'autres éditeurs.

Des voix parviennent de la cuisine, en même temps qu'un courant d'air. Les arômes alléchants d'une chaudrée de fruits de mer et de pain frais donnent l'eau à la bouche. Le rire grivois de Jacinthe ponctue des phrases qu'elle prononce dans un anglais approximatif. Le ton complice de Neil McKenzie est sans équivoque. Ces deux-là étaient faits pour s'entendre.

Adélaïde se lève, s'étire et s'approche de la fenêtre à guillotine qu'elle ouvre d'un coup sec. Tout en bas, sur la grève, Marjolaine et Gaby cherchent des coquillages qu'elles entassent dans un seau. Elles se tiennent par la main comme deux petites sœurs, et Marjolaine, la plus vieille, fait preuve de sa maturité habituelle en évitant d'entraîner Gaby trop près des vagues.

Leur jeu se déroule sous la surveillance de Stéphanie, dont la grossesse s'achève. Incapable de supporter la touffeur de Québec en été, elle est arrivée en train la veille. Sean avait envoyé Keith la récupérer à Halifax, mais comme le train avait du retard, il l'a attendue dans un bar et c'est ivre qu'il est apparu sur le quai. Heureusement, Stéphanie en avait vu d'autres. Elle a refusé de monter à moins de conduire elle-même, ce qu'elle a fait jusqu'à Neils Harbour sous les instructions d'un Keith humilié, qui se terre chez lui depuis. Il attend sans doute que Sean lui rende visite et qu'après avoir improvisé avec lui une ou deux chansons, il lui offre son pardon.

Stéphanie, pour sa part, est étendue sur une chaise longue, un large chapeau sur la tête, son énorme ventre moulé dans une robe à fines bretelles. Patrick n'ayant pu prendre congé, il l'attend à Québec, dans l'appartement qu'ils ont loué, un peu plus bas dans le Faubourg, de manière à ce que la petite fille qui s'en vient grandisse sous l'influence de leur tribu.

Et Sean... Eh bien, Sean vient d'entrer dans cette chambre convertie en atelier pour l'été. Adélaïde l'entend s'approcher. Il glisse ses mains autour de sa taille et l'embrasse dans le cou.

— Le *supper* est prêt, Babe.

Adélaïde frissonne, mais ce n'est pas parce que le passé remonte à la surface. Ce passé ne revient plus maintenant qu'elle l'assume sans honte ni peur. Si elle frémit d'entendre Sean l'appeler ainsi, c'est que le soir, quand il veut faire l'amour, il n'a que ce mot à la bouche :

— *I want you, Babe.*

33

J'ai passé six étés à Neils Harbour, dans la maison natale des McKenzie. Tous les matins, j'ai vu, avec ma mère, le soleil se lever au-dessus de l'Atlantique et j'étais convaincue, comme elle, qu'il n'y avait pas de plus beau spectacle sur terre. Pendant deux mois, nous devenions des Néo-Écossais, et l'hiver, c'est-à-dire le reste du temps, nous reprenions notre vie de tribu dans le faubourg Saint-Jean-Baptiste, où Max, sous les encouragements de Sophie, écrivait des chansons qu'il espérait un jour endisquer.

Et ma mère…

Ma mère dessinait, chaque nuit ou presque, comme elle l'avait fait toute sa vie. Et elle rêvait aussi du jour où elle verrait son album en librairie, du jour également où on lui proposerait de tirer un film de son œuvre.

Il lui a fallu quatre ans de travail supplémentaire pour arriver à faire publier sa bande dessinée. Pas chez Casterman ni chez Dupuis. C'est une petite maison d'édition suisse qui a fait d'elle une professionnelle. Et l'album, sorti à l'automne de 1997, lui a permis d'envisager une nouvelle carrière. Avec l'aide financière d'O'Malley, elle s'est attelée à sa table à dessin. Elle avait presque terminé le deuxième volet des aventures de la femme-corbeau quand son éditeur lui a proposé une tournée de promotion en Europe.

Par quelle ironie du sort le souhait qu'avait fait ma mère, la première fois qu'elle avait vu la mer, s'est-il réalisé? J'en ai les larmes aux yeux chaque fois que j'y pense.

Le 2 septembre 1998, après l'annulation de leur vol direct Montréal-Genève, elle et O'Malley quittaient Montréal pour la Suisse, avec une correspondance à New York. Ce soir-là, à vingt-deux heures trente et une, leur avion s'abîmait en mer au-dessus de l'océan Atlantique, à sept miles nautiques au large de Peggy's Cove, entraînant dans la mort la totalité des passagers et membres d'équipage.

C'est donc sur ce rivage, un peu au sud de Peggy's Cove, que j'ai choisi d'écrire son histoire, assise devant le monument érigé à la mémoire des deux cent vingt-neuf personnes disparues dans l'accident. Et pendant les cent jours qu'il m'a fallu pour coucher sur le papier ces quelques mois de sa vie, je n'ai pas manqué un lever de soleil, que ce soit dans la pureté d'un ciel sans nuage, dans le brouillard habituel des côtes ou sous la pluie typique des Maritimes.

Quatorze ans après, il m'arrive encore de pleurer en pensant au destin tragique de ma mère. Pour me consoler, je me rappelle les paroles qu'a prononcées ma grand-mère aux funérailles. Adélaïde est morte heureuse, en compagnie de l'homme qu'elle aimait. Et plus encore, elle est morte à l'endroit qu'elle avait choisi. Combien d'entre nous auront cette chance?

Je me demande parfois ce qu'aurait été la vie de ma mère si elle avait fait d'autres choix, si elle avait pris un autre embranchement parmi tous ceux qui s'offraient à elle. Si elle était demeurée commis-comptable, par exemple, ou s'était entêtée à louer sa chambre à une femme. Si elle avait cherché un emploi plus payant ou si elle avait fini par accepter, un soir de faiblesse, les avances de Max. Il y a tellement de bifurcations, tellement de possibilités dans une vie! Qui sait si elle n'aurait pas vécu plus longtemps? Chose certaine, elle n'aurait pas été plus heureuse. Et heureuse, elle l'a été, enfin, dans les bras de Sean. Parce qu'un jour de décembre 1992, elle a accueilli sous son toit un Anglais qui n'en était pas un.

Mot de l'auteure et remerciements

Cette histoire est née il y a bien longtemps, alors que j'habitais le faubourg Saint-Jean-Baptiste et que je travaillais dans le quartier Saint-Roch. La revitalisation du centre-ville de Québec commençait à peine, et les rues n'y étaient pas toujours sûres. Si vous avez envie aujourd'hui de marcher dans les pas d'Adélaïde, ne craignez rien. Ce genre de péripéties a disparu des quartiers centraux en même temps que les dernières moufettes.

Lorsque j'ai commencé à écrire cette histoire, je ne connaissais pas grand-chose aux pâtes d'amande, mes compétences s'arrêtant à la dégustation. Je dois remercier le chocolatier Stéphane Champagne pour la visite de son atelier-boutique, pour le temps qu'il m'a accordé, mais aussi pour avoir permis à Karine Guay, son employée, de me donner un cours sur la fabrication des figurines. S'il y a des erreurs dans la description des tâches, c'est entièrement de la faute de l'élève que j'étais.

Je veux également remercier mes premiers lecteurs habituels, Ghislain Lavoie et Pierre Weber, pour l'attention qu'ils accordent à mes manuscrits. Un œil de lynx, c'est bien. Deux, c'est mieux.

Enfin, je tiens à remercier mon éditeur, qui me passe mes caprices.